无尽墟

荒野诡事 ①

雨魔 著

南方出版传媒 花城出版社

中国·广州

图书在版编目（CIP）数据

无尽墟. 1, 荒野诡事 / 雨魔著. -- 广州 : 花城出版社, 2018.11
ISBN 978-7-5360-8767-5

Ⅰ. ①无… Ⅱ. ①雨… Ⅲ. ①长篇小说－中国－当代 Ⅳ. ①I247.5

中国版本图书馆CIP数据核字(2018)第236006号

出 版 人：詹秀敏
策划编辑：张　懿
责任编辑：陈诗泳
技术编辑：凌春梅
装帧设计：WONDERLAND Book design

书　　名	无尽墟. 1，荒野诡事 WU JIN XU. 1, HUANG YE GUI SHI	
出版发行	花城出版社 （广州市环市东路水荫路11号）	
经　　销	全国新华书店	
印　　刷	佛山市迎高彩印有限公司 （佛山市顺德区陈村镇广隆工业区兴业七路9号）	
开　　本	787毫米×1092毫米　16开	
印　　张	22.75　1插页	
字　　数	455,000字	
版　　次	2018年11月第1版　2018年11月第1次印刷	
定　　价	49.80元	

如发现印装质量问题，请直接与印刷厂联系调换。
购书热线：020－37604658　37602954
花城出版社网站：http://www.fcph.com.cn

财富无尽，人的生命与历史的辉煌却有尽头。
天灾人祸，终会让一切归于尘土。

第十一章　潇洒不过彭二爷	045
第十二章　风水轮流转	049
第十三章　麒麟斋	053
第十四章　夺魂香	058
第十五章　危机突现	063
第十六章　大闹曹府	068
第十七章　明争暗斗	072
第十八章　机关盒	076
第十九章　考古专家	080
第二十章　林兰的实力	084

目 录

章节	标题	页码
第一章	八大胡同	001
第二章	新时代女性	005
第三章	抢货	009
第四章	祝结巴	014
第五章	金屋藏娇	019
第六章	胡同里的杀机	023
第七章	回马枪	027
第八章	五个大洋	031
第九章	摸金大佬	035
第十章	王二蛮的算计	040

第三十一章　山大王	129
第三十二章　人满为患	133
第三十三章　一场算计	137
第三十四章　算命先生	142
第三十五章　虎煞局	146
第三十六章　桃花劫	150
第三十七章　第一关	154
第三十八章　黑色蚂蚁	158
第三十九章　分析骗子	163
第四十章　忌犯小人	167

目 录

第三十章	黄探长	125
第二十九章	合作	121
第二十八章	死状如鬼	117
第二十七章	偶遇布莱克	113
第二十六章	老太监死了	109
第二十五章	陈年旧事	105
第二十四章	万千会	100
第二十三章	交易	096
第二十二章	林兰造访	092
第二十一章	祸不单行	088

第五十一章 打劫的反被劫	216
第五十二章 蜂巢	221
第五十三章 义匪	226
第五十四章 『美人』图	231
第五十五章 怀璧其罪	235
第五十六章 真实的王二蛮	240
第五十七章 恶虎之威	245
第五十八章 虎死不倒威	249
第五十九章 小人得志	254
第六十章 人心难测	259

目录

章节	标题	页码
第四十一章	彩蛋	172
第四十二章	黄一琛的古怪	176
第四十三章	遍地金甲是死尸	180
第四十四章	关藏五行	185
第四十五章	选择『土』	189
第四十六章	面临难题	193
第四十七章	又是洋人	197
第四十八章	唐代的遗迹？	202
第四十九章	触动机关	206
第五十章	通关线索	211

第七十一章　八个名额	308
第七十二章　水漫坡	312
第七十三章　水而无形	316
第七十四章　放火烧山	320
第七十五章　童无锋	325
第七十六章　血溅当场	330
第七十七章　死后不得安宁	335
第七十八章　死而复生	340
第七十九章　通关者	344
第八十章　三天时间	348

目录

章节	标题	页码
第六十一章	祖宗附体	264
第六十二章	『美人』图的秘密	268
第六十三章	让人看不懂的探长	273
第六十四章	通关在即	278
第六十五章	九爷的人	283
第六十六章	八枚令牌	287
第六十七章	食人血肉	291
第六十八章	一帮畜生	295
第六十九章	新的通关之法	300
第七十章	无尽墟	304

第一章 八大胡同

清末民初，各地大小军阀割据，百姓们处于水深火热之中，吃的住的都成问题。但是，北京的一条文化街繁荣程度却不曾消减，这条文化街就是北京著名的琉璃厂。

在北京琉璃厂一个偏僻的角落，有一家小门面，看上去极不起眼。店铺的主人叫孟天化，在琉璃厂有点小名声，却很遭人嫌弃。

他之所以得此名声，主要是因为他作风有问题，为人太过"耿直"。

他"耿直"的地方有两点。

一、他仇视洋人。洋人到了他这里，他表面上和颜悦色，但卖东西的时候他卖的必定是假货。用他的话来说，他爹是被洋人害死的，他卖真货给洋人，就是不敬他爹，就是卖国贼。

二、他喜欢说真话，这主要表现在他鉴定古董的时候。别人拿东西到他这里来鉴定，他一定会说真话，且总是一针见血，真伪、年代、价值，有时候连制作手法都能给你说得一清二楚，让你肃然起敬。

按理来说，他有这点本事，在圈子内应该很吃得开，偏偏他就成了琉璃厂的"祸害"。

他卖假货给洋人，别人从来不说，可别人的假货一到他那里，就全现形了。

最后，琉璃厂的同行都开始抵制他，这也导致他的生意一天不如一天，等同于混日子。

可他一点也不着急，别人跟他商量，让他少说点真话，还花钱堵他的嘴，他也只当没听见。

这不，别人还在开门迎客的时候，他就早早地关了门，双手插进袖兜出去遛弯儿了。

此时，正值入秋时节，金风送爽。孟天化走在琉璃厂的街道上，整个人都高昂着脑袋，神气十足，活似一个不在意世人眼光的小混混。说起来，孟天化也算是英俊的那种，剑眉星目，身子颀长，偏偏他这一身赖皮气质，让他多了几分可憎可恶。

"孟老板，这么早就关门了，您这是要去哪儿啊？"有人熟络地和孟天化打着招呼。

"去八大胡同转转，听说庆元春那边上了新人。"孟天化回应的时候，看都不看对方一眼，要是不熟知的，还以为八大胡同是什么王公贵族的府邸，让他这般嘚瑟。

"都穷酸成这样了，还去八大胡同，也不怕自己的小身板受不了！"打招呼的人摇了摇头。

孟天化倒是一点也不在意，继续神气十足，哼着小调，朝着琉璃厂不远的八大胡同走去。

八大胡同，是京城一处比琉璃厂还出名的地方。那里说得文雅一点，是烟花纵横之地；说得通俗一点，就是各大妓院妓女聚集的地方。

当然，八大胡同和寻常的犄角旮旯地儿不一样，里面的大小地方可分为四等。一等叫"大地方"，又叫"清吟小班"，据说里面的女子多来自南方，擅长琴棋书画，吟诗作对。所处的院落和摆设也都十分讲究，甚至一个倌人占据一栋别院。二等叫"中地方"，又叫"茶室"，相比"清吟小班"，不论是倌人还是设施都逊色不少。三等叫"下处"，比二等地方又简陋了一些。四等叫"小地方"，又叫"土娼"，多是一些年老色衰，从前三处地方下来的老娼妓，涉足者，多为一些下层劳动者。

总而言之，这四等地方，上可接皇帝，下可接贩夫走卒。据说，同治皇帝就是在八大胡同里得的花柳病，北京城现在的各大军阀高官也都喜欢往那里钻，盛况非常。

孟天化不是第一次去八大胡同了，他去八大胡同自然不是为了找女人，是因为他的二叔约了他。

说起这位二叔，就得好好介绍一下。

这位二叔并非孟天化的亲二叔，而是其父亲的结义兄弟。

这位二叔和孟天化的父亲一样，是个倒斗的，早年间他们二人被行内人戏称为"狼前鼠后"。

不过，一开始的时候，这位二叔不是倒斗的，他是因为缺钱被人蛊惑进了盗墓团伙，然后在墓室内碰到了专业盗墓的孟天化父亲。二人在墓穴内由交锋到共患难，历经生死。最后，在一番畅饮后，他们义结金兰，成了兄弟，也成了搭档。

在孟天化的记忆里，自己的这位二叔能耐不大，整天就知道逛窑子、吹牛皮，倒斗的事情基本是父亲出力居多。不过，因为从小就没了娘，父亲对孟天化的要求又比较严厉，孟天化很快从这位放荡不羁、不拘小节的二叔身上学到了不少东西。为此，父亲没少用皮鞭子抽他。可每一次过后，孟天化更加喜欢跟在二叔的身后。

每当二叔跟着父亲去倒斗，孟天化除了在家里研究古董和机关要术之外，最期待的事就是二叔能早点回来，给他讲一讲江湖上的奇闻逸事，并教给他一些新的东西。

有那么一次，父亲和二叔晚回来了几天。

那天，孟天化本想对二叔使劲地嘲笑一番，可见到二叔的那一刻，孟天化吓了一跳。因为二叔当时脸色苍白，嘴唇乌青，手指甲都变了颜色，明显是中了尸毒的迹象。

那个时候，孟天化真怕二叔就这么死掉，他以后会没了乐趣。可偏偏第二天早上，趁着父亲去配药的空当，二叔竟然自己下了床，还逼迫、诱惑孟天化带他去逛窑子。

孟天化当然知道二叔喜欢逛窑子，手里只要有了钱，就喜欢往女人身上花。可他没想到，二叔痴迷女人竟然到了这种地步。不仅如此，二叔还和孟天化解释道："我告诉你一个秘密，女人是良药，只要有女人在我身边，我就会好得更快一些。"

这种奇葩言论，孟天化当然不信。

可是，神奇的事情就在那天晚上发生了。

二叔进入八大胡同没多久，就生龙活虎了起来，嘴唇不青了，指甲也变成了正常颜色。

等到父亲怒气冲冲地找来，站在一旁也只能干瞪眼，流露出一种无言以对的表情。

从那天以后，孟天化就觉得二叔是个真男人。

真男人就该如二叔这般，死也要死在花前月下！

除了这件让孟天化觉得二叔不一般的事情之外，还有一件事情让孟天化永生难忘。也是因为这件事情，孟天化对二叔的印象有了彻底的改观，他的生活轨迹也彻底发生了变化。

那是父亲被洋人冤死的第三天深夜，孟天化正在父亲的棺材前守灵，心中悲痛欲绝。他当时很想杀光洋人，杀了那个和洋人私通的狗官，为父报仇。然后，二叔就提着一颗血淋淋的人头闯了进来，把当时刚满十七岁的孟天化吓了个心惊肉跳。

等到看清那颗人头是判死父亲的狗官时，孟天化震惊了，两只眼睛瞪得跟铜铃一样。

他不知道二叔用了什么手段把狗官的人头砍了下来，他只觉得那一刻的二叔凶如煞神，好似地狱里走出来的恶鬼。可偏偏这只恶鬼又让他觉得亲切，让他热泪盈眶。

那一夜之后，孟天化对二叔更加敬重。也是那夜之后，他一直跟着二叔四海为家。

想想那段居无定所、担惊受怕的日子，孟天化也感慨颇多。他和二叔为了躲避官府的追击，不敢用真名，也不敢在一个地方待上太久。他们不是骗人买假古董，就是伙同别人一起去盗墓，像是两条丧家之犬，走到哪里都没有容身之处。

庆幸的是，清朝的气数很快就尽了，他们才得以重见天日，又用回原来的姓名。

细算起来，距离孟天化上一次和二叔见面，已有一年三个月零七天。

孟天化不知道二叔这次突然找自己干什么，但他肯定，二叔一定有重要的事情需要他。

走在八大胡同内，孟天化满眼都是桃园春色，妓院几乎是一家挨着一家，重楼叠巷，让人无从下手。偶尔有几个主动凑上来，搔首弄姿，孟天化也只是微微浅笑，继续往前走。

孟天化清楚，这些出来站街的，基本是"下处"和"土娼"的角色，他对这些人不感兴趣。他要去的，是韩家胡同的"庆元春"，那是一等一的"清吟小班"，二叔正在那里等他。

记得很早以前，二叔连"土娼"这种地方都进不得，想不到这些年愈发长进，已经能登堂入室，进入"清吟小班"之流。

就在孟天化摇头暗叹二叔这些年的境遇之时，他已经来到"庆元春"的门口。

庆元春的门面很阔气，大门能容四五个人同时经过，大门之上就是精工细作的檐子。在檐子的下方，大门的两侧，各装着一个三尺多长的六角宫灯，闪烁着多彩的霓虹光芒，令人目眩心迷。

门檐之上就是庆元春的招牌，是用整块石碑雕刻后镶嵌而入。招牌上面还有红绸围绕，外加两盏明灯照亮，即便入夜也能清清楚楚地看到"庆元春"三个字。

第二章 新时代女性

　　站在庆元春的门口，孟天化忍不住往里面看去，然后就看到里面来往的莺莺燕燕，婀娜多姿，以及各路达官贵人，胜似上元节的观灯会，绮丽多姿，热闹非常。

　　孟天化已经等不及去见自己的二叔，条件反射地往里走，却不防一直在门口守卫的两个小厮拦下了他。

　　这两个小厮的态度很不好，一开口就让人心生不爽："小子，你可看清楚了，这里是庆元春，没钱的话，你最好走远一点。"

　　孟天化此时穿的是一件青布大褂，这件衣服在清朝的时候或许还能装点门面，但在民国年代，已经落伍了。两个小厮肯定是看到他的这身打扮，才如此轻视他。

　　孟天化心里跟明镜一样，冷冷扫了两个小厮一眼，流露出一种莫名的嘲意："你们两个还真是狗眼看人低，我来庆元春那会儿，你们两个可能还在娘胎里发育呢！"

　　"你说什么？"两个小厮一瞬间被孟天化激怒，其中一个要上前抓衣服，另一个也举起了拳头。

　　孟天化却毫无动作，依旧冷眼盯着这两个小厮。

　　二叔以前和他说过一句话："来到八大胡同，最重要的就是脸面。谁不给你面子，你就要想办法让他丢尽颜面，直到他服服帖帖，服到给你叫爹，你才能善罢甘休！"

　　二叔的话或许玩笑夸张的成分居多，可却很好地诠释了八大胡同的一些游戏规则。

　　在八大胡同里，要的就是一个面子，一种范儿。没了这种范儿，你和那些底层的贩夫走卒有什么区别？

这是八大胡同的游戏规则，孟天化也不能免俗，他也想表现出一种阔气，一种范儿。所以，他静等他们出手，好用他的手段好好教训这两个不长眼的小厮。

可是，两个小厮还没来得及出手，一个捏着手绢、半老徐娘的妇人从里面走了出来。她一出现，就扯着孟天化的胳膊娇笑道："哎呀，我的孟爷，你可算是来了！"

孟天化愣愣地盯着眼前的女人，突然想起这是庆元春的"老鸨"，他在一年前来庆元春的时候见过。

可他没想到，一年多没见，这个"老鸨"居然还认识他。

这老鸨显然是来缓场的，孟天化当然要顺势而为，借题发挥。他一手推开老鸨，一手怒指两个小厮："花姐，你这两只看门狗，狗眼看人低，总得给个说法吧？"

花姐笑脸相迎，转头对着两个小厮叱喝道："你们两个眼瞎啊，没看到这是孟爷吗？我告诉你们，头牌房间里的那位军爷就是这位孟爷的二叔，你们想掉脑袋不成？"

两个小厮一听说里面那位阔气的军爷和眼前的青年是叔侄关系，当时吓得瑟瑟缩缩，不停地给孟天化赔礼道歉。

可孟天化就像看不到这两个人一样，目光盯着庆元春内部。

从庆元春的大门往里看，尽头就是一个精心设计的实木楼梯。楼梯是传统的卯榫结构，给人的第一感觉就是精美。尤其是在楼梯半腰的地方一分为二，向左右延伸，一直延伸到二楼，很是独特，符合中国审美的同时，也很符合中国的风水之说。

不过，孟天化关注的不是楼梯，也不是楼梯延伸到的二楼，而是楼梯口两侧的小圆台。

在楼梯口的两侧，各有一个演绎的小圆台，是庆元春精心设计的。此时，小圆台上面各有一个装扮清雅的倌人，正在演绎日常的曲目。一个在独奏琵琶，一个在吟唱很有江南风味的单人小调。这两个人虽不在同一个小圆台上，却遥相呼应，趣味横生。

加上一楼二楼的房间是环绕着大厅而建，这两个小圆台几乎成了整个庆元春的焦点地带，在哪个位置都能看到。大堂内的好多人虽然左拥右抱，目光却不离小圆台。

说实话，孟天化很喜欢清吟小班的这种雅致格调，但低头一看已经跪地求饶的两个小厮，他顿觉无趣。

他本想好好教训这两个小厮，却知道此时不宜太过，便冷声道："你们起来吧，我知道你们也是职责所在，我不怪你们。但是，希望你们本身的态度能够好一点！"

说着，孟天化踏步就要往里走，偏偏一个冰冷的声音从他的身后打断了他："真是够威风的，还以为是帝王当家的旧社会吗？像你这种人，不改变思想，早晚得被新时代抛弃！"

突然听到这种言论，孟天化愣了一下，条件反射地回头，然后就见一个穿着西洋女装、留着西洋发型的女人从他的身边走过。

这个女人给人的印象很奇特，不仅仅是因为她的装扮，以及她的美丽长相，更因为她生着一双明媚的大眼睛，就像秋日里的夕阳，让人满心欢喜。偏偏在这种让人欢喜的明媚之下，她又给人一种清冷的感觉，就好像只有特别的人才能接近她。这种"特别"，孟天化一时也形容不出来，他想到了"新时代"，想到了"自由"。

等到女人高傲而冷淡地从他的身边走过，径直走到庆元春里面，他才略微回神。可他依旧在盯着她，盯着她的新潮装扮，看着她的婀娜身姿，望着她的自信步伐……

突然，孟天化意识到了什么，很是兴奋地和花姐说道："花姐，这个女人我要了！"

"孟爷，她、她……"花姐苦着脸，"她不是我们小班里的！"

"不是你们小班里的，那她这样堂而皇之地走进你们庆元春？"孟天化有些生气，觉得花姐是在撒谎。

花姐的表情更苦了："谁说不是呢，哪有清白人家的女子走进这烟花之地的？可她不仅来了，还在这里待了两天！"

"什么？还在这里待了两天？"孟天化更加吃惊起来，一边盯着还没走远的新潮女人，一边跨步走进庆元春。等看到那女人上了楼梯并右拐，孟天化才又道，"花姐，你跟我说实话，她来这里是干什么的？这里的男人个个如狼似虎，她就不怕被吃喽？"

花姐的眸中透着笑："还真别说，她是真不怕被这里的男人给吃喽。你可能不知道，这女人会功夫，好像……好像叫什么西洋拳。就在昨天，有个富商想揩她油，被她用膝盖顶到了命根子。你说男人的命根子得多金贵，挨上她那一下，还不得疼死？"

孟天化露出了沉思，又说道："花姐，你就跟我说实话吧，是不是有人给她撑腰？"

在二叔这么多年的耳濡目染之下，孟天化对烟花之地的门道还是有所了解的。在这烟花之地，争抢花魁是常有的事，一旦相争，弄得头破血流的也有不少。而这最后的得主，除了要有钱之外，其在身份和地位上也有讲究，这就是上流人的娱乐方式。

像这穿着西洋装的女子，本身在庆元春就是一道奇特的风景。孟天化可不相信她仅仅会了一些西洋拳，就能让那些逢新必赏、逢奇必猎的富绅权贵们轻易罢手。

第二章　新时代女性

"孟爷的眼力到底是足的。"花姐先奉承了一句,"没错,这姑娘来这里,的确是跟着一位少爷来的。这位少爷具体是哪位、什么身份,我就不便说了,还请孟爷见谅。"

"哦,原来是金屋藏娇啊!"孟天化恍然明白了什么。

"您说是就是吧!"花姐懒得争辩这些,她指着楼上左方的房间说道,"彭二爷就在头牌房间里等您,我就不上去了。您要是方便,千万要在彭二爷面前多美言几句。"

"跟他美言什么,他就是一个准尉……"孟天化刚把话说到这里,立马意识到了不对劲。

刚进门的时候,花姐好像说了,彭二爷包了这里的头牌房间。这庆元春的头牌房间可不是谁想包就能包的,没有特别的身份和地位,这头牌房间根本就保不住。

一年前,二叔才刚刚加入直系行伍,只是一个准尉的军衔,当时就来庆元春嘚瑟了一番,可那时他也只能包一个普通房间。这一年一过,二叔就在庆元春包了头牌房间,这如何不让孟天化吃惊。

"我的个乖乖,我这二叔该不会是发达了吧?"

心里越想越不对味,孟天化沿着正对门的阔气楼梯噔噔噔左转上了二楼,来到花姐所指的头牌房间门口。

头牌房间位于二楼的深处,光看门口的窗户和大门就比其他房间大上好几倍。

站在头牌房间的门口,孟天化听到里面传来女人咯咯的笑声,其中还夹杂着一个熟悉的男人声音。

孟天化露出一抹狡黠,双手对着房门猛地一推,"嘭"的一声,恍如土匪进了城。

房门推开,里面的声音戛然而止,孟天化本以为能见到人,却只看到了巨大的厅堂。

厅堂真的很大,孟天化还没有见过这么大的妓院包间。

厅堂前后有十几步,被一道屏风分为两部分,一部分是唱曲儿的,一部分是听曲儿的。

听曲儿的部分在左侧,有圆桌、椅子、花架,每一样摆设都不是寻常货,格调优雅。

唱曲儿的地方在右侧,摆放着吹拉弹唱的一应工具,此时当然一个人都没有。

不仅唱曲儿的地方没有人,整个厅堂都没有人。

第三章 抢货

不过，在厅堂的里面还有一道门，显然是一个私密的内间。孟天化猜测，二叔和女人应该在那个内间里面。

"爷，您这是干什么，拿枪作甚啊？"突然，一个娇滴滴的女人声音从内间里传了出来。

"奶奶个熊，我倒要看看，是谁吃了熊心豹子胆，敢打扰老子的好事！"一个风风火火的声音传来，然后就见一个穿着半半拉拉的中年男人从内间里走了出来。

这中年男子，身形魁梧，一米八五左右。其上半身穿的是一件白色衬衫，下半身是一条高级军官裤，脚蹬一双军用靴，手里拿着一把勃朗宁，很是凶恶吓人。再加上他满脸络腮胡子，跟个彪悍的北方游牧民族牧民似的，更是让人觉得莫名害怕。

可是，在见到孟天化的那一刻，这满脸凶相的中年男子却笑了："奶奶的，是你小子啊！"

孟天化见着比以往更加气派，更加不拘小节的二叔，也不禁咧开了嘴，向着二叔走去。

"爷，是谁啊？"之前娇滴滴的声音再次从内间里传来。

"是我大侄子来啦！"彪悍男子对着里面回应一声，紧接着也走向孟天化，对着孟天化就是一个熊抱，"我说大侄子，我不是让你晚上来的吗，怎么这会儿就来了？"

孟天化嘿嘿笑着："我怕我晚上来，你两腿一蹬，就被这帮老娘儿们给祸害死了。所以，我得提前过来，监视这帮老娘儿们，我可不想我的亲二叔死在女人的骚床上！"

彭二爷听到孟天化这话，拍着孟天化的肩头哈哈大笑："你小子，是想女人了吧？"

"二叔，我从小到大都乖得很，你这是公然污蔑我！"孟天化一脸正经地强调着。

"你小子，你那点心思我还能不知道？"彭二爷一边笑着，一边露出了鄙夷的神情，"十三岁那年，我第一次带你来八大胡同，你那两只小手无师自通就摸上了女人的奶子。第二次你就问我男女之间那点事儿怎么搞，然后你小子就控制不住……"

孟天化听到这儿，眼珠子一瞪，急忙上手捂住彭二爷的嘴巴，恨不得把彭二爷给捂死。

他少年时期，就那么几件糗事，全都被他这位表面威武如虎、内心狡猾如鼠的二叔给知道了。他可不能让二叔把那件事在这种地方说出来，他一个爷们儿丢不起这个人。

"爷，然后这小子就控制不住什么，你倒是说啊？"娇滴滴的女人声音不知何时来到了不远处。

孟天化条件反射地转头，看到一个蛾首蛾眉的旗袍女子手捏锦帕，搔首弄姿地扶着内间的门框，一条白花花、水嫩嫩的长腿微曲着露在外面，正媚眼如丝地盯着他。

孟天化被这魅惑的眼神盯得不好意思，干笑着装作自然地把手从彭二爷的嘴上拿开。

与此同时，彭二爷见到蛾首蛾眉的女子出来，兴奋不已，转身冲向了女人。等来到女人的跟前，他对着女人猛力一抱，又亲又吻，猴急猴急的，却根本不在意孟天化在场。

就在孟天化满含幽怨，想要转头避过这少儿不宜的风光时，彭二爷又开口了："然后啊，然后这小子刚摸上女人的床，就控制不了自己的身体，如同洪水决了堤，一发不可收。从那以后，这小子再没敢招女人的床，生怕又泄了，哈哈哈……"

"原来是这样啊！"娇滴滴的女人恍然回神，媚眼盯着孟天化，更多了一些狐魅。

不远处的孟天化因糗事被揭，恨不得找个地缝儿钻进去，哪还能感受到那种狐魅？他此时对二叔是恨得牙痒痒，二叔太不给他面子了，哪有把这种事在这里说的！

"不过，爷，人家那是雏儿的时候，第一次难免，你干吗总抓着不放？你看，小郎君的脸都红了。"娇滴滴的女人俨然是故意的，看似在说好话，神情上尽是调侃。

彭二爷依旧哈哈大笑，抱着娇滴滴的女人继续又亲又吻，旁若无人。又狠狠地亲了女人一番之后,彭二爷才说道:"你先回床上吧,我和我这大侄子聊点事。"

娇滴滴的女人聪慧异常,眼睛一直盯着孟天化,笑吟吟地回了房间,并把门给关上了。

孟天化见此,总算吐了口气,和彭二爷抱怨道:"二叔,你要是再拿我开涮,我就跟你玩儿命!"

"你跟我玩儿命?你跟我玩儿什么命?你就算跟我玩儿命,还能跟钱玩儿命啊?"彭二爷的脸色郑重了几分,接着道,"你过来,我跟你说点正经事,是一个发财的正经事。"

"真的?"

听到和钱有关的内容,孟天化的眼睛都亮了。

他就知道,彭二爷找他肯定有要紧事。上一次他跟着彭二爷发的财,足足让他吃了一年多,包括他现在的小门面,也是那时才开起来的。

把房门关上,孟天化和彭二爷坐在一张桌子前,说道:"二叔,这次又是什么路子?"

彭二爷沉吟了好一会儿,凑到孟天化的跟前说道:"上海有个卢吴古玩公司你知道吧?"

"卢吴古玩公司?你说的是卢芹斋啊?"孟天化报了一个名字。

卢芹斋,那可是当时古董界响当当的大人物。他和孟天化一样,是个古董贩子。不同的是,卢芹斋是一个家喻户晓的大古董贩子,他孟天化就是一个无人问津的小古董贩子。

说起卢芹斋,这人也确实有本事,有际遇。

一开始,卢芹斋只是古董店里的一个小学徒,因为做事勤恳,刻苦学习古董店的各项业务,又学说了一口流利的英语、法语,很快就受到老板赏识,出任掌铺。后来,他依靠和张静江的关系,慢慢发展成和国际接轨的卢吴古玩公司,让人羡慕不已。

不过,孟天化对这个人不感冒,因为这个人投机倒把,专发国难财。

卢芹斋的古董生意做得是大,可他把中国的古董宝贝全都贩卖到了外国,他的这种行为,不是卖国贼又是什么?

"你知道卢芹斋,事情就好说了。"彭二爷微露轻松,接着道,"清政府刚刚灭亡没多久,宫里的宝贝仍有很多。而宫里面流出的宝贝,有很大一部分被卢芹斋收购了。就在不久前,我得到一个内幕消息,又有一个老太监从宫里弄出来不少宝贝,想要卖给卢芹斋。交易的时间和地点我都知道,所以,我想截下这些宝贝,为国家挽回一些损失!"

听到彭二爷说"为国家挽回一些损失",孟天化真是想笑。

什么为国家挽回损失,还不是想把宝贝弄到自己手里,自己卖钱。

不过，古董到了手里，不卖钱还能干什么？在这战乱年代，还真以为能搞收藏啊？

"你知道老太监具体弄出来多少宝贝吗？"孟天化问道。

"具体还不清楚，反正是宗大买卖，由卢芹斋在北京的负责人祝续铭亲自参与交易。"

"祝续铭？祝结巴？"孟天化瞬间想到了一个人。

"没错，就是祝结巴！"

"我听说，祝结巴这人只拣大买卖干，小买卖他根本看不上，一出手就是以万计算的。"孟天化开始做着分析，"他要是亲自出马，那肯定是大买卖，这老太监肯定捞出来不少。"说着，孟天化又皱起了眉头，"可是，二叔，你让我鼓捣假货还行，让我跟你一起当抢匪，我不是这块料啊。万一枪支无眼，我被打死了，那得多冤？"

"你小子，把我一身毛病都学去了。"彭二爷瞪了孟天化一眼，接着道，"你放心，不让你出马，你接应就行。这么大的交易，要是没地方藏货，肯定会被人抓个人赃并获。另外，我没打算动枪，弄成江湖义士干的就行，你得多给我准备几支连发弩！"

"连发弩？"孟天化突然紧张了起来。

"你小子最好鼓捣这些玩意儿，你别告诉我，连几支连发弩你都弄不到。"彭二爷又白了孟天化一眼。

孟天化转又嘿嘿笑着："弄到是能弄到，可我还有几个疑问，还请二叔帮我解惑。"

"你说！"

"第一，你胆子什么时候这么大了，连这么大的货你都敢动，这可不像你的作风。"

孟天化有此疑问很正常，他太了解自己这个二叔了。

虽然二叔跟他一样无利不起早，可二叔为人谨慎，稍微有点风险，他都得再三算计。

这一次，他们要做的事风险极大，因为他们要面对祝续铭，很可能还要面对卢芹斋，二叔不应该如此淡定。要知道，卢芹斋的背后是张静江，那可是孙中山身边的人。即便此时是袁大帅当家，张静江要出手，也不是他们这些升斗小民能扛得住的。

"你小子还以为你二叔是以前的二叔？"彭二爷露出一些威武之气，转而小声道，"我告诉你，我现在是参谋副官！"

"什么是参谋副官？"孟天化没听过这种官衔。

"你就当是一个上校好了。"彭二爷也糊里糊涂的。

"上校？"孟天化的眼睛亮了，"二叔，你真的假的，这才多久工夫，你就成上校了！"

"这正是我要跟你说的！"

第四章 祝结巴

彭二爷再次流露出威武之气,接着道:"我告诉你,你的二叔和以前不一样了,这点小场面根本不在话下。另外,现在局势仍然很乱,几个拥兵自重的大佬,每个人都在为自己牟取利益,就算祝续铭被杀了,也没人理会。"

"你的意思是说,你的后台比祝续铭的还要大?"孟天化一眼就看出了其中的门道,"而且,我们要做的事,就是你身后的人指示的?怪不得你的胆子变得这么大了!"

"你这小子!"彭二爷忍不住笑骂一声,"反正,你信你二叔就行了。说吧,你还有什么疑问?"

"我的第二个疑问是,弄到了东西以后,我能分到多少?"孟天化露出了奸商的本性。

都说亲兄弟明算账,更何况,这个二叔还不是亲的,他当然要先把自己的利益争取到。再有,他确实被琉璃厂那帮人挤得快喘不过气了,他得想点办法反击才成。

然而,彭二爷还没有回话,门外就传来混乱的声音,似乎有人在大吵大闹,还砸了桌子。

孟天化和彭二爷都是脸色一变,透露出不解。然后,他们的房门被人敲响,并伴着花姐的声音:"彭二爷,彭二爷,出事了,有人要砸场子,您快出来看看吧!"

彭二爷的虎躯一震,条件反射地把枪握在手中,就要冲出去。可他站起来的一刻,突然想起了什么,他一边转身,一边和孟天化道:"你先出去看看,我换上衣服就来。"

孟天化微蹙眉头,犹豫了一下后,慢腾腾地从座位上站起,来到房门前,打开了房门。

房门打开，孟天化还没说话，站在门口神情慌乱的花姐已先开口："孟爷，出大事了，有人要和彭二爷抢头牌房间，你快出来看看吧！"

"是谁这么没脑子，敢往我二叔的枪口上撞？"孟天化知道二叔已经成为上校，说话都带着跋扈底气。他噔噔两步，来到二楼栏杆前，不屑地朝着楼下看去。

这一看，他看到了一个熟悉的身影，慌忙把身子抽了回去，眼神中流露出阴晴不定。

真是够巧的，他刚刚和二叔议论抢劫祝续铭的货，这被议论的正主儿就出现了。

孟天化此时自然是不能露面的，他认识祝续铭，就是不知道祝续铭认不认识他。不管祝续铭认不认识他，他都不能冒险，因为他们很快就会对祝续名的货出手，他不能引起祝续铭的注意。若是祝续铭因此查到他，负责藏货销货的他岂不是有危险？

孟天化安慰着花姐，告诉花姐彭二爷很快就会出来，让她不要担心。

就在安慰的时候，孟天化的目光一转，看到之前那个穿西洋装的女人正好在同层楼的另一头。

想到这女人刚才在大门口对他的嘲讽，他不由得心生奇想。

也是这个时候，彭二爷出来了。彭二爷已经换上了一身军装，看上去威风凛凛。

"爷，您可算是出来了。"花姐见到彭二爷跟见到了救世菩萨一样，"您快看看吧，是祝大爷，他非要您现在的头牌房间。我都好说歹说了半天，他非要和您见一面，还砸了楼下的桌子。"

"岂有此理，想要头牌房间，干吗不上来跟老子说，砸桌子算个球本事？"彭二爷露出军阀的嚣张气焰，昂首阔步地来到楼梯口，对着楼底下闹事的一帮人冷冷看去。

楼底下，为首的是一个中年男子，身形微胖，头戴镶玉瓜皮帽，上半身一件黑色织绣马褂，里面是一件锦布长衫，看着极为贵气。就他这身装扮，即便是在清朝也是一个土豪。

陪伴在这位富绅身边的还有一个洋人，白皮肤，大高个儿，高鼻梁。他穿着一身深色的燕尾服，戴着高高的帽子，拥有一双炯炯有神的蓝眼睛，神色温和，看上去很绅士。

不过，彭二爷对他们可绅士不起来，尤其是看到一张桌子歪倒，上面的果盘酒水都洒了一地。

"都谁啊，敢在老子面前闹事，活得不耐烦了？"彭二爷高举手枪，沿着左侧的分楼梯来到楼梯的中间，站一个可容七八个人的平台上，好似一个大土匪睥睨楼下。

因为楼梯是正对大门的，彭二爷站在楼梯的半腰，高高在上，几乎成了所有人的焦点。

楼下众人一看彭二爷手里拿着枪，全都闭上了嘴巴，整个庆元春也瞬间寂静下来。

祝续铭站在楼梯的正对面，眯着眼睛盯着威风凛凛的彭二爷，心中似乎在计较着什么。

不等祝续铭开口，彭二爷突然把枪指向了他，并十分凶恶地道："刚才，是你在这里闹事，搅得老子睡觉都不安生？"

祝续铭看到枪口，脸色剧烈变化，那眼神中的恐惧是实实在在的，可他很快又流露出不惧的姿态。

"你，你，你凶什么凶？"祝续铭一开口，就暴露他是一个结巴，"你，你一个人，占占据头牌房间，已已经有有三天了，你，你想咋的？你你懂不懂这里的规矩？"

听到祝续铭说话都不利索，彭二爷哈哈大笑，似乎认出了祝续铭，顿时玩性大起。

与此同时，楼上的孟天化已经悄然沿着二楼的走廊向着那位西洋装女人走去。

来到西洋装女人跟前，孟天化自以为很温柔地笑着："姑娘，你应该是留过洋的吧？你留的是南洋，还是东洋，还是西洋啊？"

西洋装女人对着孟天化冷盯了一眼，露出一些嫌弃，然后继续盯着楼下的热闹场面。

孟天化见此，心里不高兴了，这女人真够高冷的，都被人金屋藏娇了，还有这脾气！

脸上的温柔笑容依旧，孟天化又开口了："姑娘，能跟我说说，你跟的是哪位少爷吗？"

"你什么意思？"林兰本来不想理会孟天化这种市井小瘪三，可孟天化明显话里有话，这让她目光放冷。

待在庆元春两天，她已经知道这里的男人都不是好东西，不是直接轻薄，就是拐着弯地想侮辱她。眼前这个人，穿得不怎么样，还一脸色相，简直就是一个小流氓。

孟天化不知道林兰的心思，他此时当然话里有话。他来到林兰跟前，就是想好好地反讥林兰，让她不要在自己面前装清纯。都被人金屋藏娇了，还跟他扯什么新时代，新时代难道也允许养小三？

此时，话题已经开始，孟天化也就不再掩饰自己的心思，便笑呵呵道："我哪有什么意思啊？我就是想知道，你是真留过洋，还是假留过洋。如果是真留过洋，这金屋藏娇可够味。我还真想知道，是哪家少爷，这么有品位，都把你藏到妓院了。"

"啪！"

孟天化本想撕开林兰的面皮，可他没想到，刚刚开口，林兰抬手给了他一巴掌。

感受着脸上火辣辣的疼，孟天化条件反射地流露出愤怒，但很快，他脸上的笑容更浓了："留过洋的就是不一样，真是够味。你这一巴掌打得……嗯，我开始有点喜欢你了。"

林兰听到这话，星眸更加冰冷。尤其是看到孟天化闭着眼睛，吸着鼻子，像是吸到了花香，满脸享受的样子，她口中登时蹦出"流氓"两个字，抬脚对着孟天化的下面踢去。

孟天化却早有防备，用手挡住了林兰这一脚，并得意扬扬地说道："你这招我早就听说了。"

可林兰的反应更快，抬手又给了孟天化一巴掌。孟天化条件反射地用手去挡，不防下面又来一脚，被林兰踢了个结实。

"啊噢噢……"

孟天化发出奇怪的号叫声，楼下的好些人都忍不住抬头，却只能看到孟天化半个身子。孟天化十分尴尬，双手捂着裆，快速躲到众人的视线盲区，并怒视林兰。

林兰却冷哼一声，居高临下地和孟天化冷冷道："你现在这模样，就叫作'活该'！"

"你……"孟天化很想反驳，却又不得不承认，眼前这西洋装女人真不是普通货色。

也是这个时候，彭二爷和祝续铭的交锋开始了，又吸引了所有人的注意力。

彭二爷和祝续铭交流了几句，都表示想做文明人，所以，他们决定按照八大胡同的规矩来，那就是谁出的钱多，谁就占据头牌房间。这种规则，就和抢花魁是一样的。

若论钱财，彭二爷肯定比不过祝续铭，彭二爷也知道结果是注定的。可彭二爷一点也不着急，摆出阔气架子，要和祝续铭竞价到底，并不停地用言语嘲笑祝续铭。

祝续铭身上唯一的大缺陷就是结巴，彭二爷就专门攻击这一点，气得祝续铭浑身肉战，火冒三丈，最后报出了一个天价，甘愿用三千大洋包下庆元春的头牌房间一天。

庆元春的头牌房间，正常情况也不过三百大洋一天，最贵的时候也不过一千多大洋。在彭二爷和祝续铭的竞价之下，竟然达到了三千大洋，这简直是不可思议，震惊了全场。

三千大洋在那时的购买力相当于现在的十几万元，完全可以住进顶级的总统套房了。

在祝续铭出完价之后，彭二爷就笑了。

彭二爷并不在意自己竞价失败，甚至，对于祝续铭目中的愤怒他也恍若不觉。等到祝续铭以竞价的事情嘲笑彭二爷，彭二爷更是笑得跟个傻子一样，自顾自地离开了庆元春。

第五章 金屋藏娇

周围的人都对彭二爷的这种反应不解,不知道彭二爷脸都丢了怎么还如此淡定。

唯有楼上的孟天化目露深意,并在心里感叹着:祝结巴啊祝结巴,你要倒血霉了!

孟天化深知自己这位二叔的行事作风,他是睚眦必报的那种小人。以他的狡猾,他肯定不会当场报复,他会在抢货的时候狠狠报复祝续铭,这也就是他曾经说过的"谁不给你面子,你就要想办法让他丢尽颜面"。当然,这不一定要光明正大。

可孟天化此时最在意的不是已经离去的二叔,而是还在他不远处的西洋装女人。

孟天化看向林兰的时候,林兰也同样在看着孟天化,她目中的那种厌恶毫不掩饰。

林兰从英国留学回来已经有一个多月了,这一个多月里,她除了和革命党人会面,最多的时候就是在寻找接触北洋政府高层官员的机会。

他们已经得到消息,袁大帅想要推翻共和,复辟帝制,这是三民主义者决不允许的一件事。

为了寻找到更多的内幕和反对袁大帅的途径,他们须要深入到北洋政府的高层。

她此时之所以会待在庆元春,就是因为她和那位少爷打了赌,她需要那位少爷的人脉。只要她能够在庆元春待上七天,那位少爷就愿意引荐她到袁大帅的某位亲信府上。这是一个绝佳的机会,为了革命党的事业,她愿意来庆元春试一试。

今天是她待在庆元春的第二天,光是昨天她就应付了不下十个对她心怀不轨的人。今天她也应对了几个,像孟天化这般言语轻浮、丝毫不尊重女性的猥琐男她也遇到了不少。可像孟天化这般被她打了还不肯离去的,是她目前见到的第一个。

她搞不懂孟天化在想什么，像他这种市井小流氓在吃了亏之后，不应该赶紧开溜吗？

她无意伤人，可孟天化如果还死缠烂打，她不介意让他吃尽苦头。

孟天化并不知林兰的心思，他只是有些不甘心，所以才迟迟地不肯离去。

被林兰抽了两个巴掌，还结结实实地挨了一脚，这对孟天化来说是很没面子的事情。

他得想办法搞清这个女人的信息，得让她知道他的厉害才行。

孟天化又一次大胆地向林兰靠近，这次却显得很正式。他友好地和林兰说道："我无意冒犯你，我只是搞不懂你在进门的时候为什么说我会被新时代所抛弃。就因为我教训门口的两个小厮，你就说我崇拜帝王当家的时代，是不是太武断了？"

林兰不知道孟天化搞什么鬼，但她敏锐地感觉到孟天化不怀好意："像你这种人，沉迷于庆元春这种地方，你敢说你的脑子不腐朽？你就是旧社会的烙印，不把你们这种人清除，新社会永远得不到发展，历史的车轮也无法前行！"

"对，你说得对，历史的车轮须要碾压那些陈旧腐败的东西。"孟天化很有感悟的样子，"不过，姑娘，庆元春总归是不好的地方，你为什么要待在这里？"

听到孟天化这话，林兰的神色不由得一紧。

可她仍没给孟天化好脸色，冷冷道："我的事情，好像和你没关系吧？"

"我只是好奇！"孟天化继续装作友善的样子，"在庆元春看到一个不属于这里的姑娘，是个人都会好奇，而我偏偏是那种好奇心比较重的人。你就不能跟我聊聊吗？"

"我和你没什么好聊的，要聊你就找这里的香脂粉黛聊，她们会满足你的好奇心！"

林兰说着，转身向一个房间走去。

也是在林兰转身的一刻，孟天化条件反射地伸手，要将林兰拦下，显得有些激进。

与此同时，在庆元春的门口，老鸨花姐激动的声音也传了过来，喊了一声"蔡洪少爷"。

接着，林兰条件反射地转身，正好看到孟天化伸出来的手掌，美眸中瞬间闪过一抹冷意。

孟天化感受到这股冷意后，莫名地尴尬，慢慢地把手缩了回去。

可林兰根本没有理会他的意思，而是来到二楼的栏杆前，向着庆元春的门口看去。

孟天化像是明白了什么，也对着庆元春的门口看去。

接着，孟天化看到了一个玉树临风的公子哥，穿着一身白色的西装，戴着一顶白色的帽子。

这种全白的装扮，在孟天化看来就是晦气，只有死人的时候才会如此装扮。可是，在对着这个公子哥盯了几秒钟之后，孟天化不得不承认，这身行头穿在他身上，真的很合适。他原本就长相英俊，气质不凡，此时因为西装更多了一种洋范儿。

孟天化观察入微，除了观察这位突然出现的公子哥之外，他的眼睛也没有离开林兰。在发现林兰一直盯着这位公子哥，孟天化想到了一个内容，脑海中也在翻找着"蔡洪少爷"的信息，却什么也没有找到，因为京城之中姓蔡的少爷没有几个。

就在孟天化满心疑惑的时候，那位公子哥已经抬头看向林兰，那脸上尽是笑意。

"林兰小姐，你在这庆元春还住得惯吧？"蔡洪的声音很洪亮，亦充满了青年朝气。

"多谢蔡洪少爷的关心，我在这里很好，只希望蔡洪少爷不要忘了我们之间的约定。"林兰简单回复了一句，却明显带着情绪，似乎很不喜欢蔡洪，又不得不回应。

蔡洪脸上的笑意更浓了，也不生气，接着道："你在这里住得习惯就行，那我就不招呼你了。花姐，给我找两个漂亮的倌人，我要在这里过夜。我大哥明天就到京城，如果你这里的倌人品质足够好，我就带我大哥来，保证让你生意兴隆！"

蔡洪的话音刚落，花姐立马欢欢喜喜地去叫人了。

与此同时，林兰气冲冲地回了自己的房间。

孟天化就站在林兰房间的不远处，看到林兰快速关了房门，他愣愣地站了好半天。接着，他看到蔡少爷搂着两个倌人开怀大笑，他顿生感慨，很是可惜地说道："到底是有钱人，放着这么漂亮的妞儿不要，反倒要这庆元春的俗货，真是暴殄天物！"

孟天化摇着脑袋，沿着距离自己最近的右侧分楼梯下去，在走到楼梯半腰的时候，正好和上楼的蔡洪碰上了。

孟天化由上而下，蔡洪少爷由下而上，孟天化本该在气势上占优，偏偏这位蔡洪少爷占了上风。

蔡洪少爷不仅穿得好看，气度也不凡，加上他身边跟着两个倌人，真真的风流公子。孟天化和蔡洪少爷相比，简直就是一个俗货，就是那种街头随处可见的小人物。

孟天化本就无意和蔡洪少爷争锋，见到蔡洪少爷这般气度，他更是没了对比的心思。他打算下楼之后就去找二叔，可蔡洪少爷带着两个倌人偏偏堵住了他的去路。

孟天化的表情一变，盯着蔡洪少爷。

他虽然无意和蔡洪少爷争锋，可蔡洪少爷要是故意找碴儿，他也不是容易对付的角色。

"蔡少爷，您这是何意？"孟天化尽量冷静地开口。

蔡洪依旧是风流倜傥的公子哥模样，一手搂着一个倌人，饶有兴趣地盯着孟天化："刚才，我看到你和林小姐站一块儿。怎么，你们两个认识吗？"

孟天化的眸子中闪过几缕思索，似乎在考虑蔡洪少爷这话是什么意思。

难道，他自己不要林兰，还不允许别人和林兰接触？

心中生出这个想法，孟天化不由得笑了："蔡少爷说笑了，我和林小姐并不认识。不过，以后就说不定了。俗话说，一回生，二回熟，下次再见面我至少能叫出名了。"

蔡洪听到这话，先是目光放冷，紧接着又流露出一些惊奇："你的胆子倒是不小，你可知道，她是我的女人？"

"她若真是你的女人，又怎么会在这里？"孟天化却不惧蔡洪，目光更是直直地和他对视着，"我看得出来，她不是一个容易到手的女人。你若是觉得我是一个阻碍，可以用手段打压我，也可以用金钱收买我。你放心，收买我用不了几个钱！"

蔡洪的表情惊呆了，包括他身边的两个倌人也觉得孟天化说话好笑。

可是，蔡洪很快又哈哈大笑，很不客气地说道："你是我见过最直接、最不要脸的一个人！"

"我倒不觉得，我只是本性外露而已！"孟天化表情淡定，却透着一种骄傲。

"这有区别吗？"

"有区别！"

蔡洪在原地愣了两秒，摆了摆手："随便吧，反正你这样无耻的人，还是不要再见了！"

"我也这样觉得！"

于是，蔡洪示意一个倌人让道，孟天化顺势而下，就这般和蔡洪擦身而过。

就在孟天化下完楼梯的时候，他隐约听到蔡洪感慨道："如今这个世道，这般有趣的人不多了。"

孟天化微微一愣，回头看了蔡洪一眼，转而无言一笑，大步流星地向着庆元春外面走去。

出了庆元春的大门，孟天化打算回琉璃厂的店铺，因为他确信二叔会去那里找他。可他刚刚走出一个巷口，一辆黄包车迎面而来，上面正坐着一身军装的彭二爷。

"二叔！"

孟天化吃了一惊。

第六章 胡同里的杀机

彭二爷没有急着答话，而是先下了黄包车，让黄包车离开。

等到黄包车远去，彭二爷才来到孟天化的近前，和孟天化小声说道："我离开后，是不是有一个穿着白色西装的公子哥进去了？"

"你看到了？"

"那个公子哥可不是一般人。"彭二爷突然郑重起来，"他是云南大将军蔡锷的堂弟。"

"蔡锷？"孟天化流露出不解。

"你可能不知道，袁大帅不久前将蔡锷调到了北京，不日就会到达。不过，我听说袁大帅是想拉拢这位云南大将军，如果拉拢不成，就把他扣在北京，以做监视。唉，我跟你说这些干什么。你又不是军人，也不懂。走，我们换个地方再聊！"

孟天化一脸郁闷，也不知道彭二爷想要表达什么，但他却记住了蔡锷这个名字。多年以后，蔡锷的大名威扬四海，他除了和八大胡同的小凤仙发生了一段奇缘之外，更重要的是他在云南发动的"护国战争"，推动了全国反帝制运动的发展壮大。

彭二爷和孟天化先后离开了八大胡同，就在他们商量抢夺祝续铭那批货的时候，祝续铭和他身边那个洋人正在庆元春里商量交易的事情，交易的内容就是几天后的货物。

与此同时，蔡洪就在头牌房间的隔壁，和两个貌美如花的倌人你侬我侬。

这一堆看似不相干的人物，却在几天后的夜里又聚在了一起。

彭二爷在孟天化的小古董店里和孟天化详细说了一下几天后劫货的事情。彭二爷一离开，孟天化就开始筹备劫货所需的连发弩和其他工具。

孟天化自小就喜欢研究机关之类的东西，他除了在古董鉴定方面有不小的成就之外，也精通机关陷阱。当然，这主要还是因为他祖上是专门盗墓的。

孟天化并不知道自己的祖上属于盗墓门派的哪一支，他只知道自己的父亲能够分金定穴，且对墓穴机关十分精通。在父亲的耳濡目染之下，孟天化虽然没有学会盗墓的本事，但对于墓穴机关的研究，他比一些专业人士还要厉害。

就比如说他要准备的连发弩，就是他根据古代的"高连发弓弩"想象而改造出来的。

这种连发弩，可以连续发出六根弩箭，就像枪支一样，不必一次就把弩箭全部放完。而连发弩的大小，也不过二十厘米长短，单手可握一个，射程五十步，精准度高，堪称伤人的利器。只要使用者握得足够稳，在射程之内的敌人，几乎是一射一个准。

当然，这种连发弩仍然有一个弊端，那就是填充箭矢需要时间，和枪械还是没法比。

可彭二爷对此要求不高，只要有射程，只要能连发，他就可以把敌人打得鸟兽四散。

接下来的几天，孟天化一直在做连发弩，琉璃厂的古董店也不开了。

等到十件连发弩和其他工具做好，孟天化赶紧交给彭二爷，彭二爷迅速找人找地方试验了一下。

也是在连发弩试验过后的当天晚上，孟天化和彭二爷等人行动了。

彭二爷早就和孟天化说过当夜的行动计划，抢劫的事情就交给彭二爷等人，孟天化只负责接货、藏货。

藏货的地点，孟天化早就准备好了，就在琉璃厂附近。关键就是接货的事情，怎么才能神不知鬼不觉地运到藏货的地点。要知道，藏货地距离劫货地隔了两条街。这两条街，晚上时有人出没，若是被人见到，他们抢货的事情就曝光了。

还好，山人自有妙计，孟天化早早就收买了收夜香的人，并把收夜香的一应工具暂借为己用。不过，让孟天化有些为难的是，收夜香的是一个妇人，他得打扮得像个妇人才行。为了避免被怀疑，演得更像一些，孟天化不得不提前演练了一番。

这一夜，月明星稀，偶有冷风吹过，北京城的城南片区部分地方仍然热闹非凡，比如八大胡同。但是，更多的地方却是安静异常，家家似乎都进入了梦乡。

就在城南的一片四合院区域，两辆新式轿车在夜色之中慢慢驶进一个深巷之中。

两辆轿车在一个三进的四合院门口停了下来，从轿车里先后下来四五个人。

在这四五个人之中，有一个人身形偏胖，戴着瓜皮帽，穿着织绣马褂，很像一方富绅。在这个富绅的旁边，有一个牛高马大的外国人，戴着大高帽，穿着燕尾服，在我们现代来看，有点像一个魔术师。这两个人，正是之前在庆元春出现过的祝续铭和那个外国人。

他们这些人下车之后，便由祝续铭的一个手下叩动四合院的大门。

不多会儿，从四合院里面传来一个娘娘的声音，却又透着一种不凡的气势："谁啊？"

听到这娘娘的声音，祝续铭就笑了，急忙回道："胡胡公公，是是我，您您家大侄子啊！"

祝续铭的口吃算是一种暗号，加上他说了"大侄子"，里面的人很快就把门打开了。

四合院的大门打开，从里面走出来一个弯着腰的老人，身边还有两个贴身侍候的小厮。

如果此时有灯光聚焦，一定能看到这个老人没有胡须，手里还捏着一个手帕，勾着兰花指，简直跟一个女人一样。这个老人正是前清宫内的遗留之人，通常叫作"太监"。

别看这老太监弯着腰，他一双眼睛矍铄有神，即便在黑夜之中也给人一种锐利之感。突然，他的目光落在了祝续铭身旁的洋人身上，脸色登地变了："大侄子，这是怎么回事？"

老太监的声音略显愠怒，尤其是看向洋人的时候，毫不掩饰地厌恶。显然，他还是向着大清朝的，他认为这些洋鬼子令清朝国运消亡，也让他落魄不堪。

"胡胡公公，这位是布莱克先生，英国人，我的合作伙伴。"祝续铭急忙解释，"他今天跟过来，只是为了见识一下大清宫内的古物遗风，还希望您能给予谅解。"

"古物遗风？你在嘲笑我是大清遗留下来的妖人吗？"老太监当即盛怒，说着话已拂袖转身，"你们走吧，我这个不男不女的妖人，没有什么值得洋人见识的。"

看到老太监转身就走，祝续铭急了，偏偏他带着口吃，根本就说不出一句完整的话。

就在这个关键时候，很有英国绅士气度的布莱克开口了："胡公公，还希望您不要误会，祝老板所说的古物遗风，仅仅指的是古董玩物。如果你讨厌鄙人，鄙人回避便是！"

老太监听到这话，身子顿了一顿。

布莱克趁此机会，继续开口："不过，在回避之前，我还是要表达一下我的意图。我听祝老板说过，您在宫廷之中是响当当的人物，尤其是对瓷器的研究，您说第二，没人敢说第一。我是仰慕您，所以才来到您这里。为此，我还带了一件中国的宝贝，希望您能够给予品鉴。但现在看来，我的这件宝贝是无用武之地了。"

老太监的脾气很不好，听说布莱克带来一件中国宝贝，顿时冷哼一声："你一个洋人，能有什么中国宝贝？"

布莱克倒也不着急，很有中国套路地谦逊道："我也不知道这件宝贝能不能入您的法眼，但它却是货真价实地从敦煌莫高窟挖掘出来的古经书，是唐朝时期一本完整的梵文《法华经》。"

听到"莫高窟"的时候，老太监的脸色就变了，但因为在夜色之中，他的表情变化并不是很明显。等到"唐朝""法华经"等字眼连续出现，老太监站不住了。

老太监回身，认真盯了布莱克两眼，才又不情不愿地说道："你们一起进来吧！"

听到这话，祝续铭和布莱克相视一笑。

原来，他们早已了解过老太监的脾性，知道老太监诚心向佛，且喜欢收集古经书。他们带来的《法华经》本来是为了送给老太监博取好感的，此时真是用得恰到好处。

祝续铭一边在心中暗叹布莱克的脑袋比他灵活，一边快速跟上老太监，进入了四合院。

也是在他们进入四合院之后，这片区域突然骚动起来，从两个方向突然出现了人影。

这些人影全都穿着黑衣，蒙着面，明显是不想让别人认出他们。

可他们明显又不是一伙的，分聚在老太监四合院的两侧，相隔十几米，都通过手势和自己人交流。

就在他们等待什么的时候，从轿车出现的方向，又出现了一拨人。

奇怪的是，这拨人精明得很，竟然在另一拨人的后方，位于另一个四合院的拐口，有点螳螂捕蝉、黄雀在后的味道。

这三拨人在一起，谁也不知道彼此是不是认识，是不是被发现了。但是，天上若是有一只眼睛，便能把这三拨人看得清清楚楚。老太监四合院的左侧有一拨人，右侧有两拨人。

一切都在寂静中积蓄着，杀机暗藏。而此时的孟天化却不知道情况有变。他仍然按照计划，将自己打扮成"夜香妇"，推着收夜香的车子不急不躁地向这边走来。

第七章 回马枪

此时的孟天化，实在有点郁闷，因为夜香的味道不是一般人能忍受的。

夜香，是古人对粪便的一种文明称呼。在古代，茅房里没有下水系统和冲水系统，粪便只能用木桶来装，装满后须要清空。于是，会有专人在半夜挨家挨户收各家马桶中的粪便，这就是倒夜香。

倒夜香不是一个轻松活，孟天化也一向知道，可他没想到这么难以忍受。可为了今晚的行动，他也只好牺牲自己，见到须要倒的夜香，他也只得真实地体验几把。

不说孟天化的郁闷，却说胡公公四合院门口的两帮人，竟然十分默契，谁都没有急着动作。他们自己人也不再只是依靠手势交流，而是通过声音小声商讨着什么。

四合院左边的一伙是以彭二爷为首的抢货人，彭二爷和自己人强调，出手一定要迅速，要把货全部搂到手，最主要的一点，见到祝续铭，一定要狠狠地揍一顿。

另一边，领头的人也在强调，下手要快，不能给对方反应的机会。在其中，还掺杂着一个女人的声音。如果孟天化在这里，一定会吃惊，因为这女人正是林兰。至于那领头的人，也不是别人，是玩金屋藏娇把林兰安排在庆元春的蔡洪。

这一刻，星光更加暗淡，就连月光也变得朦胧起来，似乎在预示着什么。

而祝续铭等人却不知道四合院门口已经杀机四伏，他们跟着胡公公进入四合院之后，就在一个摆设考究的房间内开始品鉴那本保存完好的唐朝时期的《法华经》。

在看过《法华经》的全貌之后，胡公公难得流露出一丝欣喜。等到看完《法华经》里面的细节，胡公公更是爱不释手，目光若有若无地对着祝续铭和布莱克瞟去。

祝续铭和布莱克都是聪明人，他们相视一眼，便知道胡公公想要这本《法华经》。

于是，由布莱克开口了："胡公公，实不相瞒，我这次跟着祝老板来这里，除了要瞻仰一下大清朝的古物遗风之外，还有一件事有求于胡公公。"

胡公公等的就是一个契机，但他在宫中长年历练出的人情世故告诉他，眼下不是急的时候。于是，胡公公继续摆出东道主的姿态，慢悠悠道："大清朝已经灭亡了，我现在就是一个阉人，和寻常老百姓没什么区别。布莱克先生一张口就说有求于我，我实在不知道你要求我什么。布莱克先生有事不妨直说，不要绕弯子了。"

布莱克见此，犹豫了一下，紧接着又道："胡公公，实不相瞒，我是刚从敦煌莫高窟那边过来。您手里的《法华经》，也是我在莫高窟那边找人求的。在莫高窟的那段日子，我很怀念，但我更怀念我的家乡好友斯坦因。我曾听斯坦因提起过，他卖过一本莫高窟的旧佛经给您，不知道，您能否将那本旧佛经借我瞻仰一下？"

胡公公闻听此言，一双矍铄的眸子刹那锋锐，似乎能够直穿人心。

他就那样灼灼地盯了布莱克好半天，才幽幽地说道："布莱克先生本事不小啊，连那本旧佛经的事情都知道。不过，布莱克先生，你的真实目的恐怕不是瞻仰旧佛经吧？"

"胡公公何出此言？"布莱克眼神变化了一下，却还要强装不懂其意。

"我们都是聪明人，有些话不必明说。我知道，你打的主意是敦煌的宝藏，我对那传说中的宝藏不感兴趣，我喜欢能看得见、摸得着的东西，所以……咱们明人不说暗话，《法华经》归我，旧佛经归你，之后的古董交易我要在价格上再加一成。"

"再……再加一成？"一旁的祝续铭瞪大了眼珠子。

不等祝续铭有其他反应，布莱克开口了："好，成交！"

"布……布莱克先生，你可知这这一成会……会……"祝续铭很想和布莱克解释这一成太多了，可布莱克已经用手势打断了他，并说道："多出的一成我替你付！"

祝续铭蹙着眉头，还想说些什么，却又不知道该说什么。

布莱克都已经答应帮他付那一成的钱，回头还会给他另外的报酬，他又何必多言？

就这样，在祝续铭和胡公公的交易之下，布莱克和胡公公又达成了一个私人交易。

在私人交易之后，紧接着便是祝续铭和胡公公的交易。

再又过了半个小时，祝续铭等人终于走出了房间。然后，祝续铭开始指挥人从四合院里面往外搬东西，这些东西都是二尺长宽的立方木箱子，足足有五箱之多。

此时，星光几乎消失了，月光也更加朦胧，甚至，月亮的表面还覆盖着一层黑云。处在四合院两侧的两帮人都在蠢蠢欲动，可他们偏偏还沉得住气。

祝续铭仍然没有察觉到杀机，他满脸堆笑在门口和胡公公道着别："胡公公，咱们后会有期。如果您还有什么好货，一定要联系我，我保证给您全京城最高的价格。"

"祝老板会做人啊！"胡公公奉承了一句，紧接着又道，"不过，祝老板，下次再有洋人，就不要往我这里带了。大清的气运都镇不住这些洋人，我怕我也承受不了。"

祝续铭表情尴尬，他旁边的布莱克却笑而不语，隐隐透露出一种对迷信的讥讽。

胡公公看到了布莱克的这种讥讽，他很想多说两句，偏偏第五个箱子怎么也塞不进轿车里，异变发生了。

十几个黑衣人像是从天而降，从四合院门口的左右两侧拥出，并伴随着怒喝声："都给老子不许动！"

两侧的黑衣人十分默契，可在出现之后，他们又同时停步，像是遭遇了意料之外的敌人。

祝续铭等人还没明白是怎么回事，这两帮人又同时动作，左边的黑衣人手持连发弩，右边的举起了手枪。也不知道是谁先出的手，两边人马就这样呼啦啦干了起来。

"咻咻咻……"

"砰砰砰……"

令人毛骨悚然的声音在小巷子内瞬间密集起来，这两边人马竟然都在边打边退。

子弹和箭矢都是不长眼睛的，处在中间位置的祝续铭等人遭了殃，瞬间成了活靶子。

祝续铭带来的几个手下眨眼倒在血泊之中，生死未明。他和布莱克因为站在靠近四合院大门的位置，快速躲了进去，算是躲过了一劫。可即便如此，子弹和箭矢也擦着他们的身体而过。

枪声和连发弩的声音持续了好一会儿，然后就有几个声音在四合院的周围响起。

"我就说嘛，这洋人身上有邪气，根本就镇不住！"胡公公在这种情况下仍然很淡定地说着话。

"公……公公，别别别别说话！"祝续铭早已吓得两腿发软。

"嘘，外面没动静了，你们听，他们在说话。"布莱克也很冷静的样子。

"……"

"奶奶的，是谁不长眼睛先放的箭，老子要扒了他的皮！"彭二爷捏着嗓子，变着声,在四合院的左侧开口。

"二爷,别抱怨了,我们下面该怎么办?"

"你说怎么办?敌人有枪,我们干不过他们,我们认怂,走,扯呼!"彭二爷果断至极。

…………

"是谁先开的枪,有没有脑子,不知道这会伤及无辜吗?"另一边的蔡洪也开腔了。

"你就少说两句吧,当务之急,是现在该怎么办,到底还抓不抓那个洋人了?"林兰接话道。

"抓,当然要抓,他手里掌握着王圆箓的笔记,现在不抓,以后就没机会了!"蔡洪斩钉截铁道。

"那就别愣着了,听我指挥。"林兰口吻强硬,"敌人用的是箭矢,应该是江湖人士,他们不可能是我们的对手。我们可以依靠枪支掩护,以最快的速度把他们干掉!"

"你一个女人,够狠的!"蔡洪吃惊道。

"革命就需要牺牲,袁大帅想要找到'无尽墟',我们就要想办法去破坏他的计划。"林兰的口吻愈加强硬,"听我指挥,分出三个人来掩护,其他人跟我一起冲出去。"

随着林兰做出安排,真的有三个人分出来做掩护,不惜子弹"砰砰砰"地响个不停。

接着,林兰带头冲了出来,却没有发现彭二爷等人。

林兰的反应很快,立马招呼同行的人,对处在四合院里面的布莱克冲去。

布莱克和祝续铭正在聆听周围的动静,突然又听到枪声,他们吓得根本就不敢露头。

等到林兰带着人出现,直奔布莱克,布莱克和祝续铭都惊了一跳,布莱克更是强烈地反抗着。

可是,布莱克的反抗是没有用的,林兰身边的两个人一齐上手,当时就把布莱克敲晕了。至于祝续铭,他很想救布莱克,可他一条手臂被子弹扫中,自身难保,哪还敢上前去救布莱克?

倒是胡公公,仍然很淡定,带着独有的腔调说道:"洋人果然有邪气,今晚的事情都是洋人引出来的。祝老板,你福大命大,你的货都保住了,赶紧把货拉走吧!"

然而,谁也想不到,胡公公的话音刚落,明明已经离开的彭二爷竟然带着人又回来了。

第八章 五个大洋

刚才，林兰等人再一次开枪，正好惊到了还没走几步的彭二爷等人。

彭二爷当然不知道四合院门口发生了什么，他只是突然生出一种侥幸心理，或者说是一种贪婪心理，他想看看还有没有机会。多年的江湖经验告诉他，他可以来一个回马枪。所以，他带着人又回来了，正好看到林兰等人带着布莱克往回走。

林兰等人似乎对车上的五个箱子一点兴趣都没有，这让彭二爷先是一怔，转而欣喜若狂。

他恍然明白，眼前的情况似乎是一个大乌龙。

他们两帮人马聚集在胡公公的四合院门口，看似有着同样的目的，实则是互不相干。

彭二爷知道这是一个千载难逢的机会，他先稳了稳情绪，继续透过巷口观察情况，打算等林兰等人走了之后再出手。可林兰身边有一个人贪念突生，竟然折返回来要抢夺箱子，这一下激怒了彭二爷。彭二爷当机立断，几乎是吼着下达了命令："给我射死他！"

无情的箭矢在幽深的夜幕下、在狭窄的巷子内穿梭，林兰的那个人当场被射死。

林兰和蔡洪紧张非常，没想到彭二爷折返了，这让他们不得不担心彭二爷是不是回来抢人的。他们虽然想带回那个被射死的同伴，可他们更清楚洋人的重要性。于是，林兰和蔡洪都有了决断，林兰更是先开口道："你们先撤，我带人顶着！"

蔡洪很想代替林兰留下来，可情况紧急，已经容不得他耽误，他只好带着人先走了。

最后，林兰身边只剩下两个人，他们就守在拐角那里。

这一刻，林兰的目光从未有过地坚定，即便在黑夜之中也犹如明星闪亮。

她和身边的两个同伴说道："我们既然加入了革命党，就要有为革命牺牲的觉悟，虽然我们相处不过两三天，但我以认识你们为荣。今夜，我愿意同你们生死与共！"

"为了三民主义！"

"为了大同社会！"

林兰三人已做好了准备，可是，他们要失望了，因为彭二爷的目的和他们不相冲。

彭二爷似乎知道他们还没有走，捏着嗓子，高声而道："朋友，我们此来只为求财，如果你们另有目的，还请各走阳关道，我们没必要进行无谓的交锋和无谓的牺牲。"

听到彭二爷这话，林兰吃了一惊，但她很快明白了什么。

她没有什么回应，而是带着两个人悄悄离开，紧追蔡洪等人的脚步。

彭二爷不知道林兰等人走了没有，但对面没有回应，便证明十有八九是没人了。

彭二爷让一个人先出去试探了一下，等发现对面没有攻击袭来，他才带着人小心翼翼地走出巷口。

再然后，彭二爷等人以最快的速度把五个箱子给抢了，他们一人抱着一个箱子按照原路返回。

在临走的时候，彭二爷仍没有忘记祝续铭，对着祝续铭拳打脚踢，完全是在泄私愤。

可怜的祝续铭，本以为被胡公公说中了，今晚的一切都是布莱克引来的，此时突然被人针对，他有点回不过味来。紧接着，他就在惨号声中晕厥过去，他不远处的胡公公也被整得一脸蒙状。

不说胡公公门口的惨状，却说彭二爷等人抱着五个箱子，按照原计划赶往孟天化所在的接货地点。他们刚刚走了没几步，远处突然又传来了枪声，似乎又发生了激烈的交战。

彭二爷微微停顿，转而像是什么都没听到一样，催促自己人赶往接货的地点。

北京的四合院都是大巷连小巷，小巷穿大巷，不熟悉的，很容易就会迷路。像祝续铭开的轿车，只有很少一部分四合院的胡同尺寸能够满足其行驶。所以，彭二爷他们以最快的速度撤离，除非碰到埋伏好的，或是运道不好，他们很难被人抓住。

在彭二爷他们快速撤离的时候，打扮成夜香妇的孟天化，此时正待在一个狭窄偏僻的巷口处守着夜香车。若是不仔细看，还真以为他是一个夜香妇干活干累了在临时歇脚。

不过，此时的他，看似淡定，却早已心神不宁。

他听到了枪声，并且，他十分肯定那就是彭二爷他们在遭遇枪战。

他不知道彭二爷等人会怎么样，他只是很害怕他们会被干掉。要是他们都死了还好说，要是还有活着的，而且还被敌人抓了，敌人会不会找到他这里？

孟天化满心担忧，焦急等待着，原本让他难以忍受的夜香味，此时他也感觉不到。

他在犹豫着要不要先躲起来，以防不测。虽说二叔对他来说很重要，可他更知道一点，他的性命才是最重要的。甚至，他已经在心里安慰自己，要是二叔地下有知，也肯定会赞同他以保命为主。

心里这样安慰着，孟天化不再犹豫，转身就开始寻找可以躲藏的地方。

也是在他起身的一刻，从巷口冲出来一个人，惊得他差点没蹦跳起来。

等到他仔细观察这个人，再看到后面还有几个人抱着箱子的时候，总算松了口气。

"老三，赶紧把货装车藏起来！"彭二爷的声音传来，孟天化的脸色彻底轻松了下来。

孟天化赶紧动作，帮着几个人把一箱箱从宫里弄出来的宝贝分别扔进夜香桶里。

看着这些价值连城的宝贝就这样被夜香污染，孟天化倒是一点都不心疼，还不忘和彭二爷聊起了天："二叔，啥情况？我怎么听到了枪声，你们是咋活下来的？"

"老三，你就少说两句话。这枪声一响，巡逻队的人肯定会蜂拥而至，我们得赶紧撤退。"彭二爷不想和孟天化多说，紧接着便指挥其他人按照计划换衣服撤退。

孟天化还想问上两句，却也知道情况紧急，开始加快装车速度。

等到五箱古董装完，彭二爷的人也换好了衣服，他们当即作鸟兽散，消失在夜色之中。

最后，只剩下孟天化一人，认真扮演勤劳的夜香妇，卖力地拉着一车夜香往回赶。

在回去的路上，孟天化果然看到了巡逻队。要不是他装得足够像，急忙停下来给巡逻队让道，并且低眉顺眼，流露出害怕的姿态，他很可能被巡逻队的人拦下来盘问。

一路平安无事地赶到琉璃厂附近的藏货地点，将抢来的宝贝全部藏好之后，孟天化继续装作夜香妇把夜香车送往归还的地点。

可是，令孟天化始料未及的是，他刚刚走到琉璃厂的一个巷口，两个黑衣人闯到了他的近前。其中一个黑衣人体形纤瘦，个头高挑，发出了孟天化极为熟悉的女人声音："大姐，这是五个大洋，请你帮帮忙，不要让巡逻队的人追上我们。"

女人说完话，扔下五个大洋，就带着另一个受伤的黑衣人匆匆钻进了琉璃厂

第八章　五个大洋

的巷子。

孟天化愣愣地望着女人的背影，心中的茫然与惊奇无以言表。

他可从没想过，今晚和彭二爷交锋的人中会有林兰。

他更没想过，一个女人如此厉害，居然掺和到今晚的事情上来。要知道，今晚的人不是用连发弩就是用枪的。

孟天化来不及细想，巡逻队的人真的出现了。

巡逻队的人一出现，就捂着鼻子质问孟天化："收夜香的，看到两个黑衣人从这里经过没？"

孟天化本能般地把身子往后缩了缩，很是害怕的样子，然后对着一个方向指了指。

巡逻队毫无怀疑地向着那个方向追去，却看不到孟天化在他们离开后也快速消失了。

孟天化的动作很快，几乎是用小跑的，但很快他又冷静思考林兰为什么会在今晚出现。

按照他对林兰的了解，林兰应该是一个留学归来的新时代女性。即便她和阔少蔡洪有关系，她也不应该掺和到今晚的事情上来。林兰今晚出现，只能说明一个问题，林兰不是普通人，至于她到底是什么人，孟天化还摸不清门道。

孟天化也没有太过深思，他归还完夜香车，就回了古董店。

回到古董店，孟天化才彻底放下心来。

将身上的夜香味去除，孟天化本想安安稳稳地睡一觉，等到第二天早上再去打听劫货的事情。可这一夜他太兴奋了，加上附近不时有枪声传来，孟天化根本就睡不着。

一夜不安生，天色总算亮了。

孟天化早早开了门，耐着性子坐在店里，没有主动去找人打听昨晚的事情。

从这一点来说，孟天化是个聪明人。

孟天化知道自己在琉璃厂的人缘不好，他若是主动询问，难免会引起一些人的怀疑。他越是看淡昨晚的事情，越是事不关己，就越不会有人怀疑到他的身上来。

孟天化的等待是有效果的，因为琉璃厂并非所有人都讨厌他，总有那么几个跟他合得来的，总有那么几个想主动跟他聊天的。

其中一个跟他合得来的店主叫王二蛮，是从东北过来的。据王二蛮自己介绍，他的祖上是八旗子弟，还是上三旗之首正黄旗出身，给康熙皇帝做过亲卫。至于他说的是真是假，谁也确定不了。

反正，他每天都拿着八旗子弟后裔的身份招摇撞骗，说自己的东西都是从前清某某官员手里淘来的。可孟天化只要往他店里瞧上一眼，就知道那里摆的全都是假货。

第九章 摸金大佬

王二蛮是个话痨,他喜欢和人唠嗑,也因此,琉璃厂附近发生的大小事他都知道。王二蛮一来到孟天化的店里,就笑呵呵的,加上他个高膀宽,给人一种憨傻的感觉。

"兄弟,你咋还这么淡定呢?昨晚枪炮轰鸣的,你不会没听到吧?"

"什么枪炮轰鸣,不就是有人打枪吗?"孟天化一点也不在意,"咱这北京城,每天放出的枪声还少啊?你有话就直说吧,是不是昨晚又出什么事了,我看今天早上气氛不对味啊!"

"看来,你还是感应到了什么。"王二蛮继续呵呵笑着,"我跟你说,昨晚有革命党进城了。"

"革命党?"

"是革命党,据说是为了刺杀袁大帅而来。"

孟天化的眼珠子一瞪,很快就笑了:"你这该不会又从哪里得到的小道消息吧?"

"绝不是小道消息,这次是真事,巡逻队昨晚已经抓到了一名革命党!"

"真的?"

孟天化面露狐疑,心头却是大惊。

昨天晚上,明明是两帮人为了抢夺一批古董交战,怎么就和革命党扯上关系了?

孟天化知道这个事情必须要搞清楚,但他也不能急,只好一点一点地套王二蛮的话。

这一套之下,孟天化震惊了。

关于昨天晚上的动静，居然有好几种说法。

有人说是革命党在密谋暗杀行动；也有人说，是江湖上的人盯上了祝续铭的买卖，故意和祝续铭过不去；还有人说，昨晚的事情和外国人有关，是外国人在搞事。

对于这几种说法，孟天化丝毫不关心，他只关心负责调查此事的人是谁，对这件事的调查到了什么程度。

再又套了一番话之后，孟天化总算得到了一些内容，但同时，他也多了一些担忧。

昨天晚上，可能是因为撤退得太过匆忙，彭二爷的人在路上落下了一件连发弩。这件连发弩已经被巡逻队的人交给警察作为证物保留，并移交给一些专业人士研究。

关于连发弩的内容，孟天化有信心别人发现不了什么，更找不到他这里。他唯一担心的是连发弩的制作原理会被人发现，这样一来，他的研究成果就会被人剽窃。

除了这一点，孟天化还担心一件事，那就是夜香妇的事情。

据说，警察局为了寻找到更多的调查线索，把昨晚可能出现在街上的人物都叫到了警察局，其中就包括收夜香的。虽然收夜香的没见过孟天化的真面目，但她一旦说错话，孟天化昨晚的行动轨迹很可能会被警察发现，更可能作为一个突破口。

就在孟天化担心夜香妇事发的时候，王二蛮突然又和孟天化说起了另外一件事："还有一个重要的事情忘记和你说了，咱们琉璃厂最近又新开了两家大铺子。有传闻说，这两家大铺子背后的主人是九爷。您掂量掂量，这件事有几分真假？"

"九爷？"听到这个名字，孟天化本能地蹙起了眉头，"你说的是那位摸金大佬？"

"除了他，还有谁敢叫九爷？"

孟天化的眉头皱得更深了，似乎想起了很多事情。

九爷，那可是传说中的厉害人物，尤其是在盗墓界，几乎是龙头。

关于九爷的传说，孟天化听过很多，其中大部分都是彭二爷讲给他听的。甚至，彭二爷以及孟天化的父亲还和九爷打过交道，最终因为一些原因，他们没能进一步交流。

可是，九爷早已金盆洗手，怎么会突然冒出来？

九爷是一个盗墓贼，行踪必须保持隐秘，一旦他在明面上买卖古董，性质就不一样了。

还有就是，九爷突然开了两家古董店铺，还都是在琉璃厂开的，这太不合逻辑。谁会这么傻，一下子在同一个地方开两家古董店，这是自己和自己竞争吗？

"关于九爷的事情，你有没有更多的信息？"孟天化向王二蛮问道。

"其他的就没有了，只有传闻说这两家店铺是九爷开的。可我仔细观察了一下，这两家掌柜的似乎并不认识。"王二蛮也很纠结这个问题，因为这两家店铺对他和孟天化这样的小店铺冲击很大。

"这个事情有点不合逻辑，我们还是静观其变吧，就算天塌下来，也是个高的先顶着。"

"你说得对，就算天塌下来，也是个高的先顶着。"王二蛮被孟天化这么一说，释怀了不少。

就在王二蛮准备离开的时候，从不远处突然冒出来一队警察，正对每一家店铺询问着什么。

孟天化看到这里，脸色微微一变。

有句话说的是，怕什么来什么。孟天化最担心的就是警察循着夜香妇的痕迹寻到琉璃厂，想不到警察还真就来了。

昨天晚上，他假扮夜香妇在琉璃厂附近出没，警察肯定想在附近寻找线索。万一哪个脑残，半夜出来如厕见到了他，还见到了他本人，那他不是倒了霉？

"孟老兄，你不用担心，我保证昨晚没人见过你！"正准备离开的王二蛮突然回头，和孟天化冒出来这么一句，正揪心的孟天化刹那间方寸大乱，神情都变了。孟天化震惊地盯着王二蛮，一时间竟不知道该说些什么。

王二蛮倒是很淡定，接着道："孟老兄，我们都是做假货的，以后相互照应着点。我知道你有能耐，这一次，就当是我送你一个顺水人情。"说完，王二蛮转身离开了。

孟天化盯着王二蛮的身影，有种人心难测的感觉涌上心头。

他一直觉得王二蛮不聪明，有时候看着挺憨傻的，可这一刻，他觉得王二蛮是个人精。

刚才，他一直套王二蛮的话，恐怕王二蛮早就发现了端倪。可王二蛮一直当作什么都没有发生，继续和孟天化漏底，很可能是为了试探孟天化，验证他的一些猜测。

王二蛮这一张口就是一个顺水人情，看似豁达，孟天化却明白，这顺水人情不好还。

"唉，二叔啊二叔，我是真想学你来上一句山东方言，你奶奶的，这不是倒了血霉了吗？"

王二蛮一离开，孟天化更加心绪不宁，但等到警察来到他这里，他立马又笑脸相迎。

"两位官爷，你们想看点什么？"孟天化招呼着两个警察。

"我们不是来买东西的，我们是来了解情况的。"两个警察的态度很冷淡，很是公事公办的样子，"我问你，你昨晚有没有出来过？有没有看到过什么人？"

第九章 摸金大佬 | 037

"禀告两位官爷，小人昨夜一直在屋里睡觉，虽然被枪声惊醒过，却不敢走出房门半步。"

"你的意思是说，你没有看到过什么人？"其中一个警察又问道。

"是这个意思！"

"你真的没有出来过？"另一个警察却流露出锐利的光芒，惊了孟天化一跳。

孟天化讪讪一笑，还是坚持道："小人真的没有出来过！"

那个目光锐利的警察又盯了孟天化两眼，才继续道："希望你没有说假话，不然我一定抓你。"

孟天化继续讪笑着，一直把两个警察送走才长舒一口气。

等到警察远去，孟天化才继续坐在店里，装作等待生意，脑海中却翻腾着各种想法。

王二蛮既然说要送给他一个顺水人情，那王二蛮就不会揭露他。这样一来，就没有什么能对他造成威胁。即便警察沿着夜香妇的事情调查，也找不到他身上。

不过，话说回来，要不是昨晚有枪声，也就不会引起巡逻队的注意。没有引起巡逻队的注意，他扮演夜香妇这个事情，几乎就天衣无缝，更不会成为一个纰漏。

还好，这个纰漏也不算多大的问题，但孟天化又开始担心起彭二爷那边会出问题。孟天化刚才已经从王二蛮口中得知，负责整个事件调查的是警察局总探长黄一探，这可是一个厉害角色，北京城的好多奇难案件都是他告破的，其中好多故事都被编成了大鼓书，流传得很广，孟天化有段时间特别着迷。

还有就是革命党的事情，这是真是假？如果是真的，那林兰岂不是也和革命党有关系？

孟天化想了很多，最终只归为一条，他要和二叔见上一面，了解昨晚的情况。

平时，孟天化和二叔见面，都是二叔来找他，但孟天化也不是没有联系二叔的方法。

孟天化在店里守到了关门的时辰。

这一天，他店里一单生意都没有，但这就是古董行业，平时不开张，开张吃三年。

孟天化按照时辰关了门，刚要朝着八大胡同的方向走去，一个个高膀宽的男人走了过来。

看着脸上笑眯眯的王二蛮，孟天化的表情阴沉了起来。

上午王二蛮说了一句"顺水人情"，下午他就要把这个顺水人情要回去吗？

孟天化心中冒出了一句"瘪犊子"，脸上却和善至极："王老板，这是去哪儿遛弯儿呢？"

"不遛弯儿，不遛弯儿，我是来找你的！"王二蛮憨厚的笑容此时在孟天化看来很奸诈。

"找我？找我什么事？"孟天化茫然不知的样子。

"还是到你店里谈吧！"王二蛮说着，直奔孟天化的店铺大门。

"我已经关门了，还有一件重要的事情去办，不能改天再说吗？"孟天化依旧面带笑容。

王二蛮也笑了，憨厚的样子让孟天化恨不得伸手在他脸上狠狠地拍两下。

第十章 王二蛮的算计

"孟老兄,你不会这么扫兴吧?我跟你聊的可是一件好事,你总不希望我去警察局跟警察聊吧?"王二蛮的话,让孟天化不自主地僵在了原地。

说实话,孟天化自觉平时挺招人嫌的,但此时此刻,他觉得王二蛮比他还招人嫌。

"好吧,你都这样说了,我也只能开门迎客。"孟天化压下心中的烦躁,重又打开了店铺门。

进入店铺内,王二蛮简直当自己家一样,看到什么拿什么,找到椅子就坐了下来。

孟天化依旧忍着烦躁,心中却下了狠心,他要找一个机会将这不要脸的瘪犊子弄死。

"老孟,我既然已经来了,也就不跟你兜圈子了。"王二蛮坐着孟天化的椅子,喝着孟天化泡的茶,就连原先的"孟老兄"也变成了"老孟",好像和孟天化亲了一分。

孟天化很嫌弃那一声"老孟",却也只得耐着性子听下去。

"上午那会儿,我跟你说我不知道九爷其他的信息,其实是骗你的。我这里有一条珍藏的信息,要和你分享。九爷此时很可能就在北京城,并且要重出江湖!"

听到这样一条信息,孟天化的眼珠子都瞪圆了。

他有些不敢置信地盯着王二蛮,想从王二蛮的脸上看出他是不是在说假话。

可在看了半天之后,孟天化不得不问道:"你为什么这样说?究竟有什么目的?"

王二蛮开心地笑着,接着道:"这样的你,才是真实的你。我们之间,就不要玩那些弯弯绕了。实不相瞒，我得到了一个消息，九爷好像在招兵买马，似乎准备玩一票大的。"

"然后呢？"孟天化俨然提不起兴趣。

"既然是玩一票大的，里面的油水肯定不少，我与其一辈子卖假货，不如跟着玩一票大的。"王二蛮很兴奋。

"这和我有什么关系？"孟天化更加提不起兴趣了。

"当然有关系，盗墓的事情我是一窍不通，但我晓得……"王二蛮嘿嘿笑了，"你有祖传的手艺。并且，我听说，你父亲还是一个出名的人物，包括你的那位二叔！"

"你调查我？"孟天化终于怒了。

王二蛮可以用昨晚的事情来威胁他，但王二蛮在暗中调查他，这触及了他的底线。

他孟天化平时吊儿郎当的，喜欢贫嘴耍诈，但在原则性的事情上，他不允许别人侵占半分。就像他从不卖真货给洋人，就像别人找他鉴定东西他一定要说真话一样。

王二蛮似乎感受到了孟天化的愤怒，脸上的表情不禁有些尴尬。

他虽然查到孟天化的好多信息，但其中多数是传闻，若是因此惹恼了孟天化实在不值。

"老孟，你别生气嘛，我也是和别人瞎聊得到的这些内容……"王二蛮急忙做出解释。

"你不用说了，我已明白你的意思。"孟天化却打断了王二蛮，脸上的沉静表情让人看不出喜怒，"如果是其他事情，我或许会考虑一二，关于盗墓的事情你就不要再提了。先不说我根本就不会盗墓，即便我会盗墓，我也不会帮你，太损阴德！"

面对孟天化如此直白的拒绝，王二蛮脸上的表情不太好看，可他还没说话，孟天化又开口了："关于昨晚我出门的事情，你尽可向警察局报告，我绝不会怨恨你！"

孟天化这番话，直接把王二蛮后面的内容堵死了。

王二蛮脸上的表情又难看了一分，但下一刻，他又笑呵呵道："老孟，你说的这是哪里话，我是那种告密的人吗？你放心，我王二蛮别的本事没有，就是说话算话！"

"随便你！"孟天化依旧摆出冷淡的表情，"如果你没有其他事，就先离开吧，我还有事情要做。"

"好，好，那你先忙，我们改天再聊！"王二蛮此时还能笑脸相迎，真是让人佩服。

孟天化对王二蛮的表现也很佩服，这要是他，被人连续拒绝和驱逐，他肯定憋不住火。

不过，在注视王二蛮离开之后，孟天化总算松了口气。

他并不知道王二蛮会不会去警察局告密，他只是不想应对涉及盗墓的内容。盗墓他虽然很熟悉，但他已经在父母的坟前发过誓，也和二叔保证过，绝不会沾染。

当然，如果王二蛮真的去警察局告密，他也只能死皮赖脸，来一个死不承认。

在王二蛮走了没多久之后，孟天化又关了店铺门，急急忙忙赶往不远处的八大胡同。

他要和二叔见上一面，了解昨晚详细情况的同时，也要商量下一步的内容。

赶到八大胡同之后，孟天化直奔韩家胡同的庆元春。

他先在庆元春里面走了一圈，在没有发现二叔之后，便和花姐聊了起来。

他聊的无非是风月内容，是否有新姑娘出现，是否有什么奇闻异事。聊到中间的时候，他询问了一下二叔的情况，又询问了一下林兰的情况。等到这些内容问完，他才给花姐留了一个信，让花姐见到彭二爷时，把他的话传给彭二爷。即便花姐没有传到，彭二爷来到庆元春也会看到他在大门和楼梯口留下的特殊印记。

做完这些，孟天化潇洒地离开了八大胡同，辗转来到了彭二爷前几天留给他的一个地址。

也是赶路的过程中，孟天化将林兰这个人分析了一下。

按照花姐所说，林兰前几天就离开了庆元春，是和蔡洪一起离开的。

林兰和蔡洪离开之后，应该一直在一块儿。而蔡洪是云南大将军蔡锷的堂弟，如果林兰和革命党有关系，这岂不是说蔡锷也和革命党有关系？那袁大帅还有好日子？

当然，这些内容都是孟天化瞎猜的，也和孟天化没关系。

孟天化现在只想把搂到的宝贝变成钱，继续在琉璃厂滋润地混下去。

按照彭二爷给的地址，孟天化来到了一队军人在北京城临时落脚的地方。经过打听，孟天化得知，这些人的确是后来鼎鼎有名的直系军阀首脑曹锟的下属部队。

不过，在打听彭二爷的信息时，孟天化却听到了不一样的内容。

有人说，彭二爷深得上头的宠爱，几乎每隔一段时间就会加官晋爵。但也有人说，彭二爷太过喜欢逛窑子，这使得上头对他的意见很大。加上彭二爷多喜耍小聪明，彭二爷的好日子过不长。

孟天化对这些议论并不在意，他只是想问问彭二爷在不在。在得知彭二爷不在，他悻悻地离开了。

可孟天化想不到的是，他在回到琉璃厂古董店的时候，早已有一个人等在那里。

这时，天色已黑，星月无光，琉璃厂的古董店基本已关闭，街道上一个人也没有。

看到这个人的第一眼，孟天化吓了一跳，因为这个人穿着一身军装，孟天化还以为是警察局的人。

不过，转念一想，警察的衣服和军队里的衣服不一样，孟天化这才敢靠近。

走到近前，孟天化确认这个人不是彭二爷，自己也不认识，这才和对方打起了招呼。

对方也很礼貌地和孟天化打招呼，并询问他是不是古董店老板，是不是叫孟天化。

孟天化虽有疑惑，还是点头称了一声"我是"。

接着，对方很激动地抓住孟天化一条胳膊，并说道："彭二爷出事了，是他让我来找你的。"

孟天化愣在了原地，脑子一刹那有点短路："你……你说什么？"

"彭二爷出事了，他惹到了不该惹的人，现在被关进大牢了。"军人又说了一遍，抓着孟天化的胳膊更加用力。

这一刻，孟天化清晰地感受到军人身上有一种焦躁与不安。

也是因为这种焦躁与不安，孟天化有种不好的预感。

孟天化赶紧压下心头突来的杂乱情绪，和军人说道："有什么事我们到店里面说吧！"

"好！"军人这才松开孟天化的胳膊。

孟天化揉了揉被捏疼的胳膊，看了军人一眼，这才打开店铺门，让对方进来。

接着，孟天化给对方倒了一杯水，让对方慢慢把情况说清楚。

等到对方把内容讲完，孟天化的脸色开始发白，甚至，他整个人都有点打晃。

他是真没想到，彭二爷竟然会惹出这样的乱子来。

就像军人说的那样，彭二爷惹到了一个不该惹的人，一个可以对彭二爷生杀予夺的人。

不过，孟天化想不到的是，彭二爷惹事的时候，正是他去八大胡同找彭二爷的时候。当时的彭二爷就在八大胡同，不过，不是在韩家胡同的庆元春，而是在陕西巷的云吉班。

至于彭二爷惹事的原因，自然是因为女人，彭二爷最喜欢干的事就是为女人出头。

可一想到彭二爷招惹的这个人，孟天化是真的头疼。这个人当然不是一般人，他不仅不是一般人，还是许多军阀大佬都要溜须巴结的人，因为，他是袁大帅的公子。

怪不得军人浑身焦躁与不安，得罪了袁大帅的公子，彭二爷活下来的概率还有多少？

"二叔啊二叔，你是要坑死你侄儿我啊！"孟天化坐在椅子上感叹着，脑子却一刻不停地转动着。

按照这个军人所说，彭二爷还有救回来的希望。彭二爷虽然招惹了袁大帅的公子，但这位公子发下话来，只要彭二爷能在三天之内筹集五万大洋，彭二爷就能活下来。

五万大洋，这对孟天化来说是一个天文数字，但他还得搏上一搏。

二叔不比其他人，是比他亲生父亲还要亲的亲人，哪怕是卖身，他也得救下二叔。

第十一章 潇洒不过彭二爷

孟天化仔细计算着自己身边还有哪些值钱的玩意儿。除了昨晚抢到的货物，孟天化把自己的店铺卖了，算来算去也不过能攒出五千大洋的样子。即便加上昨晚的货物（孟天化还不知道具体情况），他大致估计了一下，想要凑齐五万大洋，希望渺茫。

而且，昨晚的货物处理还需要一段时间，这还不算处理货物时可能产生的风险。孟天化几乎是一眨眼就愁坏了。

不过，孟天化还算冷静，在沉思了一会儿之后，就和那个军人说道："任海峰大哥，你先回去吧，看看能不能托一托你们上级的关系。如果二叔的上头能够出面，那最好不过，如果二叔的上头都不愿出面，我们再商量营救二叔的办法，如何？"

那个叫任海峰的军人很颓丧，显然也因眼前的事情烦恼不已，但他还是按孟天化说的去做了。

等到军人离开，孟天化赶紧关上店铺门，开始盘点家当。

盘点的过程中，孟天化不时地蹦出几句粗言秽语，还伴随着踢桌子、砸椅子的声音。

孟天化此时真的是恨得牙痒痒，他好不容易等来二叔，准备依靠这批货物在琉璃厂翻身。可二叔倒好，惹谁不好，竟然惹了袁大帅的公子，这不是让他下半辈子给人当牛做马吗？

不过，只要二叔还没有死，就有回转的余地。

孟天化得多想几个办法，不管是托关系，还是找靠山，他都得去试一试。

如果仅仅靠五万大洋这一个法子，根本就是不靠谱的事儿。就算孟天化拼了血命把五万大洋凑齐了，这五万大洋的来历他不信袁大帅的公子不感兴趣，谁都不是傻子。

当天晚上，孟天化把自己的家当都点了出来，保底有五千大洋，高的话就不确定了。接着，孟天化又把抢来的那批货都整到了店铺里面，并正式估了一个价格。

孟天化也没有想到，那位胡公公从宫里弄出来的东西都不是寻常货色。低档的，上千块大洋没有问题，高档的，直接能飙到几万块大洋。不过，这些货都是抢来的，明面上是肯定不能卖的，所以，处理的时候必须得在暗中，且价格绝不会高。

孟天化敢保证，祝续铭肯定已经放出了风。只要市面上有类似的货物出现，祝续铭会第一时间得到消息，并顺藤摸瓜，找到抢货的人。孟天化不想当傻子，他接下来的行事必须得小心，尤其是处理货物的时候，更不能给人抓到一丁点的把柄。

这样小心处理，中间所需的花费也肯定不会少，价格说不定会被压得更低。再加上，其中有几件宝贝孟天化也十分喜欢，他真的不想贱卖，他宁愿先把自己的店铺盘出去。

算来算去，孟天化也只算出个大概，最终能不能救出彭二爷，还得看他具体怎么操作。

另外，在把这些东西处理之前，孟天化还得去警察局一趟。他想在其他地方使劲，也得让彭二爷给他指明方向才行。不然，他随随便便就去找人办事，那叫病急乱投医。

第二天一大早，孟天化就离开了琉璃厂，直奔警察局。

在警察局用大洋疏通了关系之后，孟天化总算在一个铁牢房里见到了彭二爷。

彭二爷还穿着那身军装，却显得形象凌乱，邋里邋遢。

他就躺在一个铺满干草的小床上面，偏偏又给人一种悠闲的样子。

"二叔！"

孟天化在牢房门口叫喊了一声，床上的彭二爷像是被针扎一样，一骨碌爬了起来。

在看到孟天化之后，彭二爷立马又咧嘴笑了。

看到彭二爷此时还能笑出来，孟天化真想转身就走。

这二叔他宁愿不要了，平时挺精明的一个人，关键时候总喜欢惹出这样的乱子来。

孟天化不禁想起那几年四海为家的日子。

那几年，孟天化和二叔一直在全国流浪，也可以说是流窜。刚开始的时候，孟天化觉得二叔挺靠谱的，做事小心谨慎，考虑周全，绝不干赔本的买卖。可到后来，孟天化发现了一个规律，那就是一落到女人身上，二叔就跟白痴一样。

想想那几年，二叔因为女人惹出的乱子还真不少，每一次都得孟天化给擦屁股。

这一年多没见，二叔因为女人惹祸的习惯居然还没改。

"说吧，这次又是因为哪个女人？"孟天化实在提不起脾气，只得直奔主题。

二叔脸上的笑容依旧，却更多的是尴尬："大侄子，是二叔对不起你啊，二叔……"

"你就少装可怜吧！"孟天化直接打断二叔的话，"你这点套路怎么不在袁大帅的公子身上使使？"

"我使了啊，可是人家不吃这一套！"二叔很无辜的样子，还有点理直气壮。

孟天化见此，有些压不住火了。

二叔这点尿性，他还能不知道？

"你是把人得罪之后，又来这招委曲求全的吧？"孟天化讥讽着，"你把别人都当傻子吗？"

"大侄子，你应该了解我的，我是一个正直的人……"

"正直你大爷啊，说正题，到底是怎么回事？"

孟天化要不是顾及彭二爷是长辈，真想动起手来，把彭二爷从头到脚地踹一遍。

"其实，事情很简单，就是云吉班来了一个新雏儿，看上去挺可人的，然后我就忍不住心痒……出手了。"彭二爷摆出流里流气的姿态，简直和一个兵痞差不多。

"然后呢？"

"然后？"彭二爷眼睛一瞪，笑了，"然后我因为飙价过猛，一下干到了两万大洋……"

孟天化眼珠子瞪得滚圆，死死盯着彭二爷，终于忍不住破口大骂："我去你大爷的！你脑袋是让驴踢了，还是让门给挤了？两万大洋，你咋想出来的，你怎么敢叫出来？"

"我当时不是想着，咱刚刚干了一票，两万大洋也不过是洒洒水的事情吗！"彭二爷搞得跟个土豪似的，脸色却多了些郁闷，"再说，我也没想到跟我竞价的是那位公子啊！"

孟天化彻底服了，彻底没了脾气。

后面的事情，不用彭二爷说，孟天化也能猜到发生了什么。

彭二爷因为叫价过高，导致袁大帅的公子都不得不放弃竞价。然后，那位云吉班的新雏儿就归彭二爷所有。但是，在拿钱的时候，彭二爷身上却一个子儿都没有。剩下的事情，就是袁大帅的公子恶意报复彭二爷，让彭二爷变成了可怜的阶下囚。

就因为彭二爷一时兴起，就因为他愿意为女人花光所有家当，才导致了眼前的一幕。

孟天化在破口大骂后，缓了好久才冷静下来。

他恶狠狠地盯着彭二爷，又问道："你明明叫的是两万大洋，怎么就变成五万赎金了？"

"这你得问袁大帅的公子，我看他是铁定要我的命了！"彭二爷说出这话时仍然很轻松的样子。

孟天化也不知道彭二爷是故作轻松，还是有了打算，只好询问彭二爷有没有什么门路。

彭二爷竟然很搞笑地说："劫狱！"

孟天化气到不行，知道这件事还得靠自己。

不过，彭二爷还是提到了两个名字，一个是"曹锟"，一个是"王占尤"。

曹锟的名字，孟天化知道，现在是袁大帅身边的红人。至于王占尤，孟天化没听过。但彭二爷说，抢夺祝续铭的货物，就是王占尤指示的，这几乎给孟天化指明了方向。

孟天化很快有了一些主意，即便找不到曹锟这样的大人物，找到能说上话的人也行。只要有人给撑场面，孟天化掏出几万大洋也就不会轻易被袁大帅的公子怀疑。

接着，孟天化又想起劫货那晚的事情，便询问彭二爷那晚的一些细节。

关于那晚的交锋，彭二爷也很奇怪。正因为奇怪，彭二爷在第二天的时候，去收集了一些资料。

按照彭二爷了解到的内容来看，那晚参与争斗的人很有可能和革命党有关，因为对方只要洋人，不要古董，这太奇怪了。但是，彭二爷觉得那晚参与争斗的人更有可能是因为另外一件事搅和进来，这件事彭二爷还搞不清楚，但肯定和那个洋人有关。

至于洋人的信息，彭二爷能够了解到的只有"敦煌莫高窟""英国人"等寥寥几条。其中，"敦煌莫高窟"这一条很重要，因为洋人刚从敦煌那边过来没几天。

"对了，那晚奇怪的事情还有一点，在我带人离开之后，立马又传来了交战的声音。"彭二爷讲故事的时候倒是很严肃，"我昨天白天打听到，那晚参与争斗的势力有三方。"

"有三方？"

"是的，除了和我们交锋的那伙人，应该还有一伙人。至于那伙人是干什么的，是不是和革命党有关，我也搞不清楚。"彭二爷说着，又得意地笑了，"反正，不管怎么样，那批古董是到了我们手里。至于洋人、革命党什么的，跟我们有什么关系？"

孟天化瞪了彭二爷一眼，很想来一句："是和你没关系，但抢来的货物马上要因为你失去。"

"我听说，那晚抓了一个革命党，是不是也关在了这里？"孟天化又想起了一件事。

第十二章 风水轮流转

"什么革命党，都是那个狗屁总探长黄一琛弄出来骗人的。"彭二爷微露不屑，"那天晚上，巡逻队和警察一个活人都没抓到。不过，他们倒是通过死尸确定了两个人的身份，听说是激进分子。就因为这一点，黄一琛断定那晚的事情和革命党有关，他抛出假信息只是想诱引革命党上钩。但我想，他可能屁都没逮到一个！"

"哦，这样啊……"

孟天化眼睛发亮，脑海中都是关于黄一琛的信息。

黄一琛把目标重点放在革命党身上，这对他们来说倒是一件好事。

孟天化又和彭二爷聊了一些不痛不痒的话题，这才快速离开了警察局。

就在他离开警察局的时候，他正好和总探长黄一琛碰了一面。

黄一琛个头很高，比孟天化高了半头，三十四五的样子。他戴着警察的帽子，披着警察的深绿呢子长外套，看上去风风火火、威风凛凛的。至于他的长相，瘦长脸，满脸都是青春痘留下的坑坑洼洼，嘴唇上方有一撇胡子，看上去很严肃，很威严，是个不苟言笑的人。

在和黄一琛碰面的时候，黄一琛嘴里蹦出来的内容都和那晚相关。

孟天化听了两句，便装作若无其事地朝警察局外面走去。

可孟天化不知道的是，他刚刚离开，黄一琛就向身边人询问他是谁，来这里干什么。

等到有人说他来警察局是为了看彭二爷的，黄一琛的脸色就不好看了，嘴里嘀嘀咕咕道："警察局的风气都让你们这些人败坏了，犯人是外人随便能看的吗？那还是袁大帅公子送来的人，你们脑子里装的都是些什么，只有芝麻那么大的利益吗？"

黄一琛的训斥，孟天化是听不到了，他此时已经站在警察局门口的大街上，仰望着头顶的太阳。

此时，他头顶的太阳明明很大，光线明明很强烈，他却感觉不到一丝丝的温暖。

据说，全国好多地方还在打仗，大小军阀和土匪割据，东北地区还有日本人，蒙古也被俄国人蛊惑分离出中国……北京城的八大胡同却还如此奢靡，警察局的人还在忙着收受贿赂，这不是一种讽刺吗？

也许，这就是乱世的生活。有权有势，飞扬跋扈，滋滋润润；平头百姓，水深火热，死无人知！

孟天化并没有什么大的抱负，他只是想在琉璃厂顺顺当当地混下去，但眼下似乎是做不到了。

在和彭二爷聊过天之后，孟天化就知道了，彭二爷是得罪了袁大帅的公子，但还罪不至死。只要有一个大人物站出来说话，彭二爷活命是没问题的，现在的关键就在于钱。

甭管什么人出面，这里面要花的钱是不能少的。

孟天化计算了一下，托人找曹锟之类的大佬，肯定要花不少钱。安抚袁大帅的公子，五万大洋可以在一定程度上减少，但肯定不会低于两万，这些都得孟天化来张罗。

所以，孟天化接下来要做的就是处理抢来的货物，然后多方地找人营救。

趁着白天有空，孟天化去了一趟彭二爷所属部队临时落脚的地点，在那里和彭二爷的几个手下商讨了一下对策。

别看彭二爷的几个手下和彭二爷的关系挺好的，他们也有各自的算盘，在孟天化承诺之后，他们才没有怠慢。看到这样一幅景象，孟天化只能摇头苦笑。

如果可以的话，孟天化真不想和这些人打交道，但军方那边孟天化不认识什么人，即便知道"王占尤"这个名字，他也得依靠彭二爷的这些人先去了解一下才行。

当然，孟天化并没有直接提到王占尤，他并不想把所有的希望都放在王占尤身上。

所以，孟天化和彭二爷的人说好了，他们分头行动。彭二爷的人去寻找人脉，疏通的钱财由他负责。当然，为了防止有人从中捣鬼，故意借机骗钱，孟天化还和他们约定了一个内容，那就是在情况调查清楚之后，由孟天化统一指挥调度。

搞定完这些人，孟天化回到琉璃厂几乎是身心俱疲，只想睡觉，可他偏偏不能睡觉。

此时，他已经两天两夜没合眼，他突然觉得自己再次见到二叔完全就是倒霉的节奏。

孟天化正坐在店铺里苦思冥想，突然一个人影在他的店铺门口路过，让他福至心灵。

望着门口王二蛮的彪壮身影，孟天化真不想吃回头草。可他现在这个境地，只有求人的份儿，哪有资格再摆架子？

王二蛮为人话多，认识的人也多，孟天化接下来要做的事情，很可能要用到王二蛮。

心中生出一抹果决，孟天化从椅子上站了起来，亲切地对着门外的王二蛮叫喊道："哎哟，这不是蛮哥吗，你这是要上哪儿去？"

王二蛮突然听到"蛮哥"这个陌生又刺挠的称呼，条件反射地回头，然后就愣了。

他掉转身子，不紧不慢地来到孟天化的店铺跟前，堆笑道："孟老板，你今天给我的称呼可不一样啊！"

"什么孟老板，你叫我老孟就行。"孟天化低眉顺眼，给人一种风水轮流转的错觉。

"老孟这个称呼我可不敢叫，我怕我一叫，你又要跟我急眼！"王二蛮话里有话。

"咱哥儿俩谁跟谁啊，什么称呼不一样？"孟天化把平日里臭不要脸的姿态摆了出来，"来，蛮哥，你先进来，我有点事跟你说，这个事情对你也有很大的好处。"

"我怎么感觉这话有些熟悉？"王二蛮生着一双漂亮的桃花眼，此时几乎眯成了一条线。

孟天化微露尴尬，心想，这话是有些熟悉，你王二蛮子昨天不是刚刚跟我说过吗？

不过，此时不是计较这些的时候，孟天化赶紧笑容满面地说道："我给你介绍点生意，你不要？"

王二蛮这才来了兴趣，走进孟天化的店铺，然后看着孟天化主动给他安排椅子，并重新沏了一壶茶。

等到一杯新茶送到手里，王二蛮仔细观察了一下。

他手里的一杯茶，茶色乌润，陈香醇厚，一看就是上好的普洱茶。

再看盛茶的杯子，也是上好的小紫砂盅，和普洱茶是绝配。

可正因为此，王二蛮反而有些坐立不安。

王二蛮把这杯茶放下，认真地盯着孟天化，说道："老孟，你有话还是直接说吧！"

"怎么，你怕我在茶里放毒啊？"孟天化调侃道。

"那倒不是，我只是觉得你难得郑重，我怕我喝了你的好茶，却帮不了你的忙！"平时满脸笑容的王二蛮，此时多了一种肃穆气息，还真有点八旗子弟后裔的意思。

第十二章　风水轮流转

孟天化不知道王二蛮是不是知道了什么，脑海中还是思虑了一下，然后略带认真地说道："蛮哥，咱俩虽属同行，交情也不是多深，可咱俩也不曾交恶吧？"

王二蛮怔了一下，点了点头："是不曾交恶！"

"今天，兄弟我是真碰到难处了。说实话，我并不想觍着脸找你，但我思前想后，在琉璃厂也只有你能帮我的忙了。"孟天化说了一句掏心窝子的话，真的难得郑重。

王二蛮也感应到了什么，对着孟天化认真盯了两眼。

在微微沉思几秒之后，王二蛮端起那杯茶喝了一口，看似随意，却表明了一种态度。

接着，王二蛮说道："你还是直接说事吧！"

孟天化心领神会，也不再矫情，接着道："实不相瞒，我最近急需一大笔钱，所以，我想把我的古董店和货物都盘出去。另外，我还有一批不好出手的珍贵古董想出货，我想请你帮我联系买家。当然，其中的抽成我们可以商量，我会尽量满足你！"

王二蛮再次露出沉思，直视孟天化的眼睛："能跟我说一说，你遇上什么样的难事吗？"

听到这话，孟天化就知道王二蛮可能还不知道其中的情况，他露出了一些为难之色，紧接着讪讪一笑，说道："这算是我的家事，还是不和你说了，说出来丢人！"

"好，你的家事不和我说也没关系。不过，我们都是商人，商人都要讲究一个利字，所以……"王二蛮说着，很有深意地盯着孟天化，孟天化当即明白其中的深意。

孟天化蹙了蹙眉头，却不由得叹了口气。

从把王二蛮叫进来的那一刻，他不就已经做好了准备吗？

"你昨天说的事情我帮你。"孟天化开口了，有种一言九鼎的气势。

"你就不问问，我想你怎么帮我？"王二蛮没想到孟天化答应得如此爽快，一时倒有些不适应。

"怎么帮你都不重要，反正都是损阴德的事！"孟天化毫不在意这些细节，他现在只关心自己的事，"不过，我得说清楚，我的事情很紧急，必须在三天之内搞定。"

"三天？这么着急？"王二蛮吃了一惊。

"今天也算一天，真要说起来，还有两天多一点！"孟天化毫不避讳时间上的概念，"我的店铺和货物都在这里，你可以先找人谈一谈。至于那批不好出手的货物，我会在明天早上给你清单。我想，以你的人脉能力，提前洽谈应该没问题吧？"

第十三章 麒麟斋

王二蛮的眉头在此时皱出了褶子,他此刻关心的不是找买家的事情,而是孟天化遇到了什么样的难题,竟然如此着急。还有,那批不好出手的货物,应该是那晚抢到的东西吧?这可是烫手山芋,一不小心,很可能引火烧身,甚至把自己烧死。

"蛮哥,你想什么呢?"看到王二蛮不说话,孟天化提醒了一句。

王二蛮急忙回神,脸上重新洋溢出平日里的憨厚笑容:"你放心,事情包在我身上。另外,别蛮哥蛮哥地叫了,听着别扭,还是叫我王老板,或者叫我蛮子也行!"

"好,那我就不客气地叫你一声蛮子。"

"嗯,还是蛮子好听!"

看着王二蛮舒适的表情,孟天化微微松了口气。只要王二蛮应承下来,后面的事好办多了。

接着,孟天化又和王二蛮聊了几句,聊的内容无非是店铺开了那么久,他有些舍不得。

孟天化是真的舍不得眼前的店铺,虽然这店铺门面小,也没有什么生意。可他在外面流浪了那么多年,好不容易才稳定下来,现在又要一贫如洗,他的心情当然很复杂。

不过,孟天化也看得开。毕竟,他本身就是一贫如洗,大不了回到从前的穷苦日子。

就在孟天化和王二蛮聊起那段流浪日子的时候,从店铺外面走进来一个人,正是昨晚来找孟天化的任海峰。

昨天晚上，因为夜色的关系，孟天化没有看清任海峰的模样，此时一看，任海峰很有军人的气势。他身形魁梧，个头颀长，一双凌厉的眸子，颇显肃杀之气。

也许，是因为昨天彭二爷的事情太过突发，任海峰才会焦躁不安。此时的他显得沉着、稳重，来到店铺之后，他也没有说话，而是对着店铺里的古董来回扫视着。

看到这样一幕，别人或许会认为任海峰是来买东西的，可王二蛮眼神敏锐，发现孟天化的神色变了。王二蛮意识到了什么，自然地从座位上站起，和孟天化道别。

孟天化也顺势和王二蛮道别，却不见王二蛮在离开的时候，对着任海峰多盯了一眼。

王二蛮离开后，任海峰来到了孟天化的近前，和孟天化道："我们找到了几条关系。"

孟天化微露惊喜，让任海峰坐了下来。

接着，任海峰和孟天化说了一些情况。

在孟天化和彭二爷的人商讨完以后，任海峰等人就开始寻找可以利用的关系。他们先找到了自己的上级，但上级显然不愿招惹袁大帅的公子，用言语推托了。

不过，这位上级也不算绝情，向任海峰等人推荐了几个人物。这几个人不是曹锟的亲信，就是能和曹锟说上话的，甚至，其中还有两个能和袁大帅的公子说上话。

更让人惊喜的是，这些人中就有王占尤，还有一位和彭二爷手底下的某个人是亲戚。

如此一来，孟天化自然把托关系的目标重点放在了那位亲戚和王占尤的身上。

在了解了更多的情况之后，孟天化先让任海峰回去了，他须要准备一下。

坐在店里，孟天化看似沉静，心里却早已凌乱如麻。

从得知彭二爷出事的那一刻起，他就一直在硬撑着，他不知道自己能撑多久，他更不知道能否撑到把彭二爷救出来。可他必须要撑着，因为只有他是真的关心彭二爷，也只有他是真的想救出彭二爷。彭二爷在这个世上的亲人，也只有他了。

他心里思量着任海峰提供的几条关系是否管用，其实不管管不管用，他都得试一试。

或许是思考得累了，孟天化不自主地闭上了眼睛，趴在桌子上睡着了。

琉璃厂的街道上不时传来叫卖的声音，还有评头品足的声音，但那都是大店铺的门口，或者摆摊的地方。唯独孟天化这种小门面无人问津，上不得上，下不得下。

突然，一个穿着骑马洋装的女人来到了孟天化的店铺门口。

这个女人生得眉目如画，亭亭玉立，一双星眸带着新时代的独立气息，又给人一种博学多识的感觉。她朝着孟天化店铺门口上方的牌匾看了一眼，顿时被吸引了。

她走到近前，对着头顶的牌匾看去，那里有三个龙飞凤舞的行草大字——"麒麟斋"！

她之所以会被这副牌匾吸引，一方面是"麒麟斋"这三个字有着很好的寓意，既指祥瑞祝福，亦指凤毛麟角，恰合古玩这一行；另一方面，"麒麟斋"这三个字，笔法娴熟，行云流水，独具一种美感，明明应该气势磅礴，偏偏把那股气势收敛了。

她见过不少书法大作，像眼前这副牌匾，一看就不是名家之作，她却莫名地喜欢。

或许是因为这种喜欢，她不自主地走进了这家"麒麟斋"。

进入店铺里面，她首先对着"麒麟斋"货架上的古玩看去，都是一些寻常的瓷器。

她微微流露出一种失望，却还是对着趴在桌子上的店主看去。

她希望店主是一个和她想象中一样的人物，不说大隐隐于市，也应该是一个不同流俗的人。但店主正趴在桌子上，她看不到正脸，她只能通过店主的轮廓形象进行判断，店主的年岁应该不大，是个青年，他身上的长衫也很朴素，应该是个斯文人。

或许是心生好奇，在又扫了一圈之后，她才对店主开口："老板，你这瓷器怎么卖？"

睡梦中的店主，没有被她这第一声叫醒。

她又扫了周围一圈，看上了一个青花瓷，她又开口说道："老板，那个瓶子多少钱？"

这一次，孟天化被她叫醒了。

孟天化像是受了什么刺激一样，突然惊醒，然后茫然无措地扫了扫周围。

接着，他看到了站在不远处的林兰，顿觉场面有点恍惚。他晃了晃脑袋，定了定睛。

这一次，孟天化看清楚了，他确定站在他对面的就是林兰。

而林兰在看到孟天化的面容之后，心中一阵激荡，整个人的表情都变得复杂，眼神中也满含不敢置信。但很快，她又冷起了脸，并冷冷地说道："你是这里的老板？"

听到冰冷的声音，孟天化愣了一下。接着，他露出一种怪笑："我是这里的老板！"

林兰的表情更冷了，因为他从孟天化的怪笑中感受到了一种男人对女人的戏谑。可她着实有些不甘心，再次冷冷地说道：门口的'麒麟斋'三个字，是你写的？"

孟天化又一次错愕，没想到林兰会问这个问题，但他回答得也很快："是我写的！"

"真是你写的？"

"真是我写的，要不，我再写给你看？"孟天化毫不避讳自己的目光，直盯着林兰。

林兰心头对孟天化的厌恶更浓了，她很想转身就走，可她更想教训这个小流氓。所以，她的冰冷表情一下子转变，很是放松地笑了起来："好啊，你写给我看！"

面对林兰的迷人笑容，若是平时，孟天化说不定会被诱导。可他见到林兰之后，想得最多的是林兰是不是和革命党有关。也因为此，他时刻保持着对林兰的警惕。

"想要我写，也不是不行。不过，我的字可不是随便看的。"孟天化顺势调侃了起来。

可林兰却误会了他的意思，再也控制不了一种厌恶。

"你果然是个登徒子，满脑子都是屎一样的污秽思想！"

说着，林兰来到柜台前，将王二蛮还没喝完的那杯茶，直接泼到了孟天化的脸上。

孟天化一个激灵，直接从椅子上跳了起来，怒不可遏地说道："你这娘儿们有毛病啊，谁满脑子污秽思想？我说我的字不是随便看的，是指要花钱看。你真以为你在庆元春待过两天，就有几分姿色？我告诉你，就你这样的，小爷我还真看不上！"

"你说什么？"

听到孟天化前半句，林兰还有一种过意不去，等到后半句，她又开始讨厌孟天化了。

孟天化却毫不收敛，擦着脸上的茶渍，接着道："我说你有神经病，你才满脑子污秽思想。看你穿得挺新潮的，还以为你是一个新时代的女性，想不到你是一个泼妇。"

"你……你放屁！"林兰气得浑身发抖，她可从来没被人这样说过，尤其是"泼妇"这样的形容词。但她很快又稳住了情绪，神情冰冷地说道，"刚才我用茶水泼你，是我不对，我向你道歉。可你要是再出言侮辱我，就不要怪我对你不客气。"

"哎哟哟，你吓唬谁呢？你在我店里撒泼，你还有理了？"孟天化是得理不饶人。

"你……你简直是一个无赖！"林兰说着，转身向着店铺外面走去。她知道，和孟天化斗嘴皮子她是斗不过的，她只能对这种人敬而远之，不和他一般见识。

"等等！"可孟天化却叫住了她。

林兰停步，转身看向孟天化，冷冷道："你还想怎么样？"

"你用茶水泼我，就这么走了？"孟天化走出了柜台。

"我已经给你道过歉，你还要怎么样？"林兰的表情更加冰冷，一双眸子恢复了冷静。

"道歉这种事，谁不会做？"孟天化笑了，"要不，我用茶水泼你一下，也给你道一声歉？"

林兰的眸子透着冷芒，知道孟天化是在故意找事。

第十四章 夺魂香

"你直接说吧,到底想怎么样?"林兰气愤道。

"赔钱!"孟天化没有一丝犹豫,充满了理直气壮,并把一只手往前伸了一伸,"你用茶水泼我,对我造成了侮辱,也对我造成了人身伤害,你必须赔钱!"

林兰注视着孟天化,更多了一些鄙夷,觉得孟天化简直就是一个小人。

"你想要多少?"林兰道。

"五个大洋!"孟天化伸出了五根手指。

"你没病吧,泼你一下要五个大洋?"林兰杏目圆睁。

"我长得这么俊俏,五个大洋都说少了。"孟天化自命清高,"你给不给?你要是不给钱,就别想走出我这个店。我告诉你,琉璃厂这里,我分分钟都能叫来人!"

林兰流露出一些不屑,手掌却伸进漂亮的挎包里,从里面数出了一些大洋。

接着,林兰来到孟天化的近前,将大洋帅气地放在了桌子上,却不理孟天化,而是自顾自地端起柜台上的茶壶,给自己倒了一杯茶。

孟天化正被大洋吸引,没有去看林兰,等到他发现大洋数目不对,少说也有七八枚的时候。他条件反射地转头,林兰已经把一杯新茶泼在他的脸上。

"我……"孟天化条件反射地用手抹掉脸上的茶水,整个人都有些气急败坏了。

可林兰却不给他说话的机会,从容而冷淡地说道:"是你自己说的,五个大洋泼一次,我给了你十个大洋,正好泼你两次。你要是不满意,我可以再给你五个大洋,再泼你一次!"

"你……你个老娘儿们……"孟天化气到不行,抬起一只手指向林兰,打算和林兰好好理论理论,却不承想林兰一手打开他的手臂,另一只手对着他的鼻子就是一拳。

孟天化根本没防，当时痛号了一声，并用手捂着自己的鼻子。

林兰却不放过他，趁此机会，对着他的裆部又是一脚。

刹那间，孟天化上下忙乱，根本不知道该把手护在哪里。

也是这时，林兰开口了："你真不该对我动手动脚，这种事就算是到了警察那里我也占着理。不过，你放心，我就不让你赔钱了，打你两下，就当是对你的一种惩戒！"

"你……你个老娘儿们怎么这么狠，我只不过是跟你开一个玩笑，你至于这么认真吗？"孟天化一手捂着鼻子，一手捂着裆部，在原地也不敢动，整个人既狼狈，又气愤。

可林兰却恍若看不到，一边往店铺外面走，一边淡淡道："你这话应该早点说的！"

"你……"孟天化眼睁睁地看着林兰离去，只能暗自苦恼地骂上一句，"你大爷啊！"

孟天化在店铺里慢慢挪动身子，缓了好久才缓过来。

等到他找块布把鼻血擦干净，他气得直接把布甩桌子上了："奶奶的，天天捉鹰玩，今天被鹰啄了眼。不行，我早晚得收拾这个老娘儿们，不然我枉为七尺男儿身！"

孟天化在店里计较着什么，林兰却早把他忘得没影了。

此时的林兰，仍然在琉璃厂闲逛。

当然，她并非真的在琉璃厂闲逛，她是在琉璃厂打听一些消息。

她要打听的消息有两个，一个是琉璃厂新开的几家古董店，是不是和九爷有关系；另一个，昨天警察来琉璃厂都问了哪些内容，有没有问出那个假冒夜香妇的人。

其实，这两个消息，林兰都已知晓一些，她之所以还要来打听，主要是为了亲自确认。

假夜香妇的事情自不必多说，林兰刚听到的时候吓了一跳。警察局现在还不知道那晚争斗的人中有女人，要是这个假夜香妇被抓了，警察局肯定会排查女性。林兰作为京城中少有的几个引人注目的留洋女性，很可能会成为排查对象，这很危险。

至于她要调查的另外一件事，和九爷有关的事情，主要是因为他们那晚抓到布莱克之后，和另外一拨人产生了交锋。这一拨人，用了和九爷相关的成名暗器"夺魂香"。

他们好不容易抓到布莱克，最后就因为"夺魂香"和布莱克失之交臂。

所以，他们要查，要查清九爷是不是重新出山了，那晚劫走布莱克的是不是

第十四章 夺魂香

九爷这帮人。

当然，林兰之所以如此尽心尽力地追查，不仅仅是为了革命党，也有她的私人原因。

至于私人原因是什么，那是后话。

除了林兰在调查九爷等内容之外，巡捕房的黄一琛和被抢劫的祝续铭都在调查这些事情。

黄一琛调查是职责所在，祝续铭调查当然是为了自己的利益。

祝续铭为了早日查清真相，已经使用手段和黄一琛取得了联络，黄一琛那边有什么情况，祝续铭基本都知道。

此时此刻，祝续铭知道的内容，比孟天化和林兰加在一起知道的都多。

祝续铭从黄探长口中得知，那晚抢劫货物和人的至少有三方人马。其中一方是江湖人士；另外一方可能和摸金大佬九爷有关；最后一方具体身份还不明，但能够使用枪械，绝不是一般人。祝续铭也怀疑过革命党，但没有具体证据他也不能确定。

不过，他知道这三方人马的目的是不尽相同的，因为那晚遭遇抢劫时，他听到了彭二爷的叫喊。

他把这所有信息结合在一起，得出了很多推论，其中一个最大的推论连他自己都不敢相信。

他须要搞清这三方人马，他须要把自己的货物找回来，但是，他更须要找回洋人布莱克。

洋人布莱克表面上和他是合作的身份，实则是他在为布莱克服务。布莱克出了问题，那件大事就会出问题。到时候，就算卢芹斋不找他的麻烦，洋人也会找他的麻烦。

他已经花重金请黄一琛帮忙，让他无论如何尽快找到洋人布莱克。

不过，他不能光指望黄一琛，他自己也须要做一些事情。所以，他已经派人去查，首先从和自己有矛盾的人查起，因为那晚他被人连续脚踹，这肯定是有原因的。

至于他重点调查的内容，和林兰一样，是九爷。

相对于那批货物，布莱克才是最重要的。

不说林兰和祝续铭这些人的动作，却说孟天化仍然待在店里，满脑子想的仍然是如何报复林兰。

想着想着，孟天化突然又想到了正事上来。

他答应了王二蛮，明天早上要给那批不好出手货物的清单，他得赶紧罗列出来才行。

另外，营救彭二爷的人脉路线他已确定了两条，这两条路线所需的钱财他得准备好。

就这样仔细权衡、筛选、罗列，孟天化一直弄到晚上八九点。

弄完这些之后，孟天化就上床睡觉了。他需要充分的休息，才能应对明天的事情。

孟天化一开始是睡不着的，但在床上思考着如何教训林兰，他竟然想着想着睡着了。这一夜，孟天化睡得很香，他甚至还在梦中成功调戏了林兰，并躲过了林兰的西洋拳攻击。

等到第二天孟天化醒来的时候，已经是日上三竿。

孟天化快速地从床上爬起来，不敢浪费一丁点的时间。

他打开了店铺门，刚准备去找王二蛮，王二蛮就自己走了过来。

接着，孟天化把那份准备好的清单交给了王二蛮，王二蛮看了一眼之后，啧啧称奇。

王二蛮向孟天化保证，他会完美地把这批不好处理的"贼货"处理掉，让孟天化放一万个心。

孟天化也没有说什么客套话，只说了一句："我全家的性命安危，全仰仗你了。"

送走王二蛮之后，孟天化拎着两个小木箱子离开了店铺。

孟天化在彭二爷所属部队驻扎的地点见到了任海峰等人，他先给任海峰等人发了一些钱（约定好的），然后把其中一个小木箱子交给了任海峰他们。

他确定了两条说情路线，这两条路线他会和任海峰等人分头行动，他负责王占尤，任海峰等人负责另一个长官。

因为手里没有太多的现金，他现在只能靠送礼托人说话。

他从店铺里带出来的两个箱子，里面都装了珍贵的古董。其中，任海峰他们拎着的箱子里，装的是他店铺里的"压堂货"，也就是镇店之宝，在明面上买卖不会有任何问题。

他手里拎着的箱子，装的是抢来的货物，为了保险起见，这个箱子和另一个不一样。

孟天化之所以用抢来的货物去贿赂王占尤，自然是有原因的。

如果王占尤要东西，他就给东西。如果王占尤要现钱，他就给王占尤变现。如果王占尤不想救彭二爷，他就可以用货物来敲打王占尤。

他相信王占尤会救彭二爷，因为自古以来光脚的不怕穿鞋的，他现在就是光脚的。

把东西送到任海峰等人手里，他们就分头行动了。

孟天化要赶往的是王占尤现在住的地方，曹锟在北京置办的一个府邸。据说，这个府邸原是清末某位一品大员的宅子，因为清朝灭亡，这位高官不愿再待在京城，便把房子卖了。

曹锟得到房子后，多是在外面领兵作战，房子便由手底下的人打理，这个人就是王占尤。

王占尤，安徽人，三十三岁，读过五年私塾，算是一个文化人。他现在的职位是在京督办，说是为曹锟所属的军队服务，其实是为曹锟的个人服务。

王占尤平时做的事情，主要是处理曹锟不在京城时的一些私人事物，比如联系上级、打听消息、联络人脉等。

第十五章 危机突现

光从王占尤的职务上来说,他是营救彭二爷的不二人选。因为王占尤在京认识的人非富即贵,上到袁大帅,下到警察局队长,他都能找到关系。只要打通这条线,彭二爷就基本得救了。

可也因为王占尤的身份不一般,平时处理的都是大事要事,孟天化不确定他会不会帮忙。也是基于这个原因,孟天化去找王占尤的同时,也要任海峰等人另外行事。

孟天化初到曹府门口,就感觉到了一种豪气,不论是门口的两个大石狮子,还是门上的"曹府"二字,抑或是大开的两扇红漆金钉大门,都给人一种威严之感。

这里不愧是清朝一品大员的宅子,光看气势就让平民百姓敬而远之。

在府邸的门口,还有两个穿着军装、扛着枪的士兵,更给人一种新时代的肃杀之感。

孟天化在门口犹豫了半天,才和门口的两个守卫打听进去的方法。

两个守卫听说孟天化是来找王占尤的,竟直接分出一个领着孟天化走进了这座深府大门。

孟天化刚开始还莫名其妙,等进了大门,他瞬间被里面的宽大与豪气震惊。

巨大的院落,开阔如麦场;深深的走廊,不知延绵几栋院子;漂亮的植被,修理得让人赏心悦目;代表吉祥与祝福的精美影壁,更是一墙连着一墙,让人目不暇接……

孟天化走在这院落之中,都感觉自己走入了宫门。

当然,孟天化更关心的不是自己身处何地,而是王占尤。

他跟着那个士兵,穿过巨大的前院,来到了一个单独的小院内。

这个小院虽然用小来形容，却一点也不小，只是同前院相比而言。这小院不仅布置了假山和水池，还有小半个后花园，更有几处可用于休闲的圆形石桌和石凳，看着十分幽静且悠闲。

不过，让孟天化感觉奇怪的是，这里早已聚集了一些人。

这些人不是坐在石凳上闲聊，就是在欣赏假山和水池里的锦鲤，还有几个似乎很着急，却又不得不耐着性子望向一个方向，似乎那个方向有什么重要的人物等着他们去拜见。

士兵把孟天化领到这个院子就离开了，孟天化只能自己去观察，去打听。

在观察了几秒之后，他发现这些人都有一个特点，似乎都带着礼物，都来求人办事的。不过，这些人聚在一起，倒也其乐融融，没有什么冲突，不由得让人心生奇想。

孟天化微一犹豫，厚着脸皮凑到欣赏锦鲤的几个人跟前。

他稍稍一打听，便惊了一跳。

原来，曹锟刚刚升了职，这些人一同来找王占尤，都是想通过王占尤向曹锟示好的。

等到孟天化打听这些人的来历之后，他更是惊了一跳。

这些人背后的主子不是和曹锟一个级别的，就是和曹锟差不多，最次的也是京城的土财主。

孟天化的平民百姓身份，在这些人中太不起眼，甚至，他有种错觉，他手里的礼物可能都有些次了。

可孟天化还是耐着性子继续了解情况，然后就得知两个让他很是吃惊的情况。

第一个情况，王占尤现在忙得很，所有想要见到王占尤的人都得先准备一份帖子。帖子递上去之后，王占尤会一一观看，然后根据身份背景进行排序，再进行分批次接见。若是没有接见的必要，他会扔出来一个口头回复打发人回去，忙碌如王公大臣。

至于第二个情况，王占尤此时正在接见的不是别人，竟然是蔡锷将军的堂弟蔡洪。

不仅如此，孟天化细细一打听，蔡洪身边的还有一个留过洋的美女，八九不离十就是林兰了。

孟天化昨天刚刚被林兰打过，此时红肿的鼻子还隐隐作痛，他是真不想见到林兰。

正当孟天化心中焦灼的时候，领着他进门的那个守卫，又领了几个人来到院子里。

孟天化回头一看，眼角突突地直跳。

孟天化暗自嘀咕着："奶奶的，不至于这么倒霉吧？难道，是因为我出门没看皇历？"

孟天化之所以有如此嘀咕，全因来人不是别人，正是被他和彭二爷抢劫的祝续铭。

此时，孟天化手里拎着的就是祝续铭的货，这要是被祝续铭发现，还不得东窗事发？

还好，祝续铭根本不认识他，来到假山附近就找到了熟人，然后亲切地聊了起来。

祝续铭一如之前那般，穿着富贵，一身织绣马褂，一顶镶玉瓜皮帽，像个土财主。不过，祝续铭的脸上有一些淤痕，像是被打两三天了，显然是彭二爷那夜所为。

和祝续铭聊天的人，自然看到了那些伤，难免会询问，外加询问那晚抢货的事情。

别看祝续铭结结巴巴，面对众人的询问，他倒是应对自如。

他和其他人说道："我祝续铭入行以来从未吃过这么大的亏，不过，那点小钱对我来说不算什么。但若是哪天让我找到那群劫匪，我一定让他们后悔从娘胎里蹦出来！"

"祝老板不愧是京城古玩行业的龙头啊，说话就是霸气！"有人顺势奉承了一句。

"祝老板，我听说，那晚有一个洋人被劫走了，还是你的合作伙伴。你在京城认识那么多洋人，怎么不趁此机会让洋人出面，给警察局施加压力？"又有人说道。

"唉，你们不知道，这洋人难伺候啊。他们只关心自己的利益，你要是请他们帮忙，他们得先放你一管血。而且，用洋人给我们自己的警察局施压，这又是何苦呢？俗话说，煮豆燃豆萁，相煎何太急。再者，警察局那边我有人，不用多此一举！"

"祝老板做大生意的，说话就是有格局，大仁大义。如果我们国家多一些像您这样的人物，也就不会任由外国人欺负。你看看东北，日本人现在都嚣张成什么样了？"

"说得是，说得是……"

众人一眨眼把话题扯到了国事上，孟天化在不远处更提不起兴趣了。

可是，孟天化一转头，却看到祝续铭朝着自己这边走来，眼神中还透着诡异的笑。

孟天化条件反射地把头一偏，装作看向其他方向，心底却慌得紧。

他能不慌吗？

他和彭二爷抢了祝续铭的货，现在他手里拎着的也是祝续铭的货，这要是事发，他和彭二爷都得在牢里待着。

第十五章 危机突现

可祝续铭根本没有离开的意思，反而越来越近，这更是让孟天化心虚。

"小小小兄弟！"祝续铭结巴的声音突然从孟天化的侧方传来，孟天化神色微变，却没有理会。然后，祝续铭又叫喊了一声，"小兄弟！"

孟天化这才转头，一脸的莫名其妙，然后谦恭地笑着："祝老板，您在叫我吗？"

祝续铭微微点头，眼神中诡异的笑仍在。

孟天化只能装作看不到这种笑容，接着道："您……您叫我有事？"

祝续铭没有急着回答，只是透着那种诡异的笑，紧紧盯着孟天化，一直盯得孟天化心里发虚。

然后，祝续铭说道："我我我好像在哪里见过你！"

"见过我？"孟天化心头又是一个激灵，急忙笑道，"祝老板，您别开玩笑了，您怎么可能见过我？"

"不不不不，我我我的确见过！"祝续铭表情认真，结巴却越来越严重，"你你你应该是琉璃厂的吧？如果我没有记错，你在琉璃厂小有名气，人家都叫你'祸害'。"

听到"祸害"的名字，孟天化的表情刹那变了，变得阴沉，变得愤怒。

"祸害"，这可不是什么好称呼，在琉璃厂谁要是当面这样称呼孟天化，孟天化一定会跟他干一架。

"我我我没有别的意思，我只是想证明我的确见过你！"见到孟天化的表情，祝续铭反倒急忙解释了一句。

孟天化将愤怒与阴沉收起，却不冷不热地道："祝老板，您可真会开玩笑。不过，我们这些小人物也是有尊严的，希望您能给留点面子。"

"你你你误会了，我真没有别的意思，我只是想跟你聊聊。"祝续铭看似因结巴有些凌乱，两只眼睛却一直盯着孟天化，好像孟天化身上有什么值得他关注的东西一样。

孟天化也敏锐地察觉到了这一点，只得见招拆招："祝老板，您的意思我不太懂，您想要跟我聊什么？我只是小本买卖，您可是京城首屈一指的大古董商，我们之间……好像没什么交集吧？"

"我想跟你求证一件事！"

祝续铭再次开口，孟天化的心头可就颤了。

祝续铭要跟他求证一件事，要跟他求证什么？求证那晚抢劫的人是不是他和彭二爷？

尽管心里很不安宁，孟天化还是开口了："您说！"

"你你你认不认识彭二爷？"

这一下，孟天化的心可就彻底慌了，尤其是看到祝续铭眼神中那诡异的笑更浓的时候。

祝续铭到底想干什么？他是不是已经知道了什么？

不对，他如果知道了什么，应该通知警察，或者直接找彭二爷，干吗要来到曹府？

对的，祝续铭为什么要来到曹府，他和曹锟认识不成，抑或，他和王占尤认识？

心里刹那间生出了很多念头，孟天化看向祝续铭的目光多了一些毫不掩饰的阴沉。

现在，彭二爷身陷监狱，他听到彭二爷的内容，就该是这种表情。

他现在必须得稳住，不管祝续铭知道了什么，他都得稳住，不能暴露了那晚抢货的事儿！

第十六章 大闹曹府

"认识,彭二爷是我的二叔,你有什么问题吗?"孟天化的语气,多了一些不爽。

祝续铭却笑了,脸上的表情更多了一种玩味。

孟天化见此,一双眸子冷冷地盯着祝续铭。他倒要看看,祝续铭到底耍什么花招。

说实话,孟天化虽说是有了一些心理防备,可他此刻全身的汗毛都处于一种紧张状态。他从没想过,祝续铭居然认识他,不仅如此,祝续铭一开口就提到了彭二爷。

如果不是他确信自己一路上没人跟踪,他真怀疑祝续铭来曹府是冲着他来的。

祝续铭虽是结巴,此时仍旧不紧不慢,笑着道:"实不相瞒,我和你的二叔并不认识,但是,在前几天,我和你的二叔在八大胡同的庆元春有过一次交锋。不过,我实在想象不出,你二叔连我都竞争不过,是如何敢同袁大帅的公子竞价的。你不要误会,我没有贬低你二叔的意思,我只是好奇,你二叔是怎样的一个人。"

孟天化的表情彻底阴沉了,整个人都压抑着一股怒火,但是在心里,孟天化却冷静地分析着。

祝续铭这番话又是什么意思?他不是冲着抢货的事情,而是冲着庆元春的事情来的?

如果是这样,那什么都好说了。

孟天化装作压下了被刺激起的怒火,再次不冷不热地说道:"祝老板,我也希望你不是在找事。不过,你脸上的笑容实在让我恶心。如果你没有其他话题,我劝你离我远一点,我虽然无权无势,可把我逼急了,我也会咬人,我不想变成一个野蛮人!"

"你先别激动，容我说完最后一句行吗？"祝续铭笑容一敛，又变成了一个正经聊天的人，"说实话，查到你和彭二爷的关系时，我吃了一惊。我仔细回味了一下前两天被人劫货的场景，其中有一个人似乎是专门针对我，简直跟我有仇一样。"

孟天化刚刚平复下来的心绪，突然又激荡了起来。

他以为祝续铭不会提到劫货的事情，想不到祝续铭还是提到了。

仔细想想，他刚才的考虑还是疏忽了。如果祝续铭仅仅是为了庆元春的事情，又怎么会起意调查彭二爷，还查到他和彭二爷的关系？除非，祝续铭是吃饱了撑的。可祝续铭这两天，因为劫货的事情忙得焦头烂额，不可开交，又怎么会是吃饱了撑的？

孟天化心中的警惕比之前更强烈了几分，面上也更加冰冷："祝续铭，你没病吧？你到底想表达什么？我告诉你，我现在烦躁得很，你最好别在这个时候找我晦气！"

祝续铭毫不在意孟天化的威胁，一双透笑的眸子也多了一些锐利，十分地阴冷："我从我在警察局的朋友那里得知，参与那晚抢劫的人好像和盗墓贼有关。无巧不巧，你的父亲和彭二爷就是干盗墓的，这不得不让我联想，你明白我的意思吧？"

"我明白你姥姥！"孟天化听到这里，撸着袖子就骂了起来，毫不顾形象，"祝结巴，你成心找碴儿是吧？你是不是觉得我会怕你，来，来，老子现在就陪你练练！"

孟天化突来的怒骂声，惊到了周围一干人等，他们都好奇地盯着孟天化和祝续铭，不知道这两人之间发生了什么。

祝续铭对孟天化的这种市井混混儿姿态不做回应，但是他身旁两个随从却护在了他的身边，摆着凶恶的姿态，并和孟天化叫嚷道："小子，你要陪谁练练？"

"你俩滚一边去，我没跟你俩说话。"孟天化看都不看这两个随从，只盯着祝续铭，"祝结巴，你怎么这么尿？你刚才不是挺牛的吗？你再说两句话刺激我试试！"

祝续铭躲在两个随从后面淡淡地笑着，一双小眼睛始终不离孟天化的面部，并透出一种阴冷与狡猾。

与此同时，那两个随从更加凶恶，再次和孟天化叫嚷道："你是不是活腻歪了？"

"你俩是不是也有病，我跟你俩说话了吗？"孟天化此时的脾气很盛，逮谁都要吼两句，"祝结巴，你不要以为你生意做得大就牛气，泥菩萨也有三分火气，更不要说你在揭我的伤疤。你针对我二叔也好，针对我也好，但你说话最好给我注意点！"

孟天化的话，仍然以和气为准则。可是，祝续铭的两个随从却不这么想。他们感觉被人轻视了，他们要让孟天化吃点苦头，让孟天化正确地认识到他现在是什么处境。

看着两个魁梧的人就这般围来，孟天化没有一丝畏惧，突然吼喝道："你们两个想干什么？这里可是曹将军的宅院，祝续铭给你们的气焰难道连曹将军都可以不惧吗？来，你们有种就打死我，朝这儿打，我绝不还手。我倒要看看，打死打残了，你们能不能安全离开曹府。我就不信了，这天底下没有王法了，在曹将军的府上都敢打人。来，别客气，朝这儿打，往小爷的脑袋壳上打，要一拳见血的那种……"

孟天化展现出泼皮的姿态，说话的声音一声比一声大，估计整个曹府院落都能听到。

也是在孟天化撒泼耍横的时候，从院子深处走来了几个人，其中赫然有蔡洪和林兰。

此时，林兰就在蔡洪的身边，穿着一套帅气的深色女性西装，形象干练。蔡洪同样穿着深色西装，比上次在庆元春穿的白色西装稳重了许多，但他公子哥的气度却不减。

陪伴在蔡洪和林兰身边的是一个戴着眼镜的儒雅男子。

这个儒雅男子十分亲和，四十多岁，梳着油头，留着一撇小胡子，身姿挺拔。他脸上的笑容，自然却不放纵，一看就是有身份、有地位的人，且经常和上层人物打交道。

他们出现在院子里的时候，正是祝续铭的两个随从对孟天化出手的时候。

他们看到了这一幕，脸上的表情同时变化。

先说林兰，她的表情变化最明显，因为她昨天刚刚见过孟天化。

她很吃惊，吃惊孟天化居然会在这里。如果不是她觉得不可能，她真怀疑孟天化是不是跟踪她来这里的。

其次是蔡洪，他见过孟天化，还和孟天化在庆元春里有过一次接触。那次接触，他对孟天化印象深刻，孟天化给他的感觉就是底层的一个无赖，还是胆大包天的那种。

至于儒雅男子，则是很尴尬，目光不自主地朝蔡洪看了两眼。

等到蔡洪开口，询问是怎么回事，儒雅男子的表情更尴尬了。

儒雅男子硬着头皮，很是歉意地说道："我也不知道是什么情况，但看样子都是来找我的。这样吧，我们去看一下，如果没有什么大事，就让他们双方就地和解。"

"是的，大家都是来拜访你的，代表的人物都是低头不见抬头见的，还是要以和为贵！"蔡洪微微一笑，心中却对孟天化出现在这里好奇无比，"走吧，我们跟你一块儿过去，顺便瞻仰一下你王督办处理各方人际的手段。"

"蔡洪老弟，你这就抬举我了。"儒雅男子尴尬地笑了。

"不抬举，不抬举……"

"一起过去吧！"

说话的工夫，蔡洪和儒雅男子已来到孟天化等人跟前。

见到儒雅男子，好些人都流露出笑意，并向儒雅男子打招呼，不是叫王督办，就是叫王兄。

祝续铭和孟天化见此，也立刻停止交锋，一同注视儒雅男子。

孟天化因为不认识儒雅男子，只好根据周围的情况猜测着什么。

很快，他就确定，这位戴着眼镜的儒雅男子就是王占尤。

他刚才大喊大叫，就是要引出王占尤，只要王占尤出来，他就能摆脱祝续铭的纠缠。说不定，他可以凑到王占尤的跟前，让祝续铭栽一跟头，毕竟王占尤和他算是一个阵营的。

所以，在猜到王占尤的身份时，孟天化是浑身轻松的。

可是，他的这种轻松持续不到两秒钟，就变得满心不安。

王占尤出现后，都是别人跟他打招呼，唯独到祝续铭的跟前时，是王占尤主动和祝续铭打招呼，且一开口就叫了一声"祝兄"。

这一声"祝兄"，让周围的人都知道王占尤和祝续铭的关系不一般，这也让孟天化出现了一种莫名的危机感。

也是这个时候，周围好多人都忍不住扫了孟天化一眼，似乎在为孟天化默哀。他们虽然都不知道孟天化的底细，可眼前的情况，孟天化明显是劣势之中再占劣势，祝续铭若是让王占尤为难孟天化，也不是不可能的事情。

当然，后面的情况会怎么样，还得看王占尤怎么决断。

王占尤和祝续铭打完招呼，就开始询问刚才是怎么回事。

祝续铭当时就笑了，表面上却一脸的豁达，和王占尤道："其其其实，也没什么大事。就是这位小兄弟，我只不过和他开了一句玩笑，他就恼火了起来，真没啥大事。"

"一句玩笑？"王占尤愣了一下，转头看向孟天化，却发现孟天化的脸色不太好，"祝兄，你确定？"

"确确确定，确定！"祝续铭依旧笑呵呵的，好像什么事情都没有发生，这不禁让人疑惑。

难道，祝续铭和王占尤的关系不像众人猜测的那么亲密，还是说他和孟天化之间的矛盾太小，不值得让王占尤出手？

第十七章 明争暗斗

"既然是一句玩笑,那就没什么事了!"王占尤不认识孟天化,只当是小事,便接着道,"当然,如果你们真有什么矛盾非要在这里解决,我也可以帮你们调解一下。"

"没没没有矛盾,没有矛盾!"祝续铭满脸堆笑,身子却凑到王占尤的近前,很小声地和王占尤悄悄道,"王老弟,最近八大胡同发生了一件新鲜事,你可曾听闻?"

"哦,什么新鲜事?"

"最近,有一个不知死活的人物,竟然在怡红院和袁大帅的公子竞价,一直加到了两万大洋。"

"两万大洋?"王占尤流露出震惊之色。

"你说这个人是没脑子,还是真的有底气?"祝续铭依旧嘿嘿笑着,不远处的孟天化却听到了。

此时的孟天化,心中很烦躁。

他不知道祝续铭到底要干什么,但祝续铭从针对他的那一刻开始,就在怀疑他和彭二爷,这不得不让他警惕。现在,王占尤出现,祝续铭又要提到彭二爷,他究竟什么目的?

孟天化总感觉祝续铭要对他做不好的事情。

祝续铭又和王占尤开口了:"不管他是没脑子,还是真有底气,我却知道一个内容。这个人好像是你手底下在北京城的一个人物,叫作彭老二。如今,这彭老二已经被袁大帅的公子扔进了监狱。"说着,祝续铭对着孟天化瞟了一眼,"这年轻人你看到没有?他是彭老二的侄子,他来找你,应该是请你向袁大帅的公子求情的。"

王占尤的表情更加吃惊，心中却是大骇。

此时的王占尤，不比孟天化轻松。

抢劫祝续铭，是他王占尤指派的。他王占尤和祝续铭偏偏又是同乡，表面上的好朋友，这个时候，他比任何人都怕抢劫的事情暴露，因为他还不想和祝续铭决裂。

在听到"彭老二"的名字时，他条件反射地以为祝续铭是在试探他。

他和孟天化一样，决不想暴露那晚的事情，所以，他压下心中杂念，装作不在意彭二爷和孟天化，流露出一种古怪表情和祝续铭小声试探道："祝兄，你跟我说这番话，应该是有深意吧？"

祝续铭继续笑着，好像很无辜的样子："王老弟，我可没有什么深意，我只是想提醒你一句，袁大帅的公子可不好惹。据我了解，袁大帅的公子这次是真的怒了，一张口就要五万大洋。花费五万大洋，去救一个小人物，还得赔上脸面，不值！"

祝续铭的话，言外之意就是要让王占尤给孟天化闭门羹吃，这让王占尤轻松了不少。

只要祝续铭不是为了那晚的事情，他王占尤可以有很多种法子满足祝续铭。唯一可惜的是，孟天化可能要无功而返，甚至要吃点亏，但他会在事后想办法弥补。

可是，他却不知道一点，祝续铭现在表现出的一切都是装的。

经过几天的调查，祝续铭已经查到了不少东西，其中，九爷很可能是三方人马之一，且就在北京城附近。至于林兰那帮人，他虽然没有查到什么，但他肯定，林兰那帮人和九爷是一个目的，不是为了他的货物而来，而是为了布莱克。至于第三方人马，他可以肯定和他有矛盾，且目的就是为了他的货物而来，也就是他现在怀疑的彭二爷。

本来，他也没有怎么怀疑彭二爷，可查到彭二爷和王占尤能牵扯上的时候，他就重点怀疑上彭二爷了。原因无他，那晚交易的事情，他不久前和王占尤说过。

他不相信事情这么巧，他怀疑上彭二爷，彭二爷恰恰和王占尤有关系，这概率太小。

他这次来到曹府，就是要探探王占尤的口风。

至于在曹府遇上孟天化，这纯属是个意外，他刚才对孟天化说的一切也都是试探。

此时，他仍然在试探，但试探的不再是孟天化，而是王占尤。

他要让王占尤以为，他只是想针对孟天化，他倒要看看，王占尤怎么处理孟天化。

他相信，眼前的机会，一定能让他看出一些内容来。

第十七章　明争暗斗

"我明白了！"王占尤装作已经明了的样子，"祝兄，我知道你是为了我好，可我有一件事搞不懂。你和这年轻人到底有什么矛盾，要让他在我这里吃闭门羹？"

听到这话，祝续铭干笑了两声，心里却生出一抹得意，他知道，王占尤上钩了。

"王老弟，你干吗要戳穿我？"祝续铭样子无奈。

"祝兄，我了解你的为人，一般人可入不了你的法眼。"王占尤很有深意地看了祝续铭一眼。

"好吧，让你给说中了。"祝续铭的眼睛中闪烁出几缕冷芒，"实不相瞒，这小子和他的二叔彭老二以前是干倒斗的。你也知道，我老家的祖坟就是让这帮狗日的给刨了，所以，我是见到倒斗的就恨得牙痒痒，恨不得挖个坑把他们全给埋了。"

"我明白了！"

这一次，王占尤只能暗下决心。

他只能委屈孟天化一下了，不管祝续铭是不是已经知道了什么，是不是在试探，他都要表现出不在乎彭二爷和孟天化，唯有如此，才能让一切看起来天衣无缝。

作为一个能够代替曹锟在北京走动的人物，王占尤的脑袋和本事绝非一般人可比。既然明白了一切，他也知道该如何做了。和祝续铭聊完，他就来到孟天化的跟前，冷淡道："年轻人，你也是来找我的？"

感受到王占尤的态度，孟天化就意识到了什么。

他也看出来了，王占尤是肯定要帮祝续铭的，绝不会站在他这边。他现在必须得摆低姿态，做自己该做的事情，不须明说地和王占尤一起掩盖抢劫的事情。至于他和王占尤要掩盖到什么程度，就得看祝续铭满不满意，什么时候肯放过孟天化了。

孟天化弯下腰，低着头，和王占尤说道："小人的确是来找王督办的，还希望王督办能给一个私底下说事的机会。"

"私聊就不必了，你有什么事就在这里说吧。"王占尤依旧冷淡，目光却对着孟天化多盯了两眼。

王占尤认识彭二爷，自然也知道孟天化的存在，他想好好看看这个年轻人。

能够和彭老二一起倒斗，并且闯荡江湖，他希望孟天化不是一个榆木脑袋。

"王督办，我要说的事情，是一件丢人的事情，真的要在这里说吗？"孟天化蹙着眉头，很为难的样子。

"有什么话就在这里说吧，什么丢人不丢人的？难道，你要说的事，见不得光？"王占尤开始隐晦地暗示孟天化。

孟天化早已明了一切，哪里还需要什么暗示，他接着道："王督办，实不相瞒，我是代替我二叔来求您的。我的二叔是您手底下的一名军官，叫彭老二，隶属城南外巷驻扎的那支部队。前两天,我二叔去八大胡同玩耍,因为喝醉了酒,不小心得罪了袁大帅的公子……"

孟天化将彭二爷和袁大帅公子竞价的事情详细说了一遍,最后希望王占尤能够出面说情。

可王占尤在听完这些内容之后,整个人的脸都黑了:"彭老二,这个名字是有点熟悉。不过,既然是在职军官,去逛窑子,就已经违反了军规。按照军规,他理应杖刑一百。既然袁大帅的公子已经教训了他,我就不用再执行军规了。至于你,哪里来回哪里去吧!"

感受到王占尤突来的凶恶态度,孟天化更加确认了什么。他故意把目光投向祝续铭,流露出一些恨意。转而,他又低眉顺眼,颤颤巍巍道:"我……我……王督办,我二叔怎么说也是您手底下的军官,您不能见死不救啊,请您一定要救救他!"

"你二叔的事情莫要再提,不然,我连你也一起抓起来!"王占尤一点好脸色都没有。

"这……好吧……"

孟天化看到此处,赶紧借坡下驴。

祝续铭在场,他不好和王占尤说话。尤其是他手里还带着祝续铭的货物,这要是曝光,什么都完了。所以,他此时最重要的就是离开,什么事情回头再说也不迟。

脸上流露出不甘心的表情,孟天化再次恨恨地瞪了祝续铭一眼,这才郁郁地转身。

只是,孟天化刚走没两步,祝续铭公然和王占尤开口了:"王督办,有传言说,他是一个盗墓贼,你就这样放他走了?"

王占尤的表情刹那变化,心里却对祝续铭讨厌极了。

他就知道,祝续铭不会轻易放过孟天化。

就像祝续铭自己说的那样,他对盗墓贼真的很厌恶,遇到了盗墓贼,他恨不得将他们活埋了。可即便痛恨盗墓贼,祝续铭也不至于如此针对孟天化,祝续铭究竟什么目的?是因为孟天化刚才和他之间的矛盾,还是他故意要拿孟天化进行试探?

王占尤现在不想考虑那么多,但祝续铭的逼迫,让他不得不顺从。

不得已,王占尤只得叫回孟天化。

孟天化折返回来,茫然道:"王督办,您还有什么事?"

王占尤露出更加冰冷的表情,说道:"有人举报你是一个盗墓贼,这可是真的?"

孟天化的心头突然一颤,条件反射地看向祝续铭,却发现祝续铭一脸看戏的表情。

第十七章 明争暗斗 | 075

第十八章 机关盒

孟天化突来一种愤怒，很想朝着祝续铭的肥脸狠抽一顿。

祝续铭如此针对他，究竟是为了什么，仅仅是为了报复彭二爷？

孟天化觉得不是这样，祝续铭肯定有其他的目的。

"禀告王督办，这不是真的，这简直就是污蔑。"孟天化义正词严地开口，"您把那个举报的人叫出来，我要和他当面对质。"

"你确定你是无辜的？"王占尤的眸子突然凌厉。

"我当然是无辜的，我虽然在琉璃厂开店卖古董，但我绝不干盗墓的事情。"孟天化强调道。

王占尤闻言，似乎没了针对孟天化的理由，只好把目光投向祝续铭。

祝续铭倒也不慌乱，不紧不慢地用他的结巴话语开口道："你父亲是有名的盗墓贼孟丹心，和你的二叔彭老二在盗墓界号称'狼前鼠后'，你敢说你不是盗墓贼？"

"放你的臭狗屁，我爹当年是被洋人诬陷的。我爹不是盗墓贼，我也不是！"孟天化气冲冲地吼叫道。

"当年的案子证据确凿，你就不要狡辩了。"祝续铭都懒得看孟天化，转头和王占尤道，"王督办，我建议你先把他抓起来，然后详加审问。我有一个朋友可以证明，当年孟丹心死后，这小子和他的二叔杀害了当时的办案官员，然后在全国踩点盗墓。今天放了这小子，明天肯定又有哪个无辜人家的祖坟被他们给刨烂了。"

王占尤的表情多了一些威严，和孟天化道："对于祝老板说的内容，你有什么反驳的？"

"我……我抗议！"孟天化没想到会是这样的情况，祝续铭居然狗皮膏药一样贴上他了，他要是也进了牢房，谁去救彭二爷？"我不是什么盗墓贼，你们不能随便抓我！"

"王督办，你先把他抓了，人证物证我回头就给你带过来！"祝续铭奸笑了起来，"对了，他手里的木箱子说不定装的就是盗墓得来的明器（陪葬物品，即冥器），不如先让他打开给我们看看。如果真是明器之类的，也省得把我那朋友叫来了。"

祝续铭的一句"明器"，本是随口之言，这却吓坏了孟天化。

这木箱子里装的可是那晚祝续铭的货，真要是打开了，所有的真相就暴露了。

"祝结巴，我怎么得罪你了，你要这样针对我？"孟天化忍不住爆起粗口。

"他心虚了，王督办，我敢保证，他那木箱子装的就是明器。"祝续铭继续透着奸笑。

孟天化此时焦躁到了极点，他真怕王占尤听了祝续铭的话。

可王占尤此时怎么会知道孟天化就拿着抢到的货来贿赂他，他已经决定要帮祝续铭惩治孟天化，要让孟天化吃亏。祝续铭的话他连想都没想，就直接答应了。

"如果你真是清白的，就把木箱子打开吧！"

听到王占尤的话，孟天化的眼珠子瞪得老大，他真想拿把枪抵着王占尤的脑袋，破口大骂："你脑袋锈逗了，你脑袋里都是屎啊，这个死结巴说什么你听什么。要是木箱子打开了，里面的东西暴露，我第一件事就是把你供出来！"

心里纵有无数恼火，孟天化终究不能说出来。

他现在真是面临一个危急的情况，之前的口角和王占尤的闭门羹都不算什么，他手里的东西才是要害。

孟天化挣扎了一下，满脸冤枉地说道："不行，这木箱子里装的是宝贝，我不能当众打开。要打开那就找一个安全的地方打开，我只让专业的人士和王督办来看。"

"你不敢当众打开？"祝续铭的眸子透露出一些好奇，似乎察觉到了什么，死死地盯着孟天化，然后说道，"我看你是心虚吧？你们大家觉得呢，他是不是心虚了？"

"对，对，我也觉得他是心虚！"

看热闹的不嫌事大，竟然被祝续铭一下子扇动起来了。

在一堆附和声中，王占尤的话语权也变得微弱，他对孟天化厉声道："把木箱子打开！"

"该说的我已经说了，你们要是不能满足我的要求，我宁死不屈！"孟天化知道这一关是躲不过去了，他只能耍起赖皮来，只要木箱子不打开，谁都拿他没办法。

第十八章 机关盒

王占尤看到孟天化态度如此坚定，自然也意识到了不对劲，可在祝续铭一帮人的起哄下，他也骑虎难下。

与此同时，不远处，一直处于观望状态的蔡洪和林兰脸色都变了。

说实话，他们两个人对孟天化的印象都不太好，他们来到近前也只是想看戏。

可此时此刻，他们却生出了另外的心思。

他们终究和周围这些人不同，他们怜悯弱者，他们愿意牺牲毕生去构建一个大同社会。

眼前的孟天化，就是一个受人欺凌的弱者。纵使孟天化有些无耻，有点无赖，嘴巴也很不干净，可此时此刻的孟天化，还是让他们生出了同情，他们想帮助孟天化。

可是，他们有什么理由去帮助孟天化？

难道，要暴露他们的理想，暴露他们的身份吗？

此时此刻，他们什么都不能做，只能眼睁睁看着孟天化被一群道貌岸然者欺负。

"王督办，情况已经很明显了，这小子手里的木箱子装的就是明器。"祝续铭又开始添油加醋，不忘说道，"直接让你的手下动手吧，箱子一打开，什么都明了了。"

王占尤本能地蹙了蹙眉头，突然觉得事情变得复杂起来，和他想象的不太一样。

"万一，他手里的真的只是宝贝，并非什么明器呢？那我们岂不是冤枉人了？"王占尤犹豫了。

"怎么可能冤枉人，我手里有人证物证。即便他手里的东西不是明器，他也跑不了。"祝续铭胸有成竹，转而和王占尤小声道，"王老弟，如此优柔寡断，这可不像你的作风！"

王占尤脸色一变，以为祝续铭发现了什么，转而就苦笑了起来："我也不想这样啊，这里站着这么多人，尤其是那一位，可是刚进北京城的云南大将军的堂弟，我不想被他们抓到什么把柄。"

"你想多了，我有人证物证，一切都是板上钉钉的事，你怕什么？"祝续铭又催促道，"既然你下不了决心，那就让我的人来了。你们两个，去把箱子给我抢过来！"

祝续铭发号施令的时候，突然不结巴了，说的那叫一个迅速。他的两个保镖动作极快，眨眼来到孟天化的跟前，争抢孟天化手里的木箱子，搞得大家都愣了一下。

孟天化当然不会把箱子交给这两个人，他强烈地反抗着，竟然把祝续铭的两个保镖给弄倒了。

等到两个保镖又要冲上来，孟天化吼叫了一声："都给我滚蛋，你们不就是想看木箱子吗，我给你们看！"

孟天化突然生出一种霸气，双目扫视之间，透着慑人的锐利。

等到两个保镖止住，孟天化狠狠瞪了祝续铭一眼，然后不紧不慢地将木箱子打开了。

然而，木箱子打开，里面却不是什么古董，竟然还是一个箱子。

不过，这个箱子有点不寻常，外观呈六角柱，制作材料未知，像金属，又不像金属。在箱子的六个侧面各雕刻着一些不知名的神兽，上面则是一个八卦太极图。光看这些就让人觉得挺复杂的，古香古色，有点像机关暗器，又有点像一些特殊类的用具。

众人盯着这个箱子，都莫名其妙，不知道这是什么情况。

正当孟天化要开口，说这就是他们要看的宝贝时，不远处的林兰突然开口了："这……这是机关盒！"

"机关盒？那是什么东西？"

有人不解，开始询问着，而孟天化的脸色却有点阴沉。

他本想说这就是众人要看的宝贝，可林兰的一句话，让他准备好的说辞胎死腹中。

既然林兰知道眼前的是机关盒，那她肯定也知道机关盒是装东西的，他到时还得打开。

一时间，孟天化愁绪满怀，他痛恨祝续铭的同时，连林兰一块儿痛恨上了。

这个关键时候，林兰干吗要开口，还一开口就道破了玄机。

"机关盒，是需要特殊手段才能打开的盒子，这在中国历史上是瑰宝级别的技术。许多益智玩具就用到了机关盒的技术，比如鲁班球、孔明锁。但是，真正的机关盒都十分精妙，使用暴力手段是打不开的，说不定会毁坏里面的东西，所以……"

"所以，这个机关盒，只有他能打开？"祝续铭听到这里，立马把目光投向了孟天化。

他本来还不怎么怀疑孟天化带的东西，可孟天化刚才的表现，加上眼前的机关盒，让他不得不起疑心。他要看机关盒里的东西，他一定要看，他必须要确认一下。

"王督办，你也看到了，这小子的东西神神秘秘的，还用机关盒装着，肯定见不得人。"祝续铭又和王占尤开口。

王占尤本来还担心什么，此时看到只有孟天化能打开的机关盒，他反倒放松了。

他对着孟天化看去，冷淡道："你把这个机关盒打开吧！"

第十九章 考古专家

"王督办,我已经说了,你们不满足我的条件,我绝不打开箱子。现在,这个机关盒就在这里,你们要是想看里面的东西,那就自己动手吧,你们用砸的,用敲的,不管用什么手段我都不会在意,但我敢保证,你们绝对得不到完整的东西!"孟天化再次表明态度,尤其是一双充血的眸子,看向王占尤的时候充满了坚毅与愤怒。

他被祝续铭一步步逼到这个份儿上,王占尤也有份儿,王占尤若是还想逼他,他也只能破罐子破摔。反正机关盒里的东西,他王占尤也有份儿,就让他自己看着办吧!

王占尤当然知道孟天化目前的境地,他也猜到机关盒的东西不简单,不然,孟天化也不会拼死保护。

他知道,不能再逼孟天化了,一旦逼急,对他没有好处。可一旦妥协,现场就只有祝续铭一个懂得古玩的专家,机关盒里的东西是不是明器,还不是祝续铭说了算?

正当王占尤犹豫不决的时候,祝续铭开口了:"王督办,既然这小子这么硬气,我们不如就给他一个机会,让他当着你的面和专家的面打开这个机关盒。说实话,我还真想看看,这里面究竟是什么宝贝,居然让他保护得这么严实。"

看着祝续铭的猎奇神态,王占尤本能地生出警觉。

他当然不想让祝续铭跟他一起看机关盒里的东西,万一里面的东西对他不利,他不是搬石头砸自己的脚吗?

但眼下,只能死马当活马医了,如果他是孟天化,他一定不想让祝续铭去鉴定机关盒里的东西。等到孟天化拒绝祝续铭,他再随便说出府上一个名字,冒充古董专家，鉴定的事情不就随他了？

心里有了决定，王占尤便顺着祝续铭，同孟天化道："好，我满足你的要求，由我和一名专业人士在场，然后你打开这个机关盒，让我们看看里面究竟是不是明器！"

听到王占尤松口，孟天化彻底松了口气。

只要王占尤答应他的要求，接下来的事情就好办了。

与此同时，祝续铭也露出一抹得逞，因为在场的只有他懂古董，他会和王占尤一起去。

只是，在看到孟天化的轻松表情时，祝续铭的表情变了。

他突然回过味来，他不该开口的。

孟天化怎么可能让他去鉴定机关盒里的东西，一旦不让他鉴定，他如何知道里面是什么？

祝续铭突然懊恼不已，可孟天化已经开口："王督办，既然你答应我了，我能问一下，您的府上有鉴定古董的专业人士吗？"

"有，当然有，我的眼前就有一位。"王占尤说着，故意看向了身旁的祝续铭。他此时似乎和孟天化产生了一种默契，一种超乎寻常的默契，"祝老板是北京城古董行业的招牌人物，他对古董的鉴赏和研究绝不是寻常人可比，由他鉴定我放心！"

"不行，我不同意！"孟天化毫不客气地拒绝道。

"你为什么不同意？"王占尤有些气了。

"举报我是盗墓贼的是他，若是由他鉴定，里面不是明器也变成明器了。"孟天化有理有据地说着，"眼前在场的除了这位让人作呕的祝结巴以外，还有一位古董鉴定高手，我建议由这个人来鉴定。"

孟天化的话让王占尤吃了一惊，不知道他说的是谁。

"哦？你说的这位指的是？"王占尤问道。

"我指的是她！"孟天化一转身，突然对着林兰一指，把置身事外的林兰惊了一跳。

王占尤和其他人都对着样貌怡人、姿态端庄的洋装美女看去，都流露出了一些惊奇。

"你说的是林小姐，她懂古董？"王占尤比其他人还要吃惊。

在之前见面的时候，蔡洪向王占尤介绍过林兰。他知道林兰是英国留学回来，学的是地质专业，他还真不知道林兰居然懂古董。

"她懂古董，而且十分专业！"孟天化语气肯定，接着道，"前两天，她曾带着一个同伴来过我店里。"

孟天化一开口，更让林兰莫名其妙。她虽然去过孟天化的店里，可她是一个人，哪有什么同伴？

林兰很想反驳，可孟天化却不理她，接着道："当时，她的同伴拿出了一件古董让我鉴定。哦，对了，她的这个同伴好像有哮喘病，当时哮喘还发作了，并伴随着剧烈的咳嗽，简直跟一个受了重伤的人一样，差点没把我吓个半死！"

孟天化说到这里，林兰又吃了一惊。

有同伴也就罢了，还伴随着哮喘病，这都是什么情况？

比其他人更熟识林兰的蔡洪，也忍不住流露出一些惊讶，更是对着林兰怪异地看了一眼。

林兰还了一个白眼，表示自己根本不知道孟天化在说什么。

可是，再往下听的时候，林兰终于意识到了什么，她的瞳孔也在一刹那缩成了针孔。

"接着，就是鉴定的时候，我以为林小姐和他的同伴不懂古董，可在我说到一半的时候，林小姐插嘴了，居然还和我产生了一些分歧。正是因为这些分歧，导致林小姐最后只给了我五个大洋，还要求我封口，不能告诉别人她带着同伴来过琉璃厂。"

孟天化说到这里的时候，专门看向林兰，似乎在传达着什么信息。

林兰却冷着一张脸，死死盯着孟天化，在旁人看来就好像被孟天化当众捅出来的内容给惹气了。

孟天化依旧装作看不到林兰的表情，接着道："我当时念她和她的同伴不容易，尤其是她的同伴还有哮喘病，也就没有和她计较。可是，我后来仔细想了想，林小姐对那件古董的分析很有道理。也是那一刻，我才明白，林小姐是一个鉴定古董的高手。"

孟天化把话说到这里，也基本结束了。

林兰看向孟天化的目光依旧很冷，她旁边的蔡洪也发现了什么，内心也起了变化。

可孟天化不理其他，开始正式结尾："林小姐，不好意思，形势所逼，那天的事情我只能说出来了，还希望你谅解！如果你不满意，我可以把那五块大洋退给你！"

众人还没从孟天化讲述的故事中回过神来，一直冷着脸的林兰开口了："浑蛋，你简直就是一个无耻浑蛋。你还有没有信誉可言？你就是一个奸商，一个不要脸的奸商。"

面对林兰突来的谩骂，孟天化只能厚着脸皮接受，而其他人都流露出了一些茫然。

显然，林兰的表情很到位，其他人都相信了孟天化说的故事。

"林小姐，你真的懂古董？"王占尤带着奇妙之色，注视向了林兰。

林兰却继续恶狠狠地盯着孟天化，恨不得吃了孟天化。

眼看着王占尤站在一旁很尴尬，一直没有开口的蔡洪咳嗽了两声。

这个时候，蔡洪已经猜到孟天化在传递什么信息。

那天晚上，跟着林兰一起向琉璃厂方向逃跑的虽然不是他，林兰却跟他说起过这件事。

哮喘病、五个大洋，这些都是暗示信息。不管孟天化是不是在暗示那天晚上的事情，林兰此时已经在配合孟天化，他也得配合才行，因为他和林兰是连在一起的。

所以，他在咳嗽两声之后，开口了："王兄，林小姐的事情还是我来说吧。她的确是懂一些古董，这是她在学习地质学之外培养的一门兴趣。你可能不知道，林小姐所学的地质学和考古学经常会联系在一起。考古学你知道吧，就是研究古物，比如研究古墓、化石、历史遗迹等等。所以，研究古董，可以说是地质学的一种延伸。当然，林小姐对古董的研究也谈不上大家，只能说是小有成就！"

"哦，是这样啊！"王占尤一脸恍然大悟的样子，"听蔡老弟说话，真是能学到不少东西。既然林小姐懂得鉴赏古董，那就有劳林小姐帮忙，鉴定一下机关盒里的东西。"

"这个事情……"蔡洪说着，把目光转向了林兰。

林兰此时仍处于愤怒之中，突然感受到蔡洪把目光投向自己，她深吸了一口气。

然后，林兰扫了众人一眼，和王占尤开口了："王督办，我的那点微末道行本来登不得大雅之堂。不过，确定一件古董是不是明器，这个倒是不难。毕竟，墓穴里出来的东西会残留很多痕迹，尤其是墓穴里的空气、温度、湿度，和墓穴外面有很大的差异。只要明器从墓穴里出来没多久，明器表面产生的一些变化，包括一些化学反应，基本都能凭借肉眼看出来。当然，若是鉴定过程中出现了一些偏差，还希望王督办能够见谅。毕竟，我赏玩古董只是一种兴趣，并不是专业的。"

"林小姐客气了，从你的话语中就能听出来，你对明器有所研究。那就这样决定了，林小姐和我一起去看看机关盒里面的东西到底是不是明器。"王占尤下了决定。

只是，此时的祝续铭脸色却难看到了极点。

他针对了孟天化半天，难道就让孟天化这么安全地度过？

祝续铭不甘心，他现在非常怀疑孟天化，他现在唯一缺的就是证据。若是能得到机关盒里的东西，他就可以彻底证明那天晚上抢劫他的就是彭二爷和王占尤。

可现场的形势已经逆转，王占尤也开口了，他还能做些什么？

他现在能做的就是闭嘴不言！

第十九章 考古专家

第二十章 林兰的实力

只是,祝续铭仍不甘心,他还是忍不住来到王占尤的近前,说道:"王老弟,就不能让我跟着一块儿去看看吗?哪怕在你们鉴定完之后,让我看看里面的东西也好。"

"祝兄,你这就让我为难了。林小姐是蔡少爷的人,蔡少爷是蔡将军的堂弟,我若是再改变主意,蔡少爷如何看我?你就在这里等着吧,具体是什么情况我回头会和你详细说的!"这一次,王占尤的口吻十分强硬,他显然不会再受祝续铭蛊惑。

祝续铭苦着脸,只能眼睁睁地看着孟天化和林兰带着机关盒,跟着王占尤一起离开。

看着那件特殊的机关盒就这样远离自己,祝续铭痛恼非常。

可是,祝续铭很快又冷静了下来。

他已经可以肯定孟天化有问题,他接下来要把孟天化作为重点调查目标。

只要跟着孟天化,他相信一定能查出什么东西来。

到时候,他再跟王占尤计较也不迟。

同一时间,等待的还有其他人,包括蔡洪。

蔡洪倒是不着急,他反而饶有兴趣地盯着祝续铭。

看着祝续铭富态的模样,蔡洪不由得想起那晚劫人的场面。

那天晚上,祝续铭可吓得不轻,简直有点屁滚尿流的味道。

不过,那天晚上,他们的重点目标是那个洋人,对于祝续铭他们的关注还真不多。

只可惜,他们没能把那个洋人攥在手里,甚至他们都没来得及对那个洋人搜身。

如果那个洋人布莱克真的从敦煌得到了那件东西，他一定会带在身上的，他们当时也够傻，居然想把洋人带到安全的地方再搜身。如果当时搜身了，那件东西就会在他们手里，那他们针对袁大帅的计划也会有奇效，至少会让袁大帅懊恼一阵子。

现在说什么都迟了，那个洋人已经失踪，那件东西也下落不明，他们现在只能停手。

"蔡蔡蔡少爷，你好，我还没有正式自我介绍一下，我叫祝续铭，是做古玩生意的。以往，我是只闻你的名字，今天见到你的尊容，真的是玉树临风，独有一番青年才俊的气质。"冷静下来的祝续铭，竟然来到了蔡洪的跟前。

蔡洪先是吃了一惊，然后也笑了："祝老板不愧是做生意的，这夸人的手段不一般。"

"哪里，哪里，我说的都是事实！"

"正因为是事实，我才说祝老板会夸人！"

"嗯……"祝续铭被蔡洪整得有点尴尬。

"开玩笑，开个玩笑……"

"蔡少爷真是平易近人，不拘小节。"祝续铭结结巴巴地奉承着，转而又道，"不过，蔡少爷，我能冒昧地问一句吗？你此来拜访王督办，不知道是为了什么事啊？"

"这个……既有公事，也有私事，我就不方便透露了。"蔡洪的口风很严。

"哦，这样啊！"祝续铭微微一笑，接着道，"实不相瞒，我和王督办是同乡，也是非常要好的朋友。如果蔡少爷需要王督办帮什么忙，我还是能在中间撮合的。"

"哦，你是这个意思啊……"蔡洪突然明白了什么，"那真是多谢了，我以后若是需要王督办帮忙，王督办不给面子，我就直接找你好了。对了，不知道祝老板来找王督办是为了……"

"我啊？我是为了一点私事……"祝续铭讪讪笑着，"我前几天有一批古董不是被劫了吗？货物被劫的同时，我的一个洋人好友也被人掳走了。我想找王督办使使劲，让他给巡捕房那边施施压。这都好几天了，我那洋人朋友还没有消息传来。"

"那你可得赶紧催，这洋人失踪可不是小事。"蔡洪嘴上顺着祝续铭的话回答，心里却念叨着，你在找洋人，小爷我也在找那个洋人呢，你要是有什么消息了，别忘了告诉我。

就在蔡洪和祝续铭东聊西聊的时候，王占尤他们总算回来了。

跟在王占尤身边的还有孟天化和林兰，孟天化昂首阔步，腰杆挺直，显然什么事都没有。

不过，让人奇怪的是，那个机关盒没有回到孟天化的手里，而是落在了林兰手里。

等到王占尤前来宣布详细结果，其他人显然都觉得索然无味，因为王占尤对机关盒里面的东西只字不提。倒是机关盒为什么会归属林兰，王占尤重点提了一下。

机关盒里的东西，林兰看过之后非常喜欢，给孟天化出了一个价格，孟天化当场同意了。

再然后，孟天化就像是被洗脱了冤屈，对着祝续铭狠狠瞪了几眼，还比画了几个手势。

祝续铭的表情很难看，虽然已经预想到会是什么情况，可看到孟天化跳梁小丑般的得意模样，他还是有些不爽。但很快，他就装作大度的样子，走向了王占尤。

机关盒里装的东西，王占尤没有当众说，祝续铭自然要问的。与其和孟天化这种跳梁小丑争斗，拉低自己的品格，他不如多探探王占尤，看看会不会有破绽。

祝续铭走向王占尤的时候，蔡洪和林兰也开始和王占尤道别。他们本想在一旁看热闹，哪知孟天化的事情扯到了他们的身上，现在事情已搞定，他们也该离开了。

王占尤很是热情地恭送蔡洪和林兰，一直将蔡洪和林兰送到大门口。

孟天化在这里也已没有什么事情可做，便跟着蔡洪和林兰一起离开，却是分道而驰。

看到这三个对自己来说都不一般的人物离开，王占尤总算松了口气。

可王占尤这口气刚松完，祝续铭就来探情况了。

面对祝续铭的旁敲侧击，王占尤只好拿出准备好的说辞忽悠祝续铭，还说了一个不存在的古董宝贝。

当然，王占尤说的内容也并非都是假的。

十几分钟之前，王占尤带着孟天化和林兰来到了一个没人的房间。

在这个没人的房间里，王占尤没有急着让孟天化把机关盒打开，而是和孟天化聊起了彭老二。

因为林兰在场，王占尤不可能直接和孟天化传递信息，他只能通过彭老二的话题传达。

王占尤询问彭老二所在的具体部队，又询问彭老二什么时候入伍的。就在这种询问的过程中，王占尤提到了曹锟，并说道："曹锟将军是看中我，才让我处理北京的事物，我不想给曹锟将军制造麻烦，当然也不想找麻烦，你懂吧？如果机关盒里的东西真的是明器，你现在承认还不晚。不然，我会秉公处理，你会很难受！"

王占尤故意提到曹锟，显然是有深意。孟天化从王占尤之前的动作就已判断出王占尤的一切举动都是出于无奈，所以，王占尤说出这番话，孟天化立马就会意了。

孟天化便回道:"王督办放心,机关盒里绝不是明器,还希望您能像曹锟将军信任您一样信任我!"

听到这话,王占尤还有什么好说的。

并且,孟天化故意把林兰叫上,肯定也是有把握的。

只不过,后续的事情,还是有点小小的出乎王占尤的预料。

在暗暗地通过气之后,孟天化就开始打开机关盒。

孟天化先将机关盒放在了一张桌子上,然后玩魔方一样在机关盒的上方鼓捣着什么。

王占尤一开始还思忖孟天化开箱为什么不避人,此时一看,孟天化哪里是不避人,而是他的开箱手段一般人根本看不懂,根本就没有避人的必要。

当然,也是在看到这一幕之后,王占尤确定了一件事,孟天化的机关盒蕴藏玄机。

机关盒里应该暗藏着机关,只有通过正确的打开步骤才能打开,不然,机关盒很可能会自毁。

王占尤曾听别人提起过,一些精妙的机关都带有自毁装置,据说是为了防止别人得到机关的核心技术。当然,也有如眼前这般,不想让别人得到完整宝贝的。

不管是什么情况,中国的机关术自古就很神奇,大到攻城器械、整个墓穴的设计,小到一根飞针、一粒铁丸,都有其精妙之处。据说,古时的鲁班,曾制作出一只会飞的木鸟,木鸟制作成功之后,在天上飞了三天三夜仍不下来,可想古人的厉害。

不过,王占尤对这些机关要术并不关心,在他看来,中国的机关要术同长枪大炮相比逊色了太多。

机关盒打开,就轮到林兰出面鉴定了。

林兰刚开始还不以为意,觉得随便鉴定鉴定就完了,毕竟她是被孟天化给逼迫的。等到她看到里面的东西,她惊了一跳,竟然全神贯注地对着里面的东西进行鉴赏。

接着,林兰说道:"这不是墓穴里出来的明器,而是清朝宫廷之中御用的掐丝珐琅彩瓷瓶。珐琅彩瓷的历史并不长,从康熙时代开始,历经康、雍、乾三代,然后就出现了断代。其后的嘉庆、道光官窑虽偶见珐琅釉装饰,但在工艺上只是粉彩瓷器的边饰或局部,并不能和宫廷珐琅制作工艺的制品相提并论。而且,珐琅彩瓷基本都是清朝皇室的自用瓷器,很少有外流的,进入墓中作为殉葬品的更是少之又少。"

林兰有理有据地分析着,莫说王占尤吃了一惊,即便是孟天化也惊奇非常。

孟天化把林兰牵扯进来,只是因为他有林兰的把柄,她相信林兰会帮自己圆场。可孟天化没想到林兰真的精通古董,从她的这番言论来看,她绝对是个行家里手。

第二十一章 祸不单行

林兰却不理会这两个人的表情,凑近机关盒,她将那件珐琅彩瓷瓶小心地拿在手里,细致地观察着,接着道:"从这件珐琅彩瓷瓶的品相来看,它应该是一件巅峰之作,很可能是乾隆时期的物品,因为乾隆时期的掐丝珐琅制作工艺最为精妙。不过,有点可惜的是,这种掐丝珐琅瓷器瓶应该是一对,或者是一个系列才对,可这里却只有一件!"

林兰流露出惋惜的表情,不远处的王占尤有点失神。

王占尤心里清楚,这件珐琅瓷器是孟天化准备送给他的,现在这个情况,恐怕要与它失之交臂了。

就在王占尤心生别的心思的时候,孟天化凑到了林兰的跟前,似乎在和林兰聊着什么。

突然,孟天化"啊"了一声,吃惊道:"你说什么?你要花五千大洋买下它?"

孟天化的话刺激到了王占尤,王占尤的眼睛当时就瞪了一瞪。

刚刚听了林兰的介绍,王占尤就知道这件珐琅瓷器不寻常,可他没想到居然这么值钱。

五千大洋,这得换多少地皮?

不等他上前说些什么,孟天化又开口了:"卖,卖,我当然卖,五千大洋我干吗不卖?"

说着,孟天化来到机关盒的跟前,把珐琅瓷器放好,不紧不慢地将机关盒重新锁上了。

再然后,他朝着身后的王占尤看了一眼,点头哈腰地说道:"王督办,您看到了,林小姐都说了,这里面装的不是明器,还希望您还小人一个清白。当然,林小姐要花五千大洋购买这件珐琅瓷器的事情，也希望您能做个见证。"

王占尤非常尴尬。尽管他怀疑"五千大洋"的话未必是林兰说的，可眼下这个情况，他实在不好拒绝，只好说道："好吧，那我就给你们做个见证！"

"那就太谢谢王督办了！"孟天化一脸讪笑，转头把机关盒递给了林兰，说道，"林小姐，机关盒和里面的东西先给你，等你付给我五千大洋之后，我再帮你打开。"

这时的林兰当然也是被孟天化逼迫的，什么五千大洋，全都是孟天化自己在一旁瞎编。

可木已成舟，她也只好继续配合孟天化，把机关盒暂时收下。

再然后，就是他们一起回到祝续铭等人跟前，发生了后面的事情。

当然，关于机关盒里面的珐琅瓷器，王占尤是打死都不会说的，尤其是对祝续铭。因为孟天化在鉴定完之后，和他说了一句悄悄话："机关盒里的东西是我二叔的！"

曹府之行，孟天化是相当的委屈。

他只是想和王占尤商量一下营救二叔的事情，可突然冒出来一个祝续铭，还认准了他。这害得他被打得鼻青脸肿，还差点暴露了那晚抢劫的事情，真是惊险万分。

还好，有惊无险地度过了。

不过，孟天化却放松不下来。

他之前一直没有重视祝续铭，此次见到祝续铭，他才知道祝续铭是十分可怕的一个人。

祝续铭不仅怀疑到彭二爷的身上，还将彭二爷以及他的信息查得一清二楚。

今天，他虽然保住了机关盒里的瓷器没有曝光，可祝续铭肯定会怀疑到他的身上。他接下来既要想办法营救二叔，还得想办法躲避祝续铭的怀疑，情况很不妙。

更重要的是，他这两天急于处理掉那批货物，若是祝续铭盯上了他，岂不会发现什么？

孟天化苦思冥想，做了一个决定，等他回到琉璃厂后，他要找王二蛮聊一聊。

至于彭二爷的事情，他今天已经和王占尤见了面，王占尤的态度已经表明他不会轻易放弃彭二爷的。他下一步要做的就是抽空重回曹府，找王占尤确认一下。

孟天化心中很急躁，拐了两个弯叫了一辆黄包车，迅速回了琉璃厂。

可孟天化刚刚回到琉璃厂，刚刚把店铺的门打开，一个熟悉的身影就焦急地走了过来。

孟天化转头一看，发现是任海峰，不由得一怔。

任海峰却不理孟天化的表情，直接先于孟天化进了店铺里面，等到孟天化也进来，他才焦急道："王弼那几个孙子骗了我们，那个副官并非王弼的亲戚，他们只是想骗你的古董。"

"骗我的古董？"孟天化的眉头一蹙，流露出一些吃惊和愤怒，"到底怎么回事？"

听到询问，任海峰接着道："一开始我也不知道这是一个骗局，我也被他们给骗了。我以为那个副官真是王弼的亲戚，可我们带着你给的箱子行动的时候，他们才在半路跟我说，他们根本没打算营救彭二爷。彭二爷招惹了袁大帅的公子，基本没救了，他们不如趁着这个机会在你身上多捞点好处，也不枉他们那晚陪着彭二爷去抢劫。"

"我不是答应他们，给他们好处吗？他们怎么还贪得无厌了？"孟天化的脸色彻底黑了。

"他们觉得你给得太少，而且还分好几次给，他们等不了了。"

"真是一群蠢人，他们拿了我的东西就能卖到好价钱了？"孟天化很不屑的样子。

任海峰却在此时流露出一些尴尬，直言道："我们这些人经常跟着彭二爷，别的人认识得不多，就是乱七八糟的人物认识不少，其中不乏做古董买卖的，所以……"

"所以，他们已经把古董卖了？"孟天化的眼神中闪烁着凶恶。

任海峰似乎觉得更加尴尬，点头的同时，回道："他们和我说完，就去找买家了。"

"一群王八犊子，他们知不知道那件东西是我这家店的镇店之宝？"孟天化气得鼻子冒烟，两眼冒火，心中却突来一种庆幸。幸好他没有把那晚抢来的赃物交给这几个人，不然，这赃货一卖，祝续铭一旦得到消息，肯定会沿着这条线查到他这里。

心中冷静思考了一下任海峰说的这个情况，孟天化觉得暂时不是问题，至少相对于他遭遇祝续铭的情况来说。

冷静之后，孟天化盯着任海峰，突生好奇："他们都去卖货了，你怎么不跟他们一起去分赃？"

任海峰表情一变，突然严肃了起来，整个人的身子都站直了。

这一刻的任海峰似乎多了一种气势，不只是军人的气势，更是一种堂堂正正的气势。

任海峰开口了："我和他们不一样，彭二爷对我有大恩。我老家去年发大水，村里的人基本都死光了，即便没死，也在逃荒的路上饿死。半年前，我也在逃荒的路上，就在我快要饿死的时候，是彭二爷给了我一口饭吃，所以，我感恩彭二爷。现在，彭二爷有难，我不能尽一份力已经心里有愧，若是再趁火打劫，我还是人吗？"

"你是好样的，我二叔那口饭没有白给你！"孟天化对着任海峰又认真盯了一眼，接着道，"你放心，我二叔不会有事的。等我二叔出来，我一定把今天的事告诉他。"

"告诉就不必了，我只求心里安稳。对了，你去找王占尤那边情况怎么样，还有，你脸上的伤是怎么弄的？如果有人欺负你，你可以跟我说，虽然我没啥大本事，但我好歹是一个军人，手里还有一把枪。要是需要我，我现在就可以提枪上阵。"

"提枪上阵就不必了。"任海峰的这种纯朴与简单，孟天化很是喜欢，但是，这种人在任何时候都是吃亏的。拼命的事情，孟天化不会让任海峰去做，因为任海峰真的会去拼命，倒是彭二爷那些贪得无厌的手下，他还是得防着点。

所以，孟天化接着道："不过，眼前有件事情，还真的需要你去做。"

"什么事，你尽管说！"任海峰身子一挺，整个人都精神了起来。

"我二叔的情况现在还没有彻底确定，我不想中间出现什么意外，尤其是王弼那几个人。所以，我需要你和王弼那些人打得火热，替我们监视他们，不能让他们暴露那晚抢货的事情。还有，他们现在对我二叔从监狱里走出来不抱任何希望，也肯定不希望我二叔出来，若是他们有什么异常举动，你立马来告诉我。"

"行，这个没问题，我现在就可以去做！"

"那好，你现在就回去吧。记住，一定要和他们打得火热，他们贪婪，你也得贪婪才行！"

"我明白了！"

送走任海峰，孟天化激荡的心里总算平静了一下。

可是，一想到祝续铭连他和彭二爷的信息都能查到，他又立马紧张了起来。

他得赶紧找王二蛮聊聊，争取早点把那批赃物处理掉。

只要没了东西，祝续铭怀疑他也拿他没办法。

孟天化正准备收拾形象去找王二蛮，王二蛮就摇晃着魁梧的身子走进了他的店铺。

"老孟，你可真够忙的，我等了你大半日都不见人回来。"王二蛮一开口就透着埋怨，进来之后却一点也不客气，端起柜台上一杯茶就兀自喝了起来。

"你等我？"孟天化立马认真起来，"是不是买家有着落了？"

"有着落了，不过价格压得有点低，我不知道你会不会同意。"王二蛮也正色起来。

"你报一个总数，我看看够不够用！"

第二十二章 林兰造访

王二蛮闻言,来到了孟天化的近前,伸出一只手,孟天化也条件反射地伸出一只手。他们两只手放在一起,用袖子遮挡了起来,这叫作勾手,是古董买卖的一种方式。

可勾手没过一秒钟,孟天化的脸色就变了。

"居然压得这么低?"孟天化有些不敢置信。

"他们都知道这批货不好弄,想要卖出去,得跑到老远的地方,光是路费就够呛。"王二蛮把买家的话传达了一下。

"他们的心也够黑的,什么路费不路费,他们有自己的运输途径,简直跟搭顺风车一样。"孟天化很郁闷,却又很无奈地叹了口气,"行吧,低点就低点吧,应该够用了。不过,我得先说好,价格给压到了这个程度,我给你的佣金也给不了多少。"

"什么佣金不佣金的,能帮你的忙是我的荣幸。"王二蛮露出了标志性的憨厚笑容,接着喝了口茶,很自然地从袖口里掏出几张纸票子,递到了孟天化的跟前。

见到这几张纸票子,孟天化露出了不解:"这是什么意思?"

"你二叔的事情,我已经听说了。这点钱不算什么,你先用着,等有钱了再还我。至于你要卖铺子的事情,我没有往外面说。这么好的铺子,你要是卖了,我都替你可惜。"

"你替我可惜个屁啊!"孟天化却没好脸色,"我这铺子这么小,在琉璃厂连个芝麻都不如,你还替我可惜。还有,我这么遭人嫌,指不定有多少人想让我走。"

"正因为别人想让你走,我才不希望你走。没有你的日子,这琉璃厂得多寂寞啊!"

"我看你最寂寞！"

"行啦，甭管谁最寂寞，这钱你必须得收下。你要是实在过意不去，后面的事情你就用十分的力气帮我。"王二蛮憨厚的笑容中显露出一些狡诈。

孟天化见到这种狡诈，总算有些释怀了。

要是王二蛮没有任何目的地去帮他，他还真的不敢接受这笔钱，因为那是实实在在的人情。看到王二蛮笑容中的这种狡诈，他至少知道接下来怎么才能报答王二蛮。

就在孟天化准备接受这笔钱的时候，店铺外面又走来了两个人，赫然是蔡洪和林兰。

蔡洪和林兰离开曹府之后，绕了一大圈才来到孟天化这里。

他们来这里，自然是为了归还机关盒和机关盒里的珐琅瓷器。

林兰虽然知道珐琅瓷器珍贵，可她却没有五千大洋的闲钱购买。而且，这件珐琅瓷器只是一个系列中的一件单品，对于这种缺失的美好，她更是一点兴趣也没有。

不过，他们来得似乎不凑巧，孟天化的身边居然还有一个人。

正当他们犹豫的时候，孟天化先开口了："你们来了，来来，来这里坐。"

说着话，孟天化把王二蛮给他的纸票子收了，并和王二蛮道："这钱我先收下了，你回去吧，有什么情况我们后面再谈。"

王二蛮听到这话，当然明白孟天化的意思，可他忍不住对着蔡洪和林兰多看了两眼。

上一次，来找孟天化的是一个军人，这一次是一对看着就不寻常的男女。

看来，他对孟天化的了解还是不够深。

"行，那你有事就先忙，我先回了。"王二蛮说着，向着店铺外面走去。

蔡洪和林兰则趁着这个空当来到了孟天化的近前，林兰更是把机关盒往柜台上一放。

感受到蔡洪和林兰身上不同寻常的逼人气息，孟天化的脸色变了变。

"两位，咱们刚刚打过配合，再一次见面没必要这么凶吧，搞得跟仇人一样。"

"谁跟你是仇人，你也配？"林兰率先怼上了孟天化。

"行，行，我不配，我不配。我就是一个升斗小民，哪像你们两位，一位是云南大将军的堂弟，一位是英国留学回来的考古学专家。我和你们相比，还真的有点不配！"

"你就别贫嘴了，我们来找你就是想问问你，你口中的哮喘病和那五块大洋到底是什么意思。"这一次说话的是蔡洪，他倒是一脸淡定，一如往日那般风度翩翩。

"怎么，你们还不知道是什么意思？"孟天化一脸吃惊。

"你有完没完？"林兰却更加气了。

"什么有完没完？"孟天化继续装糊涂。

"我看你是想挨揍是吧？"林兰眸光微冷，对着孟天化举起了一只拳头，孟天化条件反射地往后一缩。

蔡洪看到这儿，顿时笑了："我也觉得你欠收拾，我都这么直白地问你了，你还装糊涂。是不是抽你两下，你会好点？"

看着蔡洪不嫌事大的表情，孟天化倒想先抽蔡洪两巴掌，可他还是无奈地一笑："好吧，你们非要我明说，那我也只能明说了。那天晚上，有一个倒夜香的妇人刚好从琉璃厂经过，之后的内容，就不用我再说了吧？"

孟天化点到即止，不想把所有内容摆上台面，主要是他不想和林兰这些人有太多交集。

林兰和蔡洪是不是革命党，孟天化还不能确定，万一他们真是革命党，他可不想受牵连。

"看来，你真的知道那晚的情况。"蔡洪神色从容，看向孟天化的目光，突然流露出一种古怪笑容，"不过，我倒是听说，那天晚上的夜香妇是有人假扮的，很有可能还是一个男人，该不会就是你吧？"

"这可不能乱说，那天晚上我是刚巧路过，正好看到了不该看的一幕。"孟天化急忙解释道。

"正巧路过？"蔡洪脸上的笑容更浓了，"你赶得很真是够巧的。不过，我还听说了一件事，那个假扮夜香妇的人很可能抢劫了祝老板的货物，你那晚有没有看到？"

"这个倒没有！"孟天化果断给了一个否定回答。

见到林兰和蔡洪来访，孟天化就已知道，林兰和蔡洪肯定要从他身上刺探一些东西。这要真让林兰和蔡洪刺探出了什么，他掌握的主动权就变成林兰和蔡洪的了。

"看来，你还想藏着掖着。"这次轮到林兰开口了，她的目光依旧冰冷，语气也更加强硬，"要不，我把这机关盒里的东西和祝老板说一下，看看他怎么说？"

林兰的话，几乎是戳中了孟天化的软肋。

机关盒里的东西，是绝对见不得光的，这要是见光了，死的只会是他。

不过，林兰要想以此威胁他，也没那么容易。

他们现在可以说都掌握了对方的把柄，这个时候继续争辩下去只会搞成一个僵局。

孟天化在心里思量着，这种僵局最好不要出现，出现了对大家都没有好处，尤其是对他。彭二爷此时还在牢里，若是他这边再出了什么乱子，他真的就手忙脚乱了。

不等孟天化回应林兰，倒是蔡洪又开口了："其实，对话到此，我们也就没有必要再你来我往了。我们来此只想询问你，那个洋人布莱克是不是在你们手上？"

听到蔡洪这话，孟天化的表情呆了一呆："你说什么？什么洋人？"

望着孟天化略显浮夸的表情，林兰和蔡洪都蹙了蹙眉头。

接着，林兰开口了："你就不要装了，那天晚上，你们嘴上说着只为求财，却在半路袭击了我们，你敢说没有这回事？你们抢了货，又抢了人，胃口可真够大的。"

关于洋人的事情，孟天化已经从彭二爷口中了解到一些内容，此时听林兰和蔡洪直奔洋人，他脑海中翻滚了很多思绪。

就像彭二爷跟他说过的，那晚出现的人真的是三拨人，其中两拨是为了那个洋人。那个洋人身上肯定有什么秘密，孟天化虽然好奇，可他现在自顾不暇，哪还有闲心去理会其他？

他现在最须要做的只有两件事：第一件，那就是赶紧把祝续铭的那批货物处理掉；第二件，想办法把彭二爷救出来，明天就是袁大帅那位公子限定的日子，他没有时间了。

"你们说的洋人我真的不知道，他肯定是被另外一群人盯上了。"孟天化不想再纠缠这些。

可林兰和蔡洪仍然不相信的样子，孟天化只好再次开口："反正该说的我都说了，信不信在于你们。今天，你们帮了我一个大忙，关于你们的事情我会闭嘴不言。"

林兰和蔡洪听到此话，对视了一眼，蔡洪笑着开口了："关于我们的事情说不说在于你，我们现在只想知道那个洋人的下落。大家都是聪明人，我不相信你对那第三方的信息一点都不了解。"

"你们还真是锲而不舍，看样子，那个洋人对你们来说真的很重要。"

孟天化满心无奈，他是真的不知道那第三方的信息，不过，他倒是可以试探试探林兰和蔡洪。所以，他满脸沉郁地开口了："那第三方的信息我是真的不知道，不过，我听说，那晚的事情好像和革命党有关，你们倒是可以沿着这条线索查一查。"

说话的时候，孟天化看了林兰和蔡洪一眼，接着道："该不会，你们就是革命党吧？"

林兰和蔡洪的表情剧变，然后就是蔡洪微带惊惧地开口了："孟老板，这话可不能乱说，现在袁大帅抓革命党抓得紧，我要是革命党，还不得连我堂哥一起牵扯进来？"

第二十三章 交易

　　孟天化并没有从林兰和蔡洪的表情中看出什么来,他只好顺着蔡洪的话说道:"这倒也是,你要是革命党,刚刚进北京城的蔡将军还不得被袁大帅咔咔给收拾了。"

　　"你倒是个明白人。"蔡洪又恢复风度翩翩的样子,"既然那个洋人不是你们抢走的,那肯定是第三方抢走的。我觉得,我们可以合作一下。"

　　"合作?你想怎么合作?"孟天化没想到蔡洪会主动提出来合作。

　　他现在因为二叔的事情忙得焦头烂额,本身也没有什么太大的本事,蔡洪想跟他合作什么。

　　"我知道你现在心急你二叔的事情,袁大帅公子那边我可以替你说情。"蔡洪的一句话直接刺激到了孟天化。

　　"真的?"

　　"自然是真的!"蔡洪神情微肃,"不过,相应地,你也得给我们一些回报才行。"

　　"你们想要什么回报?"孟天化没想到情况会如此急转,但他脑袋却很清明。

　　蔡洪是云南大将军蔡锷的堂弟,他在袁大帅的公子面前肯定能说上话。可蔡洪主动提出来,这对孟天化来说未必是什么好事情,蔡洪想从他这里得到的肯定不简单。

　　"我们想要的回报很简单,就是那第三方势力的信息,还有洋人的下落。"蔡洪淡定地开口了。

　　"你觉得,我能帮你们找到?"孟天化道。

　　"你应该能找到!"蔡洪说了一句很古怪的话,看向孟天化的目光也透着古怪,"关于第三方势力的信息,我们已经查到了一些。那天晚上,他们用了一种特别的迷幻香，叫作夺魂香。我想，关于夺魂香的信息，你应该知道一些吧？"

"夺魂香？"孟天化眯起了眼睛。

夺魂香的名字他有那么点熟悉，可一时半会儿他又想不起来具体在哪里听过。

就在这时，蔡洪又开口了："倒斗界的摸金大佬'九爷'的名字，你应该听过吧？"

"九爷！"

孟天化的眼睛瞪直了，一下子翻找出脑海中和"夺魂香"有关的内容。

夺魂香，这是九爷旗下专用的一种迷幻香，主要用于对敌和遭遇一些莫名生物的时候。

关于夺魂香，有一些神奇的传闻。据说，九爷的夺魂香真的能够夺人魂魄，让人变成傻子。不过，只要有九爷给的解药，失去魂魄的人又立马会由傻子变成正常人。

这些传闻，孟天化都是从彭二爷口中听说的，他也一直半信半疑。

此时听蔡洪提到了夺魂香，他倒是真想深入了解一下。

可在询问蔡洪之后，孟天化大失所望，因为蔡洪说中了夺魂香和中了寻常迷幻香没啥区别。

当然，蔡洪之所以如此确信他们那晚中的是夺魂香，是因为那晚争斗的现场残留有浓烈的臭鸡蛋味，这个味道正是夺魂香的解药。

"这样说来，九爷他们明明能够弄死你们，却偏偏又放了你们一条生路？"孟天化脑海中翻滚着另一个想法。传闻，那天晚上有革命党出没，如果那晚真的有九爷参与，那革命党最大的嫌疑只会落在林兰和蔡洪等人的身上。

当然，关于这个想法，孟天化并没有想太多，他更多的是思索九爷为什么要抢夺那个洋人。

"你现在少说这些没用的风凉话，我们在和你谈合作。"林兰冰冷的声音又一次传来，"你是一个祖传的盗墓贼，和九爷是一个路数，你肯定能找到九爷的下落。对于那个洋人，我们势在必得，你就说你能不能帮我们找到九爷，找到那个洋人吧！"

"这个……这个我可说不准！"孟天化又开始耍滑，"万事都不可能是绝对的，我也只能说帮你们试试。能不能找到九爷和那个洋人，还得看我试过之后什么情况。"

孟天化当然希望蔡洪帮他去袁大帅那里说情，可九爷那边也绝不是好惹的。他帮忙可以，但决不能和九爷作对，万一人没找到，他先把九爷得罪了，那不是坑自己吗？

"你这明显是敷衍的态度！"林兰又气了。

"不管他是不是敷衍，只要他答应了。他要是不办事，我们还可以来找他。"蔡洪一直都很从容，再一次看向了孟天化，"有句话说得好，跑得了和尚跑不了庙，你可千万不要让我失望。一次失望，我会让你终生后悔，我这个人，说到做到。"

"我怎么感觉，我正在被一群恶人威胁？"孟天化更加郁闷，心里却早有了主意。万事等他救出彭二爷再说，只要彭二爷能从监牢里出来，找九爷的事情不困难。"行吧，反正你们势大，我同意你们的要求，你们打算什么时候替我二叔去说情？"

"今天晚上！"蔡洪没有一丝犹豫。

"这可是你说的，就今天晚上！"

"就今天晚上！"

再又确认了一些细节之后，林兰和蔡洪匆匆离开了。

在他们离开之后，孟天化赶紧出门找到王二蛮，商量今晚处理赃物的事情。

因为祝续铭的出现，孟天化行事更加小心，处理赃物的细节，他和王二蛮都仔细斟酌了一下。

赃物当天晚上就会被处理掉，一旦赃物处理掉，祝续铭想要再找他的晦气也不容易了。

正因为此，他再次回到店里之后，便小心谨慎地观察着周围，看看有没有人跟踪和监视自己。

在太阳快落山的时候，他悄悄离开了店铺，赶往八大胡同的庆元春。

孟天化只是按照和王二蛮商量好的计划行事，没想到他在赶往庆元春的过程中还真发现有人尾随自己，这让他的心中不自主地一荡，脸上却不见任何的变化。

到了庆元春，孟天化就开了一个房间，叫了一个倌人。

其间，孟天化时不时地走出房门，询问花姐一位姓徐的先生有没有来。

这位姓徐的先生当然是不存在的，是孟天化布置的疑阵，目的是让跟踪他的人把注意力放在他的身上，也放在那位徐先生身上。

就在孟天化待在庆元春吸引注意力的时候，王二蛮已经带人悄悄赶往孟天化的小店里，把所有的赃物转移。

王二蛮和孟天化一样小心，他转移货物不是一批直接转完，而是一件一件地转移。

等到货物都聚集在另一个地方，天色也彻底黑了下来。

这一夜，注定是不平静的，即便孟天化待在庆元春看似安逸，实则心里已翻江倒海。

他不知道王二蛮能不能把货物顺利地处理完，他也不知道二叔到底能不能救出来，但他现在能做的就只有等待了。至于他身边的倌人，十分地郁闷，搞不懂孟天化在搞什么。

夜色幽深，代替孟天化处理货物的王二蛮早已换了一身形象，还戴上了一个猪八戒面具。

他和买货人交易的地点，是在一个昏暗无人的地方，恰好毗邻北京的护城河。

这片区域，原先有一些老宅子，后来宅子都破败了，连乞丐都不愿来这里，杂草丛生，几乎都荒了。

时值入秋，这附近疯长的野草也都枯黄萎败，却能够遮挡身形，便于见不得人的交易。

王二蛮此时就躲在杂草丛中，跟在他身边的除了有他请到的交易中间人，还有一些他花钱请到的保镖。

他知道，来交易的人很可能是通过护城河坐船过来，这样有利于他们在完成交易后撤离。可这也为交易增添了一些风险，王二蛮需要一种安全感，所以他请了保镖。

其实，王二蛮原打算把交易放在鬼市中进行的，因为交易的人就是在鬼市中找到的。

鬼市，是一些江湖人士组织的隐秘市场。

在鬼市里的人，都是一些见不得光的人，他们往往奇装异服，扮丑扮鬼，让人看不清他们的面目，以此保护自己。在鬼市中交易的，也都是见不得光的。

在鬼市中交易，存在着一定风险，但也存在着一定保障，那就是不怕警察找麻烦。

王二蛮今晚进行的交易，最怕的就是警察。

只可惜，这次交易的人似乎不喜欢鬼市，宁愿伴随着被警察发现的风险，也要在眼前这个地方交易。

不过，这个地方也不赖，只要交易的人不要诈，他们很难遭遇其他不相干的干扰。

时间流逝，眨眼来到了深夜十一点，周围草丛中的秋虫鸣叫之声不绝于耳。

王二蛮和身边的人仍然静守在草丛之中，像是蛰伏的一群猎人。

突然，从远处出现了一些人影，他们都很小心谨慎的样子。

看到这些人，王二蛮用手对着身边的中间人拍了一拍，让他出去探探这些人。

在中间人出去对了暗号之后，王二蛮才敢从草丛中走出来，然后和来人正式进行了交易。

只是，在看到交易者的形象时，王二蛮浑身的汗毛都竖了起来。

来人虽然只有七八个人，可每一个人都穿着深色的宽大套头装，戴着恶鬼形象面具。加上他们的套头装上画着诡异的符文，更给人一种阴森恐怖的感觉，就像是某个邪教组织在半夜集体出动。若是有小孩子不小心走出来，一定会被吓出癔症来。

当然，王二蛮也猜到对方可能跟他一样，不想暴露形象，可这一身装扮也太可怕了。

第二十四章 万千会

赃物在进行交易的时候,北京城的另一个地方,同样出现了几个神秘身影,围聚在一个四合院附近。

如果孟天化或彭二爷在此,一定会吃惊,因为这几个人围聚的地方正是胡公公的四合院。

按理来说,胡公公和祝续铭的交易已经结束了,即便是和洋人布莱克的交易也结束了,怎么还会有人盯着胡公公?

可这帮人的确是冲着胡公公来的。

在这些人出现之后,四合院周围的空气似乎都冷了几分,就连头顶的夜色也愈加幽深,看着让人心里发慌。

这些人都穿着深色的衣裳,隐藏在黑暗之中就像是幽灵。

不知道是不是因为这些人出现的缘故,周围原本还有几声虫鸣,此时异样地寂静。

老太监胡公公,此时竟也没有睡着。

他在两个小厮的搀扶下走出了一道院门,向着前院的一个茅厕走去。

在茅厕的入口处,胡公公对两个奴才说道:"你们两个就在这里守着,不要乱跑!"

胡公公说完,自顾自地走进了茅厕,他的一举一动都透着不寻常的气势。

也许,这是胡公公在宫中养成的气场,哪怕是抬一抬手,都独有宫中人的味道。

只是,胡公公才刚刚走进茅厕,裤子也才刚刚褪下,他就听到了窸窸窣窣的声音。

"小德子,你俩在干什么呢?"胡公公的话音刚落,一个黑影已经闪到他的近前。

看到这个黑影的刹那，胡公公差点没叫出声来，然后就有火烛点燃，照亮了茅房。

"是你！"

灯光照亮的一刻，胡公公露出了震惊的表情。

"是我，怎么，你很吃惊？"来人的声音浑厚而冰冷。

"不，我只是没有想到，先找到我的是你，而不是万千会！"胡公公露出了一些轻松表情。

"听你的意思，万千会的人已经到北京了？"

"我也不确定！"

"那你就说说万千会吧！"

"万千会，呵，我现在也搞不清万千会究竟是什么样的一个组织了。"胡公公自嘲地笑着，似乎已预料自己会有什么样的结局。可也正因为如此，他此时说的话都是发自内心的真实想法，"从我背叛万千会出来以后，我就从没过过一天安宁日子。万千会的人几乎无处不在、无孔不入，纵使我身在皇宫之中，也得时时小心！"

"你还是拣重点的说吧！"

"你想知道什么？"

"你说呢？"

"无尽墟？"

"我还以为你早已忘记！"

胡公公闻言，苍老的眸子突然璀璨了一下，像是回忆起了什么特别深刻的内容。

……………

另一个地点，八大胡同的庆元春。

孟天化已经在里面待了好几个时辰了，可他仍然没有出来的意思。

奉祝续铭的命令盯着孟天化的两个小厮也有些不耐烦，就连在八大胡同另一家妓院等着的祝续铭也开始有些犯困。

祝续铭总感觉事情有些不对劲，具体哪里不对劲，他也说不清楚。

他白天刚刚见过孟天化，孟天化晚上就找人在庆元春见面，这会和那批货有关吗？

祝续铭不能确定这些，但他必须得守着，因为孟天化现在是他重点关注的对象。

孟天化在庆元春的包间里已经喝了好几壶茶水了，他估计了一下时间，知道该回去了。这个时辰，即便王二蛮没有完成交易，东西也至少转移了，他可以暂时放心。

至于王二蛮会不会带着那批货物溜之大吉，孟天化倒是从没想过。那批货物虽然值钱，可王二蛮若是只有这点出息，他也只能认命，二叔救不了也只能认命。

他已经和王二蛮说过，他全家的性命安危都托付给王二蛮了，那个时候他就做了最坏的打算。

孟天化在包间里打了一个哈欠，伸了伸懒腰，和他叫的倌人说了两句，终于走出了包间。

把该付的钱付了，孟天化很疲惫的样子，就这般走出了庆元春。

孟天化一走出庆元春，祝续铭立马得到了消息，并让自己的人赶紧跟上孟天化。

可这个时候，一切都晚了。

孟天化平安地回到了小店里，并把灯关上，似乎倒在床上就睡着了。

孟天化当然没有睡觉，他还要等王二蛮的消息，等到多晚他都要等。

在等待的时候，孟天化透过窗口对着店铺外面看去，竟然看到了祝续铭的人。

他不知道王二蛮什么时候会来，但他还是害怕王二蛮来的时候被外面的人看到。

心里思忖着要不要再出去一趟把这些人引开，外面的人却自己放弃，转身离开了。

再之后，孟天化在店里又等了半个时辰，王二蛮出现了。

王二蛮出现的时候，是通过敲门次数和孟天化对暗号，在听到准确的敲门次数，孟天化才打开房门。

房门打开的一刻，他看到戴猪八戒面具的王二蛮，吓了一跳。

等到王二蛮把面具摘下来，露出严肃的表情，孟天化才冷静下来，却又满心忐忑。

从王二蛮的表情上，孟天化看不出什么东西来，他此时真怕交易出现了什么问题。

"怎么样，成了吗？"孟天化忍不住询问，王二蛮却像丢了魂儿一样，木讷木讷的。

王二蛮从进门开始就跟木头一样往前晃悠，一直晃到柜台前，给自己倒了一杯茶。

再然后，他突然转头，露出了他平日里的憨厚笑容。

也是在这一刻，孟天化心中的石头哐当落地了，可他看向王二蛮的目光充满了不爽。

"奶奶的，你想吓死老子啊？"孟天化气愤道。

王二蛮却一点不在意孟天化的气愤，在耍了孟天化一道之后，他细细地品了口茶，慢悠悠地从口袋里掏出几张银票，在孟天化的眼前晃了晃，就是不给孟天化。

眼看着孟天化两眼冒火，又要骂人，王二蛮才笑容满面，说道："老孟，我跟你说实话，我可从来没见过这么大数额的银票，这是第一次。我现在是真羡慕你啊，所以，关于你答应我的事情，你可一定要好好帮我，我需要九爷这次给的机会。"

听到王二蛮提到"九爷"，孟天化的表情微微紧了一下。

他当然没有忘记答应王二蛮的事情，不过，一想到这个事情，他又想到了林兰和蔡洪。

他也答应了林兰和蔡洪，帮助他们找到九爷和那个外国人布莱克。

这两个事情或许可以一块儿进行，可孟天化心里很不是滋味。为了救出彭二爷，他真是付出了不少，甚至，他以前发过的绝不再参与盗墓的毒誓都要破除了。

当然，孟天化也不是一个矫情的人。事已至此，他也只能走一步看一步。

"你放心，只要我二叔没事，我会立马跟你走。"孟天化给了一句肯定的回答。

听到这样的回答，王二蛮更加高兴了，再又把银票晃了几下之后，才递给孟天化。

孟天化拿到银票，立马检查了起来。

在看了几眼之后，孟天化难掩激动。

忙活了半天，总算把那批货处理掉了。

这几张银票，别看只是几张白纸，一旦兑换出来，那可都是能听到响儿的大洋。如果把这些大洋聚在一起，不说堆成一座小山，用几只大手来抓，是肯定抓不完的。

唯一可惜的是，这些银票还不是孟天化的，说不定明天一次就用完了。

想到这里，孟天化脸上的激动全都消失了，取而代之的是一种沉郁、一种冷淡。

也是这时，王二蛮又开口了："我希望我们能够尽早出发，因为那边的选拔也有期限。"

王二蛮此时显然只关心自己的事情，他刚刚忙活完的交易似乎没什么可说的。

孟天化很想询问今晚交易的细节，可听到王二蛮的话语之后，却不得不转移到王二蛮的话题上来："那边的选拔也有期限？什么意思？"

"就是九爷设计的选拔有时间限制，从消息放出那一天开始，到选拔正式进行，有九天的期限。这九天一到，所有想要参与选拔的人，必须按时到达指定的地点。"王二蛮将了解到的内容和孟天化解释着，"现在，消息放出来已经有五天了。"

"那就是说，还有四天的时间！"孟天化计算着什么，突然又想到了，"对了，是怎么选拔的？"

"具体情况，我也不是很清楚。"王二蛮魁梧的身形，此时配上那憨厚的笑容，真跟个二憨子似的，"据说是通过探索古墓，进行实践性的选拔。具体情况，只有到选拔的时候才能知道！"

"这样……"孟天化目露沉思，突然笑了，"如果真是实践性的选拔，那就有点意思了！"

"你是觉得有意思，对我来说，简直困难重重。"王二蛮很无奈的样子。

孟天化见此，只好说回交易的话题："今天晚上的交易怎么样？有没有什么差错？"

　　"差错倒是没有，不过，交易的那帮人有点古怪。"王二蛮眉头微蹙，"他们都穿着宽大的深色套头装，戴着鬼面具，头罩和身上都画着诡异的符文。要是胆小的，见到他们说不定会以为见到鬼了，简直比鬼市的装扮还吓人。"

　　"你不知道那帮人的信息？"孟天化问道。

　　"我怎么会知道？那帮人是在鬼市里联络到的，并不是通过具体的人脉。"

　　"什么？"孟天化的表情惊呆了，"你不会是逗我的吧？"

第二十五章 陈年旧事

"我怎么会逗你,再说,我逗你干吗?"王二蛮一脸严肃。

"你大爷的,你怎么不早说?鬼市的人个个身份诡秘,你不了解他们就敢答应跟他们交易,你不怕引来麻烦?"孟天化气得不轻,"现在幸好没出事,要是出事了,老子的这些货就全完了。你是不是存心想把我救二叔的事情搅黄了?"

"我可没有这个意思。"王二蛮很严肃地说道,"不是你说的吗,时间紧迫。像这样一批货,一般人是不会接手的。即便有二般人,他们也得考虑一下,指不定得考虑几天。我找了好久,才找到这次交易的人,我要是不把握才是坏了你的大事。"

"你……"

"再说了,鬼市找的人怎么了?鬼市找的人才靠谱,他们都是见不得光的,他们可不希望有交易被发现。还有,那帮人我也查过,是鬼市的老主顾,不会引来麻烦,更不会把祝续铭引来。"

"你厉害,我说不过你!"

孟天化对王二蛮着实服了。

之前,他觉得王二蛮不一般,此时看来,他还是高估王二蛮了。

这王二蛮做事,有时候也是脑子一热,他以后和王二蛮相处,还是得小心一点好。

再又聊了一些别的之后,王二蛮就离开了。

在王二蛮离开后,孟天化也早早地睡了,他明天还要忙活一天。

孟天化躺在床上,手里紧紧攥着那几张银票,很快就进入了梦乡。

说实话,王二蛮没见过这么大数额的银票,他孟天化何尝不是!

要是这些钱都是孟天化自己的,他真想把北京城的各大高档场所都逛一遍。

当然,这些高档场所中包括八大胡同的那些招牌妓院。

不过,孟天化不是彭二爷,他有可能去八大胡同,但他绝不会像彭二爷那样张扬。

等到把北京城的高档场所逛完,他会把更多的钱财用在研究机关上。

孟天化现在很缺一些机关要术的典籍,尤其是一些新颖的,他没有见过的。

如果能用钱财换到这些,孟天化乐意至极。

做了一夜的美梦,在第二天早上,孟天化醒来之后,就赶紧穿衣打扮,准备去了解二叔的情况。

可孟天化刚刚打开店铺门,已经有一个人守在门口。

这是一个年岁不大的青年,穿着一套不太合身的深色西装,戴着鸭舌帽,姿态卑恭,有点像富少爷的伴读书童。

见到孟天化之后,他很自然地和孟天化问好:"孟老板,您早!"

"你早,你是……"

"哦,我是蔡洪少爷身边的跟班,蔡洪少爷让我送一封信给您。"青年说着,从口袋里掏出一封信,交给了孟天化。

孟天化接过信之后,那青年转身就走了,好像还有急事要去办一样。

孟天化朝着青年离去的方向望了两眼,急忙回到店铺里面,将信打开了。

看过信的内容之后,孟天化的脸色就有些难看起来。

信的确是蔡洪写的,不过,蔡洪传递来的信息却让孟天化有点出乎意料。

昨天,蔡洪和林兰离开的时候,孟天化和他们说好了,一定要和袁大帅的公子好好谈谈。如果袁大帅的公子一定要钱,他希望蔡洪能够杀杀价格,五万大洋太多了。

可孟天化想不到的是,蔡洪去找袁大帅的公子说情,袁大帅的公子当时就不要那五万大洋了。

袁大帅的公子说,他可以看在蔡洪的面子上不要彭二爷的命,也不要那五万大洋,但彭二爷挑衅了他的威严,他也不能轻易放了彭二爷。死罪可免,活罪难逃,他要彭二爷受一些惩罚,那就是在北京城的监牢里待上一年,从今天上午九点开始执行。

看到这样一个说情结果,孟天化心情挺复杂的,他也不知道自己是满意还是不满意。

他本来是想花钱消灾,现在钱不用花了,可二叔必须得坐牢,二叔能受得了吗?

孟天化将这封信从头到尾看了两遍,再看外面时间也不早了,他也来不及考虑其他,赶紧离开了店铺。

蔡洪的信上说得很清楚,今天上午九点彭二爷就会从巡捕房转移到北京城的监狱。孟天化得赶紧过去同彭二爷见上一面，不然，他还得跑去老远的城郊监狱。

孟天化的目标很明确，出了琉璃厂就搭了一辆人力车，直奔巡捕房方向。

在赶到巡捕房之后，他恰好在巡捕房的牢房入口见到了彭二爷。

此时，彭二爷戴着手铐，正被两个警察从牢房里押出来。而二叔脸上的表情，还和原先一般，一点都不着急。

看到二叔这样，孟天化却突然鼻子酸楚，差一点就哭了出来。

与此同时，彭二爷也看到了孟天化，当即笑道："小子，别哭丧着一张脸，我又不是要死了。"

孟天化更觉难看，说道："我……我……二叔，是我没能耐……"

"什么能耐不能耐的，都是你二叔自己惹的祸。"彭二爷依旧笑容满面，转头和两个警察说道，"两位兄弟，能不能容我和我这侄子说两句话？"

两个警察的表情很冷酷，不近人情似的，彭二爷却立马又和孟天化道："小子，你身上应该带钱了吧，赶紧给这两位兄弟解解乏。他们押解我也不容易，挺辛苦的。"

孟天化立马会意，从身上掏出了几枚大洋。

几枚大洋交到两个警察手里，孟天化和彭二爷才得以近距离私聊起来。

接着，彭二爷一开口就惊到了孟天化："其实，得罪袁大帅的公子是我故意为之！"

"什么？你故意为之？"孟天化不敢相信。

"是的，是我故意为之。"彭二爷仍然满脸带着笑，"所以，你不用担心我，今天的局面，我早有准备。"

"可是，二叔，你好好的，干吗要故意这样？"孟天化不解。

彭二爷意味深长地笑着，却又叹了口气："这个事情说起来就话长了，主要原因有两个，一个是因为那个老太监胡公公，另一个则是因为我过去常跟你说的摸金大佬九爷！"

"啊？"

这一下，孟天化的表情更加吃惊。

听到那个老太监胡公公的时候，孟天化就满心惊奇，突然又听到九爷的名字，孟天化更有点不知所措。

彭二爷怎么会因为这两个人甘愿入牢狱呢？而且，他入牢狱也可以有很多种办法，为什么非要选择得罪袁大帅的公子？

孟天化感觉自己的脑袋又开始疼了，觉得彭二爷对他隐瞒了很多东西。

彭二爷倒是很轻松，接着道："这里面牵扯到的事情不是一两句就能说清的，而且，和你也没有关系，只是一些陈年旧事而已。"

"陈年旧事？"孟天化的眸子突地凌厉，"是不是和我父亲有关系？"

彭二爷又叹了口气："的确和你父亲有关，因为当年的事情是我和你父亲一起经历的。"

"到底是什么事情，要你不惜得罪袁大帅的公子？"孟天化隐隐察觉到事情比他想象的要复杂，这也引起了他的好奇心。

"具体的我也理不清了，反正就是我和你父亲曾帮助洋人盗墓，得到过一个宝贝。我和你父亲为了保住这个宝贝，不得已和洋人作对，这也是你父亲遭难的缘由。"

孟天化快速梳理着彭二爷说的内容，并和自己小时候的记忆对照，眉头皱得更深了。

"可是，这和那个太监胡公公，还有九爷有什么关系？"

彭二爷的表情陡然间阴沉了几分："那个胡公公，曾和我们一起参与盗墓，他也是一个盗墓贼。如果不是那天晚上我借机报复祝续铭，也不会发现，那个老太监就是胡德友。"彭二爷说到这里，不禁想起那天晚上他借机报复祝续铭的情形。

当时，他对祝续铭拳打脚踢，正好借着胡公公身边的灯光看清了胡公公的容貌。

看到胡公公容貌的一刻，彭二爷惊了一跳。若不是他经历过大风大浪，立马又把注意力转移到祝续铭的身上，他说不定当时就引起了胡公公和祝续铭的注意。

"胡德友？"

"胡德友是他的本名，很早以前就出名了，但后来又消失了一段时间，再出现就是和我以及你的父亲一起行事。如果我没有猜错，他是为了躲避灾祸才成了太监。"

"为了躲避灾祸，把自己变成太监？"孟天化顿觉这种事情新鲜。

"这种事情没什么好好奇的，盗墓本就是损阴德的事情，胡德友做事又太绝，断子绝孙是迟早的。他当年还得罪了太多人，为了活命，他让自己残缺保命不算什么。"彭二爷说话的时候，目光又凝练了几分，"就是不知道，他是什么时候变成太监的。还有就是，他是不是还在追查当年的那件宝贝，是不是和九爷还有联系！"

"什么？胡德友还和九爷有关系？"孟天化突然理出了一些内容，却仍然有些迷糊。

"当年，那件宝贝一出来，胡德友和九爷都曾参与争抢。我之所以去得罪袁大帅的公子，是因为九爷又出现了。并且，他已经盯上了我，我唯有作茧自缚，以求自保。"

一时间，孟天化感觉自己的脑细胞有些不够用了。

彭二爷此时跟他说的内容太过不可思议，他要理清都要花上好些工夫。

第二十六章　老太监死了

胡德友和九爷认识，并且都参与了彭二爷说的那个宝贝的争抢过程。而前几天，祝续铭的货物被抢，九爷也出现了，被抢的人中有胡德友。那九爷那晚的出现，会不会和胡德友有关？

原本只是抢夺祝续铭的货物，一下子冒出来这么多东西，孟天化真有点消化不了。

"二叔，就算因为当年的那件宝贝，九爷现在盯上了你，你也没必要躲躲藏藏吧？是不是这里面还有隐情？"孟天化总觉得事情有哪里不对劲，一切都太突然了。

彭二爷听到孟天化的询问，露出了犹豫的表情，显然，被孟天化说中了，事情还有隐情。

"当年的事情，虽然已经基本了结，那件宝贝也已经被秘密保护起来，可当年牵扯到的一件事始终没有结束。"彭二爷像是在回忆着什么，更多的是带着阴沉，"当年的宝贝，牵扯到一个宝藏的秘密，这个宝藏至今仍存在于传说之中。我想，九爷和胡德友同时出现，很可能和这个宝藏有关。"

"宝藏？"孟天化又多了一个疑团，"什么样的宝藏？"

"我也不清楚是什么样的宝藏，据说里面蕴藏宝贝无数，位于古丝绸之路上。"

"古丝绸之路？"

"是的，具体的情况只有你父亲知道。现在，你父亲已经魂归九天，九爷这帮人若是盯上了我，那我不是倒霉了？我可是什么都不知道。"彭二爷显然不想被牵连进去。

"二叔，若按你所说，九爷这帮人再次出现，还真有可能是为了这个宝藏。之前，你不是说过吗,那个洋人布莱克刚从敦煌莫高窟那边回来没多久,莫高窟所处的位置不正是古丝绸之路吗?"

"你这句话还真说对了,那个洋人身上肯定有秘密,不然,不会有那么多人争抢他。正因为人太多了,我们还是不要牵扯其中的好。所以,我入狱之后,你一定要低调行事。"

听到彭二爷的提醒,孟天化反倒郁闷了起来。

彭二爷为了躲开九爷这些人,都把自己逼进巡捕房了,孟天化岂会不知道其中的凶险!可孟天化已经答应王二蛮还有林兰等人,他接下来肯定要和九爷这些人接触的。

心中思虑了好一会儿,孟天化终究没有把自己接下来要做的事情告诉彭二爷。

在看着彭二爷坐上警车,赶往北京城监狱的方向,孟天化长长地吐了口气。

现在,二叔的事情,基本上算是搞定了。接下来,他要去做他要做的事情了。

九爷!接下来,他要面对的是九爷,他还真说不好会不会发生一些别的事情。

别管会不会发生,他都得去做,这是他承诺过的,也是他欠下的。

只是,孟天化还是把事情想得太简单了。就在他望着彭二爷所在的那辆警车之时,巡捕房突然出动了大量的警力,似乎又发生了新的案子。

孟天化站在巡捕房的门口,莫名其妙的。等到他要上前打听的时候,巡捕房的探长黄一琛走了出来,身边跟着一队人。其中一个小队长模样的高壮男子,正满脸不解地和黄一琛询问着:"探长,那老太监好好的,怎么突然就被杀了?"

"这个事情,你问我,我问谁去?"黄一琛的火很大,"反正,老太监的死肯定有问题。我们抓紧赶到现场,只有赶到现场之后,我们才能查到更多的内容。"

黄一琛和那个分队长的对话,正好飞进了孟天化的耳朵。

孟天化在原地呆了呆,脑子有那么点迟钝。

老太监死了,说的是胡德友胡公公吗?

如果死的真是胡公公,那会是谁杀了胡公公?因为什么呢?

若是彭二爷没和孟天化说刚才那一堆话,孟天化或许不会想太多,可现在,孟天化第一时间想到的就是九爷,然后就是那个传闻中的宝藏。

胡公公是不是因为知道宝藏的信息而死的?

孟天化继续猜想,紧接着就想到了彭二爷,他有些担心彭二爷的安危。

若胡公公是因为宝藏而死,彭二爷会不会也有危机?

虽然彭二爷会被转移到监狱,可谁知道隐藏在暗中的敌人会用什么法子杀人?

原先,孟天化对九爷有着莫名的崇拜,可此时此刻,他突然对九爷产生了一种惧怕。

为了确认死亡的是否胡德友,孟天化坐上黄包车,悄悄跟上了警察。

等来到胡公公所在的四合院附近,孟天化又在附近审视了好久,听到了一些消息。

死亡的老太监的确是胡公公，不过，胡公公的死很蹊跷。

胡公公是在上茅房的时候死掉的，身上除了跌伤，并没有其他伤痕。

除此之外，有人说胡公公死亡的时候面目惊恐，明显是受到了惊吓。

或许是因为胡公公的死有些诡异，就有人说是胡公公在宫里害死的冤魂前来索命。

胡公公在宫里的时候，的确害死过几名宫女，这样的传闻倒也有人真的相信。

但孟天化不信这些，他心中已然有了一些猜测。

他须要继续打听，唯有这样，他才能了解到真实的情况。

不过，在孟天化看热闹的时候，祝续铭带着人出现了。

祝续铭每一次出场，似乎都带着不同寻常的气势，这一次也不例外，他直接冲进了命案现场。祝续铭就像是有特权一样，警察拦了两下，黄一琛一出来，他就堂而皇之地进去了。

孟天化在远处看到了祝续铭的威风劲儿。他虽然已经处理完赃物，可他还是不想和祝续铭多碰面，他不是怕祝续铭，而是不想往自己身上找麻烦，这不值得。

所以，孟天化又待了几分钟之后，便果断离开了现场。

离开现场之后，孟天化便琢磨着彭二爷会不会有危险。

孟天化想好了，提醒彭二爷的事情，他就不去了。不过，他可以让任海峰去一趟。

他接下来要好好准备帮助王二蛮的事情，虽说这件事对他来说不重要，对王二蛮却不一样。王二蛮不遗余力地帮了他，他也得好好帮王二蛮一把，这是做人的本分，也是做人的基本原则。

当然，表面上孟天化仍然什么事都没有一样，摇晃着身子，吊儿郎当地回了琉璃厂。

到了铺子里，孟天化先给自己沏了一壶茶，然后思索接下来的事情需要哪些工具。

不过，一想到自己手里攥着钱，孟天化又忍不住憧憬起来。

他手里攥着的钱可不少，开一家大古董店都足足的。等到帮完王二蛮，他得好好谋划一下自己的未来，不说像二叔一样把八大胡同逛个遍，至少也不能让自己白来世上走一遭。

只是，孟天化琢磨得正起劲的时候，从外面走来了两个人。

这两个人，三十多岁，穿着寻常的长袍，戴着一般的瓜皮帽，看着没什么特色。孟天化以为是寻常的客人，便悠悠起身，笑容满面道："两位爷，你们要点什么？"

"我们什么都不要，我们是奉王督办的命令来找你的。"其中一个稍显高的男子说道。

孟天化的心头一颤，突来一种不太好的感觉："王督办让你们来的？"

"是的，是王督办让我们来的。"

"那王督办让你们来这里是为了……"孟天化依旧笑脸相迎，"为了我二叔的事情？"

"你这样说也没错，你二叔帮王督办办事，我们就是王督办派来拿东西的。"

"拿东西？"

这一下，孟天化的脸色不太好看了。

彭二爷之所以保住了性命，是因为蔡洪在袁大帅的公子面前求情了。

他王占尤什么都没有做，还让孟天化在曹府受了委屈，现在居然还有脸来拿东西。

孟天化好不容易把赃物卖了，这钱要是这么给了王占尤，他心里会窝囊一辈子的。

"对不住，两位爷，你们说的事情我不太懂。"孟天化装起了糊涂。

"你不太懂？"王占尤的两个人脸色变了，那凶恶的表情，一看就不是好东西，"你是跟我们装糊涂吧？我告诉你，我们临来前，王督办跟我们说得很清楚，东西就在你这里。"

"什么东西就在我这里？"孟天化继续装糊涂。

"你说是什么东西？当然是古董瓷器。难道，你想让我们把你这店翻个底儿朝天？"

"两位爷，你们要是这样说话，我可就不乐意了。有本事，你们现在就翻吧，我看着你们翻。"孟天化也不是吃素的，想要跟他横，跟他耍三青子，那就来呗，谁怕谁？

他就不信王占尤能拉下脸来，欺负他一个小古董贩子，他就算藏着货，不给又能怎么的？

"小子，你不要敬酒不吃吃罚酒！"

"我不仅吃酒，我还吃米吃面呢！"

"你这是找倒霉呢？"

"你们才找倒霉呢，你们有事没事？买不买东西？你们要是不买东西就滚出去，我这里不欢迎你们。"孟天化说着，抽起了一个鸡毛掸子，就要撵人，"冤有头，债有主，你们不是为我二叔来的吗？那你们去找我二叔去。我二叔在哪里，你们不会不知道吧，你们要是不知道，就去问王督办。如果王督办也不知道，我亲自给你们带路。城郊的西山监狱，你们进去点彭老二的名，立马有人给你查出来。"

第二十七章 偶遇布莱克

"你是不是想死？"那个个头稍高的露出了杀气，另一个却急忙给拦下了。

孟天化怡然不惧，接着道："你要是有种，现在就崩了我，只要王督办不怕引火烧身！"

"你……"个高的真要对孟天化出手，另一个又给拦住了。

另一个可比个高的会做事，拽着同伴向着外面走，不忘和孟天化威胁道："行，行，你小子有种，我们现在就去回禀王督办。你要是有能耐，就这样一直横下去。"

"说完了？说完了赶紧给老子滚蛋！"

孟天化怒吼一声，两个人灰溜溜地走了。

看着这两个人离开，孟天化顿觉晦气，骂骂咧咧道："真是狗娘养的，屁的力没出一个，就想拿走老子的血汗钱。怎么这么不要脸，真当你爷爷我好欺负啊！"

孟天化心气不顺，连喝了两口茶才平静下来。

他算是看透了，在这个世道，狗屁的人情没有，全都是奔着钱，奔着利来的。

不过，王占尤派人过来，明显是算计好了，孟天化不得不防。

若是王占尤再派人过来，或是采用其他的手段，他也得有所准备才行。

此时的孟天化，原本应该清静下来，却因为胡公公的死和王占尤的人再次烦躁起来。

"老孟，你这是怎么了，脸色不对啊？"王二蛮的声音突然传来，孟天化惊了一跳。

孟天化抬头看向不知何时已经来到近前的王二蛮，赶紧收敛烦躁的心情，却又很不高兴的样子，随口而道："这里有茶，你自己倒，我现在没心情伺候你。"

"听你这口气，好像真遇到事了。怎么着，跟兄弟说说呗！"王二蛮的口气，好像真和孟天化称兄道弟了。

孟天化可不敢轻易相信王二蛮这一套，再次道："也没有什么事，就是一点私事。对了，你来找我，是不是九爷那边有消息了？"

孟天化知道王二蛮此时最关心的就是加入九爷团伙的事情，王二蛮来他这里，肯定是为了这事。

王二蛮被说中了心事，倒也不矫情，和孟天化直言道："的确有消息了，不过，不是九爷的，是关于选拔的一些事情。选拔的地点我已经打听到了，在北边的千家山。"

"北边的千家山？"

"千家山那片不是荒山多吗？人少僻静，选拔的地点就在那边。"王二蛮肯定的样子。

"你不是说，选拔是进行实践性的选拔吗，难道千家山那边有大墓不成？"孟天化却皱起了眉头。

"具体的内容谁说得清楚？等到了那里才知道。不过，我这消息可不是假的，百分百是真的。"

看着王二蛮认真的表情，孟天化却陷入了一种沉思。

看样子，九爷举行的这场选拔，和他想象中的有些差别。

"我们现在能去千家山那边看看吗？"孟天化问道，反正他现在也须要躲着王占尤等人，不如趁此机会离开几天。

王二蛮并不知孟天化的想法，只是皱着眉头道："能不能去看我也不知道，那一片都是荒山。不过，九爷既然把选拔地点定在那里，就说明那边有九爷的人。我们现在就去和九爷的人接触，是不是不太好？"

"你想多了，谁说要和九爷的人接触了？我们先过去看看，遇到九爷的人我们还得躲着走。"孟天化只是想借机早离开琉璃厂几天，去了千家山那边，他还真没想过去荒山野岭逛逛。

王二蛮在他的三言两语之下，只得同意。

然后，当天下午，孟天化找了任海峰好好交代了一番。

再然后，孟天化买了一些纸钱和酒水，悄悄来到了北京城的某处。

这是一处无名坟头的聚集地，是附近乡民埋葬死者的地方。

孟天化在这一片无名坟头中找到了一个，然后烧了纸钱，洒了酒水。

只看这个坟头和其他坟头没什么区别，坟头不高，坟头上早已长满了杂草。

在烧纸钱的时候，孟天化就盘膝坐了下来，露出了一些伤感。

这个坟头是他父亲的，可怜他父亲被贪官判斩首示众，临死的时候都不是全尸。

真要提起他的父亲，孟天化也没有太多要说的，因为他父亲生前一直处于忙碌之中，很少有时间陪他。但毫无疑问，他的父亲是一个严父，对他要求严格。

小时候，但凡孟天化犯了一点错误，他父亲就毫不留情地用鞭子抽他。

那会儿孟天化不懂事，总是嫉恨着父亲，等到父亲冤屈而死，他才知道父亲活着该多好。

后来彭二爷杀了贪官，孟天化就和彭二爷在全国流窜，父亲的埋葬地也是草草选择。

重新回到北京后，孟天化想过给父亲重新选择一处墓地，彭二爷却说不用。彭二爷说，孟天化的父亲一生都在和墓穴打交道，皇陵大墓都见过。正因为见过，他们对自己的葬身地要求不多，越简单越好，他们不想死了都得不到安宁。

所以，孟天化父亲的墓穴至今是一个寻常的无名坟头。

这一次，孟天化之所以要来祭拜父亲，是因为他要违背自己的誓言，他要和父亲说一声。

打小的时候，孟天化的父亲就要求孟天化，这辈子做什么都不要做盗墓贼。孟天化从小因为研究墓穴里的东西，没少被父亲暴打。但后来，为了生存，他和彭二爷没少干和墓穴打交道的事情。

等到清朝灭亡，他们重新回到北京，孟天化在彭二爷的要求下当着父亲的墓穴发过誓，他这辈子绝不再沾染和倒斗相关的勾当。可这一次，为了救彭二爷，他答应了王二蛮，他必须要做到，他要和父亲知会一声，他不想父亲在地底下都不安宁。

将纸钱和酒水都传送给父亲之后，孟天化把该说的内容都说了，红着眼睛回了北京城。

回到北京城的琉璃厂之后，他当即找到王二蛮，和王二蛮立马赶往千家山。

千家山，在北京城的北边，那边本来就荒山居多，聚集了许多乱葬岗。而千家山更是一个人迹罕至的地方。在那个年代，千家山里有不少野兽，其中不乏豺狼虎豹。

孟天化他们当天傍晚赶到了千家山附近，但他们绝不敢在那个时候进入千家山。一方面千家山的范围太大了，他们不熟悉；另一方面，他们还真有点畏惧豺狼虎豹。

他们就近在千家山附近的一个小镇上找了一家旅馆。

这个旅馆是这个小镇上的独一份，但这里地处荒郊野外，根本没什么人来，也不知道旅馆老板咋想的，在这种地方开旅馆。

旅馆属于中规中矩的旅馆，分为上下两层，十来间客房。走进旅馆大门便是大堂，里面摆放着几张供客人吃饭的桌子，零零散散，看上去也不像是经常清扫的样子。

孟天化和王二蛮走进来，便直奔柜台的方位。

柜台里面此时正有一个穿着长袍的中年男子趴在桌子上打呼噜，显得百无聊赖。整个旅馆，也没有一个帮忙的，似乎都是这位打呼噜的仁兄在操持。

孟天化和王二蛮相视一眼，刚要向这位仁兄询问住房和千家山的情况，从旅馆的二楼噔噔噔传来脚步的声音。

孟天化和王二蛮条件反射地转头，然后就看到几个面目冷酷的男子从楼上走下来。

如果仅仅是这几个男子，还无法引起孟天化二人的注意，偏偏这几个人中有一个高鼻梁、白皮肤的外国人。

看到这个外国男子的刹那，孟天化愣了一下，因为他总觉得在哪里见过这个外国人。

在八大胡同做古董生意，孟天化没少坑外国人，所以，他第一时间想到的就是被他坑过的外国人。

与此同时，那几个面目冰冷的男子很快下了楼，并对着孟天化和王二蛮扫了两眼。接着，他们带着外国男子行色匆匆地离开了旅馆，也没有和柜台那位仁兄打招呼。

也是在那几个人离开旅馆没几秒钟，孟天化突然想起了什么，顿时虎躯一震，快速向着旅馆外面追去。

等到他来到旅馆门口，那几个人竟一点踪迹也寻不到了，简直跟会法术一样。

孟天化呆呆地站在原地，锁着眉头，似乎遇到了极为郁闷的事情。

王二蛮早已看出孟天化不对劲，他来到孟天化跟前，关切地询问孟天化怎么了。

孟天化郁闷非常，说道："这两天有人托我找个外国人，我刚才一不小心错过了！"

"外国人？"王二蛮思索了一下，笑道，"该不会是那个失踪的洋人布莱克吧？"

听到王二蛮的回答，孟天化更郁闷了，说道："还有你不知道的事情吗？"

"暂时还没有！"王二蛮很得意的样子。

可是，孟天化却懒得理他。

刚才，孟天化就这么错过了布莱克。

可布莱克出现在这里，显然不同寻常。

按照林兰和蔡洪跟他说的内容，布莱克应该被九爷绑架了。难道，刚才那几个人是九爷的人？

无巧不巧，这里距离九爷设置的选拔地点不远，这不得不让孟天化胡思乱想。

不等孟天化想出一个所以然来，柜台方向那个打呼噜的仁兄突然醒了。

这位打呼噜的仁兄就是旅馆的掌柜，也是旅馆目前唯一打杂的。

这也就是说，旅馆的一切都是这位仁兄负责。

第二十八章 死状如鬼

旅馆老板醒来之后,就询问孟天化和王二蛮是不是来住店的,那脸上的笑容简直跟见了亲爹一样。

孟天化理解这位仁兄严重缺客的心态,他也没有多说什么,便和王二蛮一人要了一间房。

在要房的时候,孟天化趁机打听了一下布莱克等人的信息。

旅馆老板倒是不隐瞒,在听明白孟天化的意思后,说了一大堆可有可无的。

孟天化从这些可有可无的内容中听出了一些东西。

按照旅馆老板所说,布莱克等人前两天就订了房间,但他们从来没有住过。

不过,白天的时候,他们倒是偶尔回来。

今天中午,布莱克等人又回来了。他们也不和旅馆老板多接触,旅馆老板也不了解他们。要不是孟天化提到布莱克等人已经离去,旅馆老板还不知道。

看着旅馆老板糊糊涂涂的模样,孟天化就知道问不出什么来。

孟天化只好转移话题,将询问的重点放在千家山的事情上。

出乎孟天化的意料,关于千家山的情况,旅馆老板知道的倒是不少。

别看旅馆老板很久没刮胡子了,衣服也显得脏乱,但一提千家山他就非常认真。

按照这旅馆老板所说,千家山里面有不少凶猛野兽,有时候连猎户都不敢上山。

一年前,更有附近的猎户在山里碰到过黑瞎子,还有一个被黑瞎子给舔了脸。

经常打猎的人都知道,在山里打猎有一套说法,那就是一熊二虎三野猪。上面提到的黑瞎子就是排在第一位的熊。

这熊可不是好惹的,人只要被熊稍稍舔上一口,半张脸就没了。这主要是因为熊的舌头上有倒刺,能够轻易刮伤人的脸。包括老虎等凶猛野兽,舌头上都是有倒刺的。

当然，猎户们还有一种说法，那就是一猪二熊三老虎。这种说法，是根据三种动物对人产生的危害性进行排名的。熊和老虎足够可怕了，但它们遇到人类还会存着一些畏惧。可野猪遇到了人，完全就是一根筋，没脑子，脾气暴躁起来，只会一个劲儿地往前冲。所以，野猪给人类造成的伤害有时候比黑瞎子和老虎还要恐怖。

在听到千家山里面这三种恐怖的动物都有时，孟天化和王二蛮顿时心生警惕。

他们只想平平安安地参加完九爷的选拔，这要是碰到了这三种野兽，岂不完了？

除了山里的野兽，旅馆的老板还说，最近千家山发生了几起闹鬼事件，就连附近的猎户都不敢上山了。

孟天化和王二蛮细细一打听，发现所谓的闹鬼事件很有可能是人为的。

他们第一时间想到了九爷，觉得闹鬼事件是九爷弄出来专门吓唬附近的无知村民的。

闹鬼事件，孟天化和王二蛮倒是不怕，他们现在最怕的就是山里的野兽。

所以，孟天化和王二蛮商量了一下，他们要是上山，一定要带的工具。

孟天化自然喜欢带自己制造的工具，就比如他不久前给彭二爷等人弄的连发弩。

可王二蛮不知道孟天化的手艺。即便知道了，他也不会用孟天化制造的工具，因为他心里已经有了打算。他要花大价钱弄几条枪过来，他和孟天化一人一条，好防身。

在商量完之后，孟天化和王二蛮才来到二楼的客房。

只是，当他们来到所属的客房，看到里面一片凌乱，还有许多灰尘，他们的脸色微微有些难看。

他们找到旅馆老板，旅馆老板就嘿嘿笑着，说他马上叫人来打扫，不过时间会久一点。

孟天化和王二蛮刚开始以为老板说的是真的，在等了半个时辰不见人来，他们才明白。

这老板看似忠厚老实，其实是一个奸商。

孟天化和王二蛮也不等老板叫人来，自己便收拾了起来。

等到他们把客房收拾干净，外面天色早黑了。

心里想着明天还有好多事情要做，孟天化和王二蛮就准备弄点热水洗脚，然后睡觉。

他们当然知道旅馆老板不会给他们烧水，他们打算自己动手。

只是，他们才刚走出房间，要下楼时，旅馆外面突然传来一声尖叫，是一个女人的声音。

孟天化和王二蛮脸色一变，一起站在二楼向着旅馆门口看去。

也是这个时候，旅馆老板也听到了尖叫声，他带着两个伙计快速向着旅馆门口走去。

看到这两个伙计的时候，孟天化和王二蛮愣了一下，不知道老板突然从哪里找来的。

不过，他们此时的注意力更多的是在外面，也就没有在意。

然后，他们噔噔噔下了楼，紧随旅馆老板，来到了旅馆门口。

来到旅馆门口的时候，孟天化听到旅馆老板也惊叫了一声，明显被什么东西吓到了。

此时，旅馆老板距离他们也没有多远。可天色太黑，他们只能看到旅馆老板带着两个伙计打着灯笼围着一个东西在看。旁边似乎还有另外两个人，都很害怕的样子。

看到这些，孟天化和王二蛮就心生好奇。

他们赶紧走了过去，等到了近前，孟天化呆住了，因为他看到了两个熟人。

这两个熟人不是别人，正是昨天才见过的林兰和蔡洪。

显然，刚才那一声尖叫是林兰发出的。

不过，此时最吸引孟天化和王二蛮的却不是林兰和蔡洪，而是一个趴在地上、浑身染血的男子。

此时，已经入夜，头顶弯月高挂，却也不是太亮。即便在这种光线之下，这个浑身染血的男子也给人一种阴森恐怖之感，因为他身上的血透着绿光，根本不像人血。

更让人感觉浑身发毛的是，这个人的半张脸都变成了骷髅，一只眼睛没了，就像是被什么强酸性物质腐蚀过，又像是被人用刀子生生剜出来的一样。

这大半夜的，遇上这样一个模样恐怖的人，莫说林兰会发出惊叫，就算是浑身是胆的壮汉也会从脚底生出寒意。

就在孟天化和王二蛮关注这个诡异男子的时候，旅店老板已经在询问了。

让人浑身骨战的是，那个恐怖的男子竟然开口了："山……山上，千家山上……"

男子说话的时候伸着一只手臂，像是在祈求什么，而他半边露骨的脑袋高昂着，就像是从地狱爬出来的一样，吓得周围人都忍不住倒退三步，生怕被这个男子触碰到。

不过，这个男子一句完整的话还没有说完，就已经垂下脑袋断气了。

也是在这个时候，旅店老板开口了："这不是晦气吗？突然多了一个死人在门口，我这生意还做不做了？小刘，小王，你们把这具尸体扔远点，别让他死在我门口！"

旅店老板显然只关心自己的利益，可孟天化等人却对死亡男子产生了更多的好奇。

第二十八章　死状如鬼

千家山！

刚才恐怖男子提到了千家山，这会不会和九爷设置的选拔有关系？

这恐怖男子到底是什么人？他为什么要去千家山？他是附近村子的吗？

如果他是附近村子的，那还好说。如果他不是，那他是不是和王二蛮一样，是为了参加九爷的选拔而来？他是不是也想提前过来踩点，然后就在千家山遭遇了不测？

脑海中闪过一系列的疑问，孟天化生出了一些想法。

他没有阻拦旅馆老板把尸体转移，但他要求再看死亡男子一眼。

王二蛮是和孟天化一起的，自然也要求不急着转移尸体。

听到孟天化和王二蛮的要求，旅馆老板很为难，嘴里念叨着"尸体有什么好看的，也不怕晦气"之类的话语。

就在这时，被惊吓到的林兰也开口了，她竟然也表示想对死亡男子进行一番检查。

旅馆老板怪异地盯了林兰一眼，不知道是不是迫于压力，嘴里蹦出了一句"神经病"，便摆摆手，让孟天化和林兰快一点。

再然后，旅馆老板嘱咐了自己的伙计两句，这才匆匆回了旅馆。

旅馆老板离开后，孟天化和林兰没有急着对尸体进行检查，而是相互对视。

他们显然都很吃惊。在这种荒郊野外还能碰到对方，一时间竟都不知怎么开口。

最终，还是孟天化先开口了："你们两位金枝玉叶般的存在，怎么也跑到荒郊野外了？"

"那你呢，你为什么跑到这里来？"林兰一开口就带着嫌弃。

孟天化更觉尴尬，心想，自己没怎么招惹她吧，怎么一张口就带着火药味？

莫不是，她真被地上躺着的男子吓到了？

"这个我们回头再说吧，先看看他究竟是怎么死的！"孟天化快速岔开了话题，目光转向了地上已断气的男子。

男子的死状很惨，身上沾了很多枯草和叶子，衣服也像是刚跟人干过架，给人撕破了。他身上有不少摔伤和刮伤，但最恐怖的还是他的脸。

他的半张脸血肉模糊，骨头都露出大半，完全让人无法想象他经历了什么。

孟天化对此倒是不害怕，像是验尸官一样对死亡男子观察着，偶尔还会动手检查。

王二蛮等人就在一旁看着，目光条件反射地躲避死亡男子的面部。

不过，林兰倒是不躲避。她不仅不躲避，还在孟天化检查尸体的时候故意往前凑了凑。

等到孟天化好奇地看了她一眼，她只当没看到，继续流露出一种嫌弃。

第二十九章 合作

很快，孟天化将尸体检查完了。

不等他向近前的林兰询问，林兰反倒先开口了："怎么样，看出什么没？"

孟天化刚要开口，可在感受到林兰的冷淡目光时，他不由得一滞。

孟天化只好面带微笑，说道："这里不是说话的地儿，我们换个地方再说如何？"

"好！"

林兰倒也不矫情，说着就朝旅馆的正门走去。

说起来，林兰和蔡洪也是赶巧了。

他们来到这荒郊野外，自然是有重要的事情要办。不过，因为从北京城那边出发晚了点，赶到这个旅馆的时候，天色也黑了。正常人赶路，哪会想到旅馆旁边会冒出一个恐怖的男人！更何况，这大黑天的，就算是鬼，也没有那个男人可怕。

所以，在见到那个恐怖男人的时候，林兰是真的被吓到了，即便现在也心有余悸。

还好，她的心理素质很强，此时已重新恢复冷静。

就这般，一行人来到了旅馆里面。

他们谁都没有着急，等到林兰和蔡洪定好了房间，他们才商量去哪个房间唠唠嗑。

然后，四人在未经打扫的蔡洪的房间里坐了下来，气氛仍显尴尬。

他们本身并不都认识，此时聚在一起，也不知道该说哪句，不该说哪句。

最终，还是蔡洪先打破了沉默。

"孟老板，你先介绍一下你这位朋友吧！"

孟天化当即把王二蛮推出来，向林兰和蔡洪介绍道："这位是琉璃厂得意斋的老板，叫王二蛮。这两位，一位是云南大将军的堂弟，一位是留学归来的考古专家。今天，大家聚在一起也是缘分，大家相互认识一下，说不定以后低头不见抬头见。"

"谁跟你低头不见抬头见？"林兰也不知道哪里来的火气，孟天化一开口，她就冷哼了一声，"像你这种市井小流氓，我们躲还来不及，想不到在这里又碰到了。"

孟天化听着林兰的话，当然不舒服。

可事情已经到了这里，还是得走下去。

不过，不等他自己解决尴尬，蔡洪先帮他解围了："孟老板说得对，大家能聚在一起就是缘分。正因为这种缘分，我觉得我们应该开门见山，有什么就说什么吧！"

"蔡少爷说得对，我们应该开门见山！"孟天化微微笑着，也不想多一些弯弯绕。

"既然开门见山，那就我先说吧！"蔡洪倒是不客气，说话的时候对着孟天化和王二蛮扫了一眼，脸上的笑容十分和煦，"你们来这边，应该是为了九爷吧？"

孟天化闻言，也笑了，根本不打算隐瞒："没错，我们来这里，是为了九爷。我昨天答应帮你们找到九爷，找到那个洋人布莱克，我自然会尽心尽力，不会拖沓。"

蔡洪满含深意地笑了："你来这里，应该不只是因为我们吧？"

孟天化的心思被戳破，微有尴尬，不等他开口，蔡洪又开口了："我们得到一个消息，九爷会在千家山摆下阵势，招揽有能耐的人才，你们应该是为此而来吧？"

到了这个情况，孟天化隐瞒也没有意思，只好说道："蔡少爷果然手眼通天，这些事情都被你知道了。我也不隐瞒了，我们来此的确是为了九爷摆下的这个阵势，我们想提前过来探探风。谁知这才刚住下，门口就发生了这样的事情，这有点唬人！"

看到孟天化没有撒谎，蔡洪的脸色却是一正，略显严肃。

接着，蔡洪又道："我们来这里，可不是因为九爷摆下的阵势，而是布莱克出现了。"

"布莱克出现了？"孟天化第一时间想到下午在旅馆里见到的那个洋人。

"没错，布莱克在北京城重新出现了。今天上午，他去了一趟他在北京城的临时住所，还去找了祝续铭。不过，祝续铭不在办事处，他又匆匆离开了。我们得到消息后，便顺着这条线索一路追踪，追到这里天色就黑了。"说着，蔡洪停顿了一下，"本来，我们是想住店的。接下来的情况你们也知道，那个恐怖男人突然冒出来，简直跟从地狱里爬出来的一样。要不是我和林小姐胆子大，早就被吓死了。"

"原来如此！"孟天化面露沉思，把蔡洪说的和他下午见到的连在一起，算是明白了什么。

不过，不等他和蔡洪继续说些什么，一直表现得有些冷淡的林兰开口了："说到门口那个人，我刚才留意了一下，他是一个练过武的人，手掌粗大，有很厚的茧子。如果我没有猜错，这个人应该也是为了九爷摆下的阵势而来。说不定，他们和你们一样的想法，提前过来探探风，然后变成了这般模样。"

林兰的分析正合孟天化心中的猜测，他便问道："那你知道他为什么会变成那样吗？"

林兰的脸色一变，微微有些苍白，似乎想到了那个恐怖男人的惨样儿。等到她看到孟天化满脸轻松的神情，她顿时明白了，目光含煞道："那你知道为什么？"

孟天化摇摇头。

"我一时半会儿也看不出来，说是被某种毒液腐蚀的吧，偏偏他的脸被撕掉一半还没有死，这有点不合情理。说他是被什么野兽咬的吧，哪有咬成那般模样的？"

"说了这么多，你不等于没说？"林兰鄙夷道。

"我说出来，大家讨论一下，对我们都有好处。现在，我们的目标是一样的，我觉得我们可以联合起来。"孟天化提出了一个很好的建议，可其他三人似乎想法不太一样。

先说蔡洪和林兰。蔡洪倒是无所谓，林兰则有些嫌弃的样子。

至于王二蛮，他的表情闪过一丝难堪，又如同平日里那般憨厚模样。

王二蛮显然是不想联合的，他来这里，只是为了自己的目的，他不想掺和到其他的事情上。

"先说说你的想法吧！"蔡洪开口，打开了孟天化的想象。

"虽然我们的具体目的不一样，但大体上是一致的。我们须要了解千家山的情况，也须要了解九爷的情况，这样我们才能通关。而你们更多的是想了解九爷和那个外国人。可谁又知道那个外国人会不会就和九爷一块儿在千家山里面？"

孟天化现在就是一个说客，说服蔡洪和林兰掺和进来，进而对他造成有利的局面。

门口那个人的情况，孟天化已经看到了，他还真的有点担心九爷摆的阵势很恐怖。要是多几个帮手的话，危险程度也会降低。他只是想帮助王二蛮加入九爷的团体，他可不想玩儿命。

孟天化三言两语，重点陈述九爷和外国人，蔡洪本来不想和孟天化为伍，还是忍不住答应了。

第二十九章　合作

他和孟天化不一样，孟天化对九爷的了解还停留在传闻方面，蔡洪和林兰却知道九爷这次招人的目的。他们须要了解九爷，也须要对付九爷，这是在对付袁大帅。

如果让九爷的事情顺利展开，对他们来说会很有压力，他们不想袁大帅的目的得逞。

综合考虑，他们现在亟须找到那个外国人，然后了解"无尽墟"和九爷的计划。

"就算你说的是对的，你想怎么联合？"蔡洪又说道。

"具体的联合方式我还没有想好，不过，若是有什么事情，或是有什么情报我们可以互通。当然了，你们也可以假扮参加九爷设置的这次选拔，我们可以互通的地方就更多了。"

"你想的倒是挺好的，还想让我们帮你们通关！"林兰说这话的时候露出了一些讥讽。

"反正既然已经来了，何不顺势而为呢？"孟天化嘴上一套一套的，"我们能在这里相聚，这就是缘分，你们一定要相信这种缘分。今晚太晚了，我们明天再聊吧，正好，你们也可以好好考虑一下。"

孟天化说着，竟要打道回府。

然而，孟天化和王二蛮刚刚起身，蔡洪又开口了："昨天晚上，那个老太监死了，你知道吗？"

突然听到"老太监"三个字，孟天化的身子微微一战。

他不知道蔡洪为何突然提到老太监，但他还是疑惑地盯向蔡洪。

蔡洪便接着道："老太监的死很蹊跷，是死在厕所里的，但他身边的两个奴才只是被打晕了。我觉得这个事情不简单，说不定会和九爷有关。"

"你想表达的意思是……"孟天化一脸不解。

"如果老太监的死真和九爷有关，我劝你们这一趟小心，有些事情要防患于未然！"

"多谢提醒！"

说完最后一句，孟天化和王二蛮转身离开了蔡洪的房间。

也是在孟天化和王二蛮离去后，林兰问："你干吗要跟他说老太监的事情？"

"我也不知道，就是突然想起来了。"蔡洪心不在焉的样子，突然又道，"你说，老太监的死会不会另有原因？我总觉得这里面有我们不知道的秘密。"

"废话，如果我们什么都知道，那个洋人布莱克就不会被抢走了。"林兰白了蔡洪一眼，接着道，"刚才那姓孟的说的话，你不会真的打算同意吧？你不要忘了，我们救了他叔叔。追踪九爷和布莱克的事情，是他应当做的，怎么反倒我们帮他通关？"

第三十章 黄探长

　　林兰的提醒让蔡洪一下子清醒过来:"是啊,于情于理,我们也算是帮助了他,即便没有救出他二叔,他也应该履行之前的承诺。他刚才三言两语,倒是把我给绕进去了。"

　　"不是他把你绕进去了,而是你太心急了。"

　　蔡洪更加尴尬:"你说得对,是我太心急了。我怕这件事继续拖下去,对我们很不利。"

　　"我们的身份需要我们时刻保持冷静,你不能被这种小无赖蛊惑了。"林兰又道。

　　"蛊惑你说得有点严重了,孟天化虽然想拉上我们帮他们通关,但他说得也没错,这对我们也有利。我觉得,他的建议还是可以考虑的,但未必一定要和他们一起通关。"

　　"你……"林兰无言以对,怔怔地望了蔡洪好半天,才又道,"天色不早了,我们还是冷静思考一夜再说吧!"

　　与此同时,孟天化和王二蛮聚在了另一个房间。

　　孟天化还在考虑蔡洪为什么跟他说老太监的事情,而王二蛮没有再隐藏自己的想法,直接和孟天化道:"你突然拉上他们不太好吧?"

　　孟天化回神,不解道:"怎么不太好了?"

　　"我只是想加入九爷的团体,可没想过要掺和其他的事情。"

　　孟天化一下子明白王二蛮的意思,笑着道:"你顾虑倒是挺多的,你放心,他们的事情牵扯不到你,有我在前面挡着呢。另外,拉上他们,我们确实更容易通关。"

"这个谁说得准？我们到现在还不清楚九爷到底设置了什么关卡。"

"不管什么关卡，我只希望刚才那个死人和九爷设置的关卡无关。"

这是孟天化的真实想法，他刚才没有和林兰以及蔡洪说实话，虽然他不清楚那个死人为何会变成那般惨样，但他还是看出了那个人的脸上有尸毒的痕迹。

关于尸毒，孟天化除了在彭二爷的身上见过之外，他也亲身感受过。

当年，他和彭二爷在外面流浪，为了生活干了不少倒斗的事情，其中一次就被同行算计了。同行明知道那处墓穴里面机关重重，却没有提醒孟天化和彭二爷，他们不小心被机关卡在了一个墓室里面。要不是孟天化擅长机关，他们根本就出不去。

即便如此，他们还是被墓室里面的尸蟞袭击，中了尸毒。

当时，孟天化被尸蟞袭击的时候，真的吓了一跳，因为那墓穴年代久远，根本不可能存在尸蟞。

尸蟞也需要食物，没有食物它们等同于死亡。

后来，孟天化和彭二爷才明白，那处墓穴，除了他们那拨盗墓贼，早些年还有人去过里面。那些人的尸体留在了墓穴，变成了尸蟞的养分，加上墓穴临近河边，尸蟞真要寻找食物，也不是寻找不到。

艰难地从墓穴里走出来之后，孟天化为了祛除尸毒，足足躺了一个月。

打那以后，孟天化对尸毒就莫名地害怕。他可不像彭二爷，跟女人睡一觉就好了。

孟天化不知道旅馆门口死去的人身上为何有尸毒，但他隐隐觉得千家山不好闯。

一夜无话，第二天一大早，旅馆门口就来了警察。

但孟天化等人怎么也没有想到，带头的警察居然是黄一琛。

黄一琛作为北京城有名的探长，所要查的都是大案要案，怎么会突然跑到这荒郊野外？而且，胡德友刚刚去世没多久，事情还没有调查清楚，他怎么有空来？

因为祝续铭被抢案还没有一个定论，孟天化不想和黄一琛接触，便带着王二蛮往后退了退。

不过，蔡洪和林兰倒是很自然地向黄一琛靠近，似乎认识一样。

接着，孟天化就看到，林兰和蔡洪跟着黄一琛对昨晚的那具尸体进行了检查。他们一起查案的样子，若是不熟知的，还以为他们都是警探。

孟天化和王二蛮躲在远处，忍不住对此番情景议论了起来。

"黄一琛出现在这里，你怎么看？"孟天化先开口道。

"你这话有深意，你是想说黄一琛是为了别的事情来的吧？"王二蛮和孟天化都产生了默契。

"我也说不好，反正黄一琛突然来到这里肯定不简单。我看，我们还是小心点好。"

"你小心就行了，我就不用了，我又没犯法，他来查我也查不到什么。"

"搞得跟我犯法了一样！"

孟天化和王二蛮拌着嘴，目光一直不曾离开黄一琛那些人。

等到黄一琛检查完毕，他开始了解事情的经过。

孟天化和王二蛮本来不在询问之列，可黄一琛突然盯上了孟天化。

那一刻，孟天化感觉自己像被一条毒蛇盯着一样，心里莫名地发慌。

"我是不是在哪里见过你？"

等到黄一琛来到近前，并说出这句话的时候，孟天化更是生出了警惕。

孟天化微微一笑，说道："黄探长，您的确见过我，就在巡捕房，我为我二叔的事情去的。"

黄一琛面露疑惑，孟天化接着道："我二叔是那个被袁大帅的公子点名关进去的犯人。"

黄一琛若有所思，总算想起了什么："你怎么不在城里，跑到这里来了？"

"来这边收点东西。"孟天化不紧不慢地回答着，"我是做古董买卖的，前两天有人联系我说是有东西要出手，所以，我过来瞧瞧。"

"哦？这么巧？"黄一琛微露狐疑，"我刚刚得到消息，这一片有歹恶之徒要聚会，你最好小心一点。"

黄一琛的话看似无心，一双眼睛却灼灼地盯着孟天化，让孟天化心里咯噔了一下。

他和黄一琛并不熟，黄一琛突然和他搭讪，还说了这么一番话，难道有深意不成？

这种想法刚在脑海中冒出来，孟天化就给打消了。

祝续铭的货物他已经处理完毕，二叔的事情也暂时搞定，即便黄一琛盯上他，也没有确凿的证据。

"多谢黄探长提醒，我会小心的。"孟天化很是客气地回了一句。

"你最好小心一些！"黄一琛说完，转身又向其他人询问。

等到黄一琛仔仔细细地了解了案情之后，他才带着那具可怕的尸体离开了。

也是黄一琛离开之后，孟天化和林兰几人又聚在了一起。

林兰和蔡洪刚才同黄一琛接触过，孟天化和王二蛮自然要询问黄一琛为何会来这里。

如果仅仅是因为昨晚死掉的那个人，实在难以让人信服。

林兰和蔡洪同样带着怀疑，但他们询问了黄一琛，黄一琛只说是因为昨晚那具尸体。

可让林兰和蔡洪更奇怪的是，黄一琛对于昨晚那具尸体竟没有多少看法。

昨晚那具尸体，死状极惨，绝不像寻常的案件，黄一琛作为神探，怎么会没有看法？

显而易见，黄一琛对他们撒了谎。

黄一琛到底是因为什么来到这片荒野之地，暂时还不能确定。

不过，在了解过情况后，孟天化反倒淡定了几分。

不管黄一琛来这里是为了什么，他现在只能静观其变，所谓"既来之则安之"。

孟天化很快转移了话题，把话题扯到四个人是否能够合作的事情上来。

这一次，蔡洪给了肯定的回答，他们愿意和孟天化合作，但他们不会参加九爷设置的选拔。他们可以在其他方面给孟天化支持，让孟天化二人更容易通过选拔。

至于他们为何不会参加九爷设置的选拔，蔡洪和林兰虽没有明说，孟天化却能猜到原因。

林兰和蔡洪以及九爷围绕着洋人布莱克打转，明显有着相同的目的。如果孟天化是林兰和蔡洪，也不希望九爷知道自己的具体信息，更不希望九爷因此针对自己。

当然，蔡洪和林兰找洋人布莱克究竟是为了什么，孟天化不知道，他也不想知道。毕竟，彭二爷提醒过他，不要掺和和九爷相关的内容，他现在敬而远之还来不及。

不管怎么说，蔡洪和林兰不参加九爷设置的选拔，对于王二蛮来说也是一个安慰。

紧接着，他们很快商讨了一下合作细节，并定了一个临时的合作计划。

孟天化和王二蛮将按照原计划参加九爷设置的选拔，蔡洪和林兰则在外围寻找可利用的消息。如果孟天化和王二蛮在选拔中出了什么问题，他们也可以派人支援。

计划已定，孟天化就思量着要不要去千家山探一探。可一想到昨晚那个人的惨状，他还是有所顾虑。

正当孟天化犹豫不决的时候，这个旅馆里面又来了一些人，这可把老板欢喜坏了。昨晚，他的旅馆门口死了人，本以为会影响到生意，想不到生意反而越来越好。

孟天化几人自然注意到了这些人，尤其是看到其中几个气度不凡，他们更生了警惕。

这些人应该也是为提前刺探千家山的情况而来。

可也正因为如此，孟天化反而觉得此时不宜去刺探千家山的情况。

如果有人去刺探了，他们还要去刺探，岂不有点俗套了？

别人越是争着抢着去做某件事，这件事就越不能去做，这有时是一个十分受用的道理。

更何况，有人帮他们去刺探千家山的情况，他们也可以避免一些损伤。

第三十一章 山大王

不过，千家山的情况到底是未知的，孟天化和王二蛮即便不去刺探，也要做一些准备。

孟天化把他和王二蛮要准备工具的事情和蔡洪二人说了，他们愿意帮忙寻找枪支。

然后，蔡洪和林兰先行离开了旅馆。

与此同时，孟天化和王二蛮也没有闲着。他们也离开了旅馆，在附近的村子打听更多千家山的情况。除此之外，孟天化打算找附近的木匠，做一些防身工具。

大型的机关孟天化一时半会儿是做不好的，但一些小型的防身工具他还是能做。

经过打听，附近村子只有一个木匠，而这个木匠恰恰是附近村子知名的猎户。

孟天化和王二蛮正好要打听千家山的情况，这个木匠就是他们的目标。

按照村民的指引，孟天化和王二蛮很快就来到了那位彭姓猎户的住所。

这位彭姓猎户住在靠山的地方，和最近的村子相距也有三里地，明显是习惯独自生活的人。

孟天化和王二蛮老远就看到了一个不算太大的木屋，门口摆放了一些兽皮和木材。

等孟天化和王二蛮靠近后，看到了一个老者。

老者就坐在门口的空地上抽着旱烟，身上穿着兽皮做的衣裳，旁边有一些制作家具的工具。他吧嗒吧嗒抽着旱烟，懒洋洋地鼓捣身前的半成品椅子，看上去很悠闲。

孟天化和王二蛮是来求人的，自然不敢怠慢，上前便恭敬地询问老汉可是彭姓猎户。

老汉听到询问，抬头看了孟天化和王二蛮一眼，便继续鼓捣身前的椅子，又吧嗒吧嗒嘴里的旱烟。

孟天化和王二蛮就杵在一旁，显得很尴尬。

他们只好再次开口："大爷，我们来此并无恶意，只是向您打听一些事儿。"

老汉仍旧不理孟天化和王二蛮，好像根本看不到眼前两个大活人一样。

孟天化身边的王二蛮有些着急了，他想对老头凶两句，可孟天化及时拦下了，让他别着急。

趁着这个工夫，孟天化对着周围扫了扫，发现木材和木匠工具一应俱全，他很满意。

然后，老汉不紧不慢抽完了一锅旱烟，这才淡淡地说道："你们想打听什么事儿啊？"

听到老汉的声音，孟天化和王二蛮感觉听到了神仙的声音，都流露出欢喜之色。

王二蛮早就等着急了，平日里话多的毛病一触即发："大爷，我们想打听千家山的情况。请问，这千家山上是不是很危险，是不是有很多猛兽？最近，千家山似乎不太平，您老人家知道是为什么吗？"

"年轻人，你一下子问了这么多问题，我该先回答你哪个？"老汉依旧淡然得很，说着话，又给自己的烟斗添了烟叶，继续鼓捣身前的半成品椅子。

"大爷，你就先说说千家山最近的情况吧！"王二蛮说道。

正当老汉要开口的时候，孟天化突然来到老汉的跟前，竟然帮着老汉鼓捣那个半成品椅子。

老汉看了孟天化一眼，似乎察觉到他有点不一样，便问道："你懂木匠活？"

"懂一点！"孟天化如实回答，接着道，"大爷，我能借用一下您的这些工具吗？我想做一点东西，顶多耗费您一根木头。您要是觉得有点可惜，我可以付钱给您。"

老汉又认真盯了孟天化一会儿，孟天化一直很真诚。

也是这个时候，王二蛮插嘴道："你的东西急什么？先让大爷把千家山的情况说了。"

"大爷说千家山的事情，我做我的东西，不耽误。"孟天化很讲求效率。

老汉似乎觉得孟天化和王二蛮不太一样，便流露出一些好奇，和孟天化道："你用吧，随便用，都是些不值钱的东西。"

"那就多谢了。"

孟天化手脚麻利，话音刚落，便把老汉的木匠工具拿了起来，很是熟练地操作着。

老汉更加好奇地盯着孟天化，王二蛮却憋不住了："大爷，您甭理他，先说说千家山的情况吧！"

老汉抽了抽旱烟，脸上平淡的表情突然多了几分凝重。

等到这凝重持续了好几秒，老汉才说道："千家山啊，千家山可是我们的祖脉，我们世世代代都在这里生存，都是靠山吃山。我老汉也算有些手艺，上山打猎不在话下，只不过，最近这些日子，千家山突然变得古怪起来，有些地方，连山大王都不敢去了。"

"山大王？大爷，你所说的山大王指的是……"

"山大王是山里的一只老虎，千家山里有一家老虎，公的一只，母的一只，前几个月，这对老虎刚刚下了三只崽子。这三只崽子要是成长起来，千家山可就不太平了。不过，这三只小崽子恐怕是活不成了。"

"此话怎讲？"

"前几天，我照例去山上打猎，偶然碰上了山大王一家，他们的三个小崽子全都死了。"

"啊？"

老汉的一句话，让正在忙活的孟天化都停了停手。

老虎是一种可怕的动物，虽有武松打虎的戏文，可真到现实中，三五个人都不是老虎的对手。这老虎的三个崽子死了，它们怎么可能轻易罢手！

"事情古怪就古怪在这里，在这千家山，山大王一家才是真正的主人，即便我们这些猎户也只是借它的地盘过活。山大王的三个小崽子突然死了，它肯定是要报复的。山大王一家最近一直徘徊于千家山的东侧，好像它要报复的对象就在那边。"

老汉说着说着，竟然又抽起了旱烟，整个人的情绪突然低落。

"千家山的东侧，地形复杂，猎户们虽然很少过去，可有时候不得不经过那边。偶尔，猎户们会在东侧遇到山大王，只要不主动招惹，也不会有麻烦。可自从山大王一家死了三个崽子之后，那里突然变成了危险区域，几天之内就有多名猎户遭遇了莫名袭击。"

"莫名袭击？"

"说是莫名袭击，是因为山大王就守在那边，它见到人类就袭击。另外，那边突然多了一些陷阱，即便我们这些猎户也有些看不懂，好多人都中了奇怪的毒。更古怪的是，只要有猎户中了毒，没过多久就会有人把解药送到家里，却不见一个人影。"

"这么古怪？"

王二蛮满目惊奇，一旁的孟天化也是如此。

虽然他们猜到和九爷设置的内容有关，可其中真是如此古怪凶险，这一趟选拔说不定会出人命。

其实，人命已经出了，昨晚那个恐怖的人肯定就是去刺探千家山的情况而中了招。

"几件古怪的事情一出，附近的猎户都不敢轻易再上千家山，即便是老汉我，也已经好几天没打猎了。"老汉说着，突然又盯向了孟天化，具体来说，他是盯在孟天化的动作上。盯了几秒之后，老汉说道，"年轻人，你这是在做什么？看你做的好像是什么物件的零件，又不像什么大型的东西。我做木匠二十多年，居然看不懂。"

听到老汉的询问，孟天化嘿嘿一笑，回应道："大爷，我做的是小孩玩的玩具，这些确实是零部件，等回头组装一下就行了。不过，我还得费上一番工夫，所以，您的这些工具，我还得继续使用。"

"你用吧，你用吧，我还真想看看你做的是什么。"

老汉因孟天化来了兴趣，嘴中说出的内容也越来越多，全部都是关于千家山的。等到老汉提到千家山多年前曾出现过盗墓贼的时候，孟天化和王二蛮的眼睛刹那锐利了起来。

老汉说，千家山可能存在一座古墓，具体在哪里他也不清楚。但因当时盗墓贼十分猖獗，千家山存在古墓的事情就此传了出来。

老汉还说，当年的千家山走兽比现在还多，那些盗墓贼也有不少因走兽而亡或是重伤的。

老汉一边说话，一边盯着孟天化，等到孟天化忙了一天将要准备的东西做好，老汉的表情更加惊奇起来。

老汉忍不住拿起孟天化做的一个个零件，有大有小，全都是按照特定的尺寸做的。等到把一应零件都看完了，老汉和孟天化道："年轻人，你这应该不是做小孩的玩意儿吧？"

"大爷何出此言？"

"小孩的玩意儿何须如此复杂？"老汉眸中矍铄异常，"你看你做的这些工具，其中老汉做出来都十分费力，这绝不是小孩的玩意儿。若真是小孩的玩意儿，简简单单就够用了。"

"大爷果然是慧眼如炬，实不相瞒，我做的是一种机关物件，用来防身而已。"

"机关物件？"老汉的眼睛更加明亮，恍然大悟一般，"原来如此，原来如此……"

"大爷，还希望您不要介意我隐瞒，我也是无奈。"

"我老汉虽然是山野村夫，但也不是没有见识的人，你们两位一问到千家山我就知道你们是有来历的。"老汉叹了口气，"我前两天做了一个梦，梦见千家山尸横遍野，我以为是我捕杀的猎物太多，导致夜有噩梦。现在看来，千家山真的要不太平了。"

对于老汉的感叹，孟天化和王二蛮自然不会多作解释。

孟天化将做好的一应物件收好，便和老汉辞别，快速回了他们落脚的旅馆。

第三十二章 人满为患

他们回到旅馆的时候，蔡洪和林兰早已回来，带了几把手枪。同时，旅馆内也发生了一些事情。

在孟天化他们不在的时候，旅馆内发生了打架事件，而打架的双方正是今天早上入住的一群人。

孟天化他们没有亲眼看到打架，从旅馆老板的口中他们还是得知了一些内容。

打架的双方本身就认识，打架的原因好像是因为旧怨。

孟天化他们暗暗将这双方记了下来。

除此之外，也有人打听千家山的情况，并前往千家山进行了刺探。不过，这些人还没有回来。

蔡洪把找来的枪交给了孟天化和王二蛮，王二蛮开始鼓捣手枪，自信满满。孟天化只是把手枪收了起来，然后回了自己的房间，将自己制作的一应零件进行组装。

防身用的机关暗器，首先要求的就是能随身携带，方便使用。孟天化制作的防身暗器就是贴身使用的，非常小巧，但也因为此，许多部件在做工上要求比较高。

除了这些木头做的零部件，孟天化还需要一些其他东西。

一般的机关暗器除了设计巧妙之外，大部分还需要一些动力和疏导动力的事物。

孟天化做的贴身暗器就需要疏导动力的工具，那就是弹簧。

弹簧可以积蓄动力，也可以疏导动力，是好多机关需要的东西。但也有一些机关不需要弹簧，却需要其他疏导动力的工具，这些工具不一而足，要根据动力源而定。

弹簧之类的工具，孟天化随身就有。他以一种超乎寻常的速度，快速将一堆小零件组装，然后在腿部、手臂，以及腰部都安放了一些。

别看把自己武装得整整齐齐，孟天化对此还是不怎么满意。原因就在于木头做的东西能用，但不耐用。他全身的装备，用一次估计就差不多报废了。

但聊胜于无，这些东西说不定能救孟天化的命。

就在孟天化把一应零件组装好的时候，旅馆外面又传来了动静。

孟天化一开始没有听到这些动静，是王二蛮来叫他，他才急急忙忙和王二蛮一起来到旅馆门口。

来到旅馆门口的一刻，孟天化和王二蛮的脸色都有些难看，因为他们又看到了死人。

这一次死了两个人，伤了一个，他们正是前往千家山刺探的几个人。

死的两个人都是因为中了陷阱，被毒死的。至于受伤的那个人，他也中了毒，但不严重。他身上唯一严重的伤在于他少了一条胳膊，是被老汉口中的"山大王"咬掉的。

这侥幸活下来的一行人，似乎对千家山心有余悸，他们在赶到旅馆后就要收拾东西走人。

可他们还没来得及离开，黄一琛带着人出现了。

黄一琛出现得真是时候，几乎和这几个人一前一后，然后就把死人和活人都带走了。

看黄一琛的作风，他明知千家山有问题却不深入调查，不得不让人怀疑他是不是有别的心思。

孟天化和王二蛮在黄一琛离开后又讨论了起来，他们聊着聊着竟然聊出了一个大胆的猜测，那就是黄一琛很可能和千家山上的人有关，他说不定是专门来打掩护的。

他把活人和死人都带走了，千家山的情况外人就不知道了。

虽然这种猜测很大胆，却也不是不可能。

因为死了人，旅馆内的气氛也变得诡异起来，新来的客人好多人都忧愁在眉头。

孟天化和王二蛮重点关注了一下白天干架的两拨人，他们的表现倒是很平静。

这两拨人确实挺奇怪的，一拨人穿得很穷酸，衣服上补了不少破洞；另一拨人倒像是有钱的商人。两边领头的人也都很有个性，一个是跛脚的，腰背微弓，看上去就是经常被人欺负的那种；另一个半张脸文着奇怪的文身，就像鱼鳞一样，很是凶恶。

这两拨人虽说不上是极端，却真的挺古怪。

就当孟天化和王二蛮准备找机会刺探一下这两拨人时，林兰走到了他们的跟前。

林兰依旧冷若冰霜，但她却没有拖拖拉拉，更没有遮遮掩掩，直接和孟天化二人道："我们帮你查了一下那两拨人的信息，你们这一次可能得小心一些，他们都不是寻常人。"

"怎么说？"孟天化没想到林兰和蔡洪的效率这么高。

"跛脚的那帮人，暂时没有具体信息，只知道领头的叫'马跛子'。倒是那个文身的光头，有些名头，是东北土匪窝里的一个名人，叫许翰林，据说给东北的张将军做过事。后来，这个人名声太臭，做事太狠，被军队里的人排挤，便重新拉山头当上了土匪。"

林兰说那个许翰林，总结起来只有两个字"土匪"，但他的名字听上去挺文雅的。

既然许翰林是土匪，马跛子还敢和他对着干，这说明马跛子也不是什么好人，至少有背景，有江湖地位。

"许翰林表面上是个五大三粗的汉子，但他早年做过秀才，所以，你们不要以貌取人。"

林兰的又一句话让孟天化和王二蛮吃了一惊。

孟天化和王二蛮条件反射地朝着许翰林的方向看了一眼，眼神中流露出同样的想法。

林兰说得没错，人不可貌相，若是以貌观人，说不定会把自己害死。

从表面上看，许翰林还真看不出来是做过秀才的。他满脸横肉，目光凶恶，半张脸留着鱼鳞文身，加上一个锃亮的光头、一身跋扈的气势，一看就像个恶人。

不过，一个做过秀才的书生，变成了一个凶神恶煞的土匪，这里面肯定有不少故事。

"我们得到的信息也就这么多了，如果有什么新的内容，我会及时通知你们。"

林兰做事雷厉风行，说完该说的就要离开。

看着这样一个大美人就这么离开，孟天化实在舍不得。他刚想找话题留一下林兰，林兰却突然停步，转过身来说道："还有一个重要的事情忘记说了，现在九爷摆下阵势招人，已经不是什么秘密，稍微有点江湖消息的人都知道了。所以，这一趟的选拔恐怕没我们想象的那么简单，我劝你们再考虑一下，到底要不要上山！"

林兰的一句话，让孟天化和王二蛮有些不解。

但很快，孟天化和王二蛮想到了很多东西。

九爷设置的选拔原本是一件秘密的事情，现在稍微有点江湖消息的人都知道了，这岂不是说，这一趟选拔会有更多人参加？如果是这样，其中的竞争可想而知。

不等孟天化细想，林兰离开了。

看着林兰迷人的背影，孟天化忍不住撇了撇嘴。

说实在的，他真的没有做招惹林兰的事情，可林兰似乎一直看不惯他。尤其是这两天，她对他的态度更冷淡了。

不过，林兰越是如此，孟天化就越是好奇，越想深入了解。

第三十二章　人满为患

目前他对林兰的了解还是有些少，除了留学归来，就是攀上了蔡洪。

可孟天化不相信，林兰是凭借美貌攀上了蔡洪。林兰外表就带着一种说不出的傲气，她的骨子里也肯定有脾气，绝不会攀附任何人，这里面肯定有他不知道的东西。

正当孟天化他们积极准备选拔的事宜之时，他们所在的旅馆渐渐住满了人。

与此同时，上山刺探的人也越来越多，能够活着回来的却越来越少。

千家山一时间笼罩着一层阴云，这层阴云蕴藏着杀机，让好多人不得不重新考虑参加选拔的事情。

可退却的人越来越多，想来参加这次选拔的人也越来越多。

就像林兰说的那样，九爷设置的这次选拔已经不是什么秘密，就连寻常人都知道一些传闻。

有人说，九爷设置这次选拔是为了挑选精英，为了一宗富可敌国的宝藏。还有人说，九爷是为了挑选接班人。九爷已经老了，这么多年积累下来的势力和财富总需要有人来继承。

但不管是什么样的传闻，所有人都知道，这次的选拔非比寻常，是有风险的。

当然，在这风险之中，也有好处。选拔之中，即便没有通关，没有被九爷选中，也会得到九爷给的一笔钱财。

在这种极具诱惑的情况下，五花八门的人都赶了过来，旅馆里的空房都没有了。

也是这个时候，有人主动联系上了王二蛮。

不过，来人并没有现身，而是将一张通知放在了王二蛮所在的客房内。

不仅是王二蛮，好多最开始报名参加这次选拔的人都得到了通知，都是未见到传信人。

王二蛮看到通知的一刻，当时就找到了孟天化，让孟天化帮忙分析分析这个事情。

王二蛮收到通知之前，只是离开了旅馆一趟，等他回来，通知就在房间里了。

这件事总的来说很蹊跷。

更重要的是，来人怎么知道王二蛮就是要参加选拔的，而孟天化为何没收到通知？

这样一个情况，让王二蛮不得不怀疑，他们是不是被九爷的人给监视了。

看着王二蛮略显紧张的模样，孟天化安慰了王二蛮两句，让王二蛮不要太过操心。

孟天化说："我们未必就是被监视了，因为送通知的人有很多可能，旅馆老板就有可能。如果旅馆老板是九爷的人，又有参加选拔者的名单，他完全可以把通知放在指定人的身边。所以，你不必大惊小怪，一张通知代表不了什么。不过，我们做事还是得小心一点，因为我们身边就有九爷的人，我们不能确定是谁。"

第三十三章 一场算计

"你说得对,是我太紧张了。现在,选拔集结的地点已经通知了我,我也没必要担心九爷的人。九爷既然要选拔有能耐的人,他总不至于要谋害这些人吧?"

"你这话是说你自己呢,还是说我?"孟天化忍不住笑了。

"我当然是说我自己,我怎么说也是满族八旗子弟的后裔,这就是身份的象征。"王二蛮开始恬不知耻地卖弄他那不知道真假的身份,一旁的孟天化宁愿闭嘴不言。

九爷的人传来的通知写得很详尽,上面既有选拔集合的地点,也有王二蛮的一些信息。另外,通知上还注明了一点,选拔者只能带三个帮手,多带者直接淘汰。

从这通知的内容来看,九爷举行的这场选拔确实挺有意思的。

不过,孟天化还真是怀疑,九爷的这场选拔能不能选到真正的人才。

因为这里面有漏洞,虽然规定了每个选拔者只能带三个帮手,可若是几个选拔者是一起的,那身边带的人可就不是三个了,这对其他选拔者来说显然是不公平的。

这点疑虑,等到选拔真正开始后,孟天化很快就释怀了。

选拔开始的前一天晚上,孟天化和王二蛮都未能入睡。

孟天化是因为要和九爷或是九爷的人接触,王二蛮则是不知道能不能顺利加入九爷的团体。

这一天晚上,不能入睡的不只孟天化和王二蛮,还有好多人没法入睡。

其中,也包括林兰和蔡洪。

林兰和蔡洪属于革命党,他们做的一切,目标更宏大一些。

他们早就知道无尽墟的一些内幕,他们一直追踪无尽墟这条线是为了他们共同的理想。

他们不知道孟天化和王二蛮能不能帮他们找到布莱克,也从未想过要一直依仗孟天化和王二蛮。如果孟天化和王二蛮不成功,他们将启动另外几套方案。

当然,这一夜,他们之所以难以入眠,还有另外的原因。

他们并没有和孟天化二人和盘托出所有,包括他们最近了解到的信息。

他们难以入眠,是不知道孟天化和王二蛮明天能不能活下来。

也是这一夜,北京城郊外的一处四合院住宅内,秋虫鸣叫,一棵柏树的树影在月光下婆娑,给人一种静谧之感。

此时,夜色已深,这座四合院的东厢房仍然灯火通明。

透过东厢房的窗口,能够看到几个人影。

若是凑近窗户,便能听到里面传来训诫的声音。

训诫的声音浑厚有力,若是胡公公复活,便知这人就是那一夜他在厕所里见到的人。

"云燕,前山的一切就交给你了。若是有人放弃,格杀勿论!"浑厚的声音突然透着杀伐之气。

"是,师父!"回答的竟然是一个女性声音。

"后山的事情就交给你师兄,有他在,我放心。"浑厚的声音接着开口,"这一次,我们摆下了局,也设下了诱饵。不管有没有万千会的人,我们绝不能放走一个可疑对象。若是能侥幸抓到一个万千会的重要人物,我们探索无尽墟会少去很多麻烦。"

"师父,我们已经抓到了布莱克,并且已经得到了那件东西,难道还没有把握探索无尽墟吗?"被称作"云燕"的女人开口询问道。

"这个是自然,那个洋人布莱克手中的东西,只是给我们提供一个探索的方向。真正知晓无尽墟秘密的,据说只有万千会的人。但是,这个万千会我到现在还搞不清楚来历。"浑厚声音的主人似乎很沉郁,"不管如何,这一次有袁大帅支持,我们可以放开手脚,竭尽所能。我这一生别无所求,只希望能解开无尽墟的秘密!"

"师父,我们一定会解开无尽墟的秘密的!"

"希望如此吧!"

终于,在等待了几天之后,九爷设置的选拔日子到了。

选拔的集合点在千家山的山脚下,沿孟天化他们所在旅馆往东走五里便能到达目的地。

这一天早上,原本人满为患的旅馆一下子人去楼空,八成的人都向着东边行走。

孟天化和王二蛮自然也在这些人中,但临走的时候,他们还是和蔡洪以及林兰道别了。

蔡洪和林兰虽然不参加选拔，但这些天他们帮忙查到的信息十分重要。

总的来说，他们的这次合作开局不错，剩下的就看他们后面怎么合作了。

站在旅馆门口，蔡洪和林兰望着孟天化和王二蛮渐渐远去，却也忍不住议论了起来。

"你说他们这次能不能通过选拔？"蔡洪先问道。

"谁知道，他们能不能通过选拔跟我们有什么关系？我只希望他们别一开始就挂了。"

"呸呸呸，瞧你这话说的。你怎么说也是一个英国留学回来的考古专家，怎么一点忌讳都没有？"蔡洪虽然习惯了林兰的冷淡姿态，可他还是觉得林兰多一些微笑比较好。

"考古专家要什么忌讳？如果要那么多忌讳，我们还考古干什么？当道士神婆好了。再有，我们可是新时代的人，像你这么迷信、迂腐，是怎么加入进来的？"

林兰是一个纯正的革命党，她更相信科学，不相信迷信那一套。

当然，她嘴上虽败坏孟天化和王二蛮，心里却也希望这两个人能够顺利通过选拔。

"算了，跟你辩论这些也辩论不清。不过，说真的，你觉得他们两个组合在一起如何？"蔡洪又回到了正题。

"他们这两个人的组合，我真是有点不敢评价。"林兰摇了摇头，"那个市井小混混儿就不要说了，根本就没什么能耐。至于那个王二蛮，五大三粗的，成天摆着一副憨样，你觉得他能有多少本事？反正，既然选择了他们，我们也只能认命了。"

"你贬低人倒是有一手。"蔡洪突然笑了，转而又道，"不过，我和你的想法有点不一样。孟天化虽然表面上吊儿郎当的，但他绝不是一个寻常之辈。那天在曹府的事情你也看到了，他处理得当，还把我们拉下了水，怎么可能简单？至于那个王二蛮，说实话，我有点看不透。他的笑容虽然憨厚，可我总有一种感觉，他是一个极聪明的人，一个极会隐藏的人。"

"好吧，你是慧眼识珠，我是眼拙！"林兰依旧看不上孟天化和王二蛮。

蔡洪不再正面反驳，而是不紧不慢地接着道："昨天，我们刚刚把那个算命先生的信息告诉了孟天化，当天王二蛮就和那个算命先生打成了一片，你不觉得奇怪吗？"

"这个事情是挺奇怪的，他在我们面前话少得很，一到别人身上话就多了起来。"

"没错，就是这点奇怪。据我了解，王二蛮在琉璃厂是个以话痨出名的人，怎么在我们面前反而话少了？你说，他是不是对我们没兴趣，抑或，他对我们有防备？"

"这个我哪知道，你管他呢，只要他们顺利通过选拔，帮我们了解到我们想知道的内容就行。"林兰满不在乎的样子，转而透露出一些严肃，"走吧，我们还有自己的事要做。你不要忘了，我们已经被人盯上了，暂时还不能暴露自己的身份。"

"你说得对，这两天我们出现在这里太过惹眼。还好，我们提前同袁大帅做了接触！"

"说到这里，你才是最会隐藏的人，明明和我一样的身份，却故意把我丢在了庆元春！"

蔡洪微微一笑，不做任何解释。

至于孟天化和王二蛮这对组合，他不相信林兰看不出来。

林兰是一个心思细腻的人，且擅长推理分析，她恐怕早就看出了端倪，只是不想显露而已。

只是，临走的时候，林兰又开口了："临走之前，我还是要说一句，我们最近这几天做的事情太过冒险。这次的选拔凶险异常，我们不该让他们两个去冒险的！"

"这……事情已经这样，想反悔也来不及了。再说，革命总是要有牺牲，这不是你说的吗？"

"那也得看是什么样的牺牲！"

林兰表情中透露出一些愤怒，蔡洪在一旁却不再言语。

如果孟天化在此，一定会心生疑虑，并且联想到林兰这几天不太好的态度。

林兰对他态度不太好，并不是针对他，而是有其他的原因。

不过，孟天化是看不到这些了，他此时和王二蛮正不紧不慢地跟在大部队的后面。

他们前往集合地点的道路并不好走，有点崎岖。一路上，映入眼帘的不是山坡，就是枯黄的植被树木。偶尔，他们还需要清理高深的杂草，很有荒山野林探险的味道。

虽然道路不好走，孟天化和王二蛮的心情倒是不错，还有工夫欣赏山林入秋的景色。

正当他们对山林的景色评头品足，辨认一些树木名称的时候，他们两个突然打起了喷嚏。

也是在喷嚏打过之后，他们两个相互对视了一眼，都从对方眼中看出了一样的想法。

接着，王二蛮说道："你说，是谁在背后骂咱俩？我敢说，肯定是蔡洪和那个林小姐。"

"你倒是自作多情，人家哪有工夫骂你？你以为你是谁？"孟天化很不屑的样子，"不过，我倒是觉得有可能是祝续铭。你想，货物是我抢的，但卖出去的可是你。他骂我的同时，连你一块儿骂也是有可能的。"

"嘿，我帮你卖东西还得招人骂啊？不过，我还是觉得是蔡洪和那个林小姐在骂我们。"

第三十四章 算命先生

孟天化和王二蛮拌着嘴，他们前面一个头戴瓜皮帽、留着长辫子、穿着长袍的中年男子突然停了下来。

这中年男子十分纤瘦，就像一根竹竿。他手里还举着一面算命旗子，加上他戴了一副墨镜，留着八字胡，身上的长袍也显得皱巴巴的，总给人一种江湖骗子的感觉。

这个中年男子就是蔡洪和林兰口中说的算命先生，大名叫雷音。

算命先生雷音停下来并不是不走了，他是在等孟天化和王二蛮。

等到孟天化和王二蛮来到近前，他立马笑眯眯地迎了上来："两位小友，我们一起搭个伴吧，过关斩将的时候也好有个照应。"

这个算命先生孟天化并不熟悉，倒是王二蛮和他蛮聊得来。听到算命先生的话，王二蛮立马欢喜一笑："好啊，好啊，有先生帮忙，我们肯定能够顺利过关。"

孟天化看到王二蛮如此就答应了，露出了一些无奈："你确定要让这江湖骗子跟我们一起？"

"雷音先生怎么会是江湖骗子呢，你怎么说话呢？"王二蛮立马反驳道。

"江湖骗子这话可不是我说的。"孟天化强调道。

江湖骗子的话的确不是孟天化说的，是蔡洪和林兰查到的内容。

据说，雷音过去在东北的奉天城骗吃骗喝，已经到了无人救济的地步，这才跑到了北京城。恰好九爷招人，他就来凑个热闹，希望运气好，能够加入九爷的团队，然后赚上一大笔。

对于这种人，是个正常人都会有所警惕，可偏偏王二蛮特别喜欢这个江湖骗子。

"多谢王小友替我说好话，的确，我在奉天城是一个江湖骗子。但是，干我们这一行,若是时时都说真话,是会遭天谴的。所以,有些真话还是保留着比较好。"算命先生雷音面黄肌瘦,尖嘴猴腮,说起来话带着笑,真的让人不敢相信。

"雷音先生果然是高人啊,只有像你这样的高人才能说出如此深奥的话。就像您说的,有些真话真的就说不得,说了会引来杀身之祸。"王二蛮开始附和算命先生。

"虽然有些真话不能说,但今天我有句真话必须要说。"算命先生雷音的脸色突然肃穆了几分,"那就是我早已算到你们两个福运当头,会顺利通过选拔,所以,我想仰仗一下两位小友,不知可否收留?"

"这么多人,你唯独选中了我们,这是您慧眼识珠。您放心,我们就组成一个团体,一起通关。"王二蛮一言九鼎一样,搞得一旁的孟天化都不知道该说什么。

这一次选拔本来就是为了王二蛮,孟天化当然不想带一个累赘。可王二蛮开口,他也不好直接拒绝。再有就是,接下来的情况,肯定有竞争者联合起来,虽然算命先生雷音没什么大用,但人多震慑一下敌人也是好的,毕竟他们本身就少。

可看着算命先生雷音的滑头模样,孟天化还是觉得他就是一个江湖骗子。

他不喜欢算命先生雷音,自然也不愿和雷音多说话,可雷音却对他好奇满满。

"这位小友,你目蕴神莹,器宇内敛,一看就是王侯将相的命格。不知可否把你的生辰八字说出来,让我帮你算一算?"雷音举着算命旗子,围绕孟天化转着圈。

"真的,他是王侯将相的命格?"孟天化还没有反应,王二蛮倒先激动了起来,"老孟,赶紧的,把你的生辰八字说出来,雷音先生算命可准了。我昨天让他给我算命,他居然连我祖宗的姓氏都说出来了。"

孟天化真是懒得理会王二蛮,就王二蛮那点资料,上琉璃厂稍一打听就出来了。还王侯将相的命格,他才不信这一套。有本事,这个雷音直接说出他的一切来。

"这位孟小友明显是信不过在下。"雷音叹了口气,用食指抹了抹自己的八字胡,"既然小友信不过我,我也只能从面相上给小友算出一些东西来,让小友明白我不是骗子。"

雷音说着,目光陡然凌厉,对着孟天化的脸面盯去。

这一盯,雷音愣了一愣,蹙着眉头道:"奇怪奇怪,这桃花潭水三千尺,如何变成了遍地金甲是死尸?"

"雷先生,你此话何解?"王二蛮在一旁生出了好奇。

雷音依旧蹙着眉头,却像是遇到了什么难题,自言自语道:"不对,不对,这里面有蹊跷!"

"雷先生,您到底看出什么了,能不能不卖关子啊?"王二蛮有些急了。

雷音这才回神,和王二蛮道:"其实,也没什么,就是孟小友可能有桃花劫!"

"桃花劫?"王二蛮瞪了瞪眼,转而就笑了,"原来是桃花劫啊?雷先生,您看看我有桃花劫吗？"

雷音却不回答王二蛮的话，接着道："孟小友的这次桃花劫却和寻常的桃花劫不一样，估计会引来杀身之祸。原先，我看出孟小友有桃花劫，那是扶摇直上之势，即'大运道'。可这一次，孟小友身上的桃花劫变了，变成了厉鬼围城之势。"

"此话何解？"王二蛮又道。

"就是说孟小友会遇到一个女人，这个女人会给他带来杀身之祸！"

"啊？"王二蛮一脸紧张，"那可怎么办？"

"怎么办，我现在也不知道怎么办，我都在犹豫要不要继续跟着你们了。"雷音很苦恼。

眼看着一个神棍和一个话痨在自己跟前议论自己，孟天化终于忍不了了，他冷淡道："你要是觉得跟我们在一起不行，就赶紧滚蛋吧，什么劫不劫的，吓唬谁呢？"

"孟小友，我说的可都是真的！"雷音强调道。

孟天化鄙夷一声："就算你说的是真的，那你可知道命盘上的内容也是可以改变的？所谓事在人为，并不是没有道理，你的算命手段再高明，也有你算不到的东西！"

孟天化说出这番话，是因为他深有体会。

当年，他和彭二爷四处流浪，遇到的算命先生可不少，有不少预测他们命不久矣，可最后他们还不是活了下来？

什么命不命的不重要，重要的是遇事的时候一定要冷静，一定要有活下去的信念。

当然，有些迷信的"规矩"还是不能少的，像摸金一脉的开大墓必在东南角点上一根蜡烛，这就是规矩。

孟天化跟着彭二爷闯荡江湖的时候也有一些规矩，那就是劫富济贫，留有余地。只要是孟天化和彭二爷路过的地方，虽然会洗劫一番，但绝不会把东西洗劫一空。

当然，抢劫祝续铭的货物是另外一说，劫死人和劫活人亦有两个说法。

"孟小友说得是，事在人为，是我失言了，是我失言了！"雷音转变得倒是挺快。

"你们俩可真逗，你一言我一语，突然搞得挺默契。"王二蛮说着，又凑到雷音的跟前，接着道，"雷先生，你再给他看看，他的桃花劫到底是怎么回事，会不会影响到我们这次的选拔？"

"孟小友已胸有成竹，什么劫都不在话下。我看，我还是不要多言了。倒是王小友你，身具神将体格，如何不去练一个神佛之功？"雷音突然又转到了王二蛮身上。

"神佛之功，那是什么功？"王二蛮不解。

"神佛之功，自然是开山裂石，刀枪不入！"雷音解释道。

"哦，你说的是与人打架的本事啊？"王二蛮恍然明白了什么，憨憨地笑着，"说起来，挺惭愧的，我虽然继承了家传的体格，也曾想过入伍，报效国家，可我总与这些无缘。不过，你别看我没学过什么武功，我的力气倒是蛮大的，三五个人近不了我的身。"

听到王二蛮吹牛皮的话，孟天化翻起了眼珠子。

王二蛮看到了孟天化的表情，当即不爽了："老孟，你那什么眼神，你是不是不相信我的话？要不，咱俩找个地方练练，我让你知道我这八旗子弟后裔的厉害。"

"行了吧，我可没有那闲工夫，再走没几步路就到目的地了。"孟天化脸上不在意，嘴上却不放过王二蛮，"不过，蛮子，我怎么听说过一个传闻。前段时间，你得罪了一个地痞流氓，被人连衣服都扒去了？你不是三五个人近不了身吗？"

孟天化的一句话，搞得王二蛮脸色一会儿青一会儿白，很难看。

"老孟，你就不能给我留点面子，非得说出来不行？"

"我就是问问，我又不知道那件事是真的。不过，看你的表情，好像真有那么回事儿。"

"你们俩不要说话了，快看前面！"算命先生雷音的一句话，让孟天化和王二蛮一同向着前方看去。

只见，原本崎岖不平的道路前方不知何时多了一片平地，在平地之上不知是谁立了一个香坛。走在孟天化他们前面的人，早已聚集在香坛的周围，都带着好奇的神情。

孟天化三人也流露出怪异神情。

他们这一路走来，都是荒野之地，不是树木，就是杂草，根本没有一片好地方。这突然多出一片平地，多出一个香坛，总给人一种说不出来的诡异之感。

不过，他们距离香坛还很远，只能看到一部分。

第三十五章 虎煞局

远看香坛，并不是多么阔气，只有四平方米，但香坛上的一应物件倒是齐全，供桌、香炉、祭品，还有蒲团。若是不熟识的，还以为是什么人在这里开坛作法。

孟天化三人因为怀着好奇，脚下的步子不由得加快了几分。

等来到香坛的近前，他们才发现香坛位于平坦之地的中心，供奉着一尊怪异小人像。

这尊小人像生着鬼面，浑身漆黑，手里拿着两件工具，赫然是八卦罗盘和洛阳铲。

在香坛的两侧各站着一个人，头上都戴着恶鬼套，身穿画符的衣服，手里拿着斧钺，很是怪异。在香坛的正前方，还有一个穿着黑色皮衣皮裤的短发女子在祭拜，她祭拜的方向赫然是正北方向，也是老汉口中山大王至今徘徊不愿离开的方位。

孟天化三人和其他赶到的人一样，都好奇地盯着香坛和跪在香坛跟前的女人。其间，大家也相互打量着，有带敌意的，有满脸笑容的，所有人都在等待着什么。

孟天化自然也在观察着周围，他发现，来参加这次选拔的居然多达百人。

说实话，孟天化有点震惊，他真没想到人会这么多，简直跟举行一场盛会似的。

就在孟天化观察周围的时候，王二蛮突然和他开口了："你看那供奉的小人像是什么？"

孟天化闻言，对着供桌上的小人像盯去，然后说道："那是五位大仙爷的集合体，盗墓贼的神灵信仰。"

"神灵信仰？"王二蛮似乎明白了什么，紧接着他又说道，"盗墓贼供奉的不应该是伍子胥、曹操之类的祖师爷吗？眼前这个小人像可不像是什么祖师爷！"

"这不是祖师爷，是五位大仙爷的集合体。在盗墓界，北派盗墓贼除了供奉祖师爷之外，最主要供奉的就是大仙爷。大仙爷总共有五位，分别是狐黄白柳灰，代指狐狸、黄鼠狼、刺猬、蛇、老鼠五种常见的动物。你仔细看，那小人像的胸前就有狐黄白柳灰五个字。"

听到孟天化的解释，王二蛮朝着小人像的胸前一看，还真有"狐黄白柳灰"五个字。

这时，孟天化又开口了："不过，出于对神灵的敬畏，盗墓贼对这五种动物不能直呼其名，要讲究忌讳，故一律以'爷'敬称。五大仙爷分别叫作胡三爷、黄二爷、白老太太、柳七爷、灰八爷。"

"咦，你说的这几位我好像听过。"王二蛮露出沉思，突然想到了什么，"不对啊，你说的不是五大家仙吗？五大家仙可是好多行业的神灵信仰。据我所知，妓院、戏子就供奉五大家仙，我前段时间去八大胡同，还和那里的倌人聊过这些。"

说到这里，王二蛮立马打住，显然是怕暴露了他的一些秘密。

孟天化古怪地看了他一眼，没有多说什么，而是接着道："你说得没错，北派盗墓贼供奉的的确是五大家仙。不过，这也正是我好奇的一点。按盗墓门派来分，九爷属于摸金校尉，是南派一系，他应该不供奉五大家仙才对。可他在这里摆下香坛，供奉大仙爷，不知道是入乡随俗，还是另有深意！"

正当孟天化和王二蛮准备深入讨论一番的时候，那个跪地祭拜的短发女人站了起来，并把脸转向了众人。

众人看到她的脸，都愣了一愣，因为她戴着半张银色面具，给人一种诡异之感。

不过，女人半露的脸颊却能让人看出她的眉目很清晰，五感很精致，肯定是个美女。

就是不知道这美女是为了遮掩面目，还是面目底下有别的内容不愿让别人看到。

"诸位！"

突然，这短发女人开口了，声音极为清脆，也极为冷淡。

原本议论纷纷的众人，在听到短发女人的声音后，竟然同时住了声，对着短发女人看去。

短发女人便趁着安静的气氛，接着道："诸位，大家来这里是为了什么，我就不用多说了。我接下来就长话短说，你们既然来参加这次选拔，我就要向你们表明两件事：第一，这次的选拔是有风险的，会有生命危险，如果你们现在后悔还来得及；第二，就像你们众位所知的那样，这次的选拔是九爷设立的，目的是为了挑选有能耐的人，一起去探索宝藏。至于宝藏的具体内容，只有通过选拔者才能知晓。"

短发女人一开口，众人立马议论起来，大家都非常兴奋，跃跃欲试。

显然，宝藏的吸引力很足，大家都想知道九爷搞出这样的阵势究竟是为了什么宝藏。

不过，短发女人紧接着又开口了："你们接下来要做的事情，就是由此开始，从这里上山，然后安全地到达山的另一头。如果你们安全地到达了山的另一头，便证明你们已经通过了选拔。当然，一旦从这里上山，便证明你们已经参加了选拔，再想反悔就不可能了。我想，这两天山里发生死人的事情，你们应该都听说了，其中的凶险你们进山后自会得知。现在，决定权在你们，想要上山的可以进山了。"

短发女人的陈述的确不多，可真当她宣布众人可以进山的时候，众人又都犹豫了起来。

也是这个时候，有人大声说道："姑娘，你还没有自我介绍一下呢！你让我们进山去送死，也得让我们知道你是谁啊！这样的话，即便死了，我们也甘心。是吧，兄弟们！"

如此轻佻的询问，使得周围的气氛缓解了不少。

孟天化朝着说话之人的方向看去，发现是土匪许翰林的一个手下。

短发女人也朝着说话之人看了一眼，脸上流露出一些冰冷，然后十分冷淡地说道："我叫高云燕，是九爷的弟子。同时，我也是这次选拔的监督者之一，我的主要职责就是留守在这里，所有进山后想要从这里出来的，都会成为我诛杀的对象。另外，进山之后，想要绕过选拔区域行走的人，我劝你们趁早别生这种心思。这整片的选拔区域可不止我一个监督者，想要投机取巧，浑水摸鱼，那是死路一条。"

高云燕的一番话，使得众人的心头都是一颤。

高云燕虽然是一个女人，可她的话充满了冷意，那蕴藏的杀机却是实实在在的。

这一次选拔，似乎真的凶险重重，和好多人心中想象的不太一样。

可即便如此，还是有人率先进了山，领头的就是那个和许翰林有矛盾的马跛子。

有人进山之后，立马有人紧随其后，但更多的还是在原地犹豫。

高云燕虽然说了现在可以进山，可她没有详述这次选拔的凶险，众人不得不考虑。

好多人都是在刀口上过日子，经历的生死不少，他们对自己的性命珍惜得很，他们不想轻易冒险。他们愿意等待，等待先进山的人有放弃者出现，然后给他们带来一些山里的情况。

况且，高云燕也没有说什么时候结束进山，他们有的是时间等待。

孟天化三个人也是同样的想法，他们想静观其变。

然而，就在他们静观其变的时候，场中又出现了一些人，领头的不是别人，赫然是祝续铭。

祝续铭一带人出现，就对着众人扫视，然后把目光落在了孟天化身上。

孟天化瞬间感觉被一条毒蛇盯上一样，可他还是迎难而上，同祝续铭对视了起来。

祝续铭通过眼神向孟天化传达了一个信息，他也会派人参加这次选拔。在选拔的过程中，祝续铭的人会给孟天化制造麻烦，甚至要了孟天化的命。

对于这隐含的信息，孟天化当然很不爽，可他也不惧怕，继续安静地等待着什么。

"老孟，看来这次选拔真的很凶险。你看看周围这些人，各个小心谨慎，凶神恶煞。还有那个祝结巴，他居然也来了，他是不是盯上你了，我怎么感觉他一直在盯着你？"王二蛮表情复杂，并流露出一些害怕，似乎在犹豫还要不要参加选拔。

"你现在最好少说话，有那个工夫，继续盯着眼前的这些竞争对手。"孟天化说着，又对着高云燕看去，而高云燕恰好将目光转向了这一边，和孟天化对视了一眼。

这一对视，孟天化从高云燕的目光中感受到了一个奇妙的内容，高云燕认识他。这确实挺奇妙的，他和高云燕从未见过，高云燕如何认得他？

"哎呀，此行凶险，此行凶险，居然是虎煞局！"

算命先生雷音拿着罗盘，突然又给自己算了一卦，在孟天化和王二蛮身边惊叫了一声。

孟天化看了雷音一眼，便懒得理会，王二蛮倒是急忙询问到底是怎么回事。

"虎煞局，自然是逢虎生险，注定我们要遭遇生死危机。再加上孟小友不同寻常的桃花劫，我们这一次危险，危险。"算命先生突然跟丢了魂儿一样，神情木讷。

"雷音先生，不对啊，你之前不是说我们有大运，可以顺利过关的吗？"王二蛮问道。

"之前是之前，任何局势都会随着时间和空间发生变化，我之前看的内容不作数。"

"雷音先生，你不是骗人的吧？"王二蛮皱起了眉头，第一次对算命先生雷音产生了怀疑，"推测算卦，自然是推算未来的事情，你之前推算的怎么就不作数了？"

"哎呀，有些事情跟你说不清楚，反正局势变了，局势变了。"雷音此时都懒得解释了。

正当王二蛮继续追问，一定要问个清楚的时候，山上突然传来了几声惨叫。

第三十六章 桃花劫

这几声惨叫，把众人的注意力都转到了山上。

众人都怔怔地望着山上，不知道山上发生了什么。

也是这个时候，高云燕突然行动了，她带着两个大鬼头守卫守在了进山的位置。

突然，从山里冲出来两个人，他们仍然在惨叫，踉踉跄跄，像是遭遇了大祸。

可不等这两个人冲到山下，高云燕带着两个大鬼头已经冲了上去。

因为隔得比较远，众人看得不是很真切，可还是看到那两个惨叫的人在高云燕跟前死掉了。

一时间，香坛附近的人都倒吸了一口凉气。

原来，高云燕说的是真的，她真的是守在山下，堵杀上山后又放弃的人。

"是她，是她，真是她，孟小友的桃花劫真是她！"

算命先生雷音又开口了，使得刚刚被高云燕惊到的孟天化和王二蛮脸色大变。

"雷音先生，你说老孟的桃花劫就是高云燕？"王二蛮第一时间询问道。

"没错，是她，是她没错了。如此杀伐果决，正应了那句遍地金甲是死尸！"雷音满脸惊惶，忍不住倒退了两步。

看到雷音和王二蛮都神神叨叨的，孟天化却迅速冷静下来，冷冷地盯向正在下山的高云燕。

关于雷音说的桃花劫，他当然不信，可他和高云燕对视的那一眼，始终让他心存疑虑。

他和高云燕从未见过，高云燕眼神中的那种相识如何而来？甚至，他和九爷都没有接触过，九爷的人也不会轻易针对他，除非是因为彭二爷的关系。

彭二爷和和孟天化说过，九爷已经盯上了他，这证明九爷已经查到了彭二爷的踪迹。

九爷会不会为了针对彭二爷查到孟天化的身上？

孟天化心里快速思索着，满满的担忧。

也是这时，高云燕已经回到香坛的附近。

亦是这个时候，又有很多人产生了退意。

虽然高云燕的手段，众人看得不是很清晰，可眼前的一切都给人一种凶险的感觉。而且有人去刺探山上的情况，最后都是惨死，这不得不让人警惕。

一些小心之辈，当即做了决定，放弃九爷设置的这次选拔。

当然，也有胆大之辈，觉得这一次选拔刺激无比，正合了他们的心意。

其中，土匪许翰林就是最活跃的一个，他竟然率先迎难而上，向着山顶冲去。

看着许翰林一群人，真的如同土匪一样，孟天化和王二蛮目中都闪烁出一些精光。

他们和许翰林这帮人自然没法比，他们是大团体，表面上分成几拨人，到了山上就变成一拨人了。

"你们如果想要上山，最好快点做决定，我可以告诉你们一个事实，越早上山，通过选拔的概率就越大！"高云燕再一次开口，顿时把犹豫不决的一群人吸引了过去。

越早上山，通过选拔的概率就越大，高云燕说的是真的还是假的？

众人无法得知信息的真假，可如果下定决心要进入选拔，那当然是宁可信其有，不可信其无。

一时间，又有几拨人上了山。

随着上山的人越来越多，王二蛮也和孟天化开口，打算跟着人流上山。

孟天化没有轻易下决断，因为他总感觉有什么事情似乎会出乎他的意料，他需要再等等。

就当孟天化准备再考虑考虑的时候，他突然看到祝续铭冷冷地注视着他。

这一次，孟天化同样没有躲避祝续铭的目光，直直地和祝续铭对视着。

他并不知道祝续铭打着什么目的，但祝续铭能出现在这里，肯定不简单。

祝续铭是为了什么来这里？是为了选拔，还是为了他那批货物，抑或是为了他？

林兰和蔡洪能查到九爷的信息，祝续铭是不是也能查到？

是了，祝续铭应该能查到。他连孟天化和彭二爷的信息都能查到，怎么会查不到九爷的信息？

可是，他这样堂而皇之地出现，就不怕九爷对付他？就算是林兰和蔡洪也只是在暗中调查，哪会如此大摇大摆地触霉头？

孟天化心中不解，可正因为不解，他看向祝续铭的目光更多了一些探索的味道。

第三十六章　桃花劫

就在这探索的过程中，孟天化突然看到祝续铭的身边还有一个熟悉的人，这让他立马瞪圆了眼珠子。

怎么会，怎么会是他？

孟天化非常吃惊，怎么也没想到祝续铭会请来这样一个厉害的人物。而且，刚才祝续铭出现的时候，孟天化并没有在祝续铭的身边看到这个人，他是什么时候来的？

孟天化的吃惊，自然引起了王二蛮的注意。

王二蛮询问孟天化怎么了，孟天化只好蹙着眉头道："祝续铭把黄一琛请来了。"

"什么？"

听到"黄一琛"的名字，王二蛮眼珠子也瞪直了。

"你仔细看祝续铭身边那个大胡子，是黄一琛伪装的。"孟天化示意祝续铭看向一个方向。

王二蛮也条件反射地朝着那个方向看去，在仔细看了那个大胡子两眼之后，果然发现那个大胡子是黄一琛假扮的。

一个人的面容或许可以伪装，但一个人的气质想要改变不是那么容易的。

黄一琛本来就是一个身姿挺拔、健壮无比的男人，此时他站在祝续铭跟前，仍然气势不减。更重要的是，黄一琛脸上有很多青春痘留下来的痕迹，很容易认。

"这样的话，我们之前的猜测是不是错了？"王二蛮突然想起之前和孟天化讨论黄一琛的事情。

"说不好，反正黄一琛的出现，让眼前的一切又多了一些谜团。"孟天化心中不好的预感越来越浓。

按理来说，黄一琛应该做好探长的工作，好好调查案子。可他不仅突然出现在千家山，还和祝续铭搞在一起，他到底想干什么？

与此同时，伪装成大胡子的黄一琛和祝续铭聊了起来。

"祝老板，希望你说话算话,不要忘了你的承诺。"黄一琛带着一种威胁的口吻。

"黄探长放心，我忘了谁的事情也不能忘了您的事情。只要您帮我找到那个布莱克，我答应您的，一定会送到您的府上。"祝续铭流露出商人的奸诈笑容。

黄一琛冷瞥了祝续铭一眼，接着道："我还真是好奇，那个洋人布莱克究竟有什么秘密，居然让多方人马追逐？"

祝续铭刚要回应，黄一琛又开口了："你不用说了，我知道不该问的不要问。不过，你让我找机会杀了那个姓孟的小子，这是不是有点过分了？"

"过分？"祝续铭这次冷笑了起来，"过分不过分我不知道，我只是不想某些人如愿以偿。平日里，某些人把我当成取钱罐也就罢了，居然还想断我的财路。我对付不了某些人，但用一些人的性命来威胁某些人还是能做到的。而且，这姓孟的小子也不是什么好人！"

"祝老板，你真是一个心狠手辣的主儿。"黄一琛感叹了一句。

"在这乱世，不心狠手辣，如何能活得长久？"祝续铭目光冰冷，"时间差不多了，黄探长，你也该上山了。"

黄一琛目光一动，身板都挺直了几分，表情也郑重了起来："好，是该上山了。"

黄一琛倒也行动果断，说着话，就带着人毫不犹豫地朝着山上走。

不过，在上山的时候，他还是回头朝着孟天化这边看了一眼。

孟天化自然看到了这一眼，他并没有做什么反应，反而朝着祝续铭认真地盯了几秒。

说实话，祝续铭给他的惊喜越来越多，从查到他和彭二爷开始，到现在能指派黄一琛办事。

对于这些惊喜，孟天化当然有一种危机感，可危机感再浓烈，他也知道自己不能够惧怕。如果祝续铭非要针对他，他只能去应对，因为躲避只会让危机越来越多。

"我们也该上山了。"终于，孟天化开口了。

"好，我们也上山！"王二蛮虽已看到竞争对手的可怕，却也没有一点退避的意思。

至于算命先生雷音，他嘴里念念叨叨，明明都是不愿前行的话，可看到孟天化和王二蛮往前走，他竟然也快速跟了上去。

孟天化和王二蛮同时看了雷音一眼，都忍不住摇头。

他们往山上走了没几分钟，山上又出现了两个放弃之人。

他们本打算向这两个放弃之人打听山上的情况，可他们刚走到这两个放弃之人跟前，高云燕带着两个大鬼头守卫出现了，把这两个放弃之人堵在了两棵树木之间。

也是这个时候，孟天化在近距离观察了一下高云燕。

高云燕是那种五官十分精致的女人，身材也十分匀称，可以说得上性感。再加上她的皮衣皮裤，她身上好多性感的部分都显露了出来，让人忍不住朝她多看两眼。

唯一可惜的是，她身上的气息太冷，再加上半张面具，完全给人一种冷酷无情的感觉。

等到出手的时候，她更是毫不留情，先是朝放弃的人警告了一声，然后用霹雳般的拳脚将两个人打趴下了。要不是这两个放弃之人快速求饶，他们恐怕已经没命了。

两个放弃之人连滚带爬，重新上山，高云燕则带着两个大鬼头守卫来到了孟天化跟前。

看着高云燕冷酷的目光、性感匀称的身形，孟天化心里没来由地咯噔了一声。

第三十六章　桃花劫

第三十七章 第一关

高云燕却直直地盯着他,说道:"我知道你叫孟天化,家中是祖传盗墓的。希望你能通过这次的选拔,不然,你的二叔会很危险。即便他在监狱里,一样很危险!"

高云燕的前两句并没有让孟天化动容,等到高云燕提到彭二爷,孟天化的脸色彻底变了。

孟天化的目光中多了一些阴沉,和高云燕说道:"你这话是什么意思?"

高云燕却不多言,一边往山下走,一边说道:"你现在该考虑的是如何活下去!"

"你站住!"孟天化却厉喝了一声。

高云燕又往前走了两步,才转过身来。孟天化看着她,一时间又不知道该说些什么。

他该说什么,彭二爷已经把九爷的事情告诉了他,难道,他要装作茫然不知?

他当然不能装作茫然不知,因为这关系到彭二爷的性命。

所以,他开口了:"是不是我通过了这次选拔,你们就不会危及我二叔的性命?"

高云燕的目光中出现了一些惊奇,显然没想到孟天化知道一些事情。但很快,她冷着脸道:"那也得等你通过选拔再说。"说着,不等孟天化回应,她又开口了,"我再多告诉你一件事,选拔的过程中会有彩蛋,如果你运气足够好,能够以最快的速度通过选拔,说不定会大赚一笔。当然,这还得看你的运气够不够用!"

说完这些,高云燕再没有回头,很快回到了自己的岗位上。

孟天化则在原地愣了半天,他身边的王二蛮和算命先生雷音同样如此。

突然,王二蛮先回过神来,对着孟天化的肩膀猛地一拍:"她刚才那句话是什么意思？"

"哪句话？"孟天化不解。

"就是彩蛋那句！"王二蛮表情认真。

"你问我，我问谁？"孟天化有些不耐烦。

高云燕突然提到彭二爷，已经让他烦恼不已，什么彩蛋对他来说没有吸引力。

可王二蛮却不依不饶："这女人肯定不会平白无故说这些话，她的话里面肯定有玄机。"王二蛮露出思索，又想到了什么，很快露出了一种坏坏的笑容，"对了，老孟，既然她是你的桃花劫，你不如直接把她拿下，这样我们就可以直接通关了。"

孟天化忍不住白了王二蛮一眼，实在懒得理会。

"你别这种眼神看着我，是雷先生说的，她是你的桃花劫。此时若是不利用，后面可能就没机会了。"王二蛮一脸认真，"别人都是大队伍，我们也得有所倚仗才行。"

"那你还是倚仗我吧，桃花劫什么的都是笑话。"孟天化说着，不忘盯了算命先生雷音一眼。

算命先生雷音竟然不惧怀疑，满脸严肃地说道："孟小友，恕我直言，桃花劫并非妄言，你可以不相信我，但不得不防啊！当然，王小友说得也不对，桃花劫称之为劫，自然要躲开才行。若是想利用桃花劫，这可不是开玩笑的，须要用性命做担保。"

雷音的话，显然谁的立场也不占，他的态度也和之前那种卑躬屈膝有些不一样。可正因为雷音这种反驳的态度，反而让孟天化和王二蛮对雷音多了一些好感。

阿谀奉承之人，虽然容易得人欢喜，可真遇上眼睛明亮的人，那就会适得其反。

"听到没，桃花劫是不可以利用的！"孟天化利用雷音的话反驳王二蛮，再次朝着山上进发。至于高云燕口中的彩蛋，他们一时也没有考虑，更没有去重视。

此时，已经入秋，山上的大部分植物都已枯黄凋敝，给人一种萧瑟之感。

偶有秋风吹来，树叶脱离树枝，在风中飞扬，倒也是一种景致。

孟天化三人自然没有心思欣赏这些景致，他们走了没多远，就看到前面躺了两个人。

这两个人，躺在几棵树木和杂草之间，一动不动，明显已没有了呼吸。他们的衣服很破败，像是被什么利刃切割，身上还有好多处被强酸强碱腐蚀的痕迹，看上去极为凄惨。

孟天化三个人都沉着脸，却没有躲开这两具尸体，而是凑到近前，对这两具尸体检查起来。

可刚一用手小心地触摸两具尸体，孟天化就开口了："身体还是热的，他们刚死没多久。"

王二蛮也开口了："是一开始进来的那批人，这个人我有印象，据说祖上是走镖的。"

"走镖的？"孟天化面带沉思，"那他应该有些武艺，这样就死了，情况比我们想的还要复杂！"

"魂留荒野，实乃不幸。看此人死后，还有黑气绕面，必定是一个奸恶之徒，死有余辜。"算命先生雷音也趁机开口，紧接着就在胸前打出一个并指如剑的手诀，"罪过，罪过，万物皆有灵，死者尤忌。我来念一段《往生咒》，愿两位死者得以安息。"

算命先生说完，便单手持诀，绕着两具死尸念叨了起来，很是专业的样子。

看着算命先生的认真模样，孟天化不由得多看了一眼，王二蛮更是一个劲儿地点头："雷音先生果然是高人，连《往生咒》都会念。看样子，接下来少不了雷音先生出手。"

听到王二蛮如此奉承的话语，孟天化一脸不认识他的表情。

孟天化现在真的很无语，他不知道王二蛮是故意奉承雷音，还是打心里看中雷音。

按照王二蛮平时的精明程度来看，他不会轻易地奉承人。

可算命先生雷音确实像一个江湖骗子，王二蛮怎么就看中了雷音？

心里虽有不解，孟天化也没有多想，他更多的注意力还是在死尸上。

从死尸的具体情况来看，虽然遭受了强烈的腐蚀，但真正致命的还是身上的利刃伤痕。

孟天化虽然不擅长冷兵器，却十分擅长机关，他只看了一眼便确定两具死尸不是中了机关，也可以说不是中了暗器。两具死尸应该是与人争斗，导致重伤而亡。

可孟天化仔细观察了周围，发现周围没有打斗的痕迹，再看两具尸体的死状，明显在地上爬过一段距离。这就是说，两具死尸是在逃亡到这里后才彻底毙命的。

孟天化有一种大胆的猜测，死者应该是与人争斗，然后中了强酸强碱，爬到这里因强酸强碱不能再爬，挣扎中失血过多而亡。

这个猜测一出，孟天化对这次选拔又有了一些警惕。

选拔本身已经凶险重重，还要遭受竞争者的对付，这真可以说是危机四伏。

"我们走吧，看看前面究竟有什么！"

孟天化开口，带头继续往前走。

在走了大概有五十米的时候，孟天化他们再次看到了人，赫然是被高云燕打回来的两个人。

这两个人正待在一棵大树下面，却不敢前行。而他们的前方突然出现了一大片空旷地带，但地上全都是被砍倒的树木，七零八落，给人一种异常凌乱的感觉。

这一片空旷地带显然不简单，肯定有什么玄机，不然大树底下的两个人不会不往前走。

而且，空旷地带明显被圈成了一个方形，像是九爷设下的一关，选拔者必须从这里经过才行。

"你们两个怎么不往前走了，前面有什么可怕的东西吗？"王二蛮凑到那两个人跟前，询问了一句。

那两个人没有回答，但脸上的惊惶表情已经表明了一切。

"你们两个怕什么，前面究竟有什么东西？如果你们告诉我们，说不定我们可以一起过去！"王二蛮开始采取利诱手段，"我看到其他人都不在这里，应该都已经过去了。既然他们都能过去，我们也肯定能过去，你们跟我们说，我们可以帮你们。"

"你们帮我们？别装好心了。"其中一个男子总算开口，"来这里参加选拔的没一个好人，大家都是为了利益而来。你们现在需要我们，等会儿就把我们陷于危险之中。"

听到这样的回答，王二蛮和孟天化当即感应到了什么。

王二蛮接着道："你们这是话里有话，是不是你们之前被人使绊子了？"

那两个人瞬间被王二蛮刺激到了，看向王二蛮的目光透着凶恶。

王二蛮赶紧赔笑："我没有别的意思，我只是想了解情况，毕竟，我们也想通过选拔。"

那两个人仍然不肯回答，王二蛮只好继续套近乎。与此同时，孟天化和算命先生都动作了起来，开始对这片空旷之地审视起来。

这片空旷之地的面积很大，少说也有几百平方米。可就算有几百平方米，左右两侧还是可以绕过去，眼前的这两个人傻吗，干吗不从两边绕过去？

孟天化当然知道事情没那么简单，因为高云燕说过，想要绕道而行是自寻死路，所以，他还要继续观察。

"吼！"

可孟天化刚对着左右两边看去，山上突然传来一声老虎的吼叫声。

刹那之间，孟天化和王二蛮都瞪了瞪眼睛。

王二蛮也不再和那两个人交流，直接来到孟天化的跟前，惊奇道："是山大王？"

孟天化沉着脸，同意般地点了点头，对着虎吼传来的方向看去，正是左前方。

孟天化心中生出了很多猜测，但这些猜测一时间还得不到证实。

"开、休、生、死、惊、伤、杜、景，这是奇门遁甲的八门之相！"

老虎吼叫的时候，算命先生雷音倒是一点也不惊，竟然盯着眼前的空旷之地说着什么。

孟天化和王二蛮都被算命先生雷音的声音吸引，在仔细倾听。

第三十八章 黑色蚂蚁

"开、休、生为三吉门，死、惊、伤为三凶门，杜门、景门为中平。我们想要安全地通过这八门，必须得从吉门入才行，但是，吉门究竟在哪个方位？"

算命先生雷音掐指算着什么，孟天化和王二蛮通过眼神交流了一下。然后，孟天化继续观察周围的情况，王二蛮则又去和那两个精神涣散的人套着近乎。

"吼！"

虎吼的声音再一次传来，孟天化和王二蛮当然吃惊，可紧接着，他们又听到了枪声。

一时间，孟天化和王二蛮心中都有阴云笼罩。

王二蛮不必多说，且说孟天化。

孟天化和二叔闯荡江湖的时候，历经的凶险有很多，他的直觉告诉他，这次的选拔很危险，和他之前遭遇的那些凶险差不了几分。可正因为如此，他对九爷设置这次选拔的目的有所怀疑。难道，九爷真的是为了彭二爷说过的那个宝藏准备吗？

用真实的凶险挑选人才，这种手段无可厚非，可这是不是太过了？

毕竟，参加选拔的任何人都是一条生命。一不小心都要弄死几个人，即便现在是乱世，也不是没人管制。

这片区域距离北京城不远，北京城是袁大帅的地盘，九爷的胆子真的就那么大？

孟天化并不知道其中的内幕，他此时只能进行猜测。

也是在猜测的过程中，孟天化发现，前面的空旷地带，东倒西歪的都是树木，可这些树木有的好像有问题。尤其是中间区域，有几棵树木的颜色好像更深一些，几乎呈黑色了。

可孟天化视力再好，也看不到具体的东西，他只能把这些记在了心里。

也是这时，算命先生突然叹了口气，"难道，真的要步入虎煞局吗？"

王二蛮刚好和那两个人聊完，听到了算命先生的话，急忙上前问道："雷先生，你是不是算出什么了？"

算命先生再次叹了口气，"我刚才掐指算了一下，我们的出路就是虎煞局的方向。"

"虎煞局的方向，你指的是老虎？"王二蛮道。

"可以说是，也可以说不是，反正这一趟注定要历经凶险！"算命先生又开始装模作样起来。

孟天化从一开始就不相信这个算命先生，此时更是如此。

以孟天化经历过的凶险来看，大部分的凶险都是有迹可寻的，如果能找到这些凶险痕迹，他们就可以避免。他现在要做的，就是要寻找出眼前空旷区域的凶险。

可王二蛮却满脸笑容地来到孟天化的跟前，说道："我刚才总算从那两个胆小鬼嘴里问出了点东西。"

孟天化此时正缺信息，急忙问道："你问出什么了？"

王二蛮刚要开口，从他们的后方突然又来了一批人，很是不解地和孟天化他们说道："咦，你们怎么不走了？"

孟天化和王二蛮相视一眼，微笑道："我们再等一等，再等一等！"

"你们等什么？来都来到这里了。咦，这片林子怎么被砍了？"来人终于发现了什么，可紧接着他们说的话，让孟天化和王二蛮很不爽，"你们该不会是害怕前面有陷阱吧？你们真是够胆小的，怕什么，我们先过去给你们壮壮胆，真是够尿的。"

"你们……"

孟天化很想拦着这些人，可这些人已经往前走了。

同一时间，王二蛮也在拦着孟天化，并和孟天化说道："就让他们给我们壮壮胆，有他们当替死鬼，我们才能看清前面究竟有什么诡异的东西。"

孟天化一开始只是以为王二蛮是为了拦下他，可很快他就意识到不是这么回事。

"你是不是知道什么了？"孟天化认真地盯着王二蛮。

王二蛮倒也没有隐瞒，直言道："我刚才从两个胆小鬼口中了解到了。前面横七竖八的树干中有吸人血的东西，只要沾上这东西，不死也得脱层皮。"

"什么样吸人血的东西？"孟天化不解。

"具体的我也不知道，但那两个人说，那东西一沾到身上就会吸人血，食人肉。我们之前不是看到有人被什么强酸强碱腐蚀了吗？我估计就是这东西搞的鬼。"

"你说的……"

孟天化刚要说什么，进入空旷之地的人突然发出了惨叫。

孟天化和王二蛮条件反射地往前看，发现前面的人正猝不及防地往前疯跑。也是这个时候，孟天化等人看到，空旷之地的中间区域，突然出现了一些速度奇快的黑色之物。

这黑色之物就像蚂蚁聚在一起，疯狂地往前跑，眨眼围上了一个人的一条腿，将这个人的腿包住了。

可怜这个人还在跑动，一条腿就像是突然断了一样，整个人扑通一声倒在了前面。

那些黑色之物，眨眼间将这个人包围，这个人还没来得及反抗，很快就彻底没了动静。

孟天化和王二蛮等人因为隔得比较远，也看不太清，但那个人转瞬间没了动静，肯定是死了。

至于其他几个人，仓皇往前冲，竟然冲出了这片空旷之地。

可他们即便保住了一条性命，身上好多地方已经被那黑色之物侵蚀，已经是半残废了。

看到这些，孟天化和王二蛮都是一阵惊惧。

"这东西这么凶，那个人现在连影子都看不到了，衣服也没了。"王二蛮声音发颤。

孟天化虽然没有说话，可他的表情阴沉无比，死死地盯着前方，像是中邪了一样。

"完了，完了，虎煞局！我就说是虎煞局吧，没想到果然是虎煞局，这地方根本就过不去。"算命先生雷音又掺和了进来，完全是觉得周围的可怕气氛还不够。

"不，可以过去！"

可是，孟天化却在此时极为肯定地说了一句。

王二蛮急忙从恐惧中回过神来，算命先生也微露奇妙，很是期待地等待孟天化开口。

孟天化依旧阴沉着脸，对着前方一指，说道："你们看到没有，那些黑色的东西没有继续往前爬了，甚至边缘地带都没有，这是为什么？"

"咦，还真是！"王二蛮也发现了什么。

"是了，是了，这不是八门之相，这是困兽锁龙之相。"算命先生雷音突然也改口了。

孟天化和王二蛮都怪异地瞪了雷音一眼，惊得雷音满脸尴尬，急忙要开口解释什么。

可孟天化根本没有理雷音的意思，接着道："如果这片空旷之地只有这些黑色之物，我们应该可以过去，可我们现在还不能太过肯定。蛮子，你刚才从那两个人口中都得了什么信息？"

王二蛮表情郑重了几分，说道："那两个人也没有说太多有用的信息，只说这片区域很危险，有奇怪的生物，能够吸人血；另外，他们还说，之前的人都是从旁边绕过去的。但他们也绕了，发现左右两边都不好过，都有人把守，他们不敢过。"

"都有人把守？"

"我刚才也看了半天，没有发现人，我怀疑他们是不是说谎了。"

"不管他们是不是说谎，我们从一边过去就知道了。不过，眼前这片空旷区域的谜团，我们还没有彻底地解开。"孟天化说着，向着空旷区域走去，然后踩在了边缘区域一根被砍倒的木头上。

孟天化踩在木头上倒也不害怕，还蹲下身子对木头研究了起来，可王二蛮却紧张坏了。

刚才那些黑色之物恐怖得很，若是一不小心沾到孟天化的身上，孟天化岂不是完了？

偏偏孟天化在仔细观察木头之后开口了："果然如此，果然和我猜测的一样。"

"你发现什么了？"王二蛮忍不住道。

孟天化没有急着回答，而是沿着木头，来到了另一根木头跟前，又一次检查了起来。

孟天化一步步往前，王二蛮的一颗心几乎提到了嗓子眼儿。

他已经提醒过孟天化不要再往前走，可孟天化就像是着迷了一样，一步步地往深处走。

此时，空旷区域的中间地带，那些黑色之物仍然在爬动，好多距离孟天化已经不太远。

突然，一些黑色之物已经爬到孟天化的身后，这几乎把王二蛮吓出一身汗来。

王二蛮就差爆发嗓音，提醒孟天化赶紧回来。

在这种情况下，孟天化居然还在往里走，王二蛮也只能忍着紧张的情绪，继续盯着孟天化。

孟天化此时所处的位置，已经接近中间区域，也是这个时候，他看清了那些黑色之物。这些黑色之物，竟然是由一只只巨型蚂蚁组成，但这些蚂蚁显然不是这片区域该有的。

孟天化蹙着眉头，一时间也搞不清这些蚂蚁是什么，但他已确定怎么通过这片区域了。

孟天化确定了这一切，本该按原路返回，可他突然看到了一些尸骨。

这些尸骨都是新鲜的，上面密密麻麻都是黑色的蚂蚁，怪不得远看根本就看不到。

这些尸骨，应该都是不久前死在这里的人。

看到这些尸骨，孟天化突然觉得胃部翻滚，很想吐出来。

对于这些只剩下尸骨的死亡之人，孟天化只能报以惋惜，觉得这些人死得太冤了。因为他已经发现这片空旷之地的秘密，只要参与选拔者稍微细心一点，通过这片区域一点问题都没有。可这些人不是太过自信，就是太过着急，这才葬送了性命。

第三十九章 分析骗子

说起来，一切还是利益驱使，如果不是为了加入九爷的团伙，他们如何会死？孟天化心里感叹着，按照原路回到了王二蛮等人跟前。

看到孟天化平安回来，王二蛮总算长出了一口气。

也是这个时候，那两个无精打采的人竟然也凑了过来，像是看神人一样看着孟天化。

孟天化也没有保留，把自己的发现说了出来。

"我们都被这些树木蒙蔽了，这些树木看似都是在这里砍伐的，其实不是。你们可能没有发现，这些东倒西歪的树木中，有很多不是这片山里的，是从其他地方运来的。"

"什么？是从其他地方运来的？"王二蛮等人吃惊不已。

孟天化不紧不慢接道："估计你们也没有发现，这些从其他地方运来的树木都是香樟树，而这一片区域根本没有香樟树。这片区域里的黑色蚂蚁就是畏惧香樟树，所以才没有乱跑。当然，也不排除还有其他方法控制黑色蚂蚁不离开这片区域。反正，不管是哪种情况，香樟树是肯定能够克制黑色蚂蚁，让黑色蚂蚁不能靠近。"

"这也就是说，只要沿着香樟树往前走，就不会被袭击？"王二蛮明白了什么，"可是，那些黑色的蚂蚁究竟是什么？"

"我也不清楚，反正不是我们常见的生物。"孟天化说着，突然回忆起了什么，"不过，我倒是在很早以前听过一种生物和这些东西类似，那就是沙漠行军蚁。据说，沙漠行军蚁就像是一支军队，很有袭击和组织性，只要被沙漠行军蚁靠近的动物，眨眼间就会被啃噬成一堆骨头，有时候连骨头都不剩。沙漠行军蚁之所以有如此可怕的袭击性，一方面是因为它们是群体行动；另一方面，它们能够分泌出强腐蚀性的液体，能够迅速分解血肉。这和我们之前看到的腐蚀效果很相像。"

"你这样说，还真是这么回事。"王二蛮对孟天化的分析很赞同。

"不过，能够把这么多的沙漠行军蚁安排在这里，这才是可怕的。"孟天化的话引发了王二蛮等人的深思。

只是，不等他们继续讨论，那两个无精打采的人竟然兴奋不已，率先按照孟天化提供的方法过去了。不仅如此，他们过去之后，竟然还想要移动香樟木，不让孟天化他们过去。

还好，香樟木不是轻易可以挪动的，那两个人很快就放弃了。

可是，他们的行为还是落在了孟天化三人眼里。

王二蛮更是破口大骂起来："真是两个畜生。我们告诉了他们过去的方法，他们连一句感谢都没有，居然还想堵我们的路，真是太没人性了。"

"行了，来这里的都不是什么好人，都是因利益驱使。与其抱怨这些，我们不如好好想想怎么更好地通关。"孟天化倒是很冷静，尤其是面对凶险的时候。

其实，这些都是孟天化以前锻炼出来的。

在和彭二爷流浪的那几年，他什么人没有遇到过？每一次探险，他都会遇到几个卑鄙小人。虽然那些事都过去了很久，可一旦身处危险，记忆都回来了。

"你说得对，不能和这些王八一般见识，若是和他们一般见识，我不也成王八了？"王二蛮的脸转得真叫一个快，刚才还面目狰狞，此时又哈哈大笑起来。

"临了还不忘当人家的爹，你也够可以的。"孟天化忍不住取笑一声，接着道，"我们先不急着经过这里，我们从两边绕一下看看，看看两边都有什么人在把守。"

按照那两个胆小鬼所说，之前有好多人是从两边绕过去的，可他们根本没有回来。这只有两种可能，一是两边绕路也能过去，二是绕路的人都死掉了。

可绕路的人那么多，怎么可能都死掉了？

所以，孟天化想看看绕路会是什么样的设置。

对于孟天化的好奇心，王二蛮虽然不理解，可他还是同意了。至于算命先生雷音，也是欣然同意，并摆出一副高人的模样，好像所有事情都逃不出他的算计一样。

孟天化三个人就这般沿着左边进行绕路，没走两步路，他们就被两个壮汉拦下了。

这两个壮汉一直守在不远处，从孟天化他们原先待的地方看不到，等到他们绕路，才能碰到这两个人。

孟天化三人被拦下之后，这两个壮汉向孟天化三人陈述了一个游戏规则：想要绕路通关也可以，通关的条件很简单，就是和他们两人进行对打，打赢了便可过去。

孟天化三个人在考虑一番之后，当然不愿意对打，他们按照原路返回了。

回到空旷地界的起点，望着划出来的空旷地带，孟天化和王二蛮讨论了起来。

"绕路通关就是对打，那么多人绕路，他们打得过来吗？如果有几个比较横的，拿枪干掉了他们，你说他们有没有辙？"这种古怪的想法是王二蛮说的，但孟天化也有这种想法。

他们就这个想法小小地讨论了一下子，最后得出的结论也无非是那么几种。

空旷地带两边有人，显然是不想让人轻易绕路。至于对打，也许切磋切磋就完事了。那两个壮汉能打得过的，自然不会让人过去；打不过的，应该就见好就收。

另外，两个壮汉躲在远处，没有第一时间让人碰到，肯定是不想让人怀疑空旷地带有问题。就像刚刚嘲讽孟天化他们的几个人，就是太没脑子，才会遭了难。

讨论到最后，孟天化又开口了："虽然不知道具体是什么情况，但对打肯定也不是什么好事，说不定也会死人。"

王二蛮很赞同的样子："你说得对，九爷的这次选拔，比我们想象的要困难！"

说话的工夫，孟天化和王二蛮通过了空旷地带的难关。

也是在通过之后，王二蛮避开算命先生和孟天化悄悄地聊了起来："你觉得这个雷音怎么样？"

"你不是挺喜欢他的吗？"孟天化不无讽刺地回道。

"我这不是为了试探他吗？"王二蛮一脸郁闷，"你跟我说实话，你觉得他是真有本事，还是装的？"

"你觉得呢？"

"我觉得他是装的。"王二蛮表情肯定，"我思考了一路，觉得他就是一个江湖骗子。不过，他骗人的手段也挺厉害的，你听他口中说的桃花劫、虎煞局，居然都对得上。"

"你确定对得上？"孟天化翻了翻白眼。

王二蛮干笑了两声："我一开始觉得对得上，但在刚才他将八门之相改成困兽锁龙的时候，我突然福至心灵，明白了什么。"

"你明白了什么？"孟天化来了兴趣。

"这狗东西，他不是会算，他是会提前设计。"

"怎么提前设计？"

"比方说虎煞局，之前我们就知道山大王的传闻，这狗东西也有可能知道，所以，他故意提到了'虎'。"

"你说得有道理！"孟天化很赞同的样子。

"还有桃花劫，来参加选拔的未必都是男人，肯定也有女人。所以，他说了桃花劫。只要有女人，这桃花劫早晚会应验，至于是美是丑，还不是他嘴巴一张就出来了？"王二蛮说话的时候，明显不怀好意，巴不得孟天化的桃花劫应在丑

第三十九章　分析骗子

女身上。

"你说的这些都有道理，可我有一点不懂，他没有见到高云燕之前，为什么会加一句遍地金甲是死尸？"孟天化此时又站到了王二蛮的对立面，反倒支持起算命先生来了。

王二蛮的表情一变，也透着沉思。

可突然，王二蛮就翻瞪着眼珠子道："你小子故意抬杠是吧？我好不容易发现这狗东西的破绽，你一句话又让我不知道怎么往下说了。那你的意思，这狗东西真有本事？"

"我也不知道，你不是说讨论一下吗？我就随便和你讨论讨论。"孟天化一脸的无所谓。

王二蛮又要说话，后面的算命先生雷音终于开口了："两位小友在议论什么呢？是不是在议论我啊？"算命先生雷音一点也不着急，凑上前来，端着不知何时又拿出来的罗盘，很是认真地说道，"两位小友，我刚才又算了一下，我们现在赶往的方位不吉利。我觉得，我们应该停下来，好好商讨一下接下来要怎么联合对敌！"

"你看，人家又未卜先知了，你可以继续研究了。"孟天化故意丢了一句话给王二蛮。

王二蛮脸色一阵青一阵白，就差撸起袖子、跳起脚和孟天化骂一架。

"雷先生，你这次又算到什么了？"王二蛮虽然和孟天化表示已经开始嫌弃雷音，可一转脸，他就带着忠厚的笑容，和雷音虚心请教起来。

雷音趁势摆起了架子，说道："我算到，我们再往前走，可能会遇到小人，与小人发生争斗，我们应该合计合计怎么应对突发事情。之前，那两个胆小鬼你们也看到了，我们帮了他们，他们还要给我们使绊子。对于这种人，我们不得不防。"

王二蛮点着头，很赞同的样子，可下一刻，他又说道："雷先生，那你再算算，我们会遇上什么样的小人？"

"这个……"雷音露出了一些为难，那种高人的架子却不倒，"有些东西，算一次就够了，算多了只会劳神伤神。而且，眼前的事情我算得很清楚，是要与人争斗。"

第四十章 忌犯小人

"与人争斗?"王二蛮抓住了什么,紧接着道,"你确定?"

"当然!"算命先生雷音极为肯定地说道。

"那你觉得我们应该怎么办?"王二蛮虚心求教,一双眼睛一直盯着雷音的表情。

算命先生雷音干笑了两声,把手中的罗盘收起,对着自己的八字胡摸了两把,似做思考状。

王二蛮就一直盯着雷音,静等雷音开口。

雷音装模作样思考了半天,总算开口了:"王小友,实不相瞒,我觉得我们三个人不应与人力斗。"

"你的意思是与人智斗?"王二蛮说道。

"王小友果然聪明,我还没开口,你就想到了。"雷音很开心的样子,"如果有人和我们争斗,我们就选择智斗的手段,一方面会受伤,另一方面说不定会有奇效。"

"奇效?"王二蛮不解了。

"若是智斗得合理,我们或许还会多一些盟友。这样一来,我们通关的概率岂不是更大了?"

雷音的话总算让王二蛮明白了什么,说了半天,雷音是嫌弃他们这个团体太弱小,想要扩大团体。

关于这个问题,王二蛮自然也想过。可来到这里的人,都是要凭本事通关的,谁会轻易相信别人,同别人合作?而且,他请来了孟天化,这是一个在他心中比其他任何人都要厉害的助力。说句不好听的，同别人合作，他还真怕别人沾了他的光。

所以，雷音说的问题他还得慎重考虑，也得问问孟天化的意见。

只是，不等他们把这个问题想清楚，他们就看到前面冲来了一堆人，火急火燎的。

这一堆人中，好多都是孟天化他们注意过的，包括土匪许翰林和那个跛脚的男子。

按理来说，他们应该继续往前才对，怎么突然往回冲来？

孟天化当然不解，所以，等到他们和这堆人碰面的时候，他们急忙上前打听是怎么回事。

这一打听，孟天化他们才明白，前面发生了一些不可预料的情况。

再往前走，竟然不止一条路，而是有三条路供大家选择。

其中一条路，就是沿着山坡继续往前走，另外一条路就是从一个山洞里面过去，还有一条路就是九爷为众人精心设置的一条死亡竞技之路。这三条道路的规则都只有一条，活下来的就可以通关。

孟天化他们还没有走到前面，这三条道路具体是什么样的，他们还不清楚。他们向许翰林这些人打听，可这些人怒火冲冲，火急火燎，根本就没有工夫向他们叙说。

不过，孟天化他们倒是知道了一个内容，那就是许翰林他们突然折返，竟然是要直接下山。

这个时候，许翰林他们折返下山，岂不是要违背规则？

一时间，孟天化他们也搞不清发生了什么，但前面的三条道路肯定有问题。不然，许翰林这帮人不会愤怒成这个样子，简直要和人拼命一样。

看着一帮人吼叫着冲下山，要和高云燕等人决一死战，孟天化他们倒不知该怎么选择了。

他们是继续前行，还是跟着许翰林等人看看具体是什么情况？

"要不，我们先看看热闹吧！"王二蛮给了一个选择。

"你确定要看热闹？这可不是我们这次来的目的！"孟天化对王二蛮提醒了一句。

"我们跟在后面看看也无妨，万一其中有不得了的消息，对我们来说未必是坏处。"王二蛮提出了自己的想法。

"也未必是好处！"孟天化透着一些无奈，最后还是同意了。

孟天化并不是不想坚持自己的想法，他只是懒得坚持。与其和王二蛮争来争去，他不如尽量顺着王二蛮，然后保持精神和体力，小心警惕每一个可能危及性命的细节。

只是，孟天化他们刚要跟着大部队往后撤，从前方又撤回来一些人，赫然是黄一琛等人。

说实话，黄一琛的伪装真的不高明，稍微仔细一点就能认出他。

孟天化等人虽然认得黄一琛，也猜到黄一琛是给祝续铭办事，可他们见到了黄一琛也没有惧怕的理由。所谓狭路相逢勇者胜，若是一开始就怂了，后面就真怂了。

让人意外的是，黄一琛竟然也不惧孟天化等人，直接朝着孟天化三个人这边走来。

看着黄一琛距离自己越来越近，孟天化心里还是有点紧张的，毕竟他不知道黄一琛受了祝续铭什么委托。

不过，看黄一琛的神情，自然而轻松，完全无法让人生出危机感。

终于，黄一琛在孟天化等人三米之外停下了脚步，一双凝练的眸子好奇地盯着孟天化。

没错，黄一琛目中只盯着孟天化。

感受到黄一琛这种针对自己的目光，孟天化心底更多了警惕，但也尽量平静地反盯着黄一琛。

两个人就那样相互盯着，空气中弥漫着让人紧张的气氛。

眼看着这种气氛越持续下去越让人难受，王二蛮忍不住了，满脸堆笑地往前走了一步，和黄一琛道："黄探长，你也加入了选拔的队伍，该不会是为了破案而来吧？"

被认出身份，黄一琛倒也不吃惊，也微微一笑，说道："我来这里是为了私事，不是为了公事。"

"那这里发生的一些事情，比如命案，你管不管？"王二蛮公然反驳了一句。

"这就要看情况了，如果情况特殊，我说不定就得睁眼瞎。"黄一琛的目光仍然在盯着孟天化。

"那您这次究竟是为了什么？"王二蛮继续试探。

"我这次的目的很简单，就是为了孟老板。"黄一琛的一句话让紧张的气氛更加紧张，可黄一琛的下一句，又让气氛缓和了下来，"孟老板，祝老板让我向你问好。另外，这次通关的事情，我想问问你们，有没有兴趣合作？我们组合在一起，说不定能一路过关斩将。"

黄一琛的提议，自然惊到了孟天化等人。

他们和黄一琛并不熟，黄一琛一张口就要合作，难免让人生疑。

孟天化当然不会轻易相信黄一琛的话，毕竟，黄一琛和祝续铭走得很近。

第四十章 忌犯小人

可黄一琛开口了，组合的事情也不能一口就回绝了。即便黄一琛未必是真心想合作，若是利用得当，倒也不是没有好处。

有句话是这样说的，天底下没有永远的敌人，这是一句至理名言。

孟天化早年和彭二爷闯荡江湖，运用这个道理的次数不少。

看着黄一琛目光只盯着自己，孟天化终于开口了："黄探长，合作的事情你没必要一直盯着我，我们这里做主的是王老板，您想合作，不如先问问王老板的意见。"

孟天化不想出头，这个时候他也不该出头，所以，他把问题抛给了王二蛮。

不管王二蛮如何选择，他孟天化都支持，他都做了准备。

王二蛮看似忠厚，却不是一个粗枝大叶的人，孟天化把问题丢给他，他就明白了。

他自然没有急着发表意见，他要等黄一琛先开口，这样一来，他们也有面子。

黄一琛在听到孟天化提到王二蛮的时候，就把目光转向了王二蛮。

看着王二蛮略显魁梧的身形，还有那一脸憨厚的笑容，黄一琛多了一些好奇和笑意。

不过，他没有和王二蛮开口，而是继续盯着孟天化，说道："我要合作，自然是冲着你来的，因为祝老板和我说你是一个有本事的人。至于其他人，说句实在话，我不甚了解，也不知道他们的本事，自然也没理由冲着他们开口。"

黄一琛一脸自命清高的模样，好像一般人根本入不了他的法眼。

但他的话也不是无脑之言，隐含着试探的味道。

王二蛮一开始还因黄一琛这句话流露出一些愤怒，转而他就继续憨厚地笑着。可还不等王二蛮开口，一旁的算命先生雷音先开口了："这位小友，我看你面相不凡，有一方霸者的气势。不过，我得提醒你一句，霸者多忌刚愎自用，不能轻视他人。古时如霸王项羽，纵横天下，就是死于怠慢他人。而且，我见小友目中生黑，似有霉气，你更该多加小心，不然，易犯小人。小人得志，熠熠生辉者，皆损！"

雷音的话语中，字字蕴藏暗示，黄一琛听了后，脸色都黑了一下。

不过，黄一琛还能沉得住气，对着算命先生冷视一眼，说道："这位先生是何方高人，可否赐教？"

雷音听到这话，将手中的算命招牌一竖，腰杆一直，先用手摸了摸自己的八字胡，然后才状若谦虚地说道："我只是一个在江湖上混口饭吃的小人物，不值一提！"

黄一琛的表情又是一变，笑意更浓了："先生真会说笑，我看你字字珠玑，形象不凡，不同于一般的方外人士。不知可否赐教，我该如何避免得罪小人，避免损害？"

"这个自然要看你的态度与作为，合乎天道者，百事百顺；悖逆天道者，诸事不宜！"雷音故弄玄虚，煞有介事一样，一般人见他这般，或许早被他暗示到位了。

可黄一琛哪是一般人，他继续面带笑容，说道："那该如何合乎天道？"

"顺应天时、地利、人和，即合乎天道！"

第四十一章 彩蛋

"那我现在该如何顺应天时、地利、人和？"

雷音眼睛虚眯，掐指而算，过了几秒才笑容和蔼地说道："你已占据天时，地利你也有份儿，你现在唯一或缺的就是人和。"

"你所说的人和指的是？"

"现在众人皆怒，这即是人和！"

"你让我去帮那些人？"黄一琛瞪了瞪眼。

"帮与不帮在于你，何处是人和，就看你自己如何看了。有些事情只可点到为止，不可多说，不可多说。"

雷音世外高人的样子，那种神态与气势，真的让人信服。

可一旁的王二蛮越是看到雷音这般，就越觉得雷音不再可靠，更像是一个江湖骗子。

不过，这个江湖骗子似乎真把黄一琛给唬住了，这倒是让王二蛮欣喜不已。

"好，我就顺着你说的去看看，如果一切都被你说中，我就跟你们合作。"黄一琛突然决定了什么，带着人就往人流的方向而去。

孟天化和王二蛮刚要说话，看到黄一琛的雷厉风行姿态后，他们同时闭上了嘴巴。

说起来，和黄一琛合不合作并不重要，黄一琛突然被雷音蛊惑要去帮许翰林等人，这确实挺让人好奇的。

当然，黄一琛是否被雷音蛊惑到，是否会在其后做出一些惊人的举动来谁也说不准。

但是，黄一琛的出现，还是让孟天化他们下了决定，那就是转身去看热闹。

下山的途中，王二蛮突发想法，故意和雷音说道："雷音先生，若是说得不对，恐怕会引起黄探长的愤怒。要是等会儿引火烧身，我们可帮不了你！"

　　"王小友，你这话是什么意思？"算命先生雷音的脸上微有怒意，王二蛮以为雷音会因为他口中要放弃雷音而愤怒，却不想雷音很是义正词严地说道："我刚才说的内容句句属实，他黄探长后续如何，关键在于他如何选择。若是他选对了，那便证明他有值得信赖的地方，我们跟他合作也不失为一件好事。就算他选错了，那也是他自己的错，跟我有什么关系？王小友，我这可是为我们三人考虑。"

　　王二蛮闻听此言，愣了半晌，然后才谦逊道："雷音先生果然心思敏锐，我佩服之至！"

　　王二蛮郁闷啊，他本想刺激一下雷音，不想被雷音用话挡了回来。他一时又不知该如何反驳，只好继续装孙子。

　　孟天化在一旁看到这些，忍不住摇了摇头。

　　在他看来，王二蛮就是一个立场不坚定的人，一会儿怀疑雷音，一会儿相信雷音的。

　　反正，他对雷音的看法从始至终都没有变过。

　　在他眼里，雷音就是一个江湖骗子。

　　但是，他不得不承认，雷音这个江湖骗子脑子很灵活，很聪明。

　　不管如何，雷音留在身边，不至于给他们造成太大的危机。

　　倒是黄一探，他到底是为了试探说出合作的话，还是真的想合作，这很值得探究。

　　趁着王二蛮和雷音说话的工夫，他们就赶到了之前那片树木被伐的空旷地带。

　　也是在这片地带，许翰林他们停了下来，因为在这片地带的对面就是高云燕等人。

　　原本在山下的高云燕，似乎知道这里要发生事情，竟然早早地在对面等着了。

　　看着高云燕严阵以待，许翰林等人的怒火更高涨了起来，吼叫声也更大了一些。突然，以许翰林和跛子为首的众人，在许翰林和跛子的示意下渐渐停止了吼叫。

　　亦是这个时候，对面的高云燕站在最前头，以一种冷冷的目光扫视着众人。

　　接着，高云燕开口了："你们这帮人，究竟想干什么？"

　　"我们想干什么，我们还想问你们呢，你们究竟想干什么？我们是来参加九爷设置的选拔，为了加入九爷的麾下。可你们设置的这些选拔简直是为了杀人而设计，你们是想谋杀吗？"

　　许翰林第一个开口，那种凶悍的匪气一刹那展露无疑。

　　"我们刚才的心声，你们没有听到吗？我们要下山，我们后悔了，我们后悔来参加这次的选拔。你们不是在挑选人手，你们是在杀人，我们不愿成为你们的刀下亡魂！"

第二个开口的赫然是那个跛子,他们两个明明是对立的存在,此时竟然默契地联合了。

孟天化几个人就在一群人的后面,看到许翰林和跛子联合同高云燕等人对峙,他们也很好奇。

尤其是王二蛮,竟忍不住啧啧称奇:"真是奇了怪了,在旅馆里的时候,他们打得不可开交,就怕弄不死对方。现在倒好,他们竟然一致对敌,这简直不可思议。"

但不可思议的事情就这样发生了,其中的原因,孟天化和王二蛮都想知道。

"一切都是你们自己的选择,我在山下的时候已经说了,你们难道想同九爷作对?"高云燕的目光更加冰冷,一点退避的意思都没有。

"我们并不想同九爷作对,但我们现在都没有见到九爷,谁知道这次的事情是不是九爷组织的。还有,即便九爷在此,你们如此谋害人命,我们也想理论理论。"许翰林看似是一个草莽,说话倒是会站在道德的制高点,绝不是一个莽夫蠢货。

"没错,我们就是想理论理论,你们可以给我们设置选拔的难题,可你们不能以杀人为目的。从上山到现在,已经死去了多少人,你们知道吗?光是我的人就死了不下五个,这五个可都是我的好兄弟,都是跟我出生入死的。要是知道他们会是这种死法,我绝不会让他们来参加这次的选拔。"跛子的语气倒是充斥着一些戾气。

而此时,孟天化他们似乎理出了思路。

从许翰林和跛子说的来看,是这次的选拔难度太高,他们想降低选拔的难度。

当然,也不排除他们怕死,怕在随后的选拔中死掉。

孟天化他们只经历了黑蚁区域,并不知道后面有多少凶险,但他们此时多了一些猜测。

如果许翰林和跛子没有夸张,这一次的选拔的确比他们想象中的还要凶险。

"我已经明白你们的意思,不过,你们想要放弃是不可能了,因为你们已经选择了开始。但是,有一个内容,九爷倒是早就设置好了,那就是所有通过选拔者都会得到一份厚礼。同时,在随后的选拔地点中,你们也可以得到一些奖励,至于奖励在哪里、怎么得到,就要看你们自己的本事了。本来,这都是等你们自行发现的,现在你们成群结队地想要放弃,我就提前告诉你们。你们放心,选拔地方中存在的奖励,绝对超乎你们的想象,每一样拿出手都价值连城!"

高云燕显然也想通过和平的方式,解决眼前的问题,故意抛出了一个大诱惑。

也是在这个大诱惑抛出之后,孟天化、王二蛮以及算命先生雷音的脸色同时变了。

他们恍然明白高云燕之前跟他们说过的"彩蛋",原来,指的就是这些奖励。

高云燕的话引起了一些人的兴趣,可许翰林和跛子显然不以为意。

许翰林继续摆着土匪的架势，说话依旧很有章法："高小姐，你就不用蒙我们了，都这个时候了，你还想骗我们回去送死。现在，我们只想下山，还希望你能够让路。"

　　"没错，如果选拔的过程中真的有奖励，为什么你们提前不说？为什么我们到现在还没有看到？"跛子表情凶狠，俨然一种大恶人的姿态。

　　与此同时，其他人也都惊醒过来，全都怒视前方，严阵以待。

　　"有些东西，唯有你们自己去发现才有意思。若是一开始就说了，你们会死得更快，死得更惨。还有，你们既然选择了参加选拔，那就选择了一条寻宝之路。若是人人都可以中途放弃，拿到宝贝就走，我们设置这次选拔岂不是很吃亏？"高云燕的语气仍旧很冷，但仍然怀着和平解决的心思，可接着，她还是露出了杀气，"我告诉你们，我现在苦口婆心和你们说这些，只是不想大家兵戎相见。你们若是执意下山，我们也只能采取手段，让你们知道，九爷在江湖上不是浪得虚名的！"

　　众人本来就有火气，高云燕此时突然如此狂妄，许翰林当即煽风点火："你一个小丫头，口气倒是不小。九爷在江湖上不是浪得虚名，我们这些人又岂是易与之辈？我们今天还真想瞧一瞧，你们有什么本事能够拦住我们这么多人！"

　　"你们若是有胆，那就过来吧！"高云燕却怡然不惧，那气势更加狂妄。

　　看到此处，许翰林第一个憋不住了："兄弟们，他们竟敢如此小视我们，我们今天就让他们看看，我们是怎么闯下山的。什么狗屁九爷，现在就是一只纸老虎！"

　　"没错，江湖那么大，他一个摸金的九爷又算老几？兄弟们，杀出一条路，我们也要下山！"

　　跛子很是默契地给许翰林架势，这不得不让人怀疑，他们之间是否真的有仇怨。

　　不管他们之间是否有仇怨，在他们煽风点火之下，所有人都动作了起来。

第四十二章 黄一琛的古怪

这些人也不再管空旷地带的左右两边有没有什么九爷的人，全都从两边冲了过去。

等到人群中有人叫喊出空旷地带的秘密，眨眼间空旷地带也出现了很多人，全都沿着樟木行走，整个人场面就像是两军对垒。

看到密密麻麻、近乎百人的队伍冲来，高云燕目光中的杀气更浓了。

她似乎再没有了退路，一声令下，她身边的人都动作了起来。

高云燕身边的人本来就少，给人一种一击即溃的感觉，可真当争斗的时候，才发现这一起人都不简单，竟然全都身怀绝技，不是善于争斗，就是各有专长。

不说其他人，且说高云燕。

高云燕刹那间变成了一个冷血杀手，手上的拳脚挥舞之间凌厉无比，三五个人竟然近不了她的身。而她手中似乎还有兵器，类似于短刀之类的东西，靠近她的人还没有对她造成伤害，她已经把人放倒了。

可高云燕功夫再厉害，她终究是个女人，即便她是个男人，面对那么多敌人，她也应接不暇。

刚开始高云燕还能让敌人退避三舍，可随着攻击的人越来越多，她眨眼陷入了危机。

整个场面不过几分钟，就陷入了一边倒的局势。

眼看着高云燕等人如同大厦倾覆，马上就要被许翰林等人俘虏，空中突然传来一声枪响。

这一声枪响，就像是争斗的暂停键，让场中的所有人都暂停了一下。

争斗中的众人都顺着枪声看去，发现是一个留着大胡子的魁梧男子发出的。

众人都不明白这个人为什么放枪，都流露出疑惑神情。

也是这个时候，持枪的黄一琛开口了："你们的目的是下山，现在目的已经基本达到，你们赶紧下山吧，不要咄咄逼人。"

"你是谁，我们的事情要你来管？"有人生出了不爽。

"难道，你和九爷这帮人是一伙的？"更有人不嫌事大，打算把黄一琛也一起揍了。

黄一琛闻言，却不紧不慢，将脸上的大胡子摘下，露出了一张坚毅而冷酷的面容："我想，在场的各位，应该有不少人认识我吧？不用我再自我介绍了吧？"

看到黄一琛的面容，好多人的脸色都变了，更有人叫了一声"黄探长"。

黄一琛的身份曝光，让不少人有所畏惧，可黄一琛还是小看了这帮人的凶狠。

"黄探长，你出现得真是时候。"许翰林手持一把弯刀，刀尖上还在滴着鲜红的血，加上他留着光头，半边脸都是鱼鳞文身，他真如一个大恶人，"不过，我倒是想问问，作为神探长的你，见到九爷设置的选拔草菅人命，就没想过要管一管？"

许翰林的问话，问到了点子上。

关于这个问题，王二蛮也问过，黄一琛已经给了回答，不知道他现在还是不是刚才的回答。

面对着这么多人，他如果还是刚才的回答，说不定许翰林这些人连他也一块儿针对了。

"死人的事情，我自会处理，但现在你们想要闹出更多的人命，那就不要怪我以势压人。"黄一琛面对多于自己十几倍的人员，竟然毫无惧意，反而气势更盛。

不远处的孟天化和王二蛮见此，都露出了一些奇妙之色。

之前，雷音说了，黄一琛有霸者的气势，可若是黄一琛刚愎自用，必遭小人之祸。

眼前的黄一琛，展现出来的气势，还真的是霸者气势。就是不知道，眼下的黄一琛会不会遭遇小人之祸。

"以势压人？黄探长，你说笑的吧？"许翰林露出了一些轻蔑，"你看看周围这数十人，有几个是跟你站在一块儿的？你居然敢说以势压人，是我们以势压你吧？"

"人多不一定胜券在握，现在，你们的目的已经基本达到，何必做得太过？你们现在离开，或许什么事都没有，若是迟了一步，我怕你们这些人都没命走下山！"

"你还真是大言不惭！"许翰林被黄一琛激怒了，"今天，老子还真要看看，我们是怎么没命的。兄弟们，把这姓黄手里的枪卸了，老子今天要给咱们黑熊寨立威！"

许翰林的话音刚落，他身边好几个兄弟从腰间掏出了枪，竟然一同向黄一琛逼近。

看这几个人的气势，个个面目凶恶，真的就是一群土匪。

不过，黄一琛却没有被这阵势吓倒，只是流露出一些怜悯。

与此同时，孟天化和王二蛮一直在关注形势。

在看到黄一琛脸上的表情时，孟天化皱起了眉头："黄一琛刚才的话是不是有深意？"

"什么意思？"王二蛮不解。

"他刚才说，若是就此离开，或许什么事都没有。若是晚一步，这里的人都要死！"

"他这样说了？"

"我能感觉到，他就是这个意思。"

孟天化隐隐感觉有什么大危机正在逼近，尤其是看到高云燕也是一脸从容的时候。

高云燕在刚才的争斗中已经受伤，她现在是许翰林这帮人的瓮中之鳖。可此时她仍不着急，除非她真的把生死看淡，要不就是她有什么倚仗，而这倚仗很快就会出现。

孟天化觉得周围的一切都透着诡异的气氛。

黄一琛、高云燕，他们都太过淡定了，简直就像是有什么阴谋。

黄一琛的枪被卸下了，面对好几人的枪口，他也只能乖乖束手就擒。

就在黄一琛被擒下之后，许翰林露出了一些得意。

现在他就是这群人的领导者，他喜欢这种感觉，他喜欢带着人造反。

只是，当他带着人准备拿下高云燕等人的时候，高云燕等人再次发起了反扑。

许翰林的脸色微微一沉，伙同马跛子向高云燕走去，打算亲手将高云燕拿下。

"砰！"

然而，谁也想不到，刚刚落定的枪声竟然再一次响起。

众人再次顺着枪声看去，却发现枪声是从山下传来，他们竟然看不到人。

这一次，所有人都不淡定了。

山下有枪声，这岂不是说，山下还有人？

众人一开始生出这种想法，还只是猜测，因为枪声未必就是九爷的人发出的。

可是，接下来，枪声接二连三地响起，而且越来越近，这不得不让人生出猜疑。

刚才，在混战的时候，有不少急于逃命的人直接下了山。这接二连三的枪声，是不是对这些人开的？

许翰林和马跛子的脸色都变了，他们这才想起黄一琛给他们的警示。

不过，许翰林和马跛子的反应也足够快，他们竟然快速把高云燕几个人控制了起来。

然后，许翰林向高云燕冷冷地问道："山下是不是有埋伏？"

高云燕没有回答，只是流露出一些讥讽。

许翰林看到这种表情就有火气，竟一点都不怜香惜玉，抬手就给了高云燕一巴掌。

许翰林的这一巴掌，着实凶狠，不仅把高云燕打得嘴角流血，把高云燕的半张面具也打下来了。

也是在面具掉下来的一刻，所有靠近高云燕的人都看到了高云燕的真容。

许翰林当然也不例外，他的表情当时愣了一愣。

与此同时，高云燕却像是变了一个人，整个人身上都透着杀气，透着一种死气。

许翰林像看不到这些变化一样，冷冷道："怪不得你戴着面具，原来你长得这么丑！"

"我会杀了你，我发誓，我一定会杀了你！"高云燕发出类似于咒怨的声音，整个人的身子都往前倾，要同许翰林同归于尽，却被许翰林的两个手下生生给摁下了。

许翰林仍然感受不到高云燕的变化，接着道："你最好告诉我山下有没有埋伏，不然，我会把你这半张脸展示给所有人看。这里的人至少也有五六十！"

许翰林的威胁戳中了高云燕的脆弱点，却也戳中了高云燕的逆鳞，高云燕高昂着脑袋，宁死不屈。

也是这个时候，远处的孟天化和王二蛮也发现了这边的情况。

孟天化和王二蛮此时就站在空旷地带的中间，脚下只有一棵樟木，周围就是黑漆漆、恐怖无比的吸血蚂蚁，一个不小心，他们就有可能被这群黑色蚂蚁吞噬。

他们此时站的位置，虽然看不清许翰林和高云燕，可他们还是能看出发生了什么。

"高云燕的面具被许翰林打掉了，看许翰林的表情，高云燕那半张脸似乎很恐怖。"王二蛮突然发出感慨，看了近前的孟天化一眼，不忘揶揄道，"老孟，若是你的桃花劫是一个奇丑的女人该怎么办？"

"要是你，你该怎么办？"孟天化把话题反抛给了王二蛮，看到王二蛮面露沉思，很为难的样子，孟天化突发奇想，接着道，"比方说，这个丑女奇胖无比，有三百多斤，脸上尽是豆大的暗疮，有鲜红的，有暗红的。而且，她生着一嘴龅牙，又黑又黄，鼻毛就像黑猪毛一样从鼻子里窜出来，还连带着又浓又黄的鼻涕，她用手甩起了鼻涕。一不小心，这鼻涕正好甩在了你的脸上，进了你的嘴里……"

"呕，老孟，别说了，别说了，我要吐了！"王二蛮被孟天化说得直接干呕，缓了半天才缓过劲来。

可孟天化却不依不饶："这话题是你提起来的，你得让我说完才行！"

第四十三章 遍地金甲是死尸

"我去，我错了还不行吗，我错了，我真错了！"王二蛮微露恐惧，等到孟天化放过了他，他又盯向高云燕的方向，几近自我催眠地说道，"其实，许翰林刚才的表情未必就是因为高云燕太丑，也可能是高云燕太美了，许翰林被惊艳到了。"

"然后呢？"

王二蛮的表情一怔，憨笑道："然后你就抱得美人归，过上幸福美满的日子了！"

"我看你还是欠收拾，我还是给你形容一下丑女吧！"

"别，别，我错了，我闭上嘴还不行吗？"

"你不用闭嘴，你看前面！"

孟天化的声音突然透着严肃，王二蛮也立马正经起来。

王二蛮顺着孟天化指的方向看去，刚开始还满是狐疑，很快，他就流露出一些惊惧。

不知何时，从山下悄悄摸上来一群人，这群人刚开始还看不见，被树木和草丛阻隔。等到这群人渐渐靠近，渐渐显露，盘桓在王二蛮和孟天化心中的好多疑问都解开了。

高云燕，不，应该是说九爷这帮人，果然是有所倚仗。

黄一琛的话语并非空穴来风，原本占据气势的许翰林和马跛子等人，似乎要完蛋了。

在孟天化和王二蛮发现山下摸上来的这群人之时，许翰林和马跛子也发现了这些人。

在看到这整齐划一的队伍，看着他们统一的着装，且手里都端着枪，许翰林和马跛子傻了一下。

但很快,许翰林又动作了起来,将高云燕和黄一琛在内的寥寥数人死死控制在手里。

接着,许翰林和马跛子站在人群中间,同山下来人对峙了起来。

只是,这次的对峙显得有气无力,靠近前面的人直接被吓得连连后退,诚惶诚恐。

这也不怪这一群临时组合的队伍会如此凌乱,对手实在是太强了。

他们临时组合在一起就是为了下山活命,现在活命的机会几乎被扼杀,他们不得不放弃。

许翰林和马跛子的脸色很难看,他们没想到九爷连军队都请来了。

没错,站在他们对面的,赫然是一支全副武装的军队,已经呈扇形将他们包围,枪口全部对准他们。

他们这一帮临时组合的乌合之众,如何能同这一支军队对抗?

可是,许翰林和马跛子不甘心,他们不相信九爷真的能请来军队。

上山之前,他们打听了好多关于这次选拔的内容,他们从来没听过九爷和军队有牵扯。而且,用军队保驾护航,这是不是太恐怖了?只是一场选拔而已,至于吗?

正因为难以置信,许翰林把目光投向近前的高云燕,质问道:"这就是你们的底牌?"

高云燕没有回应,只是流露出一些讥讽。

许翰林还要求证,对面的军队走出一个人来,没有持枪,气度不凡,像是一个长官。

这个长官冷冷地扫过众人,一身的杀伐气势。

"把你们手中的兵器全部放下,不然,你们都将死在枪口之下。"长官声如雷震,轰在众人心中。

许翰林很想开口,却隐隐察觉到一种从未有过的危机,一时竟有些茫然无措。

"你们凭什么让我们放下兵器,我们又没有犯法!"偏偏许翰林的一个手下骄横惯了,直接叫嚣起来。

不等许翰林制止,让自己的小弟闭嘴,一声枪响,这个小弟轰然倒地。

一时间,周围的气氛彻底冷了,陷入了一片死寂。

所有人都感受到了一个信息,对面的军队就是来杀人的,谁做出头鸟就杀谁。

许翰林更加矛盾起来,不知道如何抉择。

就在这时,一直拒绝开口的高云燕说话了,她的声音透着一种异样的冷淡。

"我劝你们最好听从那位长官的话,不然,连我在内,都会成为一具死尸!"

高云燕的话就像是一记警钟敲在许翰林的心头,让许翰林不得不相信。

第四十三章 遍地金甲是死尸

可许翰林是一个反抗心很强的人，高云燕越是让他束手就擒，他就越是想反抗。

高云燕是九爷的徒弟，他不相信九爷请来的人真的会把高云燕一起杀了。

周围的肃杀气息又浓重了几分，秋风也在此时席卷而起。树上的叶子沙沙地往下落，就像是绝望落在人的心房，一片叶子就是一重绝望，一片接一片，一重接一重。

"我劝你最好不要动武，这对你没有好处。你就算不为自己考虑，也要为其他人考虑一下！"

这句话是黄一琛说的，他似乎早就知道九爷请来了一支军队。

也是这时，许翰林才意识到，他们这些人似乎早就陷入了一个局，一个生死之局。

可许翰林搞不懂，九爷为何要设下这样一个局，他的目的究竟是为了什么？

许翰林真的想不通，因为来参加选拔的人虽然好多是为了利益而来，可他们也是真的想加入九爷的团体。难道，九爷会闲着没事，故意坑杀这些原本毫不相干的人？

不会的，不会的，这里面的事情肯定不简单，这一趟的选拔也肯定有其他的目的！

许翰林顿觉事情超乎了自己的想象，他也知道自己现在就是任人宰割的绵羊。

终于，许翰林吐了一口气，他手中的弯刀"啪嗒"一声落在了地上。

就在许翰林放下武器之后，其他人也都一片沮丧，先后将手中的兵器扔在地上。

高云燕被抓之后，就一直被人控制着，随着许翰林扔下兵器，她也获得了自由。

也是在获得自由的一刻，她立马将控制自己的两个人踹飞了。

紧接着，她以最快的速度赶到被打掉的面具跟前，重新把面具戴了起来。

面具戴上，高云燕似乎又活了过来，身上那股死气也消失了。

只是，活过来的高云燕，似乎比之前还要冷血无情。

她来到了许翰林的跟前，一双眸子好似千年寒冰，不带一点感情。

周围人都怔怔地望着这一幕，不知道高云燕要做些什么，但好多人都出现了惶恐。

卷起的秋风似乎更浓了一分，纷飞的黄叶到处都是。蕴藏危险的空旷地带，军队所形成的扇形，许翰林和马跛子为首的一群逆乱者附近，秋天的落叶真的无处不在……

只是，所有人的焦点似乎都聚集在高云燕和许翰林的身边。

"你还记不记得我刚才说的话？"

终于，高云燕开口了。

闻听此言，许翰林愣了一愣。

他当然记得高云燕说过的话，可高云燕说了那么多话，她此时指的是哪一句？

他知道事情到了眼前这个地步，高云燕一定会找他晦气的，高云燕此时就是在酝酿。

可许翰林永远也想不到，高云燕竟然做出了这样的事情。

不等许翰林开口，高云燕又说话了："我说过，我会杀了你！"

听到这话，许翰林的瞳孔骤然缩起，一张本就凶恶的面孔似乎更加凶恶了几分。

可高云燕又开口了："不过，我不会这么轻易让你死掉，我会让你明白，活着比死了还要痛苦！"

许翰林还没有明白高云燕这句话是什么意思，高云燕已经用行动表明了一切。

高云燕出手了，高云燕竟然当着众人的面大开杀戒。

她的手里仍然是那两柄短刀，可她袭击的目标根本没有什么规律，却又像有什么规律。

她每杀一个人，都会用千年寒冰一般的眸子扫视周围，似乎在锁定目标。

等到她连杀了几个人，她终于忍不住吼叫了一声："所有看过我面容的人都得死！"

众人都明白了什么，也似乎明白她接下来要做的一切。

只是，看着一个又一个的人倒在血泊之中，即便再冷血的人也会有所反应。

有的人因为害怕，开始往后退；有的人因为心虚，开始疯狂逃跑；有的人流露出愤怒，却也只能敢怒不敢言；还有人主动杀向高云燕，不过眨眼间就被击倒在地。

好多人的心中都蒙上了一层阴影，许翰林的心中更是如此，他的整张脸都白了。

"够了！"

终于，许翰林再也压制不住心中的怒火，攥着拳头奋力吼叫了一声。

"够了？"已经半身染血的高云燕冷哼了一声，"你说够就够了？这一切都是你造成的局面！看过我面容的人还有不少，我还没有杀完，这些人中的每一个都该死！"

高云燕就像一个女疯子，再次冲到人群中寻找要杀的目标。

看着地上已经倒下的尸体，许翰林真的非常自责。纵使他是一个土匪，纵使他手上也有不少人命，可这么多人因为自己打掉了高云燕的面具而死亡，这代价太大了。

他不想别人因他而死，不是因为他心存内疚，而是这些人死得太过窝囊，太过不值。

可是，在场的人中谁能阻止这个女疯子？

那形成的扇形，几十条枪等在那里，已经有好几个人死在枪口之下，还有谁敢触这个霉头？

"你就是一个疯子，你简直就是一个疯子！"

第四十三章　遍地金甲是死尸

许翰林一个土匪头子,一个七尺男儿,此时竟真觉得生不如死。

他浑身暴躁得很,他真恨不得自行了断。

可是,他刚捡起一把刀,就被人打掉了。他刚要同高云燕同归于尽,就被人一枪打穿了腿!

他太过窝囊,他真的太过窝囊!

秋风更加疾劲,落叶更加张狂。

刀光闪过,散落在周围的血花也愈加刺眼。

眨眼之间,已经有十几人毙命,眼看着死亡的人数还在增多,终于有人按捺不住了。

"高小姐!"

一声高小姐,声音不是很大,却由两个人同时喊出。

第四十四章 关藏五行

众人顺着声音的来源看去，发现其中一个是刚获自由没多久的探长黄一琛。而另一个则站在曾让人畏惧不已的空旷地带中心，是一个二十出头的青年。看其模样还挺周正，穿着一套偏深蓝色的江湖劲装，脸上的表情略显严肃，一双眸子灿若星辰。

众人对黄一琛都已熟悉，但这个站在空旷中心地带的青年，大部分人都没有在意过。

可此时此刻，这个青年竟然和黄一琛一齐开口，却也让人生出几分敬佩。

现在，谁都知道，高云燕倚仗着军队，没人敢惹，此时敢站出来的都是英雄好汉。

高云燕也听到了那几乎齐声的"高小姐"，她的眸子依旧森寒无比，扫向了黄一琛和孟天化。她倒要看看，这两个人是不是活腻歪了，敢在这个时候冒出头。

只是，黄一琛和孟天化相互对视了一眼，一时竟不知道该由谁先开口。

也是这时，高云燕冷哼了一声："你们两个在磨叽什么？你们究竟想要说什么？"

站在危险区域的孟天化刚要开口，他身旁的王二蛮拦下了他，并说道："你干什么，你是不是疯了？你忘了雷音先生说的了，她是你的桃花劫。眼前的这一切，岂不正应验了'桃花潭水三千尺，遍地金甲是死尸'？"

"王小友说得不错，此时不宜出头，此时不宜出头！"另一侧的雷音先生也开口了。

就在两个人开口之后，孟天化略一犹豫，离高云燕更近一些的黄一琛先开口了。

黄一琛笔直挺拔的身形依旧给人一种不凡的感觉，他说道："高小姐，得饶人处且饶人，这些人虽有罪过，却也罪不至死。而且，你已经杀了这么多人，若是再杀下去，九爷设置的这场选拔也就没有意义了。"

黄一琛此时就像是一个说客，一个让众人都敬佩的说客。

可眼前的一切，明明可以和黄一琛无关，黄一琛为何要开口，难道是他的职责所在？

可之前许翰林等人占据气势的时候，他也劝说了许翰林等人，他究竟站在哪一边？

关于这个问题没多少人考虑，但也不是没有人考虑。

"没有意义？"高云燕开口了，寒眸依旧，"你怎么就知道没有意义？"

高云燕的目光中隐含着试探的味道，似乎也在思忖黄一琛怀着什么样的心思。

黄一琛却不卑不亢，探长的气势犹在："九爷设置选拔，是为了招揽人才，你这般大动干戈，人才也会心存畏惧。如果九爷是这般横行霸道，滥杀无辜，人才会敬而远之。"

高云燕的脸上闪过些许沉思，一双眸子却更加锐利，死死地盯着黄一琛。

也不知道她有没有听进去黄一琛的话，但周围好多心存畏惧的人此时都心绪紧张。

如果高云燕还要一意孤行，他们该如何选择？是拼死反抗，还是任由其宰割？

高云燕没有再看向黄一琛，而是突然把目光投向了身处危险之地的孟天化。

"你呢，你刚才想要说什么？"

突然听到高云燕向自己询问，孟天化惊了一跳。

不过，孟天化也没有什么好害怕的。他带着从容的神情，甚至还透着一丝笑意，把目光从高云燕身上挪向黄一琛，并说道："我要说的，黄探长已经表述得很清楚。"

黄一琛此时也把目光投向了孟天化，两个人四目交接，似乎都在重新审视对方。

黄一琛的心思，孟天化不清楚，但孟天化自己的心思却清晰无比。

之前，孟天化对黄一琛的认知一直存在于传闻中，要不就是最近这段时间接触所得。他觉得黄一琛不是一个好接触的人，甚至不是一个好人。尤其是黄一琛和祝续铭搞在一起，更让孟天化有一种危机感，他一度把黄一琛当作危险无比的敌人。

可是，黄一琛两次阻止命案发生，尤其是这一次，让孟天化从心底重新认识了他。

也许，黄一琛的心思并不坏。

也许，黄一琛和祝续铭搞在一起有不得已的苦衷。

也许，黄一琛有他自己的目标，更有他自己的做人准则。

总而言之，他和他未必一定要成为敌人！

"好吧，我承认，你们说得很有道理。"高云燕又一次开口了，她竟然妥协了。

众人都带着震惊的表情，没想到这个疯女人终于不疯了。

"我可以放过一些该杀之人，但前提是，所有人都得给我回到选拔的道路上。"高云燕提出了自己的条件，不，她是用命令的口吻，"还有，你们手中的枪支要全部没收，你们只能使用刀子之类的冷兵器。若是你们胆敢私藏，我保证你们会永远留在千家山。现在，请你们主动交出手中的枪支，我不想冒犯大家，进行搜身！"

高云燕看似尊重大家，可她的口吻完全没有尊重大家的意思。

她不想对大家搜身，也许只是不想浪费时间。

不过，她提出的要求还是遭到了一部分人的抗拒。至少，有人不太乐意交出枪支。

在这些不太乐意交出枪支的人中，就包括王二蛮。

王二蛮身上可只有手枪一种防身工具，若是手枪没了，其后遭遇危险，他该如何应对？

"还是交了吧，你难道想惹这个女疯子？"孟天化对王二蛮劝说了一句。

王二蛮看了一眼远处的遍地死尸，又看了一眼冷酷无情的高云燕，不得不忍痛交枪。

也是在众人交完枪之后，高云燕又开口了："现在，你们可以重新回到山上参加选拔了。不过，在此之前，我还是要重申一下，这次的选拔有彩蛋，彩蛋在哪里，你们自己去寻找吧。另外，这个叫许翰林的土匪头子，你们谁在选拔中帮我杀了他，我事后必有重谢！"

高云燕说到彩蛋的时候，众人愣了一下，显然在思考高云燕说的彩蛋是否存在。

等到高云燕提到许翰林，众人的目光都颤了一颤。

许翰林原本不可一世，好多人都不愿招惹他。可此时的许翰林被子弹穿透了一条腿，带来的人也只剩下一两个。说实话，他已经足够惨了。可高云燕不杀他，反而要借其他人的手杀他，这不是要折磨许翰林吗？她是真的想让许翰林生不如死！

高云燕此时无疑是一个狠毒女人，可也有好多人忍不住跃跃欲试，准备对许翰林出手。

许翰林之前在旅馆里嚣张跋扈，得罪了不少人。加上上山之后，他也给不少人制造了麻烦和痛苦。这些人虽然表面上畏惧许翰林，心里却恨不得许翰林早点死掉。

所谓"落井下石者，比比皆是"，许翰林接下来会很痛苦。

许翰林此时仍然在高云燕近前，感受到周围人的目光，许翰林的脸色很难看。

不过，许翰林却没有一丝畏惧，反而冷冷地扫视一圈，俨然"虎死不倒架"。

等到许翰林艰难地支起一条腿从地上站起来，他更是气势慑人，不愧是一方土匪头子。

不过，更多的人是朝着山上而去。

高云燕已经发话，他们恨不得早早地远离高云燕。

当然，也有人想看看彩蛋究竟是什么。

孟天化和王二蛮三人也动身了，动身之前，他们朝着高云燕和黄一琛看了一眼。

高云燕自不必多说，她刚才化身女疯子，已然令人心生恐惧。但黄一琛对孟天化他们来说更需要注意一些，因为在后面，他们还会和黄一琛碰到，说不定会交锋。

因为如此一场大风波，所有参加选拔的人似乎都心绪不宁，心不在焉。

也无怪乎众人如此，实在是九爷设置的这场选拔充满了诡异气息。

为了让选拔顺利进行，竟然连军队都请来了。可军队来这里，真的是为了保障选拔吗？

孟天化和王二蛮心中也有疑问，但他们很快赶到了之前他们打听到的一个"分界点"。

说是分界点，其实是到了这里通关的路径更加明确了。

这依旧是一片树木丛生的地方，但很明显的，有几棵树木被砍伐掉了。在树木被砍伐的地方，留下了三棵极为醒目的树木，主要是这三棵树木上都钉着一块长木板。

长木板呈箭头状，分别书写着三条路径的名称，"水漫坡""土岩洞""火拳场"。

光看这三个名称，显然看不出什么头绪来，但三个名称的第一个字却是五行之数。

也是这个时候，算命先生雷音恍然大悟一般，用右手食指抹了抹自己的八字胡，点着头，很是高深莫测地说道："我明白了，原来这次选拔设置的就是五行之关。"

雷音的话，显然是为了吸引众人的注意力。

孟天化对此不感冒，自然不会在意雷音的话。

可王二蛮怀疑雷音的同时，一转脸，便向雷音虚心请教道："雷音先生，此话何解？"

算命先生便继续装作高人的模样，先抹了抹自己的八字胡，才笑吟吟道："我们上山其实已经经过了两关，这两关分别属木和金。加上眼前的三关，岂不正是五行之数？"

王二蛮略微沉思，急忙反驳道："不对啊，我们只是通过了黑蚂蚁地带。即便那里有众多被砍伐的树木，属'木'一关，可也只是一关，哪里来的'金'一关？"

第四十五章 选择"土"

"王小友，你真是忘性大，我们刚才来的时候你没听到别人说吗？就在我们身后不足百米的地方，半个时辰前曾有两只老虎逞凶。虎者属金，不正应了金之一关？"雷音摸着胡须，似乎已看透了一切。

王二蛮闻听此话，似乎明白了什么，但他没有如先前一般盲目相信雷音，而是说道："照你所说，确实有些道理。不过，老虎也只是两只，我们这么多人，用两只老虎做一关是不是太小气了？再者，就算金木两关说得过去，这后面三关单独列出来又是何故？"

王二蛮问得合情合理，一旁的孟天化也在沉思着这突然明确标出来的三关是何意。

这个时候，算命先生雷音仍然不紧不慢，说道："这水火土三关，专门被标出来，显然是有深意。如果我没有猜错，这三关才是最凶险之处，也是这次选拔的重点。"

雷音的话没有说得太详尽，但也只是一些猜测而已。

孟天化和王二蛮自然也明白这三关的凶险。

而恰巧，雷音说到这里又不说了，这不得不让人怀疑，他就是靠小聪明坑蒙拐骗。

"雷先生，之前两只老虎的事情我也听说了。我们在黑蚂蚁地带的时候，就听到了虎吼声和枪声，那应该就是选拔者和老虎争斗的声音。现在，我们平安地度过那片地带，你不如给算算，那两只老虎是死是活。"王二蛮向雷音提出了一个小难题。

在来的路上，他们确实听到先前的选拔者提到了老虎。并且，那些人还说，两只老虎非常凶，已经伤了不少人，最后在枪支上场的时候，老虎中枪匆匆逃离了。

但也正因为此，众人不知道老虎是死是活，所以刚才路过老虎出没地带的时候仍然很小心。

这个时候，他们遇到老虎的概率很小了，王二蛮的提问无疑是在刁难雷音。

偏偏王二蛮的刁难让人无从拒绝，因为王二蛮后面还有话："雷先生，你之前算到我们会遭遇'虎煞局'，到现在我们只闻老虎声，不见老虎影，我觉得'虎煞局'还没有结束。你赶紧给我们算算，老虎们是不是还活着，我们会在哪里遭遇它们。"

王二蛮挺搞笑的，之前盲目地相信雷音，现在对雷音百般刁难和怀疑，让人无语。

可雷音仍然不紧不慢，接着道："'虎煞局'未必就和虎有关，也未必如此就能结束。不过，既然王小友要求，我就再卜算一下。"

雷音掐着指头，装模作样，一旁的孟天化实在看不下去了，也不管这二人，开始朝着前方走去。

他们此时站的地方，被分成了三条道，但抬头望去，却能隐约看到一个山洞。

刚才再次上山，他们除了听到山大王的事情，也听说了许翰林他们为何会集体下山。

原来，许翰林他们也看到了这三条明确的通关道路，然后就派人去尝试了一下。

那第三处的"火拳场"就是进行格斗的生死擂台，根本没有人选择。

然后，前两处的"水漫坡"和"土岩洞"就被许翰林他们稍稍光顾了一下。

只是这小小的光顾一下，他们连续死了数人。

看到这些凶险，再想想后路被断，许翰林他们怨念深重，这才聚在一起哄然下山。

下山一趟回来，好多人都是郁郁的神情，觉得自己这一趟死定了。

也正是这种消极蔓延的气氛，让孟天化很好奇，前方三处关卡究竟有何凶险。

第一关的黑蚂蚁地带，表面上看凶险无比，却被孟天化的细心观察给破了。这后面的三关是不是也如第一关一般，只是纸老虎，只要找到破解之法就能安然无恙？

孟天化心里思忖着，不知不觉已来到一个巨大的山洞口。

这山洞口并不是很大，高不到三米，宽不过两米，就像是大户人家的大门一般。

但山洞的周围却没有多少杂草，树木也很少，不像是人为清理的，而是原模原样。

山洞的左侧就是通往"水漫坡"的方向，山洞的右侧就是摆下的擂台，也就是"火拳场"。

此时，山洞的周围停滞了几十人，好像下山的人都在这里，却没有一个人敢闯关。

这些人不是坐在地上神情呆滞，郁郁不已，就是愁眉苦脸，东张西望，不知如何抉择。还有的在沉着地准备，似乎已做好了决定，但一应准备还不够让自己放心。

孟天化扫了这一圈，然后对着右侧不远处的"火拳场"走去。

"火拳场"以"火"开头，自然要涉及火的内容。但火拳场就是一个用实木搭建好的擂台，上面铺置了一些红毯，倒有点像是比武招亲的擂台，长宽各不足十米。

在火拳场的北侧，已经有人静坐在草棚内，淡定地喝着茶，像是火拳场的守卫和负责人。

除此之外，唯一让孟天化注意的就是擂台的四周都摆置着一些火盆，似乎在强行拉扯和"火"相关的内容。

孟天化的眉头蹙了蹙，不知道九爷设置的这个火拳场到底何意。

难道，九爷是真的为了杀人，才设置这个擂台的吗？抑或是，他想挑选武艺高强者？

这些内容孟天化一时也想不通，只得摇摇头。

不过，临走的时候，他还是对着火拳场北侧的草棚看了一眼。

草棚之内，几个人坐在椅子上，其中两个衣着和其他人不一样，有点像闯江湖的头头，其他则都是喽啰。但他们有说有笑，从容淡定，和一帮闯关者完全是两个世界的人。

孟天化总觉得这一幕让人脚底生寒，便重新回到了山洞口。

站在山洞口，孟天化似乎只能在"水漫坡"和"土岩洞"之间选择一个。

他和周围的害怕者一样，心中也有忌惮，也害怕死亡。可后路已经被断了，且九爷设置的这次选拔，总不可能一点选拔的意思都没有。他不能光站着，总得试试才行。

也是这时，王二蛮和算命先生雷音来到了他的近前，他向这二人说道："我决定走土岩洞！"

"啊？"听到孟天化的选择，王二蛮吃了一惊，"周围的人都还没有动作，你就这样决定了？"

孟天化没有看向王二蛮，而是坚定地望向土岩洞，并说道："高云燕的话，你还记不记得？越早上山，就有可能越早通关。我觉得，她说的话，未必就是在骗大家。"

王二蛮面露思索，很快就双眸凌厉，说道："你真做好决定了？"

"做好决定了！"

"我听你的，你说进洞，咱们就进洞！"

王二蛮关键时候总是让人意外，做出的决定也异常地果决。

"那我们就进去吧！"

孟天化同样如此，抬脚就要朝山洞里面走去。

可孟天化刚往前走了一步，雷音急忙开口了："等等，容我再算一卦，看看吉凶！"

孟天化出奇地没有显露出不耐烦，而是停下脚步，静静地看着雷音算卦。

与此同时，王二蛮本想训斥雷音，看到孟天化停步静等，他也只好停步等着雷音。

雷音这次却没有掐指而算，也没有拿出罗盘，而是从口袋里掏出了三枚铜钱。

三枚铜钱出现在手中，雷音整个人的气息都变了，竟然变得异常肃穆，异常沉静。

也不见他有什么动作，手中的三枚铜钱突然在空中飞起，竟然从上到下连成了一条直线。

看到这三枚铜钱形成一条笔直的直线，孟天化和王二蛮都呆了一呆。

他们从未见过如此手段，尤其是此时的雷音整个人都充斥着压迫感，像是神灵附体一般。

等到三枚铜钱一次落下，发出不同寻常的钱鸣声，三枚铜钱稳稳地落在雷音的手里。无巧不巧，这三枚铜钱叠在一起，不留一丝边际，若是从上往下看，便会以为只有一枚铜钱。

这个时候，雷音另一只手将算命招牌稳稳地插在地上，然后将手中叠在一起的铜钱摊开，却不用眼睛看，只用手摸，发出了鼓钟一般的浑厚声音："二阳护一阴，煞不冲体，吉！"

随着雷音的话音落定，雷音又变成了那副装模作样的骗子模样，悄悄把三枚铜钱一收，又把算命招牌拿在手中，和孟天化二人道："走吧，两位小友，我们可以进去了。"

可孟天化和王二蛮都带着惊奇，尤其是王二蛮，急忙向雷音问道："雷音先生，你刚才算到了什么？还有，你刚刚说的那些话是什么意思？是算出来的谶语吗？"

雷音微微一笑，空出来的右手抹了抹八字胡："天机不可泄露，我们还是进去吧！"

王二蛮仍然不肯放弃的样子，孟天化却拉了他一把，示意他进山洞。

王二蛮不甘心，却遵从了孟天化的意见。

只是，他们刚要往山洞里面走，突然有人先于他们闯了进去。

也是在他们闯进去之时，旁边有人叫喊道："这位算命先生说了，里面是吉相，我们可以进去！"

雷音当然什么都没有说，可旁边的人看到了雷音算卦，也听到了雷音说的谶语。他们自己认为雷音所说的谶语是指山洞里的没有危险，便蜂拥一般冲进了山洞里面。

想要进山洞的孟天化三人，反倒被挤在了一边。

第四十六章　面临难题

等到好多人随着人流进入山洞之后，孟天化他们才有机会。

孟天化蹙着眉头，刚要示意雷音和王二蛮往里走，一个声音又打断了他们。

"老先生，你之前说我不顺应人和，便会招致小人，为何我现在还没有小人之祸？"

说话的不是别人，正是不久前出过风头的黄一琛。

黄一琛此时神色从容，面带笑意，看似和善异常，却总让孟天化觉得不怀好意。

是的，不久前，雷音先生是和黄一琛说过，黄一琛刚愎自用，不顺应人和便会招致小人。可黄一琛最后反其道而行，没有支持许翰林，反而阻止了许翰林等人。

到现在，黄一琛也平安无事，他此时过来找雷音说话，明显是来拆台的。

可雷音却一点也不怒，反而极为平静地说道："因为你的刚愎自用，死了十几个人，这十几个人的亡魂不会这么消停的。黄探长，其后的道路，你自己自求多福吧！"

"好一个江湖骗子，你果真是伶牙俐齿，此时还要用言语恐吓我。可是，你越是如此，我就越觉得你不可信。你不是说洞里安全吗？我偏偏要走另一条路，我走'水漫坡'。"黄一琛冷哼一声，转头看了孟天化一眼，便毫不犹豫地向着水漫坡走去。

看着黄一琛如此决定，孟天化还真觉得黄一琛有点刚愎自用。

雷音可从来没说过山洞里面是安全的，哪怕他的谶语中提到了一个"吉"字，这个"吉"字未必指的就是山洞，也可能指的是孟天化三个人，更可能指的是雷音自己。

不过，黄一琛选择了另一条路，倒是让孟天化轻松了不少。

毕竟，黄一琛和祝续铭关系明显不一般，他还真怕黄一琛是祝续铭派来杀他的。

一回想起在山下和祝续铭对视眼神的时候，孟天化心里就不安宁。

曹府的偶遇，祝续铭肯定已经怀疑到孟天化的身上，他不对孟天化下手是不可能的。

黄一琛一离开，孟天化就带着王二蛮和雷音走进了山洞。

也是在他们进入山洞之后，他们才发现山洞和他们想象的有点不一样。

刚进山洞的时候，山洞里的通道很狭窄，但是前面却有灯光，能够让他们很快适应山洞里的昏暗。等到他们沿着狭窄的通道往里面走，他们便发现山洞的空间越来越大，简直蕴藏着另一番天地。

也是这个时候，王二蛮十分嫌弃地说道："你们闻到没有？这山洞里面似乎有股怪味。"

王二蛮提到这股怪味的时候，孟天化也在思虑这个事情。

不等孟天化开口，算命先生雷音先说话了："这股味道有点像野兽身上的味道，就像是豢养家犬的犬窝一样，还有股尿臊味。该不会，这山洞里面有什么走兽出没吧？"

雷音的话提醒了孟天化和王二蛮。

之前，在拜访那位彭姓猎户的时候，他们从彭姓猎户口中知道了一些内容。

山大王一家似乎就聚集在这个山坡上，这个山洞会不会是山大王一家的巢穴？

关于这个问题，孟天化他们没有细思。因为他们往前走了没多远，就发现脚底下崎岖不整的道路，一下子变得平坦无比，像是人工修造的一条山洞通道一样。

站在平整的地面上，孟天化停下脚步对着周围看去，却只能模模糊糊地看到一些东西。

此时，孟天化的周围已经没有什么火光，仅有的光亮来源，除了身后位于高处的两个火盆，然后就是前面隐隐能够看到的人群。

人群中，有不少人都是拿着火把的，他们手中的火把很可能就是山洞里面的。

这个时候，孟天化又想起高云燕说的话，"越早上山，就能越早通过选拔"。

难道，高云燕说的是这些火把？

没有了火把，他们连周围的环境都看不清楚，更何谈穿过山洞？

没办法，为了顺利通关，孟天化他们只好回去找火把。

出了山洞，他们看了一圈，唯一能够找到火的就只有火拳场了。

孟天化他们打算去火拳场借火，没想到得到的答复却是必须得在火拳场参加生死争斗。

孟天化他们当然不乐意，可他们突然感应到了什么，觉得这明确标注的三关有着什么联系。

该不会，山洞里面需要的火把需要在火拳场得到，通过水漫坡的东西需要在山洞里找到吧？

对于这种猜测，孟天化脑海中也只是一闪而过，觉得不太可能。

可是，没有火把，他们根本没法看清山洞里的情况，更何谈通关？

眼看着孟天化三个人急得跟热锅上的蚂蚁一样，一个跛脚的男子走了过来。

这个跛脚的男子，衣衫破烂，头顶脏兮兮的狗皮帽，一张黑黑的脸蛋至少有半年没洗了。

可是，这跛脚男子的眼神却极为锐利，犹如毒蛇一样阴冷，却像鹰隼一样慑人。

这跛脚男子不是别人，正是和许翰林纠缠不清的马跛子。

马跛子走过来，孟天化他们一开始也没有看到，只是在山洞口嘀咕着什么。

等到马跛子开口，他们才同时转身，透露出一些警惕。

"你们是不是在找火把？我可以帮你们弄到火把，但你们必须得带上我们一起通关！"

马跛子突然找过来，并且提出这样的要求，自然让孟天化他们心生疑虑。

可他们现在最需要的就是火把，若是马跛子真能找到，他们有什么理由拒绝？

"你们？你指的是……"

之前的争斗中，许翰林最惨，手底下的兄弟只剩下两个，但这两个兄弟也离他而去。

马跛子是和许翰林一起带着人造反的，他的情况也不好。

高云燕手段残酷，她杀人的时候，不是认准许翰林，就是认准马跛子，马跛子手底下也没剩几号人。

加上刚才再一次上山，马跛子非要护着许翰林，他的那些手下也因为害怕受牵连离开了。

孟天化此时开口，询问马跛子口中的"我们"指的是谁，是因为他看到许翰林就在不远处。

在马跛子过来的时候，许翰林一直在不远处盯着这边，似乎很关注这边的情况。

马跛子也感受到孟天化的目光扫了许翰林一眼，便也没有隐瞒："我身边现在只剩下许老大一个了。所以，我想和许老大一起加入你们，希望能跟着你们一起通关！"

马跛子如此说，孟天化总算明白了什么。

可是，孟天化仍有不解，那就是马跛子为什么要选择他们这三个不起眼的人物。

再者，许翰林已经被高云燕下了追杀令。谁拿到许翰林的人头，便能得到一份报酬。马跛子就不怕孟天化他们拒绝？

关于第二个问题，孟天化一想就想通了，那就是马跛子和许翰林已经走投无路，但有一线希望，他们都不会放弃。现在剩下的就是第一个疑问，马跛子为什么看中了他们？

第四十六章 面临难题

听到孟天化的询问，马跛子勉强露笑，一张像是涂了黑土的脸颊也在他的笑容之下形成了丑陋的褶子，给人一种穷凶极恶的恶人相，让人忍不住想要往后撤。

可是，马跛子一开口却十分坦诚。

"实不相瞒，在这些选拔者中，值得信的没有几个，能够保住我们的也没有几个。我和许老大仔细观察过，这些选拔者中，除了你便是黄探长有一丝侠义心肠。可黄探长的心思我们猜不透，倒是你之前和黄探长一起开口阻拦高云燕，给我们很深的印象。我们知道你是一个好人，所以，但凡有机会，我们都不想错过。"

听到这话，孟天化却没有一点自傲，反而皱起了眉头。

"你倒是会抬举人，我即便是一个好人，可我如何有能力保住你们两个人？我们现在都自顾不暇，我想你是打错算盘了。火把的事情，我们会再想办法解决，不劳你们费心了。"

孟天化拒绝了马跛子，那种果决态度，让旁边的王二蛮和雷音吃了一惊。

不是孟天化果决，而是孟天化不得不果决。

先不说，他们对许翰林和马跛子不是真的了解，就说许翰林和马跛子现在的情况，几乎如过街老鼠一般。加上许翰林被子弹打穿了一条腿，即便他残余了一些战斗力，对于孟天化三人来说也是累赘。

要知道，没有许翰林和马跛子加入，他们或许不会引起太多的注意。可一旦许翰林和马跛子跟他们一起，他们势必会成为焦点，更是会成为众人攻击的对象。他们现在自保还行，若是与众多同行者为敌，不说能不能通关，能不能活着都是问题。

"小兄弟，你不要如此决绝，我来找你们不只是因为我们能找到火把，还因为我知道土岩洞中的一些情况。"

马跛子却不放弃，当即抛出了一个诱惑力很大的内容。

这一下子吸引了孟天化的注意力，可下一刻，孟天化还是果断拒绝了马跛子。

在这种时候，权衡利弊是必须的，他清楚地知道把许翰林二人留在身边还有什么样的风险。

"你难道不想知道这次选拔中的彩蛋在哪里？"马跛子又抛出了更具体的内容来。

孟天化依旧不为所动。

"那你就不想知道九爷为何设置这次的选拔？究竟是为了什么样的宝藏？"

马跛子的这个诱惑力更强，可无巧不巧，偏偏他的这个诱惑最让孟天化排斥。

第四十七章 又是洋人

九爷想要寻找什么宝藏，孟天化真想要去了解，倒也不是不能了解到。甚至，他已经知道了一些内容。但他此时不想知道太多，因为他谨记彭二爷告诉他的话。

连彭二爷都要躲着九爷，更何况是他？

眼看着孟天化自始至终态度都不曾变，马跛子略显失望，更流露出一种莫名的悲哀。

"难道，我们兄弟俩就要如此窝囊地葬送在这里？时也，命也，可恨那洋人才刚刚有一点眉目，我们就……"

马跛子兀自感叹着，并向着不远处的许翰林走去，偏偏他最后一句话刺激到了孟天化。

"等等，你刚才说什么？"孟天化急忙叫住了马跛子。

马跛子回头，有些不解地望着孟天化。

孟天化紧接着便道："你刚才是不是提到了洋人？"

"洋人？"马跛子一怔，转而来了精神，"我刚才是提到了洋人，怎么，你有兴趣？"

孟天化并不知道马跛子说的洋人是不是布莱克，但他没有忘记帮林兰和蔡洪找洋人布莱克的事情，所以，只要有一点消息，他都要打听一下。

于是，孟天化便询问马跛子口中的洋人是谁。

马跛子看到孟天化感兴趣，便也没有隐瞒，把和洋人相关的内容都说了出来。

在听到这些内容之后，孟天化愣了一愣，很快想到了很多东西。

让孟天化没想到的是，马跛子口中的洋人真的是布莱克。

不仅是马跛子，包括许翰林参加这次选拔，都是为了寻找那个洋人布莱克的踪迹。

他们之所以找洋人布莱克,是受人所托。

托付他们的不是别人,是布莱克身后的主人,一个在英国领事馆任职的高官。

英国领事馆的高官,自然也是英国人。他们对布莱克失踪的事情很重视,已经花了很多种方法寻找布莱克的踪迹。

后来,英国人了解到布莱克的失踪和九爷有关系,便花钱请了许翰林和马跛子。

许翰林和马跛子利用各自的手段寻找布莱克,然后得知布莱克前两天重新出现了。

他们和林兰以及蔡洪一样,追踪到了千家山这边,想要找到布莱克的踪迹。

不过,许翰林和马跛子想不到的是,他们两个早年间有仇隙的人竟然接了同一份委托。

早年间,马跛子的跛脚就是许翰林害的,所以,在旅馆里他们仇人见面分外眼红,便发生了冲突。

再后来,他们深入选拔之中,也知道这次的选拔凶险万分。

在连续折损了几个兄弟之后,他们便想退出选拔,这才一拍即合地蛊惑其他人一起下山。

他们哪里想到,九爷请来了军队助阵,这就导致了后面的结局。

虽然马跛子和许翰林有很深的矛盾,可他们斗了这么多年,总有些惺惺相惜。看到许翰林遭难,马跛子实在不忍心许翰林就这般死掉,便毅然决然站在了许翰林身边。

听完这些,孟天化不免对马跛子多了一些好感。

想不到他们这些绿林好汉,居然这么注重情义。

曾经的仇人,变成了现在相扶相携的兄弟,这还真是一段佳话。

不过,孟天化对这些情义感慨不多,很快就转到了洋人布莱克的身上。

孟天化询问马跛子掌握了布莱克多少信息。

马跛子本想对此隐瞒,可在思虑过后,他开口了:"实不相瞒,我们现在还没有找到布莱克的踪迹。不过,土岩洞里面似乎有和布莱克相关的内容,我们还有待确认,就因里面的凶险退了出来。"

"哦?"看到马跛子没有隐瞒,孟天化倒是半信半疑,"你们在土岩洞找到了布莱克的一些内容?"

"算是吧!"

"这就奇怪了……"

孟天化很不解。

洋人布莱克,可是九爷好不容易攥在手里的人物,绝不会轻易让他露面。

前两天,布莱克不仅露了面,九爷的这次选拔也有布莱克的一些消息,这不合情理。

除非，九爷有别的想法，这想法还可能和参加选拔的人有关。

想到可能和选拔的人有关，孟天化的瞳孔骤然一缩。

那天晚上抢劫祝续铭，除了九爷就是彭二爷和林兰那帮人。对于这三方人马，孟天化和林兰知道得相对较清楚，但九爷那边似乎什么都不知道。

如果九爷用布莱克来诱引他不知道的那两方人马，他和林兰岂不是都有可能暴露？

还好，林兰和蔡洪没有来参加选拔。

现在剩下的孟天化，虽然答应林兰帮忙寻找布莱克，可九爷的人似乎更关注他和彭二爷的关系。

如此一来，九爷想要用布莱克来诱引他，让他显露出来。但他只要稍微小心一些，便不会有问题。

那剩下的除了他们，估计就只有许翰林和马跛子这帮人了。

难道，弄到最后，九爷要盯上许翰林和马跛子，抑或说是这两个人身后的英国人？

孟天化猜不透九爷的心思，他现在只能换位思考。

如果他是九爷，他很有可能设置这次利用布莱克诱引敌人的法子。

至于诱引的根源，无非是想知道那晚抢劫的人都有谁，又都有着什么目的。若是目的相同，他或许会对目的相同的人下手，然后才好开展下一步的宝藏探索计划。

可要是最后追踪到英国人身上，九爷还会出手吗？

再有就是，布莱克是英国人，九爷抓了布莱克，就不怕英国人找他的麻烦吗？

心里突然涌现出好多疑问，孟天化一时也得不到解决。

但是，孟天化和马跛子交流一番之后做了一个决定，他要带上马跛子和许翰林。

听到孟天化的决定之后，马跛子欣喜不已，很快就控制住情绪赶到许翰林身边通信。

倒是王二蛮和雷音，有些搞不懂孟天化的心思了。

孟天化之前还拒绝，怎么一眨眼又同意了？

如果是之前，孟天化一定会和王二蛮商量，可现在孟天化是直接做决定，根本和王二蛮商量的机会都不给。

不过，王二蛮倒也没有怨言。

在这个时候，就得出现一个主心骨，王二蛮做这个主心骨显然还是不太行。

孟天化有丰富的探险经验，他此时能够主动担当主心骨，王二蛮高兴还来不及。

但高兴归高兴，王二蛮还是忍不住向孟天化问道："带上这两个人，你有把握应对众多虎视眈眈的人物吗？"

"我也不知道,走一步看一步吧!"

孟天化倒不是一个胡乱做决定的人,也不是一个冲动的人。

实在是马跛子和许翰林此时对他们来说作用很大,他们或许一时还真离不开这两个人。

听说孟天化同意接纳自己,许翰林也高兴得很,他在马跛子的搀扶下,很快来到了孟天化三人近前。

说实话,他们在旅馆里见过几面,这还是第一次如此近距离打招呼。

许翰林本身就有土匪头子的气势,此时潦倒至此,气势自然会减弱,可仍给人一种凶悍之感。

不过,在和许翰林接触之后,就会发现许翰林和马跛子是一个类型的人,那就是很注重江湖情谊。

只可惜,他们的江湖情谊似乎没能留住身边的人。

关于这些,孟天化自然不会提起,他只是在和许翰林二人絮叨几句之后便询问火把和土岩洞里面的情况。

火把的事情,马跛子和许翰林说能够解决那肯定能够解决,土岩洞里的情况才是孟天化最想问的。

然后,马跛子开口了:"我和我的人是最开始上山的那批人,来到这三处关卡的时候,我让我的人分散开来试探了一下。火拳场那边的情况不必说,主要就是生死争斗,据说要一连击杀五个人才能够过关。我的人和我当然不希望自相残杀,火拳场也就没有试探的必要了。接着,恐怖而诡异的事情就发生了。我的人刚进入水漫坡和土岩洞没多久,很快就有人回来了。"

马跛子说到这里的时候,一双眼睛都透着恐惧,似乎有些画面他一辈子忘不了一样。

"进入水漫坡的人一共三个,最后只回来一个,却像是中了某种奇毒一般,浑身都发生了异变。这种异变,我从未见过,像是遭遇了某种腐蚀物,半个身子都腐蚀没了。等到他扑到我的跟前想要开口,话语只说了半句,就彻底断了气。"

马跛子讲述这些内容,手掌都攥成了拳头,手指甲几乎都要嵌到肉里。

与此同时,孟天化却沉着脸,陷入了一种沉思。

马跛子说的这些症状,和孟天化印象中的一具尸体很相像,那就是第一天晚上在旅馆门口死掉的那位。

虽然孟天化见识过黑蚂蚁地带的恐怖,也和王二蛮说过,之前来探山的人很可能都是遭遇了黑蚂蚁地带发生了险境。可孟天化心中一直有一个疑问,那就是第一天在旅馆门口死掉的人身上有尸毒的痕迹,这些痕迹不是那些疯狂黑蚂蚁造成的。

此时，马跛子提到的内容，不由得让孟天化产生猜想，水漫坡是不是有尸毒。

不过，这也只是猜想，孟天化还得不到证实。

接着，马跛子继续开口了："探索水漫坡的三个人，都是跟我出生入死的兄弟，我如何能不恼？如何能不痛？等到进入土岩洞的兄弟，也只有一个残废回来，我顿时明白，这场选拔不是我们这等人能参加的。这场选拔对我们这些人来说，就是一场炼狱。"

第四十八章 唐代的遗迹？

"土岩洞里发生了什么？"王二蛮已经听得入神，看到马跛子停顿，他条件反射地问道。

马跛子深吸了一口气，才说道："土岩洞里有什么，具体的我也不清楚，但我那位砍掉自己胳膊的兄弟说，里面蕴藏着机关，稍有不慎便会触发机关，陷入危机。"

"机关？"

这一次，轮到孟天化询问了。

说到机关的内容，孟天化最为熟悉，也最感兴趣。

只是，不等马跛子继续往下说，山洞里面突然传来了几声虎吼的声音。

也是在虎吼震荡的刹那，孟天化几个人条件反射地转了头。

"山大王！"王二蛮更是道出了一个名词。

"是老虎，之前我们遇到的老虎！"许翰林也紧接着开口，却流露出一种惊奇。

关于老虎的事情，他们都已知道。可他们搞不懂，老虎的声音怎么会从山洞里面发出。

按照遇到老虎的人所说，老虎是在黑蚂蚁地带和标注三关的中间区域活动，何时跑到山洞里了？

但这种情况，也不是不可能的。

之前，遭遇老虎的有好几拨人，中间有人被老虎袭击，甚至被老虎叼走。

最后一拨遇到老虎的人据说是黄一琛，但黄一琛将老虎吓走就再没人见过两只老虎。

两只老虎消失不见，难道是通过其他通道进入了山洞之内？

抑或是，老虎趁着许翰林和马跛子带人冲下山的时候，悄悄从正面冲进了山洞里面。

这个时候，孟天化他们又想到进山洞时候闻到的那股奇怪味道。

如果山洞真的是山大王一家的巢穴，山大王一家趁机回巢穴也不是不可能。

不管是哪种情况，老虎已经在山洞里面，这对孟天化他们来说不是好消息。

现在，众人都被卸了枪，剩下的都是冷兵器。用冷兵器对付老虎也不是不可能的，但相对于枪还是少了很多保障。

正当孟天化他们议论的时候，山洞里面突然冲出来一群人。

这些人个个神色惊惶，显然被惊吓到了。

在其中有不少受伤者，却不像是被老虎袭击的，更像是被土石之类的事物袭击。因为这些人都灰头土脸，衣服上都沾着灰尘，如同从一个刚刚崩塌的山洞里冲出来。

看着这些慌乱的人，孟天化几人自然吃惊非常，等到王二蛮凑上去了解情况，这些人都惊吓得不愿言语。

不过，王二蛮这个时候很有耐心，问了一个不愿回答，他就询问第二个，等到十分钟之后，王二蛮回到了孟天化几人身边。

"就像马老大说的那样，山洞里面有机关。这些人中了机关，又遭遇了山大王，这才慌慌张张跑了出来。不过，山洞里面似乎还有其他古怪的东西，把他们吓成了这样。"

"还有其他古怪的东西？"

王二蛮说的内容，让孟天化不解。

土岩洞进了山大王，这已经让人吃惊，现在还有其他古怪的东西。

这样一来，土岩洞的情况，岂不是比他们想象的还要凶险？

不过，孟天化倒是没有退却的心思，反而十分果断地逆着人流冲进了土岩洞里面。

王二蛮他们自然紧随孟天化的身后，包括许翰林和马跛子，虽然行动不便，却一刻不离。

说实话，孟天化这帮人，除了孟天化在之前同黄一琛一起制止高云燕之外，并没有什么其他值得关注的地方。许翰林和马跛子选择跟随孟天化几人，也只是想赌一赌。

这个时候，许翰林和马跛子对孟天化几人仍然不甚了解，心里还存着一些防范。可随着深入土岩洞，他们才真切地明白，他们赌对了，甚至最后都怀着庆幸。

孟天化他们冲进土岩洞的时候，里面的人仍然在往外冲，这期间有不少人把火把扔在了地上。孟天化他们便顺势捡起这些火把，很快每个人手里都高举着两根火把。

第四十八章　唐代的遗迹？

有两根火把照耀周围，他们对周围环境的观察更真切了几分。

等到他们来到之前走到的平坦地带，孟天化对着周围看去，却不由得睁大了眼睛。

就像孟天化刚进来时感应到的一样，周围并不是一个天然的山洞，而是人工凿出来的。

他们脚底下的平坦道路，全部都是用平整的石头铺成的。

在几根火把的照耀下，他们看向通道两侧极为开阔，竟然矗立着一些极为壮观的石雕。在通道的前方，他们隐隐能够看到其他几条道路，简直如同一座地下宫殿。

当然，这里面是不是地下宫殿，得等他们往前走，看得更加细致才能确认。

可看着通道两侧的石雕，王二蛮就忍不住惊叹，向孟天化道："这些石雕是干吗用的？"

孟天化也在关注这些石雕，看这些石雕的模样，状若鬼神，形象威然，他似是想到了什么。但是，孟天化还不是很确定，所以，他还在观看，眸子却越来越亮。

"我一开始以为这是一座汉代的墓穴，现在看来，我想错了。这些是石雕，不是石俑。更重要的是，这些石雕的服饰好多是唐朝的，如果我没有猜错，这是一个石雕工厂。"

"石雕工厂？怎么会？你刚才不是提到唐朝的服饰吗？"王二蛮一刹那不解起来。

"是唐朝的服饰不错，但这里确实不是一座墓穴。你们仔细看左右两侧的石像，尤其是最大的那四座，你们有没有发现什么？"孟天化说着，对着最大的四座指去。

王二蛮条件反射地对着最大的四座石雕看去，却一脸的茫然。

与此同时，雷音和许翰林三人也在盯着四座雕像，然后雷音惊疑了一声，说道："这不是……这不是寺庙里供奉的四大天王吗？"

雷音的话音刚落，王二蛮几人也发现了什么，然后许翰林道："是四大天王没错了，你看那个抱着琵琶的，不是持国天王吗？那个拿宝剑和缠蛇的，是增长天王和广目天王。至于那手持宝伞的，是多闻天王。我在佛寺经常看到这四位神仙！"

许翰林到底是前清的秀才出身，不仅知道四大天王的模样，连其各自的称谓都知道。

其实，雷音提到四大天王的时候，王二蛮他们都认出来了。

只不过，他们不懂孟天化为什么说，这里是一个石雕作坊，而不是一处墓穴。

按照王二蛮期待的，九爷应该找一处真正的墓穴来考验众人。再加上之前那位彭姓猎户说过，这千家山里曾出过盗墓贼，王二蛮本能地觉得这山洞就是一处墓穴。

不等王二蛮他们询问，孟天化主动开口了："墓穴里的石雕有很多种，有的是显示威仪的，有的是用来镇墓的，还有的是用来陪葬的，但从未听说过敢放置四大天王的。你们也知道，四大天王是佛教里的四位神将，他们象征着驱邪镇魔，本就是阴间之物的克星，死人又怎么会将四个克星放在墓穴里面？"

孟天化说出这第一个缘由的时候，王二蛮他们就动容了，知道孟天化说得没有错。

等到孟天化再次开口，他们更是恍然明白了什么。

"你们再看这其他石雕，你们有没有发现什么？"孟天化先问了一句。

"哎呀，老孟，你就别吊胃口了，直接说吧！"王二蛮有些等得不耐烦了。

孟天化微微一笑，也不再矫情，说道："你们有没有发现，这里面的石雕有很多都是光头？这就说明，这里很有可能是一个石雕作坊，或者是一个和佛教有关的地方。可是，你们看，这里面还掺杂着一些人物雕像，且全都是唐代的装扮。如果我没有猜错，我们继续往里走，只要细心一些，便能发现更多关于雕刻的内容。"

孟天化说到这里，虽然让众人相信了这里不是一处墓穴，可要人相信这里是一个石雕作坊，还是让人匪夷所思。

要知道，这里可是山上，谁会想着把石雕作坊放在山上，一上一下不嫌累啊？

更重要的是，如果这里是石雕作坊，为什么没有人知道，甚至一点传闻都没有？

关于这些问题，孟天化也有疑问，但在看到石雕的风格之后，他心中已经有了一些猜测。

他接下来需要验证猜测，所以，他提醒众人可以再往里走了。

孟天化他们沿着平坦的道路一直往前走，没走两步，他们就看到一条道路被分成了三条。

也是在这个岔路口的时候，他们看到了三个恶鬼一般的黑色石雕，一个岔路口一个。

刚用火把照亮这两个石雕的时候，王二蛮他们被吓了一跳，还以为真遇到鬼了。

幸好孟天化及时开口，提醒他们这里不是墓穴，他们才冷静下来。

可即便冷静下来，他们也不敢鲁莽行事了，因为山洞里面蕴藏着机关，他们可没有忘记。

"这突然出现的三条道路，肯定连通着三个地方。我们虽然有火把，可看到的区域还是很少，想要纵观全局，安全通过土岩洞不容易。"孟天化似乎在计较着什么。

上山之前，高云燕说的那句越早上山就越容易通关，似乎在眼前越来越清晰了。

不说这三处通关地点是否有其他原因，就光是这里面的亮光不足就足够让人头疼。

亮光不足，好多东西都观察不到，一些机关的设置孟天化也可能提前发现不了。

第四十九章 触动机关

"接下来,我们需要更加小心。"孟天化提醒道。

"没错,我的人就是在前面出的事。"马跛子也在此时开口,"不过,我的人是沿着中间这条路一直往前走的。我们现在是不是要换一条路,看看其他两条路如何?"

马跛子的话给了孟天化他们提示。

中间这条路是肯定有危险的,但同时,中间这条路的一些机关应该已经触发。经过仔细权衡之后,孟天化决定带着众人走中间的路。

也是在孟天化他们继续前行的时候,他们又一次听到虎吼的声音。

虽然前方的危险让好多人退出了土岩洞,但仍有不少人留在前方,孟天化他们隐隐还能够看到火光。也就是说,他们再走没多远,应该也会同样遭遇山大王。

按理来说,已经有人在前面探路,一些机关已经启动,很可能危机也解除了。可孟天化他们不敢百分百地保证,这也导致他们往前行走的速度十分缓慢,如同蜗牛一般。

也幸好他们如同蜗牛一般,不然,他们还真发现不了一些东西。

这个发现是王二蛮发现的,也是在这个时候,他们一行人再次停下了脚步。

王二蛮发现的是一块还没有雕刻完成的石头,就是他们行走的道路的侧方,在一个深坑里面。

本来他们有些犹豫要不要去深坑里面看看,可除了发现这块半成品石雕之外,他们还发现了另外的石头影子。王二蛮也突然在此时提出一个猜想,会不会这个土岩洞里面出产石材,这才导致这里变成了一个石雕工厂。

这个猜测一提出,立马吸引了孟天化他们的注意力。

虽然石雕和通关未必有关系，可却牵扯到土岩洞的来历。

平日里只是用来打猎的千家山，怎么会突然出现一个石雕山洞？

再有，这个石雕山洞究竟是什么年代的？

从孟天化之前的发现来看，这里的石雕很有唐朝特色，会不会就是唐朝时期的？

要知道，隋唐之前的南北朝时期，佛教兴盛，关于佛教的大兴土木数不胜数。等到了唐朝时期，佛教的兴盛更是达到了一个高峰，众多石雕石刻大多围绕着佛教而行。

眼前的土岩洞，大部分的石雕都和佛教有关，这不得不让人和唐朝联系在一起。

在经过稍稍讨论之后，孟天化他们还是跳到了深坑里面。

其实，孟天化他们走过来的道路，左右两侧都是偏低的地方，有好多地方都有点像深坑。

这是孟天化他们第一次离开道路。来到深坑里面，孟天化他们便开始研究未成形的石雕。

石雕的石材是大理石，包括石雕旁边的一些石材，全都是同出一源。

但也正因为此，孟天化他们更确认了什么。

"从这些石材的情况来看，应该是从同一个地方切割出来的。如果这里真的是一个石材山洞，我们或许可以找到更确切的证据，那就是沿着土岩洞的边壁看一看。"

孟天化提出的建议，立马得到王二蛮几个人的认可。

可他们来土岩洞是通关的，并不是为了查清土岩洞的来历。

"我觉得，我们应该以通关为主，不应该背离主题。"马跛子在此时开口了。

"是的，趁着前面的人还没有死光，我们或许能了解到更多的情况。"许翰林土匪气势依旧。

孟天化当然知道他们的想法，可在他看来，若是连土岩洞的情况和来历都搞不清楚，做什么都是徒劳的。

所谓"磨刀不误砍柴工"，孟天化他们细致的调查，未必不会对其后的通关有所帮助。

当然，孟天化也没有反驳马跛子和许翰林，有些事情他自己清楚就够了。

正当孟天化准备告诉众人可以重新回到主路的时候，不远处的王二蛮似乎又发现了什么。

"老孟，你快来看看，我在这里发现了一些绳索。"王二蛮的声音很粗，也很大，差点就传播到整个土岩洞了。

孟天化本就时时存着警惕，此时听说发现了绳索，他更是第一时间凝聚锋芒，快速走到王二蛮的跟前。

只是，还不等孟天化仔细观察绳索，王二蛮竟然私自触摸绳索。

不，不应该说是王二蛮触摸了绳索，而是王二蛮搬起了一块石头，想要把绳索看得更清。

偏偏那块石头像是某个机关的关键节点，石头一被搬起，绳索刹那间像是什么巨力抽动，发出了"嗖嗖嗖"的声音。绳索如同长蛇一般，不断朝着一个方向飞去。

也是绳索快速抽动几秒后，绳索突然绷直了，然后就没有了动静。

在绳索抽动的时候，孟天化他们所有人都紧张了起来，尤其是王二蛮更是吓了一跳。

可是，绳索绷直后，突然没了声音，这不禁让众人的心脏也微微停滞。

心脏停滞的时候，孟天化几个人的神经都是紧绷的，生怕有什么危险的事情突然发生。

只是，等了好久后，周围仍然没有什么动静，他们的心脏才重新跳动起来。

"没事？"王二蛮更是在此时发出一声庆幸之音。

其他人也在王二蛮的庆幸声中放松下来，可这种放松还不过一秒钟，绳索突然崩断了。

刹那之间，孟天化几个人再次紧张，还不等他们明白要发生什么，他们不远处突然传来了轰鸣声。

轰鸣声一响，孟天化几个人更加紧张了。他们调动所有神经警惕着周围，然后就见道路方向的斜上方，有一个巨大的圆形之物在滚动，轰隆一声落在了道路上。

这还没有完，这圆形之物落在道路上之后，顺着惯性直接朝着孟天化几人所在的深坑而来。

孟天化几个人顿觉一种危机袭来，条件反射地闪躲，并躲到了那个未成形的石雕后面。

圆形之物落入深坑，正好砸中未成形的石雕，并卡在了石雕和道路之间。

孟天化几个人因为惊吓，手里的火把都扔了。可顺着落在地上的火把火光，他们仍能看到那个圆形之物有多大。顺着圆形之物的中间来一个切面，绝对可以比拟一张大圆桌。

这样一个大圆球，若是落在人身上，还不得把人碾成一堆肉泥。

孟天化他们惊魂未定，还没有细致观察大圆球，轰隆一声，又是一个圆球落在了道路上。

圆球还是从同一个方向而来，也要落入孟天化他们所在的深坑。但在撞到深坑中的圆球之后，圆球停滞了一下，转而朝着道路另一边的深坑滚去。

看着两个大圆球从天而降，孟天化他们不知道还有多少圆球。可刚才若是他们站在道路上，无疑要被大圆球砸个稀巴烂，这可比刚才在洞口见到的那些人惨多了。

只是，两个大圆球之后，周围就再没有了动静。

孟天化他们屏住呼吸，过了好久之后，还是王二蛮先开口了："应该没有了吧？"

王二蛮说出这话的时候，带着一种害怕，更多的是一种尴尬。毕竟，大圆球落下来，和他刚才搬石头的动作有很大的关系。

"应该没有了！"孟天化也不确定地开口，然后开始挪动身体，准备去王二蛮搬石头的地方看看。

偏偏这个时候，异变再生，他们跟前卡住大圆球的未成形石雕出现了失衡。

看着近前的未成形石雕开始晃动，还是许翰林第一个发出了示警："快闪开！"

发出示警的刹那，许翰林直接将近前的孟天化猛力往前一推，并条件反射地往后退。

这个时候，许翰林和孟天化距离那石雕最近。就在孟天化被推出去之后，那石雕也像人被推了一把一样，向着大圆球碾压的方向倒去。然后，大圆球有了活动的空间，往前滚动的同时，却也朝着许翰林退去的方向滚动，"嘭"的一声闷响，彻底不动了。

只是，这个时候，孟天化几人彻底傻眼了。

尤其是孟天化，他刚才被许翰林推了一把，恰巧保住了一条性命。

可是，许翰林退去的方向实在有点背，那大圆球落下，许翰林岂不是被活生生砸死了？

"许秃子！"

马跛子首先回应过来，痛心疾首一般吼叫了一声。

与此同时，孟天化几人也同时回神，叫喊着"许老大"的同时，向着大圆球近前冲去。

可圆球实在巨大，莫说刚才发出了一声闷响，即便没有闷响，轻轻擦着一下，也得要人半条命。

这个时候，许翰林已然凶多吉少。

"许秃子，你死得真是太惨了。"马跛子痛苦的眼泪都流了出来，"想我二人明争暗斗了这么多年，你害我折了一条腿，我对你痛恨之心深入骨髓。可今天一系列的遭遇，我觉得我俩都是苦命人。今时今日，你就这般离我而去，我真的好痛苦！不，不，许翰林，你个狗玩意儿，你还欠我一条腿，你特么的还我一条腿来！"

马跛子激动非常，一会儿伤心，一会儿痛恼，状若疯癫。

他来到大圆球跟前，竟然要把大圆球搬开，从大圆球底下将许翰林的尸首挖出来。

孟天化几人见此，也都略带伤心，却又不知道该如何帮助马跛子。

大圆球巨大无比，十几个人都不一定能搬动，如何能把许翰林找出来？

可许翰林刚才也确实是救下了孟天化，牺牲了自己，孟天化心里很不是滋味。

就在孟天化心中有些后悔，不该以小人之心度君子之腹时，一个熟悉的声音从前面犄角的地方传了出来。

第五十章 通关线索

"马跛子,老子还没死呢,你哭什么哭?不就是一条腿吗,老子的一条腿也被子弹打穿了,你还想让老子怎么补偿你?屁股底下什么东西,硌得慌!"

这凶悍的声音,不正是许翰林的吗?

众人听到许翰林的话,全都松了口气。

不过,马跛子倒是不依不饶,和许翰林对骂了起来:"许秃子,你凶什么凶,老子找不到你的尸体,是没法报复你。你还不如被大石头打死,老子挖出一斤半两的尸骨也能鞭尸。"

"马跛子,你够狠,等老子出去了,看老子怎么收拾你。"许翰林气势一点不弱。

"你出来老子怕你啊?你完好无损的时候,老子都能干翻你,更何况你现在瘸了一条腿。"

"老子瘸了一条腿,是为了跟你公平对决。"

看着两个人在嘴巴上你来我往,斗来斗去,孟天化几个人实在看不下去了。

为今之计,得想办法把许翰林从犄角的地方弄出来才行。

在刚才危急的时刻,许翰林也是凭借着本能往一处闪躲,恰好倒在了两块石料之间。

这两块石料,其实是从半成品石雕上切下来的废料。

废料虽废,却在关键时刻替许翰林挡下了大圆球。

此时,大圆球就在两块废石料和另外几处支点支撑下稳定了下来。

不过,许翰林的上面几乎被大圆球封死,他想要从两块废石料之间爬出来也不可能。

孟天化他们在发现了这个情况之后,都皱起了眉头。

许翰林现在的情况,就像是遭遇了一场地震,恰好躲在了一个小空间里。但空间上方都是地震震下来的碎片物品,想要救他,就得把这些物品全部从他身上清理出来。

他们刚才就看过了,大圆球是不可能清理出来的,除非叫上十几个人过来,或是利用一些特别的工具。

可现在人人自危,谁会愿意帮忙,还是帮许翰林的忙?

至于特别的工具,一时半会儿更是不可能弄好的。

孟天化几个人愁眉苦脸,偏偏许翰林自己发现了什么,然后欣喜而道:"我身后好像有空隙。你们等一等,我活动一下身体,看看能不能从后面挪出去。"

许翰林说着,已经开始动了。

孟天化几个人拿着火把,尽量帮许翰林照着。可在照耀的同时,他们发现许翰林的身后都是石头,即便许翰林能够露出半个头来,也不可能安然地从大圆球下面出来。

许翰林显然也发现了这些,可他没有放弃,竟然继续挪动身子,从另一个方位找到了出路。

许翰林不停地挪动身子,寻找可通过的缝隙,在连续挣扎之后,他竟然在靠近道路的位置找到了出口。不仅如此,这个出口,还直接从道路地下穿过,一直穿到另一侧的深坑。

等到许翰林艰难地从另一个深坑爬出来,他已然灰头土脸。至于他的背面,更是出现了多处血痕,显然是被细小石块划伤的。

许翰林脱险,孟天化他们自然轻松不少。可许翰林却没有急着歇息,而是抬手向孟天化他们展示一样东西。

"你们看……你们看这是什么?"许翰林喘着粗气,手里高举着一块用红布包好的东西,"这是我从小洞里顺出来的,不知道是不是和我们这次通关的内容有关。"

孟天化带头接过了许翰林手中的东西,然后在火把的照耀下在一个平坦的石料上打开了那件东西。

红色的绸布一打开,孟天化他们看到了里面的东西,是一枚金色的令牌和一张牛皮纸。

金色的令牌似乎没有什么特别的地方,就是写了一个令字。倒是那一张牛皮纸,竟然勾勒出一幅地图,上面画着弯弯曲曲的内容,就像是藏宝图,却是藏宝图的一部分。

孟天化打开地图的时候,王二蛮他们都在场。

然后,王二蛮开口了:"这张地图会不会是土岩洞的地图?"

"有可能,你看这条道,似乎就是我们正在走的这条道。不过,这明显是全图的一部分。"马跛子也开口了。

"如果真是土岩洞的地图，那我们通关是不是把握更大一些？还有，那个高云燕不是一直说什么彩蛋吗，她所谓的彩蛋该不会就是这地图吧？"王二蛮跃跃欲试起来。

听着他们的议论，孟天化也有这些想法。可孟天化不敢轻易判定，因为九爷设置的这趟选拔有很多诡异的地方，若是九爷故布疑阵，将人引到危险区域也不是不可能。

"雷音先生，你怎么看？"孟天化突然望向好半天没说话的雷音。

雷音刚才也被大圆球吓到了，身上还残留着不少灰尘，可他此时仍然高人般地抹抹胡须，说道："我看未必，是不是土岩洞的地图，我们还得考证；是不是彩蛋，更得考证。不过，这东西藏在通道下面，还真是有点匪夷所思，若不是我们凑巧，谁能发现这东西？"

"说的也是，把东西藏在通道下面，除非知道里面有这样东西，一点点寻找，不然，谁会发现这东西？"马跛子也觉得这突然冒出来的东西未必就是好东西。

"喂，你们研究够了没有？那东西怎么说也是我找出来的，你们先照看一下我这个伤者行吗？"许翰林露出了一些不满，想从地上爬起来，折腾了半天都没起来。

还是孟天化反应最快，快速来到许翰林跟前，搀着许翰林的胳膊把他扶了起来。

也是在扶着许翰林的一刻，孟天化感觉许翰林的胳膊非常粗壮，绝对是个力量强悍的人。

不过，孟天化没有在意这些，而是询问许翰林的情况。

许翰林倒是条汉子，腿被子弹打穿，背后都被石料碎片拉出一条条伤口，还说自己没事。

许翰林虽说没事，孟天化却不敢大意，便停下来和大家一起分析那张地图。

分析地图的时候，孟天化他们也研究了一下他们行走过的通道。

他们走过的通道是一条非常宽的通道，少说也有三米。通道都是由石块铺成，十分得平整。之前，他们一直没有跳到深坑里，也没有靠近观察那些石雕，加上通道两侧有一部分都是石壁，他们自然没有发现通道下面有一些地方留下了通渠般的狗洞。

他们手里的令牌和地图就是从狗洞里拿出来的，通道下是不是还有其他狗洞，有其他东西？

众人刚刚生出这个想法，便想要寻找其他狗洞，看看其他狗洞里有没有东西。

孟天化他们没有激进行事，而是沿着走过的道路寻找了一下，居然还真发现了狗洞。

在狗洞里面，他们也发现了另外一件东西。

这件东西和许翰林得到的东西差不多，一枚令牌加一部分地图。

他们将两张地图一对，虽然拼不到一块儿，却知道两张地图同属于一张完整的地图。

于是，孟天化他们产生了很多猜测。

他们怀疑地图是通关的关键，抑或说，这场通关其实就是一场寻宝。

至于能不能寻到宝贝，那就不好说了。

此时，他们都明白了一点，那就是这场通关是有规则的，而规则是需要他们自己去发现的。

显而易见，令牌和地图很可能是规则的一部分。

这也让他们明了为何九爷没有让人把通关的具体细则说出来，因为这就是选拔。

九爷选拔人才，是为了探索宝藏。这探索的过程，不仅需要蛮力，需要技巧，更需要智慧。像许翰林和马跛子，可以说是力量的化身。孟天化精通机关，便是技巧。至于智慧，这可就说不好了。智慧未必就是一个人的智慧，也可能是一群人的智慧。

孟天化他们明白这些，便也明白他们接下来需要怎么做了。

他们接下来需要以真正探宝的精神来通关。

可惜，他们刚刚分析完这些，就被人给盯上了。

盯上他们的人不是别人，而是从土岩洞山洞折返回来的人。

他们盯上孟天化等人也不是因为别的原因，而是因为他们也发现了洞中潜在的规则。

这是一个四人组成的团体，他们在之前那些人退缩的时候，仍然不顾风险探索土岩洞，可想这四人的与众不同。

此时，他们四人就站在通道上，每个人手里都拎着森寒长刀，冷冷地扫视着深坑中的孟天化五人。

等看到许翰林和马跛子也在其中，这四人先是一愣，露出一些忌惮，但很快这忌惮全都没了。

许翰林被高云燕下了追杀令，马跛子是个残疾，这两个不可一世的人物在没有人跟随之后，根本就没什么威胁。

所以，这四人中的一个开口了："交出来吧！"

"什么交出来吧？"王二蛮身形高大，对着四人瞪了一眼，倒也十分地有震慑力。

四个人举着火把，对着王二蛮扫了一眼，然后又对着孟天化和雷音扫了一眼，很不屑地说道："你们装什么蒜？你们刚才说的我们都听到了，把令牌和地图交出来！"

"我们不知道你说的什么令牌和地图！"王二蛮装聋作哑，此时竟不惧来人带着刀。

说实话，这四个人拎刀的气势很凶恶，一看就是那种沾过人血，或是沾过人命的。孟天化几个人中除了许翰林和马跛子，剩下的个个都不擅长肢体争斗，如何应对？

也不知道王二蛮是太在意这次的选拔，还是觉得自己人多，竟把对面四人唬住了。

第五十一章 打劫的反被劫

对面四人露出了一些犹豫，亦在此时，许翰林和马跛子站在一起开口了："你们这四个宵小之辈，胆子倒是不小，连我和老马的主意都敢打。我问你们，你们是不是真觉得我们是虎落平阳了？我告诉你们，即便我们虎落平阳，对付你们几个小人物绰绰有余。"

"没错，没错，小人物就是小人物，上不了台面的。许老大，左边两个是你的，右边两个是我的，我们把他们包圆了。"马跛子突然变得阴恻恻起来，和先前的形象不符。

不过，这也的确是马跛子的形象，是他展现在众人跟前的形象。

之前，没有和马跛子接触的时候，孟天化和王二蛮也在远处观察过马跛子。马跛子似乎就是一个阴险狠毒的人，尤其是在旅馆里和许翰林针对的时候，更是如此。

此时，许翰林和马跛子先后开口，再加上一旁的王二蛮体格雄壮，对面四个人彻底犹豫了。

可不知道是不是给自己壮胆子，其中一个还是抬高了脑袋说道："你们两个被高小姐针对还如此猖狂。姓许的，你也是有胆子，你不要忘了，高小姐的悬赏还放在那里。"

"你要是有种，就过来取老子的性命，说那么多废话干什么？你要是没种，老子现在就要了你的命！"说着话，许翰林竟然把步子往前一跨，好似真要和四人动手。

对面四人惊了一跳，身子都微微往后一退。

看到这一幕，许翰林知道自己和马跛子的震慑起了作用。

他们要的就是这个效果，至于争斗什么的，对他们来说，此时还真不是时候。

许翰林自不必多说，刚才穿狗洞就遭遇了不少磨难，即便马跛子没啥大碍，一人打四人也肯定吃不消。所以，他们在此时震慑住四个人，也是最好的权宜之计了。

"你们几个小东西，现在轮到你们开口了，你们说到了令牌和地图，是不是你们也得到了？"震慑住四个人之后，马跛子一马当先，反对着四个人威胁了起来。

看着许翰林和马跛子在气势上占足了优势，四个人反倒不知道怎么处置了。

他们拼死拼活，才得到令牌和地图，发现了一些东西，要他们拱手相让，他们做不到。

所以，他们这一次很嘴硬："令牌和地图是你们说的，我们可从没见过。既然你们不愿和我们分享，我们也不逼你们，我们还有自己的事要做，就先告辞了！"

说着话，四个人竟然要跑。

一向做惯了土匪，做惯了打劫之事的许翰林和马跛子，岂容他们就这样离开？

得到令牌和地图的时候，他们分析过了，地图是残缺的。他们需要把所有地图汇集，现在遇到有人拥有令牌和地图，他们决不允许这些人带走，他们要占为己有。

"等等！谁让你们走的？你说你们没有令牌和地图，我们不相信，我现在要对你们搜身！"这话是马跛子说的，他说话的时候，已经从一侧爬上了通道，许翰林和孟天化等人也同时动作。

半路打劫这种事情，虽然孟天化以前探险时遭遇过，可他还从来没有这样做过。

这一次，倒是许翰林和马跛子气势汹汹，让他领略了一次打劫的快乐。

不过，孟天化此时有点担心，他们现在并没有多少实力，万一这次打劫玩脱了怎么办？

可许翰林和马跛子已经站在通道上，想要阻拦也来不及了。

还好，孟天化身上准备了一些防卫装备，加上他的见识也不浅，对面这四个人倒也不惧。

至于王二蛮，他本身体格就很魁梧，自有一番威严。而算命先生雷音也不必多说，常年行走在骗人的道路上，他的那副高人模样什么时候都不愿意放下，唬人没问题。

这样看来，他们五个人组合在一起，表面上倒也能惊吓到不少人。

想想对面四个人，并不知道孟天化五个人的虚实，此时光看气势，他们就已胆怯了。

"是你们自己动手把令牌和地图交出来，还是我们动手抢夺？"许翰林虽然腿部有点不自然，可他那一身凶相不曾变过。此时他一开口，又变身成那个大土匪了。

"你……你们不要欺人太甚！"对面四人小心防备着，不自主地想要往后退。

"我们可不是欺人太甚，是你们自己送上门来的。送上门来的还想跑，江湖可没有这个规矩。"马跛子从腰间掏出了一把斩马刀，那一身凶狠的气息让人不寒而栗。

现在，他们这五个人中，马跛子的战力最强。只要马跛子出手能够震慑到对面四个人，那对面四个人就彻底完了。

马跛子一出手，孟天化几个人都明白了什么。所以，他们也都有了一些动作。

许翰林手上同样有一把斩马刀，王二蛮的手里也是一把从之前争斗的地方捡到的一把短刀。至于算命先生雷音，一块算命招牌就够了。唯独孟天化似乎是赤手空拳。

如此凶相毕露的五个人，简直就是一窝土匪。

"我数到三，你们若还是不交出东西，你们四个人的狗命就留在这里吧！"马跛子说着，往前走了一步，然后数了一个"一"。

等到马跛子再往前走一步，他口中吐出了一个"二"，再然后，就是重重的"三"字。

马跛子很会用气势压人，三个数他喊出来的时候很有节奏感，一声比一声气势逼人。

等到"三"字数完，他也不管对面四人是什么样的表情，直接提着斩马刀冲了上去。

看到马跛子冲出去，孟天化的脸色变了一下，但很快，他也只能替对面四个人默哀。

有些时候，人身处的环境就是这样弱肉强食，你不欺负别人，就是别人来欺负你。

孟天化当然不想见到血，可事关通关，事关他们几个人的性命，此时不见血，如何保命？

"我们交出来，我们交出来还不行吗？"

出乎意料，四个人在关键时候妥协了。

见到四个人妥协，孟天化松了一口气，紧接着又带着严肃的神情盯着对面四个人。

等到四个人交出令牌和地图，并唯唯诺诺、很不甘心地离开，孟天化才彻底放松下来。

让人没想到的是，这个四个人竟然和孟天化他们一样，得到了两份令牌和地图。

四份地图拼凑在一起，孟天化他们总算拼出了一些内容。

从拼凑的内容来看，地图上显示的的确是土岩洞里面的情况，但还是有缺失的部分。

不过，地图上标注了一条路线，不知道是通关路线，还是寻宝路线。

不管是通关路线，还是寻宝路线，接下来，他们就得沿着这条路线行走。

然后，孟天化他们再一次行动了。

他们沿着中间那条路线继续行走，其间再次遇到分岔口他们也没有理会，因为地图上没有显示，他们顶多就是探查一下两侧的深坑里是否有狗洞。也是在这种探查的过程中，他们彻底确定这里就是一个石雕工厂。因为他们看到了更多的石料，甚至还看到了雕刻用的工具。

不过，更吸引他们的却是已经被启动的机关。

他们看到行走的路线中有不少碎石堆积，显然是触发机关后飞射而来的。

望着质地坚硬的碎石，还有偶尔暴露的尸体，孟天化他们忍不住一种心惊。

就像许翰林和马跛子之前说的那样，九爷设置的这次选拔完全就是在谋害人命。

但是，通过这种真实的危险选拔，却也真的能够选出合格的探险者。

"等等！"

就在孟天化他们走到地图上有一个分岔口的时候，他们再次看到两个浑身黝黑的鬼怪石雕。这两个石雕摆在两个分岔口，就和之前的三岔路口一样，却总让孟天化觉得不对劲。

王二蛮不知道孟天化为何突然叫停众人，但看着孟天化对着那两个鬼怪石雕盯去，他们也感应到了什么，一起对着两个鬼怪石雕盯去。

"老孟，这两个石雕有问题吗？"王二蛮看了半天没看出什么来，不由得问了一句。

孟天化没有急着开口，而是继续盯着石雕，过了好半天才说道："这种石雕，我们在第一个三岔路口的时候遇到过，其后再出现岔路口的时候就没有了。现在，这石雕再出现，我总觉得哪里不对劲。"

"不对劲？有什么不对劲？"王二蛮挠挠头，很不解。

"我也不知道，所以我才要查探一下。"

孟天化说着，继续对石雕进行观察。

也是这时，王二蛮很没耐心地道："这石雕有什么好看的，不就是用来吓唬人的吗？最多……最多就是来提醒选拔者，将会有几个岔路口出现，根本没有什么意义。"

"提醒？"

王二蛮的话，却刺激到了孟天化。

孟天化锁着眉头，继续盯着两个石雕。可石雕在火把的照耀下，真的形同两只恶鬼。

加上火把一动一动的，两只恶鬼的头部，尤其是两只眼睛，就好像会动一样，

第五十一章 打劫的反被劫

十分诡异。

　　王二蛮闲来无事，就那样好奇地盯着两个石雕的眼睛，还不时地晃动火把，好像很好玩儿似的。

　　"阿嚏！"

　　突然，算命先生雷音打了一个喷嚏，将王二蛮吓了一跳，手中的火把也掉在了地上。

第五十二章 蜂巢

王二蛮的眼珠子一瞪,对着算命先生雷音叫喊道:"关键时候,你打什么喷嚏,想吓死我啊?"

雷音一脸茫然,很不解:"我打喷嚏是不由自主,王小友,你没做什么亏心事吧?"

"你什么意思?"王二蛮目光不善。

"你没做什么亏心事,怕什么?再者说,这里不是古墓,不会有鬼魂骚扰你的。"雷音开始宽慰王二蛮。

可王二蛮却不爽了。

自从开始怀疑雷音之后,王二蛮愈加觉得雷音不像什么好人。

此时,雷音说出这样的话,真是让他更嫌弃。

只是,不等他继续针对雷音,正在观察两个石雕的孟天化突然发现了什么:"找到了!"

"找到了?什么找到了?"王二蛮第一时间来到孟天化的跟前,不解地问道。

孟天化却不紧不慢,指着两个石像的后面,靠近地面的地方说道:"你们看这里!"

众人不解,都顺着孟天化指的方向看去,然后就看到石像的后面,靠近下面的地方似乎刻着什么字。

等到马跛子拿着火把靠近观看,几个人才看清后面的字,一个石像后面写着"叁",一个石像后面写着"贰"。

看到这两个数字,王二蛮等人都不明白是什么意思,孟天化却说道:"如果我没有猜错,这些数字肯定代指着什么意义。我虽然还不能够完全确定,但我觉得和我们已经发现的通关线索有关。"

"和通关线索有关,你是说令牌和地图?"王二蛮几个人的眼珠子都瞪了一瞪。

"我也只是猜测,还须要进一步验证。"孟天化说着,开始回忆着什么,"我们须要回到原先那个三岔路口!"

"回到原先的三岔路口?"王二蛮几个人更吃了一惊,脸色却不甚好看。

他们现在还真不想回去,先不说他们刚才已经打劫了别人,就是他们现在掌握的通关线索就足够让别人对他们动手。

他们已经深入土岩洞,即便别人知道了他们掌握了通关线索,一时也不会冲进来。即便有人冲进来,他们也可以想办法在这深处躲藏。可他们要是返回,事情就不好说了。

众人将想法提出来,孟天化也陷入了沉思。

但很快,孟天化就说道:"暂时不回去也可以,那我们就往前走验证我的猜测好了。"

孟天化说着,带头走进了左边的岔口。

这一次分岔,和之前的分岔不太一样。之前的分岔仍然在同一个山洞里面,就像是在同一个水壶里面。而这一次分岔,就像是在同一个水壶上开了两个洞,这两个洞延伸出弯曲的壶嘴,连通着另外的水壶。

孟天化他们沿着左边岔口走,很快就进入弯曲的"壶嘴"。他们脚下依然是平坦的道路,在左右两侧,包括上方,只要稍微抬抬脚,抬抬手,就能触摸到墙壁。

说是墙壁,其实就是凿出来的山壁。

沿着这条挖出来的通道往前走的同时,孟天化不忘提醒众人,仔细观察周围,看看有没有什么"彩蛋"。

或许是因为孟天化的提醒,他们一行人刚往前走没多远就听到雷音发出了一声惊疑。

听到雷音的惊疑,孟天化和王二蛮条件反射地以为雷音又算出了什么东西。

不过,等到雷音开口,指着头顶上方的一个东西,孟天化几个人才回过神来。

刚才经过的时候,孟天化也看了雷音所指的方向,但他刚才没有看出什么异样来。此时,雷音一指,孟天化仔细观察,才发现头顶看似正常突出来的一块石头,似乎有点不正常。

为何说这块石头不正常,是因为这块石头的四周和墙壁似乎是分离的,偏偏它没有脱离头顶的墙壁。若是正常凿山洞,绝不会凿出这样的突起出来,即便有概率也太小。

现在他们就是要寻找不正常的地方,所以,这块突出来的石头他们一定要看的。

他们一行人中,王二蛮的个头最高,王二蛮自然成了研究这块石头的首选人。

然后,孟天化几人举着火把,由王二蛮踮着脚尖观察这块突起。

等到王二蛮伸出手指，准备在突起和墙壁之间的缝隙里摸索什么的时候，这块突起突然松动了。

王二蛮微露吃惊，便双手托着突起，然后往下一拽，居然轻松地将突起拽了起来。

也是在这块突起被拽下来的一刻，孟天化他们把火把举得更高了。

紧接着，他们看到，在突起的上方粘连着一个物体，居然是一个不大不小、瓷碗一般的蜂巢。

看着这个蜂巢，孟天化他们吃惊非常。可很快，他们就发现，蜂巢是用某种液体粘在突起石块上的。同时，石块也是在这种液体的黏性下，粘在了上方的石壁上。

孟天化他们有些不解了。

从观察的内容来看，显而易见，蜂巢和突起石块是有人故意粘在上方石壁的。

可是，将蜂巢隐藏在上方石壁究竟有什么作用？

孟天化他们搞不清楚，甚至，他们怀疑这蜂巢是不是参加选拔者弄上去的。

但孟天化他们不敢大意，还是对蜂巢仔细观察着，发现就是普通的晒干了的蜂巢。

难道，通关还用到蜂巢？

孟天化他们觉得不可思议，却想不通有什么地方需要蜂巢。

"不管了，我们先把蜂巢收起来，继续往前走！"孟天化下了决定，吩咐众人继续前行。

就在他们继续前行的时候，狭窄的通道内突然从前方袭来了一阵阴风。

阴风之中，似乎还裹挟着一股腥气。

这股腥气扑面而来，孟天化他们的脸色刹那变化，同时生出了警惕。

也是在这一刻，在他们的正前方，黑暗的通道里，他们看到了一只散发着绿光的眼睛。

在黑暗之中，只有野兽的眸子才会发亮。

一刹那间，孟天化几个人如坠冰窟，几个人的两条腿似乎都抬不动了。

"山……山大王！"王二蛮第一个发出声音，声音却是哽咽的。

他们在没有上山之前，就听说过山大王的恐怖。在上山之后，关于山大王的事情更是没有中断过。甚至，离得老远，他们听到了山大王的吼叫声，心底都是发怵的。

山大王，它之所以有此称号，是因为整座山都是它的地盘，没有人甚至任何动物是它的对手。

可他们极力想要避开山大王，想不到还是在这里碰到了。

"现在怎么办？"王二蛮满心担忧，两条腿都在打晃，他很想往后退，却根本动不了。

眼看着黑暗中的那只幽绿眼睛越来越近，他们火把照耀的地方隐隐能够看到一只巨大而凶猛的野兽影子，孟天化几个人的心彻底沉了下去。

如果他们此时有枪，或许能够和山大王搏一搏，可他们现在除了刀就再没有其他兵器。真要凭借刀刃同山大王一斗，他们必须得抱着死亡的决心，因为他们不是武松，不论是力量，还是技巧，抑或是攻击速度，他们都不可能是山大王的对手。

"嘭！"

就在众人不知道如何应对山大王的时候，许翰林从后面站了出来，直接把手中的火把扔了出去。

也是在火把扔出的一刻，他们将山大王的面貌看了一个透彻。

这是一只巨型虎，足足有半人多高。它的体长更是巨大无比，比一个人还要长。它的四蹄稳如泰山，它的腰背带着一种奇妙的流线，充斥着爆发力。只一眼孟天化就感觉到了巨大的压迫感，似乎它扑过来，五个孟天化都会被它扑杀，而且是一击必杀。

从出生到现在，孟天化从未感受过这种压迫感。即便他闯荡江湖那几年，也不曾遇到这样的凶物。

而且，它的雄壮体形还不是最可怕的，可怕的是它身上的那股凶煞气息。

它本是一只峥嵘虎王，本就充满了王者气势。此时，它只有一只右眼，更是可怕至极。

它那只独眼之中，尽是凶煞与愤怒，似乎人类是它这辈子最痛恨的仇敌。

至于它的左眼，此时紧闭着，还带着血，就像是刚刚被人刺瞎一样。

正是这种鲜活的血色，更给它增添了一种戾气，好似从幽冥中爬出来的一只厉鬼。

毫无疑问，它是可怕的。它的獠牙，它的虎须，包括它的每一个表情都是可怕的。

它并不畏惧许翰林扔出的火把，相反，在看到火把之后，它的一只前爪抬了起来。然后这只爪子轻敏而稳当地落在地上，紧接着，是另一只爪子抬起，再次落下。

它竟然像捕杀猎物一样看着孟天化等人，并一步一步地向着孟天化几个人靠近。

孟天化几个人惊呆了，他们从未见过这样可怕的老虎。

一般来说，野兽都是畏惧火光的，可这只老虎，似乎已经到了什么都不怕的地步。

它要干什么？它要吃人吗？

可它为什么这样做？

难道……难道是为了它的孩子?

那位彭姓猎户和孟天化以及王二蛮说过,山大王的几个孩子似乎被九爷的人给杀了。

从那以后,山大王一直盘桓在这片山头附近,见到人类就袭击,凶性骇人。

这一次选拔,孟天化和王二蛮预料到会碰到山大王。可他们没想到刚遇到山大王,他们打心底就生出了寒意,根本就生不出一点反抗的心思,因为气势上的差距太大了。

可他们好不容易来到这里,又怎么会轻易放弃?

即便明知敌不过山大王,即便知道可能会成为山大王口下亡魂,他们也得赌一赌。

第五十三章 义匪

"我是一个该死之人,让我先来!"许翰林一身土匪凶气爆发,双手举起了斩马刀。

看着许翰林毫不畏死的气势,孟天化突然生出了一种敬佩。

在之前,许翰林在深坑里推开他,救了他一命的时候,他就对许翰林生出了感激。

那个时候他就知道,许翰林未必就是一个恶人。

此时,许翰林一马当先,迎战山大王,而不是为了保命,第一个往后跑,他值得敬佩。

"许秃子,要出风头也轮不到你,你算哪根葱?给老子闪开,让老子来对付这只独眼畜生。"出乎意料,马跛子也双手裹着斩马刀来到了最前面。

眼看着这个时候两个人还要争上一争,孟天化几人却没有一丝不耐,反而更多的是担忧。

这两个人表面上是心狠手辣的江湖恶人,可此时此刻,他们是两条铮铮铁骨的汉子。

不等他们两个争论,对面狰狞凶恶的山大王却先一步扑了上来。

山大王个体极大,速度极快,几乎是一眨眼就扑到许翰林和马跛子的近前。

许翰林和马跛子脸色大变,条件反射地用斩马刀护身,并侧过身子闪避山大王的攻击。

可山大王的凶猛力道,几乎是触之即伤。加上通道狭窄,许翰林和马跛子几乎连排被山大王以力压倒。

许翰林和马跛子当然没有被山大王压在身下,但山大王的巨大身躯擦着他们而过，让他们犹如在鬼门关经过一劫一般。

山大王落在了地上，他的后方是倒地的许翰林和马跛子，他的前方就是孟天化三人。

许翰林和马跛子常年在刀口上过日子都扛不住山大王的一击，更何况是孟天化三人。

可山大王显然不想转身对付许翰林和马跛子，周围的空间太狭窄了。所以，它的凶恶独眼，直接落在了孟天化三个人身上。

被那凶煞的独眼盯着，孟天化感觉像是被死神注视一样，浑身上下都冷了。

尤其是一股属于山大王身上独有的血腥味袭来，更是差点让孟天化神魂离体。

上山之前，孟天化给自己做了一套防身工具。可这套工具应对人类还可以，应对山大王，孟天化没有信心。但眼前的情况，即便再无信心，他也只能试上一试了。

然而，还不等孟天化触发身上的防身暗器，他的身前突然飞出一片白烟，落向两米之外的山大王。

看到这片白烟，孟天化愣了一下，很快就明白了什么。

那不是白烟，而是石灰。

在江湖闯荡，有不少人常备石灰在身边，为的就是防止与人争斗，好来个出奇制胜。

虽然撒石灰的行为有点卑劣，可真正的江湖哪有这种说法？江湖本就凶险，能够防身，能够保命，那便没什么卑鄙可言。

不过，在转头瞥了一眼撒石灰之人，孟天化错愕了一下。

果然，撒石灰的是算命先生雷音。他在江湖上靠卜算行骗，难免会遭人找后账，防身手段肯定不少。不过，他一出手就用石灰，似乎侧面证明了他就是一个骗子。

雷音是不是骗子，此时已经不重要。趁着雷音用石灰粉挡住了山大王的视线，孟天化立马将两只手腕处的暗器触发，对准山大王的头部，或者说是山大王的独眼。

山大王此时就剩下一只眼睛，若是将它这只眼睛也弄瞎，便相当于削掉了它一半威力。

只是，孟天化似乎想错了一件事。

山大王是野兽，且是野兽之王，它不是人，石灰粉什么的，它根本就不懂得。

就在石灰粉撒出的一刹那，山大王已经犹如闪电扑杀而来。然后，山大王犹如地狱中的恶鬼，从石灰粉这片地狱中一跃而出。它浑身已经被染成白色，神似传说中的神兽——白虎！

这一刻，孟天化有一种错觉。从石灰粉中冲出来的不是山大王，而是伴随着白色仙雾的神灵。

孟天化手腕处的暗器已经在此时触发，可他从心底生出了寒气。

他的暗器不管用，他根本不可能给山大王制造伤害，因为暗器瞄准的方位正好和一跃而出的山大王错开了。即便暗器没有和山大王错开，暗器也不可能伤害到神灵。

孟天化呆住了，甚至，他都没有注意到，山大王扑杀的方向正是他所在的位置。

等到山大王的身影越来越近，越来越大，孟天化才恍然回神，可他什么都做不了了。

一切都晚了，他要死了，被山大王这一扑，他肯定凶多吉少。

他想不到，这一次参加的选拔，这一次的探险，不是死在人的手上，也不是机关陷阱上，却是一只野兽身上。

唯一可惜的是，他还有好多事情没有做，他真的还有好多好多的事情没有做。

"吼！"

一声虎啸震动了整个土岩洞，山大王的气势到达了最高峰，它已经稳操胜券，能够扑杀一个人类。

只是，当它的身体马上要触碰到孟天化的时候，另一个影子比它先一步扑到孟天化身上。

孟天化的身体根本不受控制地向着左前方倒去，正好从山大王的身体下方而过，抑或是说山大王的身体从孟天化的身上而过。

这一幕，惊险万分，只要那个突然出现的身影慢上半分，孟天化的头颅都会被山大王的利爪划过。

想想山大王的身躯，想想山大王的健壮前蹄，这一爪下来，孟天化一定会魂归西天。

侥幸活过一命，孟天化彻底惊醒，他转头看着压在自己身上的王二蛮，急忙询问道："蛮子，你没事吧？"

刚才一刻，他虽然躲过了山大王的一扑，谁知道紧扑在他身后的王二蛮有没有躲过。

"好险，简直就是鬼门关走一遭！"

王二蛮骂骂咧咧的声音传来，孟天化松了口气。

可他们此时没有工夫理会其他，因为山大王刚才只是一扑，它眨眼间还会再次来袭。

孟天化和王二蛮都快速从地上爬起，根本没有管刚才一摔有没有摔伤。

他们两个聚在一起，向着山大王的方向看去，却突然听到山大王发出了更加凶暴的怒吼声。

"吼！"

虎吼之声，几乎是震天而响，他们处在通道之内都觉得通道似乎晃动了几分。

他们警惕地看着山大王，浑身的汗毛都是竖着的。可他们很快又发现，山大王似乎出了状况。

刚才雷音的石灰粉并非一点作用都没有起，虽然一开始山大王没有反应，可一扑之后，它似乎才感觉到什么。

也许，它的一只独眼已经被石灰粉撒中，它现在奋力怒吼是因为独眼传来的痛楚。

"趁着这个时候，我们赶紧走！"

算命先生雷音第一个发现了什么，和孟天化他们提醒了一句。

不等孟天化他们动身，雷音已经越过孟天化和王二蛮，向着通道前方跑去。

与此同时，许翰林和马跛子早已从地上爬起来，他们没有跑，反倒想再次对山大王出手。

"雷音说得没错，趁着这个时候，我们赶紧走！"王二蛮也发出声音，拽上了孟天化。

孟天化看到许翰林和马跛子又要冲向山大王，刚要开口，许翰林先开口了："你们先走，我们两个废人殿后！"

听到这样的话，孟天化的脸色唰地变了。

许翰林和马跛子刚才一马当先，已经让孟天化心生敬佩。此时他们竟然要留下来阻拦山大王，更让孟天化觉得这两个人是可信之人，更是可交之人。

乱世多贼盗，贼盗中的义贼义匪又有几个？

孟天化知道眼前不是争论的时候，便也没有说什么，但在临走的时候，他深深地看了许翰林和马跛子一眼。

等到他们全力冲出通道，通道内的虎吼之声更甚了。

孟天化以为许翰林二人已经同山大王交上锋，却不承想许翰林和马跛子很快也冲了出来。

看到许翰林和马跛子无恙，孟天化松了口气，但也多出了一些疑问。

等到许翰林和马跛子说了一下情况，孟天化才明白什么。

原来，山大王被石灰粉迷了眼，暴怒之中横冲直撞，竟向着通道的入口方向跑去。

也许，山大王是知道此时根本不可能扑杀孟天化几个人，这才向着入口方向而去。

不管山大王是什么样的情况，在听到虎吼声渐渐远去，他们才瘫在地上大喘粗气。

此时，他们几乎筋疲力尽，可想山大王的可怕。

要知道，他们才只是和山大王进行了一次正面交锋。

要是在宽阔的场地，多次和山大王对峙，他们肯定是山大王的嘴下亡魂。

第五十三章　义匪

想想之前应对山大王的那些人,个个神色惊惶,他们也突然明白了什么。

能够从山大王嘴下逃脱,这真的是九死一生。

不过,孟天化却明白一个事情,山大王作为一个大阻碍,势必要除掉的。

他们现在不须要返回,可一旦他的一些猜想得到验证,他们还是要回去的。

在休息了几分钟之后,孟天化他们快速凝聚精神,开始继续完成土岩洞的通关之行。

出了通道,他们就到了一个稍微宽阔一点的地方。

不过,这个稍微宽阔一点的地方,相对于通道另一处的宽阔地方小了太多。

他们几个人举着火把,再加上这个宽阔之地有不少火把没被人动过,他们将这里看得清清楚楚。

第五十四章 "美人"图

这是一个大约二进小院大小的地方，若是按长宽而论，长宽大约都是三四十米的样子。至于高度，似乎并不是很高，大概五六米，顶部都是一些被凿得乱七八糟的岩石。

上方有岩石挡护，加上周围也是岩壁，这里倒是不怕产生崩塌。

不过，这里似乎是一个特别的地方，摆放着大量的石料，还有一个巨大的圆台。

圆台是用石头垒砌起来的，看上去十分壮观，尽管这个圆台还只是一个半成品。即便如此，孟天化他们也能够想象出圆台建成的样子。

可圆台建成之后，绝不可能是空空荡荡的，肯定要在上面摆放东西。

刚开始，孟天化还以为是一个类似于古墓内的祭坛，很快，他就否定了这个想法。

"这个台子，该不会是邪教做法用的吧？"王二蛮脑洞大开，提出了一种猜测。

"不是，这里应该是要建设一个佛洞！"孟天化反驳王二蛮的同时，提出了自己的想法。

"佛洞？"王二蛮却不理解了。

虽然他们之前看到了不少佛像石雕，可这也不能证明这里的圆台就是为了佛像而建。

孟天化却没有急着解释，而是对着四周的石壁扫了两眼，然后才道："你们有没有发现，这个未成形的圆台是位于中心地带？而这整个山洞都呈一种圆形，或者说是锥形。"

"你这样说，还真是的！"

"不仅如此，你们看这周围的石壁，看似乱七八糟，却被分成了几乎等分的八部分。而每一部分似乎都呈现一种人像轮廓，这种人像轮廓虽不尽相同，却可以肯定是未完成的石雕。"

听着孟天化的解释，王二蛮几个人的眼神刚开始还流露出不解，很快就变成了震惊。

然后，曾做过清末秀才的许翰林开口了："依你所说，还真有可能是这样。我曾听别人说过，南北朝时期盛行佛教，好多地方都挖山凿洞，只为了建造佛洞和佛家道场。虽然你之前说了，这里很有唐朝的特色，可唐朝一样盛行佛教，这里未必不是为了建造佛洞。而且，我看了一下那个圆台，圆台的四周有一些已经镶嵌的莲花瓣。莲花在佛教里意义非凡，蕴藏着佛性，甚至佛教将莲花作为一种吉祥宝贝。"

"许秃子，你说的这些文绉绉的东西我不懂。不过，我倒是看到了眼前的东西，你们看这些石料，都雕刻着花花纹纹。这些花花纹纹我在寺庙里见过，肯定和佛教有关。"

马跛子也开口了，对着身前不远的一些石料指去。众人看向这些石料，在石料上看到了一些弯曲的纹路，不是像莲花，就是像如意，正是众多佛教建筑的修饰花纹。

"既然已经确定这里面是要建造佛洞，那我们之前看到的那些石像岂不也是为佛洞而准备的？"王二蛮提出了一个疑问，转而很不爽的样子，"这些古代人真够闲的，为了建造佛洞劳民伤财。最关键的是，佛洞建造了一半居然就这么停工了。"

王二蛮说的这些问题，正是孟天化此时在沉思的。

按理来说，佛洞建造成这种程度，再加把劲就可以成功了，怎么突然就中断了？土岩洞在建造的过程中，肯定出现了什么变故，才导致工程中断。

另外，在工程中断之后，土岩洞应该被封死了。不然，从唐朝到现在，为何没有人发现土岩洞？

至于九爷是怎么找到这里的，一切的种种，孟天化还真的没有头绪，只能靠胡思乱想。

"不管这里建造的是不是佛洞，我们已经来到了这里，还是要以通关这件事为主要任务。"王二蛮说着，转头看向孟天化，接着道，"山大王一时半会儿不会回来，我们得趁着这个时候赶紧通关。你现在究竟要求证什么，还是赶紧求证吧？"

"我想求证的是石像后面的数字代指的是通关线索的多少。刚才，我们走的这条分路口的石像后面数字是'叁'，我们需要仔细查找这一路上的通关线索，看看是不是三条。"

孟天化一开口，王二蛮他们总算明白了什么。

但很快，王二蛮就说道："我们刚才发现的那个蜂巢算不算一条线索？"

"应该算吧？"孟天化不能确定，但他总觉得土岩洞里面出现蜂巢太不正常了。

蜂巢是被人为粘在通道上方的，如果土岩洞里没有其他人来过，应该就是九爷等人留下的通关线索。

可蜂巢怎么会和通关线索有关？土岩洞里面难道有什么关卡需要蜂巢？

孟天化搞不懂这些，王二蛮等人更是迷糊，但他们很快就忙碌起来，寻找通关线索。

寻找通关线索的同时，孟天化没有忘记提醒众人，一定要小心土岩洞内的机关。

从进洞到这里，他们已经遇到五处机关。这五处机关他们只经历了大圆球一处，其他四处都是先前进来之人触发的。从这五处机关的特点来看，都和土石有关系，正应了土岩洞的"土"之一关。

但是，这五处机关的触发点却不一样，它们运作的方向也不一样。

就拿大圆球来说，明显是从高处落下。王二蛮触碰了绳子，使得绳子连接的另一头启动，进而触发了大圆球摆脱阻碍滚落下来。这原理虽然简单，可把大圆球搬到高处，绝不容易。

至于其他四处，孟天化虽然没有细致研究，却发现和寻常的古墓暗器机关差不多，不是利用弹力，就是利用挤压力。包括大圆球，是利用了重力，只不过力量源不同罢了。

在火把通明的情况下，孟天化他们将佛洞的情况看得很清楚，这也让他们很快找到了一条新的通关线索。这条线索就在通道出口的旁边，一个石头做成的莲花瓣的底座。

这条通关线索是王二蛮发现的，他在听说莲花瓣之后，便对摆放在通道旁边的莲花瓣产生了兴趣。莲花瓣倒扣在地上，王二蛮本想伸手探探下面有没有东西，没想到伸手就探到了一个用红布包起来的东西。

红布和孟天化他们之前发现的红布一样，但是红布打开之后，却不再是令牌和地图。

看着红布里面的东西，孟天化几个人的表情古怪到了极点。

谁也没有想到，红布里面竟然包着一本"美人"图。

不仅如此，这本"美人"图还是明朝万历年间的册子，对于"美人"图收藏者来说这是至宝。

孟天化本身就是一个古董鉴定专家，他在看过这本"美人"图之后，给估了一个价格，三万大洋。

听到三万大洋的时候，王二蛮几个人的眼珠子都瞪圆了。

王二蛮虽然也是做古董生意的，可他从来没听过一本"美人"图能够卖出这样高的价格。

这个时候，孟天化又开口了："蛮子，虽然你善于同人交流，获取过众多别人不知道的消息。但是，关于'美人'图这一块，你可能不知道。即便是我，也是从我二叔口中知道的。据说，清朝的很多高官都喜欢收藏《金瓶梅》和'美人'图，因为《金瓶梅》和'美人'图在很多时期是被禁的。可越是被禁的东西，就越是有人购买。这本万历年间的'美人'图，如果我没有猜错，应该是'美人'图的巅峰之作，它可不只是'美人'图那么简单。若是遇到一个合适的买主，莫说是三万了，就是五万十万也有人买。"

"五万十万？那不是发了？"许翰林和马跛子眼睛发热，盯着"美人"图看似是男性的荷尔蒙爆发，实则"美人"图在他们眼里早已变成一卷一卷的大洋，全都能听到声音。

他们做土匪做强盗，即便是这次帮人寻找洋人布莱克，恐怕也见不着这么多钱。

"几位小友，你们还记不记得高云燕说过的话，她说通关的过程中有彩蛋。该不会，这就是彩蛋吧？"算命先生雷音也保持不住高人的模样了，隔着眼镜都能看到他的眼睛在发亮。

就在王二蛮几个人一心想着大洋的时候，孟天化却十分地冷静。

孟天化皱着眉头，紧盯着那本绝版"美人"图，心里想的是九爷干吗要放置这本"美人"图。

难道，"美人"图真的是彩蛋，等着人来取走，然后拿出去卖？

不，"美人"图的出现肯定不是这样的深意。

况且，"美人"图的价格并非所有人都知晓，真正了解其价值的没有几个。

虽然古董一行讲究眼力和见识，可孟天化还是觉得"美人"图有着其他的深意。

通关线索，通关线索，他们现在发现的东西肯定都是和通关线索有关的。

心里默默念叨着，孟天化突然打开了"美人"图，从头到尾观看了起来。

只是，孟天化才看了不到两页，从通道方向传来了说话的声音。

一时间，孟天化几人同时警惕起来，简直跟做了贼一样。

他们现在的确是做了贼，因为他们发现了通关的窍门，若是让别人知道，这次选拔就没意思了。

"我们现在不宜和别人碰面，我们先往前走，找个地方躲起来。"

孟天化说着，率先朝着圆台的方向走去。

就在圆台方向的后方，是另外一条通道，孟天化刚才就看到了。

可他们还没有走到圆台之上，他们的眼前又出了鬼怪般的石雕。

孟天化路过这个石雕的时候，条件反射地朝着石雕的后面看去，居然又是一个"叁"字。

石雕就在登上圆台的石阶上，这是不是说圆台上面有三条通关线索？

第五十五章 怀璧其罪

不等孟天化细思，后方的声音越来越近，孟天化几个人加快脚步朝着圆台上面走。

"嘎吱！"

突然，不知道是谁踩在了什么东西上，发出了一个清脆的声音。

也是在这个清脆的声音发出的刹那，孟天化急忙叫道："等等！"

王二蛮等人不明所以，条件反射地止步，可孟天化的眼睛极为锐利，盯在了王二蛮的脚下。

此时，王二蛮的一只脚已经抬起，他的脚下看似是一块寻常的石料，可石料下面穿着一条线。

正是看到了这条细线，孟天化的脸色唰地变了。

他赶紧顺着细线寻找可疑的东西，然后就看到细线由慢至快，以一种超乎寻常的加速度从石板底下抽出来。抽出来的线不再是完整的一条，而是两条，就像是一条绷直的线，突然被人从中间斩断，借着绷直的力道弹了出去。

可是，孟天化眼中一分为二的细线可不只是弹出去那么简单。

这条线的两端肯定连着机关，随着这条线一分为二，两端连着的机关肯定被触发了。

孟天化当然明白这种情况下会发生什么，可他不知道机关的威力有多强，又究竟是什么样的机关。

这一次还是大圆球，抑或是尖细的石子，或者是炮弹似的石块……不管这一次是什么，应该是离不了"土"属性了。

"老孟，我刚才是不是触发了什么机关？"王二蛮突然发现了什么，急忙和孟天化询问道。

孟天化匆忙回神，对着圆台周围盯去，他仍然在寻找细线连接的东西。

可是，这种崩弹式的机关触发，很少有给人反应的机会，他不可能那么短时间发现机关的本质。

"跳进圆台中心的坑里！"

关键时候，孟天化发现圆台的中间有一个坑，应该是用来放置大佛像的。

可这个时候，他管不了这么多了，他只能赌一把，希望王二蛮触发的机关不会袭击到深坑里。

听到孟天化的话，王二蛮几个人快速反应，全都朝着深坑跑去。

也是在这一刻，整个佛洞好多地方落下了灰尘。

不，这些地方落下的不是灰尘，而是干燥、细碎的土壤。

随着这些干燥、细碎的土壤落下，整个佛洞内的火把，几乎是一前一后地熄灭。

原本亮堂堂的佛洞，刹那间变得乌黑一片，让人看不清东西。

此时，孟天化他们还在往深坑里面跳，看到佛洞的亮光熄灭，他们愣了一下，却还是跳进了深坑。

可是，谁也想不到，他们刚刚跳进深坑，深坑里面突然又传来一声绳索绷断的声音。

"不会这么巧吧？"王二蛮惊叫的声音从深坑里面往外扩，孟天化几人同时意识到了什么。

虽然佛洞里面的火把都熄灭了，孟天化他们手中还有两个火把。

在这两个火把的照耀下，孟天化条件反射地抬头，然后就发现头顶一块岩石似乎在动。

"快，离开深坑！"孟天化第一时间想到了什么，提醒众人的同时，已经开始往深坑外面爬。

王二蛮几个人不明白孟天化的意思，他们才刚跳进深坑躲避机关，怎么又要跑到坑外去。

可孟天化的话语，他们没人敢不听，因为孟天化擅长机关，他们都已经知道。

他们几乎是条件反射地朝着深坑外面爬。许翰林和马跛子还好，他们因为腿脚不便，刚刚爬到深坑旁边，还没有跳进去。可王二蛮和雷音可就惨了，他们两个最早跳进去的。深坑足足有一米多深，他们此时再跑出来，身体微微有些吃不消。

与此同时，深坑上方那个被孟天化看出在晃动的岩石，像是流星坠落一样对准了深坑。

岩石的体积不小，孟天化一时也估算不出来，但看岩石的模样，几乎能填死深坑。

这块大岩石若是砸下来，处在深坑中的人铁定会被砸成肉酱。

眼看着大岩石已经坠落，孟天化的眼珠子都瞪圆了。他急忙伸出手要去拉坑中的王二蛮和雷音，却发现王二蛮突然如同猎豹一样从深坑中窜出，这吓了孟天化一跳。

可此时的孟天化根本没工夫理会王二蛮，他赶紧把手伸向后面的雷音，总算在大岩石落下之前将雷音从深坑里拉了出来。

随着"轰隆"一声巨响，整个圆台都颤了三颤，孟天化几人也被这声巨响震得耳朵发麻。

可是，孟天化几人此时却是庆幸的。

他们刚才若是稍微迟一步，就会被大岩石砸中，那他们都将变成一堆肉酱。

"你们都没事吧？"冷静下来，孟天化急忙向王二蛮几个人询问道。

此时，他们手中的火把只剩下一根了，其他的几根全部被大岩石砸在了深坑之中。

这一根火把是马跛子手里拿的那根，虽然光亮不足以照亮整个圆台，却还是能照出孟天化几个人。

王二蛮几人都说自己没事，并庆幸自己没有被大岩石砸中。

只是，一波未平，一波又起。

他们刚才之所以慌乱地来到圆台之上，就是因为后方通道里来了人。

等到佛洞内的情况一变再变，刚刚走出通道的人也吓了一跳。但很快，他们就开始办正事了。

可孟天化几个人怎么也没有想到，这帮人真的是冲着自己等人而来，而且领头的还不是别人，竟是之前打算从水漫坡通关的黄一琛。

在昏暗的佛洞之内，黄一琛带着十几个人，举着七八个火把，很有仗势欺人的意思。

等到黄一琛开口，更是透着一股浓浓的敌意。

也正是黄一琛的声音，让孟天化他们十分不解，黄一琛怎么突然跑到土岩洞来了？

"孟老板，你们几个当真是厉害啊。我听说你们在土岩洞中找到了通关的办法，不知道是不是真的？"黄一琛不愧是做探长的，声音极为洪亮，传遍佛洞还带着回音。

孟天化几个人才刚刚从地上爬起，可他们此时也不敢太过张扬。

孟天化没有急着回话，他在沉思眼前面临的情况。

同一时间，许翰林和马跛子却了起来，他们弯着腰走到莲花瓣后面，将斩马刀掏了出来。

王二蛮和雷音则聚集到孟天化的跟前，似乎和孟天化一样在沉思着什么。

显然，他们都意识到眼前的情况有些紧张。

第五十五章 怀璧其罪 | 237

黄一琛这些人之所以会冲进来，肯定是之前那几个人出了山洞后宣扬的。

　　孟天化当然不想把得到的东西告诉黄一琛这些人，可若是不告诉，他们似乎很危险。

　　当然，关于通关线索的事情，他们现在也没有确切地搞清楚，他们仍须要验证。

　　"我们现在怎么办，难道要妥协吗？"王二蛮透露出一些忧虑，自然不想将到手的东西让人。

　　孟天化仍然没有急着回答黄一琛的提问，而是和王二蛮几个人小声讨论着："我们现在的情况有些不妙，黄一琛等人堵住了我们的后路，我们前面还不知道有没有机关。最主要的是，佛洞内的火把都被第一道机关给扑灭了，我们现在有点像无头苍蝇。"

　　"你说得没错，可是，我们好不容易找到通关线索，真的要和他们共享吗？即便我们想共享，他们这帮人可未必这么想。黄一琛都带头针对我们，这不是什么好征兆。"王二蛮做着分析，一旁的孟天化也意识到黄一琛的突然出现太不正常。

　　之前，在土岩洞洞口的时候，黄一琛可是故意和他们选择了不同的通关道路。

　　而且，黄一琛之前做的事情，让孟天化对他产生了一些好感。这点好感才刚刚产生，黄一琛又来针对他们，这不得不让孟天化怀疑，黄一琛之前是不是一直在伪装。

　　"不管如何，我们现在的情况不太好，若是不把通关线索交出来，他们肯定会一直针对我们。"孟天化神情难看，不远处的火把倒在地上依旧在放光，却只能照到孟天化的侧脸，还是不太清晰的侧脸，"我觉得，我们接下来只有两条路可走！"

　　"哪两条路？"

　　"第一条路，那就是跟他们妥协，要通关大家就一起通关。第二条……"孟天化停顿了一下，沉吟着什么。正当他准备继续开口的时候，黄一琛的声音再次传来。

　　"孟老板，你们商量得怎么样了？"黄一琛一开口就透着已洞穿一切的样子，"我知道你们都是聪明人，现在的情况，可不是我一个人想针对你们，而是所有人都想通关。所以，你们就不要藏着掖着了，要通关就大家一起通关，这岂不两全其美？而且，那位算命先生不是说了吗，要得人和，就得顺应大部分人的心思。"

　　黄一琛此时像是一个说客，却更多的像是被大家推举出来谈判的人。

　　在黄一琛的身边，七八个火把照亮，影影绰绰的都是人，还真有点顺应民意的意思。

　　不过，火把照亮的时候，黄一琛的形象却有点不一样了。

　　之前的黄一琛，身姿挺拔，意气风发，浑身上下都散发着神探长的气势。可现在，黄一琛身上的衣服都破了，甚至一条裤腿都没了，像是遭遇了什么狼狈的事情。

孟天化他们一直没有去看黄一琛，自然也想不到黄一琛从水漫坡通关失败了。

他们此时仍在犹豫！

第五十六章 真实的王二蛮

他们之所以犹豫，一方面是因为他们没有搞清楚到底该如何通关；另一方面是九爷设置的内容让人摸不着头脑，什么彩蛋先不说，地图、蜂巢、"美人"图之类的根本就没有联系。如果他们把得到的东西都说了，黄一琛这些人就一定会相信了？

若是这些人不相信，还诬赖孟天化他们私藏了，他们岂不是很冤枉？

孟天化可是知道，在人绝望的时候，什么事情都可能干出来。

先前凶险的通关和争斗，让好多人泄气了，即便没有绝望，也心怀怨气。孟天化可不想成为这些人的发泄点，说不定，这些人发起疯来，还会杀人。

"不行的话，我们就把知道的说出来吧？我看这个黄探长挺不错的，不像是坏人。"算命先生雷音提出了一个方案，整个人却有点恍惚，不知道是不是被大岩石吓到了。

"不成，不能把我们知道的内容告诉他们。人心险恶，莫说我们现在还不知道具体的通关方法，就算我们知道了，一些自私的人也会一直盯着我们，怀疑我们。"

提出反对意见的是许翰林，显然，他很有江湖经验，知道人性的弱点会在什么时候爆发。

"许秃子说得没错，你们不知道，在之前的通关过程中就有人使绊子。我和许秃子现在又是高云燕追杀令的对象，谁知道会不会有人趁机把我们两个给干掉？"

马跛子说的话，更有说服力。

许翰林和马跛子现在确实是不少人想要对付的对象。不说其他人，就说之前想要抢夺令牌和地图的那四个人，他们说不定会趁机起哄，连孟天化和王二蛮一起报复了。

本来就有所迟疑的孟天化，此时更加犹豫起来。

这时，黄一琛又开口了："孟老板，这一次选拔对我们众人来说都是一件十分凶险的事情。我觉得大家应该精诚合作，不应该在这个时候发生一些不必要的争斗。"

黄一琛开始苦口婆心地劝说着，好像通关这件事对他来说也变得至关重要起来。

说实话，之前的黄一琛对通关并不怎么在意。至少，他给人的感觉就是这样的。可此时此刻的黄一琛似乎急于通关，好像这一趟他遭遇了巨大的打击，让他不得不摆脱危机。

孟天化早就察觉到黄一琛不对劲，但他没有往这方面想。

眼看着孟天化仍然没有回答，黄一琛终于有些急了："孟老板，你应该知道，我并不是很喜欢头破血流的场面。可是，现在大家都很着急，若是你还不肯把得到的东西拿出来分享，我也只好带领大家采取一些特别的手段了。这些手段对大家都没好处。"

黄一琛说得不算太直接，可他的意思很明显，那就是孟天化如果不妥协，他就动手。

黄一琛本身就是一个让人敬畏的人，若是由他带头动手，孟天化几个人的情况会更糟。

然而，一切似乎冥冥注定了一样。

正当孟天化还在权衡着什么的时候，从大圆台的另一头，一片黑暗之中，突然多出了一双幽绿的眼睛。

最先看到这双幽绿眼睛的是算命先生雷音，紧接着雷音就惊恐道："虎煞局，虎煞局！"

雷音边说，边对着两只幽绿眼睛的方向指去。

孟天化几个人同时朝着那个方向，竟然同时生出警惕，并不自主地朝着后方缩了一缩。

原本孟天化还想提出第二个方案，那就是继续往前走，不管前面有没有危险。

可一双幽绿的眼睛出现的前方，将他们前行的路给堵死了。

前有黑暗中的野兽，后有黄一琛等人，孟天化几乎条件反射地选择了黄一琛的方向。

"不是山大王，应该是另一只老虎！"王二蛮的声音在孟天化耳边响起，出乎意料地冷静。

也是这时，许翰林和马跛子又一次拎着斩马刀站在了前面，同黑暗中的野兽对峙着。

"你们先走,我们来对付这只畜生!"

许翰林和马跛子也没有再提出反对意见,算是默认了选择黄一琛所在的方向。

"不行,要走一起走!"孟天化的口吻异常坚定。

之前在通道里的时候,许翰林和马跛子已经替他们挡了一次老虎,这次绝不能再让许翰林和马跛子冒险。

当然,眼前的情况也容不得几个人细说,更不可能展开一场讨论。

不过,孟天化在说完一句之后,紧接着又道:"把老虎引向黄一琛他们,让他们解决!"

许翰林和马跛子闻言,立马明白了什么。

然后,他们几个人一起正面对着黑暗中的老虎,并快速向着圆台下方撤去。

在撤退的时候,孟天化又一次开口了。这一次,孟天化的声音很大,是说给黄一琛听的:"黄探长,我们愿意把我们知道的内容共享出来。不过,我们现在遇到了麻烦。这个麻烦就在我们眼前,希望大家能够一起帮着解决。"

黄一琛听到这话,还以为孟天化几人在通关线索的事情上遇到了麻烦。他刚要回应,前方突然传来了一声虎吼声,黄一琛等人的脸色都变了。

与此同时,孟天化几人前方的老虎动了,像是黑暗中的恶灵,"嗖"地窜到了他们跟前。

有了之前应对老虎的经验,这一次孟天化几个人虽然仍很紧张,可他们的反应比之前快了很多。

许翰林和马跛子率先举起了刀,孟天化也将腿部的暗器触发,阻挡老虎的势头。王二蛮也拔刀要同老虎力战。唯有算命先生雷音像是受惊的小鹿,朝着圆台下方跑去。

老虎势头被阻,更加凶猛,只是一跃便将站在最前面的许翰林和马跛子扑倒。

这一次,许翰林和马跛子没有之前那次那么幸运了。他们倒地之后便发出了一声惨叫,手中的斩马刀也飞了。若是听得细致些,便能从惨叫声中听到骨头断裂的声音。

看到许翰林和马跛子倒地,孟天化和王二蛮紧张异常。

他们此时当然害怕前方的老虎,可眼看着老虎又要下嘴,孟天化和王二蛮不乐意了。

他们不知哪里来的勇气,竟然一同对着老虎杀去。

不过,在前冲的过程中,他们还是分了先后。这主要是因为王二蛮手里还有一把短刀,孟天化除了身上的暗器,什么兵器都没有。所以,孟天化捡刀的时候耽搁了一秒。

就在这一秒之后,王二蛮已经同老虎交锋,孟天化才刚刚捡起许翰林二人扔飞的刀。

孟天化举着刀,刚要对老虎发起冲击,他却借着圆台上那唯一一根火把的光亮,看到了一幕让他震撼终生的画面。

那根火把就躺在地上,已经处于半熄灭的状态,这也导致周围的光线不是特别的亮。可正是这种不太亮的光线,使得孟天化眼中的一幕更加传奇,让人不敢相信。

王二蛮仅仅凭着一把短刀,硬生生将那只巨大无比的老虎击退了。

孟天化不知道王二蛮是怎么做到的,但他隐约听到老虎嘶吼了一声,似乎受了伤。

也是这一刻,孟天化突然想起王二蛮自己从圆台坑里爬出来的画面。当时的情况,大岩石就在头顶,已经开始落下,王二蛮本应和雷音一样反应迟钝,可他竟然自己爬了出来。孟天化当时没有多想,此时不自主地多出了一种猜疑、一种震颤。

除此之外,孟天化还想到之前在通道里山大王扑向他的时候,是王二蛮先扑倒了他。

当时,孟天化只是觉得王二蛮提前动作了而已,此时他才觉得那一幕另有说法。

不等孟天化好好思考,王二蛮突然厉喝了一声:"把刀给我!"

孟天化浑身一战,这才发现王二蛮是在对着他叫。

他条件反射地把手中的斩马刀递给王二蛮,并发现受伤的老虎竟然再次扑了过来。

老虎不愧是山中霸王,在受伤的情况下竟然还能这么快发起攻击。

也不知道这只老虎是不是疯了,再次发动攻击时,居然比先前还要凶猛。

即便王二蛮手中有斩马刀,在面对这只老虎的时候,也只有闪躲的份儿。

王二蛮接过斩马刀就护在身前。在老虎扑来的时候,他快速一个侧身,堪堪躲了过去。

这堪堪躲了过去,在孟天化的眼中是那样惊险,他只是在一旁看都觉得心惊肉跳。

可也正因为此,孟天化对王二蛮更多了一些猜疑。

老虎一扑不中,在圆台上走动着,两只嗜血的眼睛死死盯着王二蛮,似是知道王二蛮是它前行最大的阻碍。

面对这样一只獠牙龇咧的凶恶野兽,王二蛮也像是换了一个人,浑身都充斥着一股杀气。

这种杀气,孟天化见过,许翰林和马跛子身上就有,但绝没有王二蛮身上的恐怖。

王二蛮显然隐瞒了好多内容。

第五十六章 真实的王二蛮

他是一个擅长搏斗的人，在打架方面，他绝不是一个任人欺负的角色。

可有关于他被人暴打的传闻是不是真的，抑或是王二蛮故意制造出来的烟幕弹？

他到底是什么人？

他身上的这股杀气从哪里练出来的？

他这一趟参加选拔究竟有什么目的？

孟天化满心疑问，王二蛮却开口了："这只大花猫暂时不敢冲过来，你赶紧带他们两个下去。"

听到王二蛮的话，孟天化这才想到什么。

可孟天化刚要动作，却仍担忧地说道："你一个人能行吗？"

第五十七章 恶虎之威

"我也不知道，所以你动作得快一点，最好拉着黄探长他们过来帮忙！"王二蛮说话的口气没有多少变化，虽然能听出他很紧张，却也能听出其中一种调侃的味道。

孟天化不是一个矫情的人，他也知道眼前分秒必争，所以他没再说话。他快速来到许翰林和马跛子跟前，将他们两个扶起来，一手搀着一个，带他们快速下圆台。

下圆台的时候，孟天化条件反射地回头看了一眼。

这一眼之后，孟天化就朝着圆台下方的黄一琛等人叫喊道："你们还愣着干什么，先把老虎解决了，不然我们什么事情都做不了。你们若想通关，先杀了老虎！"

黄一琛等人在下方已经看到老虎的半个身子，他们此时都很害怕，哪会有人上前？

不过，在孟天化这声叫喊之后，黄一琛开口了："他说得对，不杀老虎，我们就没法通关。大家一起上，我不信这么多人杀不死一只老虎。先杀老虎，而后通关！"

黄一琛不仅开口了，还第一个冲上了圆台。

其后的人虽有犹豫，却也有两三个胆子大的，拎着刀跟着黄一琛一起冲了上去。

黄一琛等人上了圆台后，孟天化总算松了口气，这才有机会询问许翰林二人的情况。

许翰林和马跛子因老虎刚才那一扑都受了伤，但受伤严重的却是许翰林。

老虎扑过来的时候，力量大部分压在许翰林的身上。加上老虎的爪子锋利，当时在许翰林胸口留下了几道可怖的口子。此时，这几道口子还在继续流血，若是不及时止血，许翰林恐怕命都得丢了。

"谁有创伤药，最好能止血的！"孟天化站在圆台的石阶中间，对着下面一群人叫喊着。

出乎意料，在几秒钟后，第一个上来的竟然是最先逃跑的雷音。

雷音上来之后，第一件事就从身上掏出了几瓶药，然后将其中一瓶递给了孟天化。

递过去的时候，雷音不忘开口，脸上却满满的尴尬："这是我行走江湖常用的特效药，能快速止血。只要把药粉撒在伤口上，伤口几分钟就能止血，并加速结疤！"

雷音介绍的有板有眼，孟天化却懒得理会。在雷音话还没说完的时候，他就打断了雷音："你来给他们上药！"

"啊？"雷音愣了一下。

"你来给他们上药，反正你也没有别的事情，我去帮他们对付老虎！"孟天化快速说着，并把许翰林和马跛子交给了雷音。

等到雷音接手，孟天化先朝圆台的方向看了一眼，发现圆台上的老虎仍显凶狂。黄一琛等四五个人，都是胆魄不凡的人，他们一起上竟也拿那只老虎没有办法。

孟天化的脸色一沉，只好朝着圆台下方再次叫喊道："你们还愣着干什么，难道你们想让这只畜生继续伤人？我告诉你们，这只老虎没人性，它冲到哪里就袭击哪里。你们如果不趁现在就把它消灭掉，等会儿老虎还有气儿，你们都不好过！"

台下的一群人对孟天化的话不为所动，即便有人面露犹豫，却也没有帮忙的意思。

显然，在他们看来，老虎不到他们跟前就对他们没有威胁。

只是，有些时候报应来得就是这么巧。

台下一群人正在犹豫的时候，从他们的身后又冒出来一只老虎。

这只老虎可不同寻常，这是千家山的山大王，比圆台上那只恐怖不知多少。

虽然山大王已经成了独眼，另一只完好的眼睛也被雷音用石灰粉撒中。但它一出现之后，立马陷入疯狂状态，见到人就咬，咬住了就不松口，拖着人就往后面跑。

等到一个人差不多断气了，它又一次扑了上来，再次见人就咬。

连续两三个人被拖走之后，一群人早就如同惊惶的老鼠到处乱窜，各种叫声不断。

眼看着周围的情况越来越混乱，处在稍安全位置的孟天化快速沉思着什么。

山大王的出现显然不寻常，应该是圆台上那只老虎的叫声引来了它。

按照那位彭姓猎户所说，山大王是一家子，这两只老虎应该是一公一母。

而山大王的几个孩子都被九爷的人给弄死了，山大王这才如此痛恨人类。

山大王和另一只老虎已经在千家山闹腾了很久，咬死的人也有不少。它们显然是把孩子的账算在所有人类的头上。而它们在同人类对抗的过程中也受了伤，可它们仍然不肯放弃，这是拼了命也要和人类作对。如此情况，这两只老虎必须得死！

它们不死，来到千家山上的人类就不得安宁。

哦，对了，孟天化差点还忘了一件事。土岩洞似乎是山大王一家的巢穴，人类此时已经侵占了土岩洞。山大王和另一只老虎如此发疯，会不会也因为巢穴被占了？

心里想着这些，孟天化只确定一件事：这两只老虎不除，后患无穷！

虽然山大王一家都挺可怜的，孟天化却顾不了那么多了。

孟天化又一次从圆台石阶中间站了起来。

"大家不要乱，老虎终究是畜生。只要我们把刀握在手里，齐心协力，一定能制伏这两只畜生。"孟天化将嗓门提高，看着不远处的山大王仍在肆虐周遭，心中的那股冷意更浓了。

孟天化心知光靠嘴巴说说是不顶用的，他得带头行动才行。不然，没人听到他的话。

孟天化一咬牙，冲进了混乱的人群中。

在路过一个近乎吓傻的男子身旁，孟天化伸手将他手中的火把夺了过来。

手持火把，孟天化一边往前走，一边脱自己身上的衣服，一边盯着前方的山大王。

孟天化身上似乎也多了一种气势，一种舍我其谁的气势。

估计，这个时候没有人比孟天化更清醒了。

他将脱下来的衣服缠在了火把上，等到火把将衣服点燃，孟天化犹如一条恶狼冲了出去。

他必须得做点什么，他们不能一味地躲避，不能让山大王将他们一个个蚕食掉。

因为衣服的燃烧，孟天化手中的火把火光汹涌，就像是一条火龙即将冲天而起。借着这条小火龙的气势，孟天化冲到了山大王的跟前，将手中的火把挥舞。

野兽都是畏惧火光的，即便发疯状态下的山大王也不例外。它之前不惧怕火把的火光，那是因为火把的光芒太小，所以孟天化将衣服脱了下来，让火把的火光扩了几倍。

只是，孟天化通过燃烧衣服扩大火把的火光太不稳定，因为衣服很快就燃烧完了。

山大王面对衣服燃烧的火光时，条件反射地往后退。等到孟天化手中的火把火光渐渐减弱，山大王那一只恐怖的独眼中散发出迷茫之色，并朝着孟天化低吼了几声。

山大王在原地踱着步，显然有些犹豫，不知道孟天化还能不能制造出刚才的火光。

趁着这个时候，孟天化赶紧扯着嗓子和众人说道："这畜生怕火，兄弟们，把外套都脱了，全部用火把点着来震慑这畜生。"

孟天化举着火把，逆着后退的人群往前冲的时候，就有人看向了他。

等到孟天化亲身示范，通过燃烧衣服将山大王吓退，好多慌不择路的人都冷静了下来。

他们怕的就是没有办法对付山大王，此时知道如何吓退山大王，他们至少能够自保了。

在孟天化再次开口，立马有好多人脱下外套，随时准备点燃衣服来震慑老虎。

可是，孟天化的目标可不止于此，他要灭了老虎，唯有如此，土岩洞才能安宁。

"大家都把衣服点着，只要老虎害怕，我就有办法弄死它！"孟天化向众人宣扬着什么，紧接着又道，"你们放心，我会第一个冲在前头，不会害你们的。若是不把这两只老虎除掉，我们根本没法通关。兄弟们，你们信我一次，也给自己一点勇气，只要除掉这两只老虎，大家都好过。为了通关，也为了我们自己的性命着想，来，把衣服点着！"

孟天化的话，无疑透着一种渲染力。

只是，他的渲染力似乎还不够，众人虽然脱了衣服，却都舍不得将衣服直接点了。

也是这时，对面的山大王发现了什么，又要冲上来。

孟天化的脸色大变，赶紧把刚脱下来的衬衣点燃。

等到山大王又一次被吓退，孟天化终于忍不住一种愤怒情绪，对着其他人吼叫道："你们是不是男人，骨子里都是娘儿们吗？这么多人居然连一只老虎都对付不了！要是没种，还来参加九爷设置的选拔干吗？你们不如回家种地带孩子，都是一群孬包，活该你们没法跟着九爷大秤分金，大块吃肉！"

在一番感染之后，随着孟天化这一段怒骂吼出，终于有人受不了刺激站了出来。

"是啊，爷们儿，我们这么多人居然连一只老虎都对付不了，说出去还怎么混江湖？"

"说得对，我们是要跟着九爷去寻宝的，连这点困难都解决不了，我们活该受穷！"

男人本就是争强好胜的，骨子里的热血一旦被勾引出来，立马连成了片。

随着有人接二连三地开口，已经有人将衣服点燃，那强烈的光芒几乎照亮了整个佛洞。

亦是这时，有人和孟天化问道："你说你能弄死这只老虎，你打算怎么弄死它？"

第五十八章 虎死不倒威

听到询问，孟天化知道机不可失，这是让众人联合对付老虎的唯一机会。他赶紧说道："兄弟们，老虎再强大也不过是一只畜生。我们现在虽然没了枪，可我们手里有刀。我不信老虎的爪牙连刀都能崩断，我不信我们这么多人围不死一只老虎。兄弟们，我们就是五人一组一组地上，也能把这只畜生活活磨死。所以，我们得抓住机会，趁着我们还有衣服，趁着我们还有火把，我们得赶紧把这两只畜生给除掉！"

孟天化的话让突生热血的一群人又犹豫了起来。

他们都明白孟天化的话，可真要和老虎对着干，都是要冒生命危险的。

不过，在热血涌动的情况下，并不是所有人都畏惧死亡，更不是所有人都看不清形势。

尤其是在孟天化说完这些话之后，又说了一段话："哪位兄弟手里的刀借我用一下，我本人虽然没练过武，也不擅长打架，但我愿意打头阵。另外，有哪些兄弟愿意跟着我为大家除害？古有武松打虎、周处除三害，我今天也要做一回大英雄！"

"我铁三柱愿意跟着你一起打虎除害！"

一个身形壮硕的络腮胡男子站了出来，一看就是那种力气惊人的猛汉。

"大家就不要矫情了，杀死老虎是大家共同的责任。有种的爷们儿，站出来一起干！"

另一个精壮的男子站出来，更是鼓舞了所有人的气势。

眨眼之间，众人都叫喊了起来，要一起将老虎弄死。

看着众人都激情高涨，干劲十足，孟天化知道自己做的一切总算没有白费。

于是，他向旁边一个男子借了一把大刀，举着大刀和众人说道："点燃衣服，震慑老虎，其他人跟我一起把老虎砍了！"

孟天化率先行动，其他人都跟了上去。

此时此刻，山大王已然感受到了一种压力。

可是，它没有退却，而是龇牙咧嘴，盯着一群靠近的人类。

它是当之无愧的山大王，即便此时迎着一群恐怖的人类，它也带着王者的尊严。

"吼！"

一声虎吼震荡四周，整个佛洞都颤了三颤。

众人都因老虎的凶恶气势一滞，可看到冲在最前头的孟天化一点犹豫都没有，其他人又立马回神。

最前头的孟天化都不怕，他们有什么好怕的？

只是，谁也没有想到，山大王发疯了一般，后肢一矮，带风而动，犹如闪电飞跃而起。

看着老虎的恐怖身影飞来，众人又是一惊。

"举刀，杀虎！"

偏偏孟天化的声音，又给众人注入了气力，众人一起举刀，对着山大王砍去。

可山大王凶猛异常，越过刀锋，还是在人群中咬中了一个人的肩头。

望着那个人绝望的表情，众人的心脏都是一抽。

还是孟天化第一个站了出来，对着山大王的屁股就是一刀，直接切掉了半条虎尾。

山大王奋力吼叫一声，横冲直撞，似乎要朝着圆台的方向而去。

众人这次没有被虎吼声吓倒，反而因孟天化的一刀彻底提起了气势。

拿火把的拿火把，举刀的举刀，众人就像是上山围捕猎物一样，惊得山大王四处逃窜。

只是，山大王速度就算再快，气力就算再足，在面对一群兴奋而疯狂的人类时也无处可逃。

有人把火把抡在了山大王身上，烧到了它的虎毛。有人把刀砍在了它的身上，让它皮开肉绽。有人抱着石块，竟也砸在了山大王的身上，让山大王雄壮威武的身形几个趔趄，倒在了上圆台的石阶上。

可纵使这般，山大王也没有放弃。它低吼着的同时，独眼透着凶煞，努力让自己的身体往前再迈一分。

都说虎死不倒架，眼前这只半死的山大王就足够震慑周围占据势头的人类。

一直带头杀虎的孟天化此时没有了动作。

他突然发现山大王有些不对劲，它刚才明明还可以伤人，可它似乎还有重要的事情去做。

很快，孟天化发现了什么，他也明白了什么。

但是那一刻，孟天化的眼神中充满了复杂，更流露出一种无法言表的难以置信。

只见，圆台之上，另一只被黄一琛等人围攻的老虎也倒在了上圆台的石阶上。这只老虎也奄奄一息，也在奋力地控制着自己的身体，想要再往前迈上一步。

关于这些，几乎没有人看到。

所以，众人依旧义愤填膺，依旧在攻击两只老虎。

两只老虎都在发出低吼，似乎在交流着什么，孟天化就站在嘈杂的人群中借着火把的光亮看着这一切。

他的眼神更加复杂起来，他明明想要冷如冰雪，偏偏又透露出怜悯，透露出哀伤。

甚至，孟天化恍惚间有一种错觉，佛洞之内，四周被分成八部分的石壁，隐隐有八双眼睛在盯着这一切。

那八双眼睛可不是寻常的眼睛，那是还未雕刻完成的八部众。

八部众，乃是佛教的八类护法天神。佛教宣扬大慈大悲、普度众生，眼前的佛洞却在上演一场杀生。那恍惚间的八双眼睛，似乎在为这两只可怜生灵见证着什么。

突然，位于石阶上方的老虎不知因何滚了下来，正好撞在了山大王的身上。

原本还在攻击山大王的人被这一幕吓了一跳，都条件反射地往后连撤了几步。

等到众人回神，发现没有危险，竟然有些气急败坏，要再次对山大王发起攻击。

"吼！"

可谁也没有想到，山大王竟然在这一刻再次站了起来。

那威武的身躯、狰狞的面孔、凶煞的独眼，带血的獠牙，完全就是人们心中恐惧的源泉。

虎死不倒架！

它，在临死之前，又一次展现了千家山上王者的气势！

只是，它的这个气势只保留了两秒钟，就像是人类的回光返照一样，然后又倒了下去。

倒下之后，山大王的目光再没有看向人类，它的眼里只有另一只老虎。

这一幕，深深地震撼到了孟天化，让他心底油然而生一种众生皆平等的佛家思想。

此时，众人都不敢上前了，生怕老虎再一次站起来，再一次逞凶。

可是，有几个人却不惧怕这些，其中就包括孟天化、黄一琛和王二蛮。

他们一起走到了两只老虎的跟前，虽然仍有警惕，可在到达近前，并用火把照亮的时候，他们都愣了。

接着，是黄一琛先抬头，朝着孟天化和王二蛮扫了一眼，并说道："这是不是有点诡异？"

"你是探长，你见过稀奇古怪的事情比我们多。你都说诡异了，那肯定就诡异了。"孟天化淡定地开口，一双眼睛却不离两只老虎。尤其是在看向山大王的独眼时，孟天化的眉头更是蹙了一下。

孟天化虽然不是一个身经百战的江湖老油条，但他自问见过的古怪之事有不少，却从未见过如此之事。

他以前听说过牛眼泪，却不想老虎也会流眼泪。

如果孟天化把今天见到的和别人说，别人一定会笑着说他在吹牛皮。

老虎怎么会流泪？

老虎凶恶成性，是百兽之王，众多的小动物的天敌。这样的冷血存在、王者存在，怎么会流泪？

可是，事实摆在众人眼前，却不得不让人相信。

原来，老虎真的会流泪。

目光注视着山大王那只独眼，看着独眼眼角流出的还未干涸的眼泪，孟天化百感交集。

两只老虎死在一起，其中一只还流着眼泪，这是不是在告诉世人，老虎也有情？

但这种事情太过荒谬了，孟天化几个人都不敢相信。

"两只老虎都已经死掉，现在是不是可以处理通关的事情了？孟老板，你们寻找到的通关线索，是不是可以和我们分享一下了？"

正当孟天化为两只老虎暗自感慨的时候，一个极不和谐的声音从人群中传了出来。

不过，这种不和谐，似乎只是对孟天化几个人来说。

对于周围众人来说，这种不和谐，再和谐不过了。

众人的转变之快，虽然有些出乎预料，孟天化却又能够忍受得了。

只是，后面的事情发展，是孟天化永远也想不到的。

孟天化稳了稳情绪，从地上站起来，将目光扫了一圈众人。

看着火把的照耀下，一双双眼睛都在盯着自己，透着陌生的冷酷，孟天化有些心寒。

这些人，就是一群不团结的乌合之众。

可偏偏这群乌合之众，在利益相同的时候，简直就如同一支训练有素的疯狂军队。

孟天化抵抗不了这种目光，这种目光比山大王的目光还要可怕，这才是食人的目光。

"大家来这里，都是为了加入九爷的团体。如果大家能够一起通关，这当然是最好的。就像你们知道的那样，我们确实找到了一些线索，也可以说是一些彩蛋。但具体怎么通关，我们还没有研究透彻。不过，我们不会隐瞒，我们会和盘托出。"

孟天化的第一段话就让众人兴奋不已。

大家来参加九爷的这次选拔，已经受到了不少惊吓。若是真有通关的具体线索，大家当然想知道。对于那些已经抱有放弃想法的人来说，这更是一个好消息。如果所有人都能一起通关，那更是再好不过了。

看到众人的表情，孟天化暗自叹了口气。

莫说通关线索具体是怎么回事还不清楚，就算真的有通关线索，未必所有人都能通关。

孟天化不会把自己的想法告诉众人，他只是尽力保证自己的人不被围攻。

说实话，如果不是形势所逼，他真不想和这一群人接触，因为这群人的转变太快。

第五十九章 小人得志

"按照我们目前掌握的情况来看,寻找通关线索需要大家一起努力,因为通关线索所在的地方五花八门,光靠几个人是不可能找全的。我们目前找到的通关线索主要有这么几件,分别是金色的令牌和土岩洞地图的一部分,还有这本绝版'美人'图。"

孟天化真的没有隐瞒,说话的时候,就把几样东西拿了出来。

众人看到这几样东西,都想上前近距离观看,更有人想把通关线索拿在自己手里。

孟天化自然感受到了这些贪婪目光,可他没有理会,接着道:"另外,我还发现了一个可能存在的线索。"孟天化说着,对着石阶下方的一个恶鬼石雕指去,"就是这种在岔路口存在的石雕。在石雕的后下方,都写着一个数字,这数字很可能和通关线索有关。如果我没有猜错,每一个石雕后面的数字都代表着这段路存在的通关线索数。当然,我们还没有来得及去验证,这需要大家一起齐心合力去验证!"

说到这里,孟天化露出了一些笑容,并把目光转向了黄一琛。

也是这时,孟天化才发现黄一琛的形象有点变化。

黄一琛原先完好无损的衣服,此时已经有些破损,一条裤腿只剩下膝盖以上的部分。

孟天化很想询问黄一琛经历了什么,但他还是以目前的事情为主,和黄一琛道:"黄探长,你是大家伙推举出来的领头人,我该交代的都交代了,你有什么要说的?"

黄一琛虽然衣衫有破损,身姿仍旧挺拔,探长的气势犹在。

他对着孟天化盯了两眼，似乎在用他探长的敏锐目光寻找孟天化身上的破绽。

在没有发现孟天化身上的破绽之后，黄一琛开口了："我没有什么好说的，我相信你在此时也不敢有什么隐瞒。接下来，我们可以商量一下寻找所有通关线索的事情了。"

黄一琛开口，似乎真的有领头人的气场。

只是，在台阶下面的一群人中，还是有人提出了异议。

"等一下，黄探长，我有话要说！"

听到这样一个不和谐的声音出现，黄一琛的脸色有些难看。

他都已经一锤定音了，这个人还要开口，这不是和他黄探长过不去吗？

"你说！"黄一琛忍着一种不耐烦道。

"是这样的，黄探长，我觉得我们还是有必要搜一下身的。万一他们隐藏了一些线索，那对我们大家来说岂不是一种蒙骗？俗话说，做人不能光听一面之词，我们需要彻底地确认一些东西。"

这个开口之人獐头鼠目，尖嘴猴腮，三十多岁，头发梳得油亮，活似一个汉奸。孟天化一开始还没有认出来，等到他把目光扫向许翰林和马跛子，孟天化认出他了。

这个人正是之前想要抢夺孟天化等人手里通关线索的四个人之一，而且还是领头的那个。

当时，他带着其他三个人想要抢夺通关线索，最后反倒是他们手里的通关线索被许翰林和马跛子给抢了。估计，这四个人现在都很郁闷，他们想借机报复孟天化等人。

报复就报复呗，不就是搜个身吗？

孟天化心里这样想着，却怎么也想不到这四个人竟然会无耻到这种地步。

"你想要搜身？你确定？"黄一琛目光中流露出一些冷意，平日里的探长派头摆了出来。

黄一琛的探长派头可不是一般人能受得了的，尤其是平日里没干好事，心里有鬼的人。

开口说话的男子显然不是什么好人，在感受到黄一琛的目光之后，就忍不住讪笑起来。

不过，他倒是不害怕黄一琛，接着说道："黄探长，我是为了大家的利益着想。通关线索这么重要的事情，容不得马虎。您是做探长的，应该能理解我的心情吧？如果您实在不理解，那您问问大家伙的意见。兄弟们，你们说要不要进行搜身？"

这个男子一张口，将众人推到了前面。

众人纷纷附和，表示要搜身，通关线索的事情马虎不得。

面对众人的意见，黄一琛沉着脸，明显有些不高兴。尤其是看向开口男子的时候，他的目光更冷了一分。

这个男子黄一琛认得，叫裴永根，是北京城附近帮派的一个小头目。

平日里，裴永根就带着手底下几号人欺男霸女，这种小事黄一琛根本就懒得去管。

想不到，这个平日里他瞧不上的小人物，竟然当众跟他对着干。

当然，裴永根也不是小人物。按照黄一琛记忆中的资料来看，裴永根不简单，他好像和某位旅长是亲戚。正因为这层关系，裴永根所在的帮派老大有时候都得让着他。

都说宁惹君子，不惹小人，裴永根就是典型的小人。

黄一琛心里计较了一下，没有急着回应众人，而是把目光投向了孟天化几个人。

孟天化一脸的无所谓，又把目光投向王二蛮几个人，王二蛮几个人也无所谓的样子。

于是，黄一琛和裴永根开口了："你把大家的意见都提了出来，那就按大家的意思办。不过，我希望这种事情只发生一次。如果有下一次，我会让你长长记性！"

"是是是，就一次，就一次！"裴永根嘿嘿笑着，两只小眼睛眯得都快看不见人了。不过，下一秒他就变成了一只令人讨厌的老鼠，趾高气扬，对着自己人吩咐道："兄弟们，开工了。黄探长让我们搜身，我们一定要搜出专业人士的水准来。"

他的大手一挥，立马有四五个人对着孟天化几人扑去。

然后，在众目睽睽之下，几个人肆无忌惮地对孟天化几人搜身，完全像是几个土匪。

孟天化还好说，他早已有所准备。

只是，许翰林和马跛子一向硬气，突然被几个小喽啰如此对待，心中憋了老大的火。偏偏搜他们身的两个人，下手没轻没重，直接摁在了他们的伤口上，他们彻底火了。

"滚你娘的，你他娘的想害死老子？"许翰林一脚踹倒搜他身的人，紧接着龇牙咧嘴，很痛苦的样子，"老子身上有重伤，你专门朝伤口摁，你是不是想害死老子？"

看到许翰林发飙，马跛子也紧接着发飙了："老子是伤员，你对待伤员能不能轻点？"

眨眼间，搜身的两个人一前一后被许翰林和马跛子弄倒，这让周围的气氛骤然紧张。

那个叫裴永根的男子，看到许翰林和马跛子此时还这么横，尖瘦的嘴唇都歪了。

他把步子往前一跨，对着许翰林和马跛子讥讽道："你们两个残废凶什么凶？

你们不要忘了，你们现在还是高小姐的悬赏对象。只要大家伙儿乐意，一人一口唾沫都能淹死你们。搜你们的身，你们还趁机摆谱。怎么，受伤也是你们嚣张的资本？"

"小子，你说话最好注意点。别人我或许不知道，但就你小子，来十个老子能捏死十个。"许翰林此时是重伤状态，脸色也很苍白，偏偏他那股土匪的气势不减。

"许秃子，你太抬举他了。就他这种毛都没长齐的货色，来一百个我也能照单全收！"马跛子也开口了，一脸的谈笑风云，完全就是和许翰林一起合伙针对裴永根。

裴永根的脸色难看了一下，似乎脸上无光。

可是，谁也想不到他居然还能沉住气，冷笑着道："你们喜欢嚣张，那就使劲嚣张吧！不过，有些话我得说在前头，通关线索的事情必须得谨慎再谨慎。所以，搜你们的身是必要的，如果你们还有意见，我可以满足你们提前去见阎王的心愿！"

"小子，你有种再说一遍？"

"你们不要自欺欺人了，说句不好听的，你们现在就是通关的工具，待宰的牛羊！"

裴永根似乎早已看透什么，也不再和许翰林以及马跛子掰扯，亲自对他们动手搜身。

眼看着裴永根就要凑到跟前，孟天化和王二蛮站了出来。

他们虽然因为通关线索被众人盯上了，但他们也不是软柿子，想捏就能捏。

更何况，这个裴永根算个什么东西，他凭什么带头搜大家的身？要搜身也是黄一琛带头！

孟天化和王二蛮护在许翰林和马跛子跟前，就如同两座门神。

之前，是许翰林和马跛子替他们挡老虎，这次，轮到他们保护许翰林和马跛子了。

似乎感受到孟天化和王二蛮身上的决心，裴永根往后退了一退。

不过，这个裴永根没有放弃，他反倒流露出一种不屑，摆出他平时在北京城的恶霸姿态。

"兄弟们，你们都看到了，他们真是硬气啊。都到了这个份儿上，他们还不知道自己几斤几两。我敢向你们保证，他们身上肯定藏了其他通关线索，还是至关重要的线索。"裴永根仗着人多，开始对众人蛊惑起来，打算拉着其他人对付孟天化几人。

孟天化几人朝着众人看去，很想说些什么，可他们看到的却是冷漠的目光。

这冷漠的目光，实在令人心寒，实在令人害怕。

第五十九章 小人得志 | 257

就在刚才,要不是孟天化主动站出来鼓舞众人打虎,他们不知道会有多少死在这里。

可裴永根的一两句话,就把他们说动了。

也许,他们是想通关;也许,他们是想早点结束这场选拔。可他们是不是太心急了?

孟天化知道这个时候说什么都没有用,他说得越多,众人对他们的冷漠就多一分。

没办法,孟天化只好把目光投向旁边的黄一琛。

第六十章 人心难测

黄一琛此时沉着脸，竟然露出了些许犹豫。

孟天化不知道黄一琛在犹豫什么，难道，他想看着裴永根对许翰林二人暴力搜身？

马跛子还好说，许翰林的伤势很严重，伤口一旦撕裂，很可能就威胁到生命。

"黄探长，你就不说句话？"孟天化只好开口提醒黄一琛。

黄一琛这才站出来，和众人说道："大家听我说，他们几个就在这里，根本不可能跑掉。而且，他们刚刚带头将两只老虎打死了。难道，我们要忘记刚才的并肩作战吗？我觉得，我们应该对他们多一些信任，他们是好人，他们救了大家的命！"

黄一琛说的都是事实，可偏偏黄一琛的话音刚落，裴永根就冷笑了起来。

"他们救了大家的命？我看，是他们差点害了大家的命吧？"裴永根的一句话立马引起了所有人的注意，裴永根看到这里，得逞般地笑了，便趁机接着道，"你们还记不记得？最开始老虎是怎么出现的，就是他们招惹出来的。如果不是老虎出现，他们根本就不愿交出通关线索。他们是想让大家伙拼命，保住他们自己的性命！"

裴永根的话，无疑戳中了众人的一根弦。

虽然仍有一些人能看得明白，可更多的人是被裴永根给蛊惑住了。

裴永根说的是事实，最开始那一只老虎的确是孟天化他们引出来的，他们也的确是为了保命才愿意走下圆台。

看到众人因自己的话产生了猜疑，裴永根赶紧趁热打铁，接着道："至于后面出现的独眼老虎，我想大家都明白是怎么回事了吧？就是他们引来的那只老虎发出吼叫,那只独眼老虎才会出现。这位姓孟的兄弟带头打虎,这也确实不错。可若是没有他们引出老虎,哪里会出现打虎的事情?所以,他们打虎是理所应该的。"

裴永根转移众人的注意点,把注意点都集中在孟天化等人的错误上。

刚开始,这种转移效果不大,可随着裴永根嘴里叭叭叭的,很快有不少人埋怨上了。

他们也觉得是孟天化他们引来了老虎,让他们陷入了危机。孟天化几个人带头打虎,这不过算是弥补错误,根本就算不上一种恩情。

众人看向孟天化几个人的目光彻底变了,简直跟看着仇敌一样。

孟天化从来没想过事情会变成这样,他也没想过仅仅几句话就能让众人以德报怨。

可这些人从来就没想过,即便没有孟天化几个人遭遇老虎,老虎也是一直存在的。

如果不是孟天化带头,一鼓作气将两只老虎除掉,这两只老虎还会害人。

只是,孟天化现在是有苦说不出。

即便他有理由反驳裴永根,可形势已经变了,不是之前他鼓舞众人打虎的时候。

现在,众人对他有怨言,他开口说话只会遭人嫌弃。

更重要的是,他们掌握了通关线索,这是众人都想要的。

人在自己想要的东西面前,喜欢自我催眠,他们巴不得孟天化几人对他们造成的是伤害,而不是产生了恩情。这样一来,他们就不会有心理压力,就会心安理得。

这种事情,孟天化不是没有见过,这就是人,这就是人性。

越是这个时候,孟天化就越要少说话。

只是,孟天化可以少说话,王二蛮几个人却憋不住了。

他们又没犯法,又没怎么样,凭借自己本事找到的通关线索,怎么反倒要受制于人?

王二蛮要开口怒怼裴永根等人,孟天化眼尖,立马给拦下来了。

这个时候,唯一能够掌控局面的就只有一个人了,那就是黄一琛。

黄一琛是探长,他本身就有威信,加上裴永根就是一个小人,他肯定能震慑得住。

只是,当他看向黄一琛,并向黄一琛示意的时候,黄一琛却没有开口。

黄一琛没开口,裴永根却接着开口了。

"还有一个事情,刚才黄探长说,这里有两个重伤者,他希望我们放过这两个人。听到这句话的时候,我差点就笑了。兄弟们,你们看看这两个重伤者是谁,他们是高云燕高小姐点名要的人物。我们不取他们的人头就不错了,还要放过他们，这是什么道理？如果不是我不想杀生，我真想现在就宰了他们去高小姐那里领赏！"

裴永根此时无疑主导了众人的思想，他是蛊惑之后再蛊惑。

如果仅仅冲这一点来说，孟天化都佩服他。

不过，眼下的情况似乎对他们越来越不利，他们必须得做些什么扭转才行。

可孟天化想了半天，也想不到一个扭转的法子。

这人，一旦被利欲熏了心，根本就不好拉回来。

本来，黄一琛可以帮忙扭转局势的，可黄一琛突然沉默，让孟天化心里都发了慌。

黄一琛现在的态度是什么意思？难道，他要默认裴永根牵引着众人针对他们？

不管黄一琛什么态度，他们现在靠不了黄一琛了，实在不行，他们只能拼死一搏。

"黄探长，所以我们现在要做正确的事情，而不是趁机拉关系。"裴永根又一次开口，这次把目标对准了黄一琛，"我知道，在之前阻止高云燕的时候，你和孟老板彼此惺惺相惜。可这也不能成为你维护孟老板等人的理由。为了大家共同的利益，你得做出正确的选择。这样，你才是大家的代表。不然，你只是一个探长！"

裴永根几乎是小人得志到了极点，就差骑在黄一琛脖子上拉屎了。

偏偏黄一琛仍然沉默，这让人很不解。

刚才，裴永根刚开口的时候，黄一琛还警告裴永根只许一次。

这一眨眼，裴永根直接把黄一琛都搞哑火了。

看着黄一琛默不作声的模样，脸上也没有什么特别的表情，孟天化和众人心中都是一阵不解。

相对于其他人来说，孟天化对黄一琛的这种表现很失望，他突然觉得他看错了黄一琛。

果然，仅仅一两件事情，是不可能看透一个人的。

"黄探长，你要是舍不得发话，那我就代替你发话了。我要做的事情，不，是大家伙儿要做的事情，你应该明白。我们并不想因为不小心而错过了通关的机会，所以，搜身是一定要搜的！"说了半天，裴永根就是想借大家之手报复孟天化几人。

和黄一琛说完话，裴永根脸上的笑容几乎浓郁到了顶点。

他现在掌控了整个局面，他现在是这里的主宰。

不过，在掌控一切的时候，他还有一个事情要做，那就是先刺激刺激孟天化几人。

裴永根将目光投向了孟天化几人，笑容一敛，不咸不淡地说道："你们几个有什么想法，是主动给我们搜身，还是我们暴力搜身？"

望着裴永根的小人模样，孟天化几乎都要气笑了。

可形势如此，他们若是不选择正确的道路，只会让他们自己痛苦。

不等气愤的王二蛮开口，孟天化代替众人开口了："你们搜身可以，不过，我有一个要求。在搜许老大和马老大的身体时，你们一定要小心些。不然，我们就算来一个鱼死网破，也要拉上两个垫背的。"

孟天化口气强硬，向所有人表明了态度。

甚至，在说话的时候，孟天化的目光冷冷地扫过了众人，其中竟少有敢跟他对视的。

他就知道，这些人昧着良心，仍然难以安宁。

"就听孟老板的，搜身的时候小心一些，绝不能要了人命！"

孟天化的话音刚落，裴永根刚要回应，一直没有说话的黄一琛开口了。

黄一琛开口的时候，浑身都给人一种压迫感，一双眸子更是如同冷电一样慑人。

裴永根纵使不惧黄一琛，却也不敢在此时反驳黄一琛。

"好，就听你们的，搜身的时候小心一些。不过，这身怎么搜，必须得听我的！"

裴永根冷哼一声，似乎早有了打算。

关于裴永根的打算，孟天化没有多做关注，因为他的目光都放在了黄一琛身上。

在这最后节骨眼，黄一琛开口。

可这最后节骨眼，黄一琛开口还有用吗？

事实证明，黄一琛的开口不顶用了。

等到裴永根亲自带人搜身的时候，裴永根几乎做出了令人发指的事情。

裴永根果然没有用什么暴力的手段，可他搜身搜得非常细致，稍微有一点嫌疑，他都会询问半天。好多不属于通关线索的东西也被裴永根给收了上去，其中就包括孟天化的防身暗器。

等到裴永根搜到许翰林和马跛子身上的时候，他做的事情比用暴力搜身还恶心人。

许翰林和马跛子的伤口处是用破布条当纱布使用，裴永根非说破布条里面藏了东西，要拆开破布条。孟天化和王二蛮在一旁阻止，裴永根就用众人来威胁他们。

而这所谓的众人，此时竟然都听从裴永根的。

不仅如此，这些人都冷漠地站在一旁，看着破布条从许翰林和马跛子身上一点点解开。

纵使许翰林和马跛子是高云燕悬赏的人物，他们的表现也太冷漠了。

原本就对众人寒心的孟天化，这一次彻底寒了。

原来，人比老虎可怕。

山大王虽然凶猛，可总有应对的办法，但人心、人性根本就无法预料。

不过，也正是因为这些人的冷漠，孟天化再也无法对他们真诚起来。

所以，当那块一时被孟天化遗忘的蜂巢被裴永根怀疑上时，孟天化没有说真话。

可即便如此，裴永根还是把蜂巢切成了四份，看看里面有没有藏着东西。

第六十一章 祖宗附体

在裴永根的尖酸刻薄与疯狂之下，孟天化三个完好无损的人还好说。许翰林和马跛子却差一点丧了命，因为他们一时急火攻心，导致伤口崩开，当时都疼得晕了过去。

如此这般，已经让孟天化他们觉得疯狂了。

可他们没有想到，裴永根等人做出了更加疯狂的事情。

在搜身完毕，几条通关线索摆出来之后，裴永根竟然提议暂时限制孟天化几个人的人身自由。

裴永根提出这样的建议理由很充分，是怕孟天化他们还有私藏，怕孟天化他们趁机跑了。

为了让限制人身自由更有保障，黄一琛被推举出来带人留守。

有黄一琛做保险栓，只要孟天化他们有异动，黄一琛肯定能察觉，并阻止这些异动。

于是，在裴永根的安排下，一大堆人都有了任务。

这些任务主要分为两部分，一部分人看守孟天化几人，另一部分人去寻找通关线索。

寻找通关线索的一拨人暂且不说，且说孟天化和看守他们的黄一琛等人。

裴永根一带着人离去，黄一琛就来到了孟天化的跟前，向孟天化道歉。

看到黄一琛脸上真诚的歉意，孟天化却不领情。

他们一开始太过信任黄一琛了，他们以为黄一琛能够掌控全局，可黄一琛的能耐也就那么点。

在裴永根主导暴力搜身的时候，黄一琛虽也出言阻拦，更多的却是静观其变。

也是那一刻，孟天化对黄一琛彻底失望了。

不管黄一琛是有苦衷，还是特别想结束九爷的这次选拔，他都和之前的黄一琛大相径庭。

之前，黄一琛为了阻止争斗，连命都不要了。可这一次，他却很厌地站在了一旁。

不仅如此，在和孟天化道歉的时候，黄一琛居然振振有词地说道："众口铄金，我也是没有办法。如果我刚才出头了，就没有人能够保护你们了。现在，我也是委曲求全。但这样一来，有我在，也就没有人敢轻易对你们下手，你们应该理解我！"

孟天化听到这样的解释，很想来一句："要不要我再送你一块儿卧薪尝胆、忍辱负重的好人牌匾？"

孟天化当然不屑再和黄一琛理论这些内容，在他心里，黄一琛已经变了质，和祝续铭以及裴永根一个味道。不管黄一琛是不是在水漫坡经历了什么，黄一琛变味了。

将黄一琛随意打发，孟天化便和王二蛮以及雷音照顾许翰林和马跛子。

许翰林和马跛子因为刚才的暴力搜身，伤势更重。尤其是许翰林，已经容不得一丁点的马虎。

许翰林甚至已经留下遗嘱，向孟天化几人表示感谢，说自己临死前还能遇上他们这帮投缘的人，算是他命好。

孟天化几个人当然要安抚许翰林，同时，他们也开始商量着如何解决眼前的困局。

他们现在因为得罪了众人，被众人视为仇敌。

他们不能够再犯众怒，更不能硬来，只能想别的办法。

不过，他们的情况，倒似乎被算命先生雷音说中了。

他们得罪了小人，招来了小人之祸。

之前，算命先生雷音说过，小人之祸不能硬来，得通过软的来解决。

可眼下似乎软的都不行了，他们必须得想出更好的办法来。

就在他们商讨应对小人之祸的办法时，王二蛮突然和孟天化小声嘀咕了一句。

此时，他们几个人都聚在圆台之上，几步之外就有两个人把守，在圆台下面还有几个人把守。

圆台周围都已经被火把照亮，整个佛洞再次显露出半完成的状态。佛洞周遭的石壁，被分割出来的八部分，也清晰无比，让人联想到佛教的八部众，亦能联想到八部众围绕的圆台将放置些什么。这样亮堂的情况下，孟天化他们几乎是插翅难飞。

不过，在王二蛮说完之后，孟天化朝着圆台的某个方位看了一眼。

只一眼，孟天化的脸色就变了。

然后，孟天化近乎自言自语地说道："果然，在这里触发机关的时候，我就想到了，恶鬼石雕后面的数字，未必指的就是通关线索，也可能是机关的多少。蛮子，你发现的这个内容提醒了我。不过，我还是觉得恶鬼石雕后面的数字，也可能代指通关线索。这也就是说，土岩洞里有多少机关，也可能有多少通关线索。"

"你说的都是些什么，我问你的问题你还没回答我呢？这个机关的破坏性有多大？我们能不能利用这个机关逃走？"王二蛮关注的重点，显然和孟天化的不一样。

孟天化回过神来，对着王二蛮盯了一眼，这才又想起一个重要的事情来。

之前，忙于应对老虎，又忙于应对裴永根等人的刁难，孟天化倒是忘了王二蛮身上的问题。

此时，想起了这个问题，孟天化就灼灼地盯着王二蛮，把王二蛮盯得都有些发毛了。

可孟天化像是没感觉一样，继续那样盯着王二蛮，并说道："蛮子，你跟我说实话，你还有多少隐藏的东西？"

"啊？"王二蛮不明所以，却更像是装疯卖傻，"你啥意思？"

孟天化的目光犹如刀子一般，继续盯着王二蛮，再次说道："你别跟我装糊涂。你平时打架都打不过别人，关键时候一人挡住了一只老虎，你敢说这里面没猫腻？"

"啥猫腻？"王二蛮依旧不解，却给自己编了一个说法，"我刚才也不知道啥情况，感觉浑身充满了力量，根本不惧怕那只老虎。我觉得，我应该是祖宗附体了！"

"祖宗附体？"

孟天化惊诧莫名，觉得王二蛮扯谎太能扯了。

他只听说过三清附体、罗汉附体，还从没听说过祖宗附体。

"你别不相信，我的祖上是八旗子弟，给皇上当过御前侍卫。我的祖宗厉害着呢，力大无穷，武艺高强，三五十个人都近不了他的身。我刚才的表现，很有可能是祖宗附体。"王二蛮却自圆其说，那认真的表情完全把他自己都给蒙骗了一样。

孟天化心知王二蛮有意想隐瞒，他不可能问出什么，也就不再询问了。

可王二蛮却不依不饶，坚持说自己是祖宗附体，还要孟天化也相信是这么回事。

孟天化顿时头疼，觉得不是自己疯了，就是王二蛮疯了。

不过，他们很快又转到了另外一个问题上。

裴永根虽然带着人离开，去寻找线索了，可孟天化他们找到的通关线索并没有被带走。

这些线索就在他们不远处，摆放在一个石板上。按照众人的意思，这些线索是大家的，就要摆放在大家的眼皮子底下，不能有任何人将之占为己有。

孟天化他们此时讨论的问题，正是这些通关线索。

目前来看，这些通关线索乱七八糟的，根本组不到一块儿去。

可孟天化隐隐觉得，这些通关线索不可能一点联系都没有。

就拿那个蜂巢来说，肯定有古怪。

不过，裴永根在鉴定蜂巢的时候，将蜂巢掰成了四瓣，也不见有什么蹊跷。

可孟天化仍然坚持着这一点，不仅如此，孟天化总觉得，他们摆脱困局的方法就在这堆不相关的通关线索中。

只是，孟天化他们还没有来得及想办法去细致研究这些通关线索，裴永根带着人气急败坏地回来了。

裴永根本来就给人一副小人模样，此时他气急败坏地回来，更是让人感觉要杀人似的。

等到裴永根怒气冲冲地赶来，并对着孟天化他们破口大骂，孟天化几人才明白是怎么回事。

裴永根带着人离去，自然是为了寻找通关线索。不过，他们是按照孟天化的建议去做的，那就是先把土岩洞搞得亮一些，这样才能更精准、更快地找到通关线索。

可通关线索没找到，他们去把土岩洞搞亮的过程中就死了好几个人。

这些人死亡的原因，都是因为土岩洞里存在的机关。他们将每一个岔口后的机关数量好好数了一下，发现机关数量正好和岔口处恶鬼石像后下方的数字一模一样。

如此一来，裴永根等人自然生疑。

所以，他带着人回来后的第一件事就是对着孟天化破口大骂，觉得是被孟天化设计了。

面对裴永根的指责，孟天化自然不会承认。他反倒向裴永根问了一个问题："你们在发现机关数量和恶鬼石雕后面的数字一样时，有没有去寻找通关线索？有没有去对比一下通关线索的数量是不是也和恶鬼石雕后面的数字一样？在提到恶鬼雕像的时候，我已经和你们说了，我只是在进行一种猜测，须要去验证一下。你们如果把死人的事情赖在我身上，我认了，但我可以对天发誓，我从未想过要害人！"

孟天化的话语掷地有声，一张平日里吊儿郎当的面孔，此时愈加沉稳而内敛。

这样的孟天化，不禁让人生疑，究竟哪一副面孔才是真正的孟天化？

也许，这两副面孔都是孟天化。

"哼，只能说你命比较大。如果不是找到的线索也和石雕后面的数字一样，你刚才就会变成一具死尸了。"裴永根恨恨地开口，手臂对着身边的人一挥，那个人立马从身上取出几样东西，放在了通关线索专用的石台上。

看到裴永根新找到的几条线索，孟天化他们流露出一些好奇，很想上前看一看。

第六十二章 "美人"图的秘密

　　裴永根看到了这些神情,还以为孟天化几个人很清闲,他立马说道:"你们几个人听着,不要以为把你们限制在这里,你们什么事情都不要做了。在我们寻找通关线索的时候,你们几个要把这些线索好好整理一下,最好能理出一些东西出来。不然,你们几个在这里也就没有什么作用了。没有作用的人,活着也就没有意义!"

　　裴永根的话,几乎是赤裸裸的威胁。

　　孟天化几个人的眉头都是一蹙,看向裴永根的目光也带着不善。

　　可裴永根似乎很喜欢孟天化几个人的这种表情,在开怀大笑之后,又带着人离开了。

　　只是,裴永根永远也想不到,孟天化几个人此时对通关线索求之不得。他们巴不得守在圆台上,看着一件件通关线索白白送来,然后他们只须动脑便可得出答案。

　　在裴永根离开之后,孟天化他们就走到了放置通关线索的石板前。

　　他们将线索进行了分类,金色令牌和地图放在一块儿,其他杂七杂八的另外归置。

　　金色令牌此时已经六块了,分拆的地图此时也找到了六块,已组成大半个土岩洞的地图。

　　在这张地图上,他们已经能够大致看出一些东西来。

　　地图上标记了几条路线,在这些路线上,恶鬼石雕摆放的位置也给画了出来。

　　不过,其中两道完整的路线并没有什么,似乎就是引导人深入机关、寻找通关线索的。

但在这幅还不完整的地图上，却有一道用粗线画出来的路线。

这条路线正是孟天化他们走过的路线。

按照他们现在所处的位置，他们想要继续走这条路线，须要沿着圆台另一侧的通道继续走。

至于通道的另一侧有什么，这正是现在的地图上所缺少的。

当然，通道的另一侧有什么，裴永根已经派人去查探了，孟天化他们暂时没有机会。

理了一下地图上的内容，孟天化他们把重点放在了其他杂七杂八的东西上。

除了一本"美人"图和被裴永根怀疑上的蜂巢之外，裴永根刚才又带回来两样奇怪东西。

这两样东西，一样是成色不错的珍珠，用一个荷包大小的小袋子装着，足足有小半袋。

另一样东西，则是用一小块红布包裹的碎头发。

碎头发不长，不像是女性的，呈黄褐色，微微卷曲，一看就不是中华大地的品种。

看到这头发，孟天化第一时间想到了洋人布莱克。

虽然孟天化没有刻意去记布莱克的特征，但他总觉得这头发像是布莱克的。

看着这几样乱七八糟的东西，孟天化实在没法将它们联系在一起。

不过，在孟天化苦思冥想这些东西之间的联系时，王二蛮却拿着那本"美人"图看了起来。

王二蛮看得那叫一个起劲，不时地露出略显诡异的傻笑，总觉得他这个人有问题。

一开始的时候，王二蛮是自己在看，但很快，雷音也被吸引了过去。

然后，这两个人就跟入迷了一样，一个是傻笑，一个是满含神秘的笑，都不像好人。

"咦，这不是珍珠吗？"

突然，王二蛮惊疑了一声，立马将孟天化的思绪也吸引了过去。

孟天化赶紧把目光凑到"美人"图上，果然看到了一串珍珠。

不过，这串珍珠所在的位置，实在让人不好描述，孟天化光看就觉得臊得慌。

可臊归臊，孟天化的思绪却没有停转，相反，他的思绪因为那"美人"图一下子打开了。

这思绪一打开，孟天化就忍不住想去验证，急忙从王二蛮手里把"美人"图抢了过去。

"哎，你这人怎么这么不要脸？给你看的时候，你推三阻四，不给你看，你反倒过来抢。"王二蛮一脸的不高兴，伸手就要抢回"美人"图，却被孟天化给躲开了。看到这里，王二蛮更气了，"给我，我正看得起劲的时候，你不能半道断我念想！"

"谁断了你的念想，我要这本书有用！"孟天化义正词严，将"美人"图窝在了怀里。

"你要这书有用，干啥用？该不会，你小子几天没去八大胡同，想女人了吧？"王二蛮故意调侃了一句。

"去去去，我要这书真有用，我要查点东西！"孟天化再次严肃了起来。

"查东西？查什么东西？"王二蛮敏锐地察觉到了什么，"该不会，是和……"

王二蛮的手指对着近前的通关线索一指，话到嘴边又咽了回去。

王二蛮满脸兴奋，没有再说话，可孟天化看"美人"图的速度倒不慢。

孟天化将"美人"图拿在手里，快速翻找着什么，很快找到了他想要的内容。

"找到了，蜂巢！"

孟天化将自己要找的内容说了出来，王二蛮立马凑到了跟前。

就像王二蛮猜到的那样，孟天化想在"美人"图里找到和通关线索有关的内容。

珍珠、蜂巢、碎头发，这些看似不相连的东西，都能在"美人"图里找到。

只是，这几样杂七杂八的东西聚在一起，到底是什么意思？

孟天化虽然找到了揭开谜底的一环，可一环之后还有一环，这又把他给难住了。

他突然觉得九爷设置的这场选拔，就像是一个九连环。

当你解开一个环，沾沾自喜的时候，却没有发现你只是解开了九连环最基础的一步。

接下来，你需要把这第一环重新套上去，然后再去解环。

如此往复，周而复始，不知道第一环解开和套上去多少次之后，才能真正解开九连环。

虽然九爷设置的这场选拔很难，但孟天化没有灰心丧气。

即便他只是白解了一环，也是为了解开整个九连环做铺垫。

所以，他此时很兴奋。他有种感觉，九爷设置的选拔终点，很快要暴露了。

至少，参加选拔的那么多人，还没有人解题解到他这个地步的。

"几样不相干的东西，全部囊括在'美人'图里面，这肯定不简单，肯定有什么门道。"

孟天化自言自语着，继续对着"美人"图观察起来，并且是从第一页，一页一页认真地翻看。

这本"美人"图不愧是明朝万历年间的册子，里面印刷的内容惟妙惟肖，充斥着美感。

孟天化原先对"美人"图没有什么感觉，此时也不禁感叹"美人"图的魅力来。

"美人"图从出现开始，便是争议性很强的东西。

有人说"美人"图可归为中国艺术，也有人说其属于下三烂的东西，不值一提。

孟天化不会与人争论"美人"图属不属于中国艺术，但是他会把彭二爷告诉他的一些内容告诉别人。

彭二爷曾经和孟天化说过，别看"美人"图是另类的存在，其中的经典却都是名家之作。

比如明代画家仇英，曾画有一套名为《十荣》的"美人"图。画家唐伯虎的"美人"图系列，更是成为明代流行的"美人"图临摹本，诸如《花营锦阵》《竞春图卷》《花阵六奇》等等。

无巧不巧，仇英和唐伯虎都是"明四家"之一，另外两位分别是沈周和文征明。他们四人的书画在古玩界是争破脑袋的东西，你能说他们的"美人"图没有艺术价值？

孟天化将这一套说辞说出来，王二蛮等人早已哑口无言。

他们显然没想到"美人"图居然还有这么多道道。

不过，他们手里的这本"美人"图似乎有点奇怪，反正孟天化没有听过这个名字。

这本"美人"图的名字叫作《东坡戏雨》，乍一看这本"美人"图占了古人苏东坡的便宜。但看了里面的内容便会明白，里面和苏东坡一点关系都没有，都是一些翻云覆雨之事。

虽然里面尽是情色，却也讲述了一个生动的爱情故事，其中好多画面都配了诗文。

若不是孟天化不懂得附庸风雅，他还真想把这本"美人"图弄为私藏。

这本"美人"图是个好东西，若是遇到有缘人，定会视为珍宝。

可孟天化翻了几遍，还是不解珍珠、蜂巢等物之意。

九爷弄出这些东西，究竟是什么意思？这些东西会不会是一些障眼法？

孟天化思考这些东西，脑袋都快想破了，却也想不出一个所以然来。

不过，他的脑海中不时地回荡着高云燕说过的"彩蛋"，他开始朝着这个方向思考。

"怎么样，你们有没有解出谜底？"

黄一琛不知何时来到了孟天化等人跟前，惹得孟天化几个人脸色都不太好看。

可黄一琛也不觉尴尬，接着和孟天化道："孟老板，我其实有一些掏心窝的话想跟你说，不知你愿不愿意听？"

孟天化本来不想听，可黄一琛明显想赖着不走，他没法静心思考，只好勉为其难。

于是，孟天化让王二蛮他们暂时回避，他和黄一琛单独待在通关线索放置的石板前。

"你说吧，黄探长！"孟天化心不在焉地说道。

黄一琛却没觉得孟天化心不在焉，很是郑重地道："孟老板，你觉得我这个

第六十二章 "美人"图的秘密

人如何?"

孟天化盯了黄一琛一眼,流露出一些鄙夷,似乎不愿评价。

黄一琛自然看出了这些内容,可他不在意,自顾自道:"我知道,因为刚才的事情,你们对我有成见,但我也是形势所逼。临来的时候,我和祝老板约定了,我会帮他杀了你,然后用你的性命去敲山震虎。可我一直没有这样做,你不觉得奇怪吗?"

第六十三章　让人看不懂的探长

听到黄一琛的话，孟天化还真来了兴趣。

他知道黄一琛和祝续铭有关系，且关系不一般。

他也知道，祝续铭肯定吩咐黄一琛针对他。但他没想到，祝续铭的命令是杀了他。

祝续铭要用他的性命敲山震虎，是敲哪座山，震哪里的虎？

孟天化想来想去，唯一能想到的就只有王占尤。

祝续铭想用他的性命去敲打王占尤，这手笔可真是够大的。

不，对于祝续铭来说，用他的性命去敲打王占尤，根本不算什么大手笔。

他的命，也只是在自己面前显得贵重。

"祝老板既然让你杀了我，你为何不动手？"孟天化问话的时候没有多少情绪，似乎黄一琛对他动手，他也能够自保一样。

可黄一琛接下来的回答，让孟天化吃了一惊。

"我舍不得啊！"

"舍不得？"

"是啊，我舍不得！"黄一琛神情严肃，接着道，"你虽然称不上一个好人，却也不是一个坏人。最主要的是，你是一个不可多得的人才，所以，我舍不得对你下手！"

"你这话我就不懂了。我和你非亲非故，又没有什么共同利益，你为何会舍不得？"

"因为你还是一个有骨气的男人，因为你做洋人的生意，从来不卖真货给洋人！"黄一琛振振有词，似乎早已把孟天化调查透彻一样。

"怎么，你和洋人有仇？"孟天化更不解了。

"我和洋人没私仇，但是，我和洋人有国恨。若是没有这帮洋人，我堂堂大中华不会如此堕落。从鸦片战争，到八国联军，洋人的罪行历历在目，让我永生难忘！"

黄一琛说出这话的时候，整个人的气势都变了，似乎他可以为这个国家牺牲一切。

这样的气势，让孟天化条件反射地想到了一句话，他忍不住把这句话说了出来："你是革命党？"

黄一琛笑了，却摇了摇头："能够为国捐躯的，不一定就是革命党。在泱泱大中华，甚至泱泱大中华的几千年历史中，有好多人和事是你未知的。我希望你能见到这些人和事，却也希望你见不到这些人和事。"

"你究竟想说什么？"孟天化感觉黄一琛有些奇怪。

从黄一琛出现在选拔中开始，浑身就透着股怪味。他此时明明可以在圆台下面歇息，偏偏跑到圆台上面和孟天化说一些莫名其妙的话，他该不会有病吧？

"我想说的内容很简单，如果这次你顺利通过选拔，你会跟着九爷去探险寻宝吗？"

黄一琛的这个询问对孟天化来说有点突然。

黄一琛之前扯了那么一大堆，目的就是问这个毫不相干的问题？

关于要不要跟九爷去探险寻宝，孟天化的选择是很坚定的，那就是听从彭二爷的忠告。

可这是他自己的事情，他为什么要和黄一琛说？

"我来参加这次选拔，是为了帮别人通关，跟我自己没有关系。"可孟天化还是做了回答。

"如果九爷逼着你跟他去寻宝探险，你会去吗？"黄一琛的第二个问题来得很快，像是早就准备好了。

孟天化的眉头一蹙，干笑了两声，拿起了旁边的"美人"图："我想，应该不会吧。我跟他又没有什么关系，我又没有什么厉害的本事，他干吗非要逼着我去探险寻宝？"

"因为你二叔和他认识，因为你精通各类机关，是一个不可多得的助力！"

黄一琛的又一句话，彻底惊到了孟天化，孟天化手里的"美人"图都掉在了地上。

孟天化没有去捡"美人"图，而是认真地盯着黄一琛，流露出一些难以掩饰的愤怒。

彭二爷和九爷认识的事情，根本没有人知道，黄一琛是怎么知道的？

还有，孟天化精通机关的事情也很少有人知道，黄一琛又是从哪里打听到的？

越想这些，孟天化就觉得眼前的黄一琛很可怕。

如果黄一琛什么都知道，岂不是说，彭二爷抢夺祝续铭的货物他也知道？

孟天化明明想要发火，可他此时只能压制着火气，冷冷质问道："你究竟是什么人？"

黄一琛似乎是一成不变，又似乎能千变万化。

他一成不变时，是北京城有名的神探；他千变万化时，任何人都对他捉摸不透。

此时的黄一琛就是一成不变的，浑身都透露出北京城神探的气势，让人心生敬畏。偏偏他又是让人捉摸不透的，像是有着无数的秘密，就像是有着另外一个人生。

也许，人都有两个自己，一个真我，一个假我。

孟天化同样有着真我、假我，当真我、假我分不清的时候，这个人就给人一种矛盾的感觉，这个人就让人捉摸不透。所谓的捉摸不透，只不过是一种错觉而已！

到底是真我在控制着自己，还是假我在控制着自己？

也许，真我、假我都在控制着自己！

也许，真我、假我早已完美地融合在一起！

"我是什么人你就不需要知道了，我是从哪里知道你的这些信息，你也不用多问。我只是想跟你说一些实话，九爷这个人不是易于接触的。一旦接触了，想要摆脱他，会难上加难。我不知道你的未来会走什么样的路，我只想劝你远离他！"

黄一琛的话，透着股沉重的味道，似乎他的每一句话都透着玄机。

只是，看着黄一琛如此好心来提醒自己，孟天化难免心生警兆。

他不了解黄一琛，他真的不了解黄一琛，黄一琛说的话，他真的不能轻易去相信！

"你要跟我掏心窝子，就这些？"孟天化锁着眉头，手掌不自主地把"美人"图捡了回来。

"就这些！"黄一琛神色坦然，说完话就站直了身子，自顾自朝着圆台下面走去。

这一刻，黄一琛的身影似乎很从容，又似乎很沉厚。

那种从容，是他该说的都说了，该做的都做了，他可以放松了。

那种沉厚，是他心里藏着事，这些事压得他很难受，甚至压得他喘不过气。

"等等！"

不知道为什么，孟天化竟然不自主地站起来，发出声音叫住了黄一琛。

黄一琛止步，转过了身子，虽然衣服已经破损，身姿仍然挺拔，仍然有探长的气势。

黄一琛没有说话，他只是平淡地盯着孟天化，因为他在等孟天化开口。

孟天化感觉喉咙有点干，嘴巴有点燥，他不知道该说些什么。

突然，他想到了一件事。

"你明明选择了走水漫坡，为什么又选择走土岩洞这条道？"孟天化此时才真正意识到，黄一琛在他眼里发生了变化，就是从水漫坡退回来之后。而且，黄一琛走水漫坡的时候，身边还有祝续铭给他安排的几个人，可此时那几个人全都不见了。

听到孟天化的询问，黄一琛笑了，却透着一些惨然。

他深深地看了孟天化一眼，很欣慰地说道："你总算发现了这一点！"

说完，黄一琛头也不回，直接下了圆台。

孟天化愣愣地站在原地，不知道黄一琛的话究竟是什么意思。

不过，孟天化的嘴里开始念叨着"水漫坡"三个字，然后这三个字就变成了"东坡"。

"水漫坡""东坡戏雨"，难道，这两者之间有联系？

孟天化福至心灵，条件反射地拿起手中的一幅图《东坡戏雨》。

可在看了半天之后，孟天化也没有发现什么联系。

倒是黄一琛种种怪异的行为，让他不得不多想。

黄一琛说"你总算发现了这一点"，这句话是不是在表明他的变化和水漫坡有关。

还有，他专门提到了九爷，还提到了什么国恨，这些究竟有什么联系？

孟天化搞不清这些，但他可以联想。

在土岩洞门口的时候，黄一琛和孟天化分开了。黄一琛说土岩洞不好过，他宁愿选择走水漫坡也不会和孟天化一路。再然后，黄一琛再次出现，就成了裴永根这些人的代表，形象也发生了变化。这也就是说，黄一琛的变化和水漫坡脱不了干系！

可水漫坡那边究竟有什么样的难题，会让黄一琛发生如此巨大的变化。

黄一琛之前为了阻止大争斗发生，连性命都不要了，他再次出现，似乎更加惜命。

更加惜命！

孟天化脑海中抓住了这四个字眼，久久无法平静。

人人都只有一条命，谁不惜命？尤其是大难不死之后，更加惜命的人不在少数！

坐在放满通关线索的石板上，孟天化像是化成了一尊石佛，过了好久都没有动静。

王二蛮等人就在不远处，可他们都不想去打扰孟天化。

他们虽然不知道黄一琛和孟天化说了些什么，但他们看得出来孟天化需要一个独自思考的空间。

当然，在孟天化变成一尊石佛的时候，王二蛮和雷音也没有闲着。

他们现在面临的困境必须得解决，他们几个不能任由自己被裴永根等人摆布下去。

原先，王二蛮想借助圆台上新发现的机关摆脱困境，可看孟天化的意思，那个机关顶不了多大作用。

可他们这样干耗着，等到裴永根等人把所有通关线索找齐，谁知道会不会卸磨杀驴？

第六十四章 通关在即

孟天化和王二蛮还好说，许翰林和马跛子才是最危险的。

那些人有了把握通关，顺便再赚赚悬赏金，那是合情合理的事情。

到时候，一堆人冲上来，王二蛮也阻止不了那么多人。

若是他一个人能阻止这么多人，他之前就阻止了。

正当王二蛮急得火烧眉毛，不知道该怎么办的时候，他开始向算命先生雷音请教，让算命先生雷音给算一算怎么解决眼前的困境。

可算命先生雷音心里苦啊，他已经在王二蛮的要求下算了好几卦了。

这好几卦的内容基本都差不多，他换着法儿地说，该用的词儿都用尽了。若是再算一卦，他还得照着前面的内容说一遍，可要是和先前一样，他还算什么高人？可要是卦象变一个样，他又该如何和王二蛮解释？王二蛮再让他算，他又该如何？

因为老虎的事情，算命先生雷音已经被定性为胆小鬼，几乎等同于小人。

他知道自己在孟天化和王二蛮跟前的形象已经改变，可他还是想尽力挽回这种形象。

他不想变成骗子，他想继续当高人！

就在算命先生雷音暗自苦恼的时候，一直没有动静的孟天化动了。

只是，谁也没有想到，孟天化起身之后竟直奔王二蛮发现的那个新机关。

在上圆台的时候，孟天化他们就看了一下恶鬼石雕后面的数字，是一个"叁"字。这有可能代表着从这个恶鬼石雕到另一个恶鬼石雕之间，有三条通关线索，或是三个机关。之前，孟天化他们触发了两个机关，这新发现的机关，正应了"叁"字。

当然，关于通关线索，他们也搜出了三条。

这样一来，关于孟天化的猜测算是彻底验证了。

每个恶鬼石雕后面的数字，代表着通关线索和机关的数量。

不过，这些只是一时的规律，在实践确认之后，孟天化就没有在意了。

而他此时走到圆台上第三个机关跟前，并不是为了触发机关，也不是为了逃跑，而是为了解除机关。

按理来说，裴永根等人如此对待他们，他们应该利用机关好好报复裴永根等人。可孟天化做不到这些。

也许，孟天化剪除不了心中的那份善心。

孟天化走到第三处机关跟前，便开始对机关进行观察，寻找机关运行的每一处细节。

一般来说，机关都需要触发点、动力源和运动点三部分。有时候这三部分会有重合，需要细致的观察和丰富的经验才能看透一处机关，然后找出这处机关的破绽。

孟天化现在要做的就是看透这处机关。

当然，一些复杂的机关，或是大型的机关，都是各种大机关套小机关组合在一起，想要通过观察看透这些是不可能的。

但土岩洞里面的机关，都是一些常见的机关，其中的原理很简单。

就比如孟天化现在观察的这处机关，孟天化没看两眼，便已了解其中的奥义。

这处机关比较隐秘，机关的触发点也比较隐秘，在圆台靠西一侧的一片莲花瓣旁边。

这处机关，只有人走近莲花瓣，不小心碰到了一根纯白色的丝线，才会引发机关。

别看这处机关的触发点没什么寻常的，甚至让人感受不到一点危险，可一旦这处机关被触发，造成的凶险程度一点也不弱。

这处机关的触发点，一共牵引着十八条线，这十八条线全部是纯白色的细线。在这十八条线的另一头，各有一个已经铆好劲的弹射装备。一旦触发点被触发，这十八条线便会分开，导致弹射装备启动。然后，便有磨好的近乎飞刀的石子弹射而出。

石子飞刀一共有十八枚，锁定的地点全部在圆台上，其中触发点的位置便有两枚。这也就是说，谁触发这个机关，便会遭受两枚石子飞刀袭击。一旦被击中要害，必死无疑。

当然，孟天化在观察了半天之后，也只是看了个大概。

等到孟天化一一循着线索彻底看完，他才彻底确定。

在确定完之后，孟天化就找到了黄一琛，让他吩咐人离开圆台，他要解除机关。

因为机关触发点会有两枚石子飞刀出现，所以，孟天化不可能站在那里触发机关。

　　孟天化自有妙计，竟然在十八根线连接的地方动手。然后十八枚石子飞刀，从十八个地方飞射而出，全部落在了圆台之上。

　　机关解除之后，孟天化他们重新回到圆台上，圆台上已经多了十八个清晰的凹印。

　　至于十八枚石子飞刀，全部崩成了碎片。

　　如果遭受袭击的不是圆台，而是人体，几乎会如同飞刀穿体，让人痛不欲生。

　　圆台上的机关解除了，孟天化很快又解除了佛洞内另外两个没有被发现的机关。这两个机关都不是什么厉害的机关，是两个小机关，只能伤人，并不能致人丧命。

　　不过，孟天化在展现出解除机关的能力后，留在佛洞内的好多人都对他产生了崇拜。

　　之前，好多人进入土岩洞都是被机关害死的。所以，大家对机关都有一种恐惧感。

　　孟天化能够发现机关，并解除机关，这对大家来说都是一个好事情，至少可以减少伤亡。

　　然而，孟天化的目标可不是解除佛洞的机关就结束了。

　　他要帮着裴永根等人，让他们快速找到所有通关线索，帮着大家一起通关。

　　然后，在孟天化主动请缨之下，众人第一次开始齐心协力通关了。

　　之前，孟天化是因为缺少光亮，看不清土岩洞里的情况，根本没法看清机关的来龙去脉，更无法破除机关。

　　现在，有众人举着火把，还有人帮忙，孟天化他们几乎是见一处机关破除一处。

　　在这种破除机关的过程中，孟天化渐渐觉得无趣，因为土岩洞里的机关原理都太过低级。

　　不过，破除机关后，他们得到的通关线索也越来越多。

　　众多通关线索聚在一起，少说也有二三十件。

　　这也就是说，对应的机关也有二三十个。

　　这二三十件通关线索聚在一起，孟天化他们进行了分析，却得不出一个合理的结论。

　　因为这二三十件通关线索，好多都没有联系。

　　甚至，其中还有古董瓷器出现，最让人生疑的是，其中一块红布里包着一块大洋。

　　这块大洋当然是真的，而且是极为寻常的一块。

　　若是大洋能够通关，好多人身上就能拿出来。

　　不过，在众多通关线索中，倒是有一个完整的通关线索，那就是被分成八份的地图。

这八份地图，孟天化他们已经找齐，并且已拼成了一份。

孟天化他们在看到这份完整的地图之后，立马沿着那条最粗的线路指示看去。然后，他们看到箭头最后的落定点就在佛洞另一侧的通道之外。

佛洞另一侧的通道之外，孟天化之前没去过，但在帮着大家解除机关的时候他去了。

在那条通道之外，是另一条山洞，沿着山洞往前走，便能走到土岩洞的入口山洞。

这也就是说，土岩洞由三个洞组成，三个洞是连在一起的。

之前，孟天化他们前往佛洞的时候，有一个岔路口，其中一条路通往佛洞，另一条路就是通往另一个山洞的。

只是，在完整的地图上，在另一个山洞里似乎还隐藏着一个山洞。

这个山洞在地图上标得很清楚，甚至还标了进入的办法。

这个孟天化他们没有遇到过的山洞，很可能就是土岩洞的通关之路。

所以，孟天化他们在讨论之后，决定寻找山洞。

当然，议论寻找山洞的事情，孟天化几人参与得不多，更多的是裴永根带着人讨论。

裴永根现在是众人的头儿，就连黄一琛的话都不如裴永根的话管使。

在一声令下之后，众人很快赶到了佛洞另一侧的三号山洞。

按照地图上显示的内容来看，在三号山洞的左侧有一道暗门，方位接近北方。

裴永根带着众人如同虎狼之躯，要将这道暗门活生生地砸出来。

可在看到这群人的激动程度后，孟天化几个人却异常地平静。

他们平静自然是有原因的，因为他们已经对这群人彻底没了好感。

这群人说句好听的是恩将仇报，说句不好听的就是猪狗不如。

另外，他们之所以如此平静，是因为他们觉得事情不会这么简单。

这么多人一起走暗门，这事很蹊跷。

如果他们是九爷，他们精心设置了这么多关卡，仅仅因为一张地图就能通关，太随便了。

更重要的是，每一份地图都伴随着一枚金色令牌，这金色令牌肯定也有用处。

当然，这些都已经不关孟天化他们的事，因为他们从未想过跟着这群人一起通关。

不知道是不是裴永根他们触碰到了暗门的机关，还是他们依靠蛮力将暗门砸开了。反正，在一番疯狂动作之后，他们找到了暗门，这便代表着他们可能会通关。

看到暗门出现，孟天化几人也很好奇。

只是，不等他们主动凑上前去，裴永根让人将孟天化几个人生生推到了前面。

在把孟天化推到前面的同时，裴永根开口了："在没有通关之前，你们哪儿也不能去。你们几个简直就是一群福星，只要有你们在，遇到危险也能够逢凶化吉！"

第六十五章 九爷的人

听到裴永根的话,孟天化几个人几乎惊呆了。

他们知道裴永根看他们不爽,小人得志之后一直在针对他们。可他们没想到,这个时候裴永根还不放过他们。他虽然嘴上说着什么福星的话,其实是想让孟天化等人替他挡灾。

孟天化几人能猜透裴永根的心思,虽然暗门就在眼前,但暗门之内的情况谁也不知道。

更重要的是,若是前面有什么危险,诸如机关之类的,孟天化几人可比裴永根等人靠谱得多。

可是,孟天化几人此时有着自己的打算,他们并不打算继续跟着裴永根等人了。

即便暗门就是通关之法,他们也不打算继续跟着了。

但裴永根依然占据着人和,依然领导着大家,孟天化几人若是不跟着,却也很难。

望着两步之外的暗门,孟天化微微流露出阴沉。

暗门就是一个机关门,是从洞穴的墙壁上开出来的。这道门若是没有裴永根等人从中掺和,或许就是他们几个人独立享用。

只可惜,关于那还没有知道使用方法的八枚金色令牌,孟天化仍然存在着疑虑。

八枚令牌和八份地图一起出现,它们之间怎么可能没有联系?

隐约间,孟天化甚至都能感受到那八枚令牌上附着的危机。

正当孟天化仍旧犹豫的时候,他的目光突然被打开的暗门吸引了。

暗门是机关控制的,四方的暗门已经拉到上方的缝隙中,留下一个大约竖两米、横一米半的空门。

而此时吸引孟天化的，正是这空门的四个边框，还有空门里面。

孟天化虽然没有凑近看，但他一眼就看出了些许门道。暗门并非一开始就存在的，是新造的。这也就是说，暗门是九爷等人所造。既是暗门，肯定和通关有关系。

"你们还愣着干什么，你们走前面！"裴永根的声音传来，似乎带着一些不耐。

孟天化几人对着裴永根瞥了一眼，心中对裴永根的讨厌程度更浓了一分。

这个裴永根生得尖嘴猴腮，真不是一个好东西。都说相由心生，也不是没有道理。

正当裴永根又要呵斥孟天化几个人的时候，孟天化开口了。

孟天化此时已经是这几个人的领头人，他的话就代表了众人的决定。

关于孟天化成为领头人这个事情，这可以说是众人默认而成。

随着孟天化一个个解决机关，使得土岩洞内的通关线索都被挖了出来，好多人对他心服口服。

王二蛮几个人最早跟着孟天化，对于孟天化的行事作风，他们已经十分了解，更是知道孟天化的能力。所以，此时孟天化说什么，不用跟他们商量，就可以代表他们。

不过，在开口的时候，孟天化还是看了王二蛮几人一眼，然后才道："你让我们打头阵，这个自然没有问题。不过，我们有一个要求。"

"要求？你们这时还敢提要求，你觉得你们有提要求的资格吗？"裴永根冷哼了一声。

"如果你不答应我们的要求，我们没法给你们打头阵，这是我们的底线。"孟天化强调道。

"好，你说，我倒要看看，你有什么要求！"

看到裴永根带着些许不满，似乎要再次针对他们几个人，孟天化却没有害怕。

孟天化依旧目光沉静，不紧不慢道："我们的要求很简单，你们放过许老大和马老大，不要对他们出手。他们现在身受重伤，不好动弹，不可能跟我们一起打头阵，我怕等会儿有人对他俩不利。另外，我希望你们把雷音先生留下来，让他照顾许老大和马老大，他这人胆子小，会影响大事。由我和蛮子打头阵，够用了！"

"你提的要求还真是够巧妙的，一下子就救了三条人命。"裴永根一听完孟天化的话，就流露出冷意，"不过，你想多了。如果你现在不打头阵，我会马上杀了许秃子和马跛子。"

裴永根无疑是凶狠的，此时也不给孟天化一个救人的机会，明显是要将孟天化欺压到底。

不过，从这一点来说，裴永根也是一个聪明人。

他知道孟天化是一个重要的通关助力，只有通过狠辣的手段才能一直控制孟天化。

他的这种控制手段，也无疑扎在了孟天化的软肋上。

孟天化虽然也够狠，可他终究不能看着许翰林和马跛子就这样死掉。

如果是没有接纳许翰林和马跛子的时候，他当然不会在乎这两个人的死活。可随着一系列的事情之后，他和许翰林二人几乎是生死与共，他对这二人有了不一样的看法。

孟天化锁紧了眉头，有那么一刻，他真想亲手宰了裴永根。

都说小人难防，裴永根这种小人一旦得了势，真是让人恨得牙痒痒。

"你要杀许秃子和马跛子，我觉得你最好得先过了我这一关！"

然而，谁也想不到，裴永根气势正旺盛的时候，一个声音眨眼间让他坠入了深渊。

说话的人不是别人，赫然是很久没有作为的黄一琛。

当然，让裴永根坠入深渊的不是黄一琛的声音，而是黄一琛手里的一件东西。

上山之后，因为许翰林和马跛子蛊惑众人下山，高云燕将所有人的枪支都收了。谁也没想到，在这个时候，黄一琛手里居然还有一把枪，这瞬间惊到了所有人。

众人都呆滞地望着黄一琛，不知道黄一琛手里的枪是哪里来的。

裴永根看到黄一琛手里的枪时，更是吓了一跳。

在这之前，也就是他得意忘形的这段时间，他虽然没有刻意针对黄一琛，却也驳了黄一琛不少面子。

他知道黄一琛很生气，一时也拿他没办法。

可黄一琛将枪拿出来，这几乎掌握了一件杀人利器，他此时不怕是不可能的。

他很是畏惧地盯着黄一琛，并赔笑道："黄探长，您可真有本事，这个时候还有枪。"

"少说废话，你还记不记得，我之前跟你说过，最好不要让我第二次讨厌你。"黄一琛整个人的气势又回来了，"按照我的个性，我本该一枪毙了你。不过，你也确实为大家做了不少实事。我可以饶你一命，但孟老板要求的内容，你必须全部答应！"

黄一琛的手枪，对准了裴永根的脑门，只要裴永根稍有异动，黄一琛就会开枪。

黄一琛是北京城的探长，他的枪法可不是虚的。

裴永根本就求饶的表情更加卑微起来："黄探长，您说什么就是什么，先把枪收起来吧！其实，您不说，我也会同意孟老板的要求的。我们已经找到了暗门，通关在即，也没必要针对许秃子和马跛子。我也就随便开口，和孟老板开开玩笑。"

"开开玩笑？要不，我也跟你开开玩笑？"黄一琛把手里枪抖了抖，吓得裴永根直哆嗦。

第六十五章 九爷的人

裴永根终究是一个小人，小人大部分都很惜命，点头哈腰的事情他们做得最专业。

在苦苦哀求之后，看到黄一琛收了枪，裴永根总算松了口气。

与此同时，孟天化几个人吃惊地盯着黄一琛，不知道黄一琛从哪里弄的枪。

在高云燕收缴枪支的时候，黄一琛明明已经交了一把。难道，他身上还备了一把？

关于这些，孟天化他们也得不到具体的答案，只能看着剧情继续往下发展。

在震慑了裴永根之后，所有一切的主导权又回到了黄一琛手里。

不过，黄一琛似乎有自己的主意，也没有和孟天化几人多说一句话，便和众人道："现在，暗门就在眼前，应该就是通关的最后时候，希望大家能够一条心，不要再自己给自己找麻烦。接下来，大家就依次进入暗门，看看里面究竟有什么道道。"

黄一琛说着，就要率先进入暗门。

可他还没走两步，从暗门里面，走出来了几个人。

这几个人出现的时候，还只是影子，走在最前面的几个都被吓了一跳。

等到这几个人影渐渐出现，孟天化几人才放松下来。

暗门里面走出来的确实是几个人，不是野兽之类的其他东西。

不仅如此，这出现的几个人气势都很凌厉，一看就不像能够轻易招惹的人物。

走在最中间的是一个身形高大的壮汉，肌肉虬起，接近一米九，看着就十分吓人。他的头发很短，绝不是许翰林那样的光头，但他右眼角处的一道刀疤十分明显。不知道是不是因为这道刀疤的缘故，他的眼睛总给人一种狰狞凶残的感觉。

再观这壮汉身边的几个人，其中一个最吸引人，竟然是一个白皮肤、高鼻梁的外国人。

孟天化看到这个外国人的时候错愕了一下，因为这个外国人正是失踪了好久的布莱克。

布莱克此时出现，显然有点不合情理。但布莱克站在壮汉的身边，似乎和壮汉是一伙的。

众人以为暗门就是通关之门，这突然冒出来几个壮汉，使得众人疑虑重重。

此时，领头的已经从裴永根变成了黄一琛，好些人的目光都投向了黄一琛。

不过，不等黄一琛开口，对面那个接近一米九的壮汉倒先开口了。

壮汉的声音很是洪亮，更带着一种冰冷的口吻。等到众人听到他说的这些内容，脸色俱是一变，有的人生出了欣喜，有的人面色阴沉，有的人脚底板骤然一寒……

第六十六章 八枚令牌

"诸位,你们能够找到这道暗门,证明你们马上就可以通关了。不过,要想从这道门通关,你们须要出示一枚特制的金色令牌。金色令牌既是通关的凭证,也是暗门之内'彩蛋'的凭证。拥有令牌者,通关,得彩蛋!没有令牌者,入暗门,杀无赦!"

壮汉一群人的出现简直跟算计好的一样,而壮汉的一段话更如同大石头落入了水洼中,把水洼里的水全溅出来了。

果然,暗门之内还有玄机,而这玄机就在于令牌。

之前,好多人都没有想过令牌的事情,即便有人想了,也没有在意。

此时,金色令牌一下子成为了众人的焦点。而拥有八枚金色令牌的,正是裴永根。

裴永根也没想到事情会是这样,他的脸色先是阴沉了一下,紧接着就冲壮汉等人欢喜道:"我手里有金色令牌!"

可惜,他的话音才刚刚落下,还没有来及行动,一把枪已经瞄向了他的脑袋。

瞄枪的人自然是黄一琛,黄一琛很是平静,也不看壮汉等人,只盯着裴永根,淡淡道:"八枚令牌都在你手里,你拿一枚就够了,其他七枚拿出来分给大家吧!"

黄一琛隐隐带着命令的口吻,裴永根脸色阴沉了一下,眨眼就换成了献媚的笑容。

"黄探长,你说得是,我拿一枚就够了。"裴永根说着,快速从口袋里掏出了金色令牌。然后从中抽出一枚,将剩下的七枚朝着黄一琛摆了摆,似乎在展示给黄一琛看,他愿意把七枚令牌分享出来。不过,在展示之后,他便将七枚令牌扔石子一样,朝着人多的地方扔去。扔出去的同时,裴永根不忘叫喊道:"七枚令牌都给你们，能不能得到就看你们个人的造化了。"

七枚金色令牌就像是七个金元宝扔进了穷苦人中，瞬间引起了骚动，所有想要通关的人都朝着那七枚令牌扑去。

人性的贪婪与丑恶，在这一刻被展示得淋漓尽致。

原本一同合作，甚至已经成为好朋友的人，转瞬间变成了仇敌一样，刀戈相向。

刚开始，众人还有所收敛，有所犹豫。可随着人群中出现了血光，出现了惨叫声，整个场面彻底混乱起来。不知不觉中，一种疯狂的气氛蔓延，侵蚀了所有抢夺金色令牌的人。

就在众人拼了命，抢夺那七枚令牌的时候，孟天化几个人却不曾动作。他们看着众人陷入疯狂，甚至相互残杀，每个人的脸色都很难看，难掩一种怜悯与厌恶。

他们怜悯，是因为众人太看不清形势，居然被裴永根轻易地蛊惑，相互之间以命相搏。

他们厌恶，厌恶的是众人心灵的丑恶，更具体的就是裴永根这个典型。

裴永根抛出了七枚令牌，让众人以命相搏，他自己独有一枚令牌，倒是平安无事。他的丑恶简直到了一种极点，让人看着就咬牙切齿，恨不得将这种小人施以剐刑。

当然，即便裴永根不抛出七枚令牌，众人还是会因为八枚令牌而争斗。

可裴永根造就了眼前的一切，却像是没事人一样，反而流露出一抹讥讽，一抹得逞的笑容。

孟天化几个人当然看到了裴永根的这种表情，他们对裴永根的厌恶一时间从未有过地强烈。

不仅孟天化几个人，黄一琛看向裴永根的时候，也流露出一种毫不掩饰的杀意。

这种小人，活在人堆中就是祸害，今日不除，来日一定还会有人栽在他的手里。

只是，接下来的一幕，却是众人怎么也想不到的。

裴永根在看过他造就的混斗场面之后，直接朝着暗门内的几个壮汉走去。而这个过程中，黄一琛一直恶狠狠地盯着裴永根，却根本没有阻止裴永根。

黄一琛的这一次举动，再一次让孟天化几个人气愤。

他们不知道黄一琛在干吗，难道，就这么放裴永根过去了？

孟天化几个人很想提醒黄一琛，可他们一时间也不知道怎么和黄一琛开口。

之前搜身的事情，他们已经和黄一琛产生了间隙，这个时候开口确实有点不合适。更重要的是，阻止裴永根人人都可以去做，为什么一定要黄一琛去做？他们不去做也就罢了，还要求黄一琛去做，这实在有点过分，谁都会有所反感。

"黄探长，你这是什么意思？"

可不解其意的孟天化还是开口了，目光中透着冷入骨髓的寒意。

他和王二蛮等人不同，他一直觉得黄一琛是个值得敬佩、值得交往的人。之前黄一琛和他说了一些掏心窝的话，他以为黄一琛是有苦衷，可此时他真的有些愤怒了。

刚才，黄一琛已经针对裴永根，孟天化以为黄一琛会针对到底，却不承想是这样的局面。更让人费解的是，黄一琛也没有得到七枚令牌中的一枚，裴永根拿出令牌的时候也没有给他的意思，他难道一点不愤怒吗？他此时究竟在想些什么？

孟天化很苦恼，更多的是恼火。可黄一琛听到他的话后，竟站在原地，默不作声。孟天化就像是一座随时要爆发的火山，胸膛都快要炸了。

与此同时，裴永根已走到几个壮汉跟前，交了金色令牌，满脸尽是得意之色。

他这种小人，没有被众人围攻抢夺，反而在此时置身事外，他简直是走了狗屎运。

周围因七枚令牌爆发的血案仍在继续，已经有好些人倒在血泊之中爬不起来。

他们中，有的已经得到令牌，却很快又被人杀死，令牌也被抢了；

他们中，有的甚至连令牌都没接触过，直接毙命。

原本金光灿灿的七枚令牌，此时已经被血染红，那七枚金色令牌已经变成了七枚血色令牌。

"孟天化，你们赶紧走吧，你们躲远一点，或许还能保住一命！"

黄一琛的声音总算响起，却透着让人搞不懂的警示味道，也可以说是一种关切。

孟天化面色阴沉，灼灼地盯着黄一琛，似乎要穿过黄一琛的胸膛，看清黄一琛的内心。

黄一琛从和孟天化接触开始，就从未叫过孟天化的大名。这一次，黄一琛喊出了孟天化的大名，是为了强调他说的话很重要，还是有别的深意？

看着黄一琛一脸沉静，静静地观看众人争斗，观看血花在山洞中飞舞，孟天化的胸口都是一颤。

他越来越看不懂黄一琛，他究竟想干什么？

还不等孟天化想通什么，黄一琛像是一道狂风冲向了一个方向。

接着，孟天化看到，黄一琛一脚踹飞了一个衣衫染血的壮汉，然后三步两步来到了一个奄奄一息的年轻男子跟前。

黄一琛没有一丝犹豫，将手中的枪对准了年轻男子的脑门。

"砰"的一声，那个奄奄一息的男子还没明白怎么回事，甚至才刚刚看到黄一琛，脑门上多出了一个血洞。

如此果断地杀了一个人之后，黄一琛的动作没有停，蹲下身子从年轻男子手中抢下了一枚令牌。

也是这一刻，周围好几个人才回过神来，同时贪婪地盯着黄一琛手里的令牌。

可黄一琛依旧神色平静，将染血的令牌对着年轻男子的衣衫擦了擦，然后一手拿令牌，一手拿着枪，自顾自地向着原来的位置走去。

周围几个盯着黄一琛的人很想对黄一琛下手，可他们终究不敢同黄一琛手中的枪对抗。

黄一琛自始至终没有看这些人一眼，平静地回到原来的位置，然后朝着暗门里几个壮汉走去。

"我也有金色令牌！"黄一琛将金色令牌出示出来，和裴永根刚才是一模一样的情形。

可是，那个领头的接近一米九的壮汉却摇了摇头。

"你不能过去！"壮汉声音冷酷，好似一座小山的体形更给人一种压迫感。

"我为什么不能过去？"黄一琛的脸色也冷了，觉得壮汉在有意刁难他，"是因为我的警察身份？"

黄一琛给出了一个猜测，一个合情合理的猜测。

只是，壮汉再一次摇了摇头，冷酷道："你要过去也可以，但你得回答我一个问题。"

"什么问题？"

壮汉的态度，不仅引起了黄一琛的好奇，也引起了孟天化等人的好奇。

孟天化等人一直关注着这边，壮汉和黄一琛的对话他们都听到了。

按理来说，有金色令牌就可以通过。可壮汉不仅阻拦了黄一琛，还不是因为黄一琛是警察这条原因。那壮汉阻拦黄一琛，究竟是有什么样的理由，孟天化几人是想不到了。

不过，不需要他们思考，壮汉开口了："我想知道，你是怎么从水漫坡活下来的！"

壮汉的一句话，使得黄一琛的瞳孔骤然一缩，也使得孟天化几个人透露出不解。

水漫坡！

壮汉阻止黄一琛，居然是因为水漫坡。

黄一琛是怎么从水漫坡活下来的，难道，水漫坡那边真的很凶险？

除了壮汉的话更加吸引孟天化几个人，壮汉此时的神情也让孟天化几个人多了些疑惑。

壮汉之前一直是冷酷的，板着一张脸。可此时他的脸色更冷了，目光也像是一头野兽。这头野兽一直在盯着黄一琛，似乎黄一琛是比他们更可怕的野兽。

壮汉的这种警惕与针对神情绝不是凭空而来，里面肯定有深意。

第六十七章 食人血肉

"水漫坡的事情，我还真的不想提。可你既然说了，我也就如实告诉你。"黄一琛沉吟了不到两秒，便很冷静地开口了，"我自有办法。"

黄一琛眉头紧锁着，死死地盯着壮汉，竟也流露出敌意。

这种敌意随着时间的推移越来越浓，他对面的壮汉始终冷着脸，透露出野兽般的目光。

突然，黄一琛把手中的枪举了起来，对准了壮汉的脑门，像是要被逼疯了一样，带着一种略显神经质的笑："你信不信，我现在就崩了你的脑袋？"

"你若有此本事，那你便能拿着令牌过去！"壮汉却毅然不惧，挺直的身子更像是一座小山，让人看着就觉得不可逾越。

黄一琛神经质的笑更浓了一些，在笑了好半天之后，他把枪放了下来，不甘心地说道："你们究竟想怎么样？"

"我还想问问你，我师妹高云燕不是把你们的枪都收了吗，你是从哪里弄到的枪？"壮汉咄咄逼人，完全要针对到底的样子。

黄一琛的神情更加矛盾，明明很痛苦，却偏偏被逼得不得不发笑，不得不钻进一条死胡同。

此时的黄一琛，无疑是让人同情的。

不远处的孟天化很想为黄一琛解围，可他更多的是疑问，不明白水漫坡究竟有什么。

水漫坡不就是九爷设下的一关吗，至于让壮汉这么针对？

"好吧，我放弃，我放弃好了吧？这枚金色令牌我不要了，我不走这道暗门！"

黄一琛矛盾的神情持续了一会儿，却突然走出了死胡同，像是找回了一条光明之路。

他说话的时候，就将手中的金色令牌扔向了人群，似乎真的走出了死胡同。

可是，他的这条光明之路还没有彻底打开，又被壮汉给扼杀了。

"你不走这道暗门也没用了。即便这道暗门没有出现，我也会找到你，质问你水漫坡的事情。所以，你最好乖乖地束手就擒，听从我们的吩咐。不然，我们也只好采取强硬手段。"

"采取强硬手段？"黄一琛没想到事情会变成这样，整张脸都黑了，"难道，九爷设置的选拔就是这样的？我又没有得罪你们，也没有做什么伤天害理的事，你们为什么要针对我？"

"为什么，你心里不清楚吗？"壮汉从一开始就有了全盘计划一样，不过，此时他才将自己的獠牙显露出来，"说实话，我还没想过，我第一个要抓的会是北京城的神探长！"

"你……你到底想干什么？"

"干什么？你到了就会知道了！"

壮汉态度强硬，竟然在周围混乱不堪的场面下让身边两个人对黄一琛围去。

看到那两个人冲来，黄一琛的脸色彻底黑了。

他此时就站在暗门入口的地方，距离两个壮汉也就两三步的距离，几乎眨眼即至。

似乎不愿意就这般被抓，黄一琛再次将手中的枪举了起来。

两个壮汉和板寸男不一样，他们对黄一琛手里的手枪有所警惕，脚下的步子都停顿了一下。可紧接着，这两个壮汉从身上也掏出了手枪，一起瞄向了黄一琛。

也是这时，将近一米九的板寸男开口了："你如果想反抗，我保证你会死得更快！"

"死得更快？死得更快也比你们如此侮辱我强！"黄一琛很有骨气地讽刺了一句。

"我们只是想在你身上确认一些事情，你这样反抗，只会证明你是我们想要抓的人！"

"你们到底想要抓什么人？"黄一琛很不理解。

"我说了，你到了就会知道了。现在，我只给你十秒钟考虑的时间！"板寸男说着，从身上也掏出了一把手枪。三把枪瞄向黄一琛，两边的气势高低十分明了。

黄一琛显然很恼火，没想到事情会到这样一个地步。

不远处的孟天化等人同样搞不懂，不知道九爷的人发什么疯，突然就乱咬人起来。

但毫无疑问，眼前的情况超乎了孟天化等人的预料。

不自主地，孟天化对九爷设置的这次选拔有了更多的警惕。

之前，上山的一系列的事件已经让孟天化觉得这次选拔不寻常，此时似乎愈加明显了。

九爷设置的这次选拔究竟是为了什么？

他们居然要抓人，而且似乎是不同寻常的人。难道，真的和祝续铭被抢的事情有关？

不等孟天化想出一个所以然来，黄一琛竟然放下了手枪，主动投降了。

"好，我跟你们走，我倒要看看，你们究竟在搞什么鬼！"黄一琛拿出探长的气势来，很是潇洒地将手枪往地上一扔。

就在他把手枪扔下之后，靠近他的两个壮汉，立马像巡捕房的人一样将黄一琛两条胳膊在后背扣住。

若是巡捕房的人看到这一幕，一定会气恼不已。黄一琛可是巡捕房几个负责人之一，九爷这样对待黄一琛，简直就是在向巡捕房挑衅，巡捕房的面子绝对不能丢。

可惜，这里不是巡捕房！

黄一琛被两个壮汉控制住之后，没有急着往前走，而是转身看向了孟天化几个人："你们几个先离开这里吧，这里真的很危险。我相信你们会找到其他的通关道路！"

说着，黄一琛头也不回，跟着两个壮汉进了暗门里面。

在路过板寸头身旁的裴永根时，黄一琛似乎感叹般地嘀咕了起来："一时妇人之仁，留下了一个不大不小的祸害。希望这祸害不会对好人造成伤害，但愿如此吧！不过，和'美人'图有关的内容我已经提醒了他，希望他能够正确地理解我的意思！"

关于黄一琛的感叹，孟天化几个人听不到了。甚至，没过几秒钟，他们连黄一琛的背影都看不到了。

堂堂北京城的探长，竟然被这般带走，这还真是令人唏嘘。

"老孟，我们现在怎么办？"王二蛮可没有孟天化那么多想法，他此时更关心自己几个人的安危。

周围一片混乱，稍有不慎就会波及他们，他们得赶紧想办法才行。

目前来看，暗门很可能就是通关之所，可金色令牌只有八枚，他们也要抢上一抢吗？

他们当然不会抢，这是他们一开始就做好的决定。

所以，在王二蛮询问该怎么办的时候，孟天化开口了："我们先离开这里，赶往佛洞！"

许翰林和马跛子还在佛洞之内，他们要进行下一步，自然不会丢下许翰林和马跛子。

第六十七章　食人血肉

"那我们现在就过去?"王二蛮道。

孟天化点点头,十分果断:"嗯,现在就过去!"

刚才,黄一琛还在的时候,周围的情况或许还有转机,或许还有看头。现在,黄一琛都被带走了,周围人若是针对他们,他们只能靠自己应付,眼下对他们来说吃不消。

更重要的是,眼前的血腥厮杀,实在令他们觉得悲哀,他们即便能阻止,这群人也不会阻止。

人性这个东西,没有人能猜得透。

之前,迎战老虎的时候,孟天化已经尽了力,可后面的结果已经让他生了教训。若是再来一个如同裴永根一样的小人,他们真的受不起这种折腾了。

有了决断后,孟天化三个人就快速动作,绕着众人争斗的外圈,很快进入了前往佛洞的通道。

地图完整之后,孟天化等人已经摸清土岩洞的一切地形,暗门所在的山洞和佛洞只隔了一条通道。

只是,孟天化几人想不到,争斗已经蔓延到了通道里,甚至蔓延到了佛洞里。

孟天化在王二蛮的开路下,很快赶到了佛洞。

等到他们朝着那个巨大而明显的圆台看去时,每个人的眼珠子都瞪圆了,透露出汹涌的怒火。

第六十八章 一帮畜生

众人为了七枚金色令牌发生血腥争斗，这是有原因，有目的的。可此时佛台之上，竟然有三个人在对许翰林和马跛子动手，这让孟天化三个人对人性的把握更迷茫起来。

这三个人想干什么？

他们是不是知道抢不到令牌，是不是想拿到许翰林和马跛子能兑换到赏金？

不管这三个人想干什么，他们的行为将孟天化三个人激怒了。

许翰林和马跛子都重伤在身，许翰林更是没法动弹，一剧烈动作就会崩开伤口。

这种情况下，只有马跛子一个人在艰难地应对三个敌人。

这画面只要稍稍看上一眼，孟天化三个人就恨得咬牙切齿。

"你娘的，这就是一帮畜生！"

王二蛮第一个吼叫了起来，魁梧雄壮的身形快速往前冲，眨眼来到了圆台之上。

也不见王二蛮有什么复杂动作，他来到一个人的身后，双手直接将对方抱起，像扔大石头一样将对方给扔飞了。

那人轰隆一声落在了圆台的莲花瓣上，差一点就飞出了圆台，整个人都吓得脸色惨白，不忘捂着被摔疼的后腰，嗷嗷直叫。

与此同时，王二蛮扔飞一人后，变成了一只暴熊一般，对着两个人杀去。

这两个人已经将马跛子逼到绝境，马跛子死死地守在许翰林的身边，竟然用身体替许翰林挡下了一刀。

王二蛮再次出手的时候，正好有一刀戳在了马跛子的身上，这可把王二蛮气坏了。

王二蛮噔噔两步，就要如同力士一般将那个拿刀的人也扔飞了。另一个人却眼光机灵，抬刀挡住了王二蛮。

王二蛮目光凶恶，第一次流露出他的恐怖杀意。

只是这恐怖杀意一流露出来，对面拦路的男子就被吓得激灵一下。

趁着对方这一激灵，王二蛮一脚直直地往上一抬，犹如弹簧崩出，将对方手里的刀弹飞了。

接着，王二蛮又是一脚踢出，那个人的面门多出了一个脚印，像是被木桩子轮中，斜飞了出去。

等到王二蛮目光扫向那拿刀戳中马跛子的男子，那男子已经满脸惊惶，不知如何动作。

王二蛮却没有犹豫，快走两步，一手按住对方握刀的手，一手攥住了对方的衣领。

然后，王二蛮像是暴走了一样，对着这三个趁机洗劫的鸟人一顿胖揍。

在王二蛮教训那三个人的时候，孟天化和雷音早已来到圆台上，照看着许翰林和马跛子。

许翰林和马跛子的情况都不太好，不过，也幸亏他们来得及时，不然许翰林和马跛子就完了。

许翰林虽然没有动作，却也因为急火攻心崩裂了一小段伤口，让他整个人伤势加重。至于马跛子，因为极力保护许翰林，身上连中三刀，其中一处几乎是致命的。

孟天化和雷音急忙处理，也只是暂时稳住了马跛子的伤情。

如此一来，许翰林和马跛子算是彻底废了，根本没有用处。

不过，孟天化却十分庆幸，因为许翰林和马跛子总算保住了一命。

只要保住这一命，纵使艰难万千，他也得把这两个人活着带出去。

"孟老板，我看我俩活不长了，你们还是自己逃命去吧，不要管我们了。"马跛子在孟天化给他处理伤口的时候，居然还能说话。

孟天化虽然有些生气，却没有表现出来，而是淡淡道："我们既然是一个团体，就要一直走到底。不管你们伤势如何，只要你们还有一口气在，我们就不会放弃你们。"

听到孟天化这样说，马跛子眼眶都湿润了起来，差一点就流了泪。

都说江湖险恶，马跛子在江湖上混迹了这么多年，岂不知人人都为自己的利益着想？

这个时候，若是其他人，肯定早把他们扔了，哪会如此保护他们？

不过，也正因为此，他们觉得选择了孟天化这几个人是对的。

马跛子这般想，他却不知，孟天化和他的想法一样。

孟天化也知道遇上马跛子和许翰林这样勇敢可靠的人难得，他是无论如何不能看着马跛子和许翰林死掉的。就像他说的那样，哪怕马跛子和许翰林还有一口气在，他就会拼命保护。

这不是说孟天化不顾整体的利益，而是真情义难得，他不想这么就失去了。

而且，孟天化也估计过风险。

许翰林和马跛子被高云燕下了通杀令，但只要有王二蛮在，他们保护许翰林和马跛子还是有把握的。即便真到了保护不了这两个人的地步，他们再放弃也不迟。

只要带着他们通关就行了，至于通关之后，他们或许会很少再见面了。

情义难得，多珍惜一刻是一刻。

从这一系列的想法来说，孟天化无疑是一个性情中人。

只是，他的这种性情并非对所有人都有，就像裴永根那般人，他打心眼儿里就存着鄙视。

"你现在伤势很重，还是少说话吧，我们得考虑下一步该怎么走！"孟天化把马跛子的伤势处理好，便嘱咐了一句，目光却不自主地朝着暗门所在的方向看去。

正当孟天化看得出神的时候，从佛洞和暗门所在山洞之间的通道里突然冲出来一堆人。

这堆人身上都带着血，像是从炼狱场走出来一样。

不仅如此，这堆人气势汹汹，明显团结了起来，这让孟天化的心里突然咯噔了一下。

这些人不在另一边抢夺金色令牌，突然跑到这边来是什么意思？

不等孟天化明白怎么回事，他突然看到这堆人的目光都朝着圆台这边望来。

这些人的目光都充斥着血色，充斥着贪婪，这让孟天化第一时间感受到了危机。

"不好！"

嘴里刚刚蹦出一句，孟天化还没有来得及说更多的话，那堆人呼啦一下全冲了过来。

隐约间，孟天化听到这堆人中有人叫喊着："他们在这里，找到他们就能通关了！"

孟天化的脸色一瞬间黑得不成样子。

他们刚刚摆脱众人混杀的局面，也刚刚赶走三个骚扰者，这突然冒出来这么多人，这简直就是一波未平，一波又起。

王二蛮和雷音也发现了什么，他们快速聚集到孟天化的跟前，守着许翰林和马跛子。

已经好一阵没怎么开口的雷音，又一次开口了："刚躲过小人一劫，又来了一群虎狼，真是多事之时，多事之时！"

第六十八章 一帮畜生

"你少说没用的话,这种局面你有办法解决吗?若是有就说出来,没有就闭嘴!"王二蛮对雷音的态度彻底发生了改变,此时没有了一点恭维,有的只是斥呵。

雷音听着王二蛮的斥呵,脸上有些尴尬,有些难看,可他的目光却毫无畏惧地盯着前方,左手也把算命招牌攥得死死的。

孟天化没有看到雷音表现出来的决心,他此时在思虑着如何解决眼前的困境。

首先,他得看看这帮人究竟想干什么,才能考虑解决办法。

终于,一群人冲到了高台之上,巨大的高台一时间人满为患。

高台的四周依旧是没有完成的佛洞设置。被分成八份的佛洞山壁,八个未完成的八部天龙隐隐在这一刻更加清晰了起来,尤其是眼睛所在处,像是一瞬间闪烁出奇光。

不久前,这里刚刚发生过人虎大战,两只巨虎的尸体还在不远处。

这才没过多久,一场人与人之间的大战似乎也要爆发了。

这个佛洞,本是用于敬奉神明的地方,是一个和平安静之所,此时又要变成修罗场了。

"你们几个人真是好本事,我们在那边拼死拼活地抢夺令牌,你们倒在这里悠然自得!"

一群人冲到圆台上,便怒不可遏的样子,不仅怒目相向,更有人用言语讥讽了起来。

孟天化看着这如同虎狼一般的一群人,突然觉得这些人是真的悲哀。

这些人不可能凭空出现在这里,肯定是受了别人的蛊惑。

至于是受了谁的蛊惑,孟天化用屁股想都能想出来。

裴永根这个小人,他明明已经有了通关的权限,居然还来这么一手,他是有多恨孟天化几人?

"我们悠然自得关你们屁事?我们又没想过拼死拼活。你们自己杀来杀去,还不是裴永根搞出来的?你们不找裴永根的麻烦,反而找我们的晦气,你们想干什么?"

王二蛮像是一头野兽,雄壮的身形站在那里,看着就给人一种威慑感。

这种威慑感就像暗门内的板寸男,他们的个头相差不多,体格上也差不了太多。

不过,王二蛮的目光中还是少了板寸男的几分冷酷,少了那种杀过人的凶光。

"我们找你们自然有我们的道理,如果不是裴永根提醒,我们差点就忘了,除了八枚令牌之外,我们还有一个选择,那就是胁迫你们!"一个精壮的男子站了出来,目光中流露出的讥讽,好像孟天化几个人已经是他们的盘中餐,"我们拼死拼活,未必能够得到令牌,可胁迫你们,我们还有很大的概率通关。你们没有去抢夺令牌,应该是早有打算吧?"

这个精壮男子几乎是说出了孟天化几个人的打算,却也说出了圆台上其他人的心声。

他们来这里,自然是想通过孟天化几个人通关。相对于拼死拼活地争抢令牌来说,跟着孟天化几个人的风险更小一些。当然,这种风险,也只是目前从表面上看而已。

第六十九章 新的通关之法

"你们说的话，还真是不凭良心。我们已经带着你们找到暗门，你们不走暗门也就罢了，居然还想着我们有通关之法，你们不觉得可笑吗？你们睁大眼睛好好看看，就在你们拼命抢夺令牌的时候，还有人想着把许老大和马老大给杀了。马老大现在被打成了重伤，你们还想我们怎么办？你们以为我们不想抢夺令牌吗？相对于你们这些人，我们几个人抢夺有什么优势？你们会让我们抢到令牌吗？"

王二蛮义愤填膺地开口，一种抱怨之气毫不掩饰。

只是，一群没有良心的人岂会听这些解释？

他们不仅不听解释，还堂而皇之地说道："他们两个都重伤了才好，我们正好可以用他们胁迫你们。兄弟们，就像裴永根说的那样，跟着他们我们肯定能通关！"

听到这样的话，孟天化几个人再次惊呆了。即便他们已经品尝到人性的复杂与可怕，他们还是被这帮人的无情无义刺激到了。

这样的一群人，他们若是再去怜悯，再去施以援助，伤害的只会是他们自己。

"这样说，你们是一定要把我们逼上绝路了？"

孟天化站到了王二蛮的跟前，同一群人对峙了起来。

都说泥菩萨也有三分火气，孟天化算是被彻底激怒了。

他之前一直在忍，为了大家的利益，他也算是尽心尽力。可暗门之内只有八个名额，孟天化怎么会想到？他已经付出了很多，可无情的人还想要更多，这是他无法接受的。

"逼上绝路？你这话说得有点过了。我们只是想通关而已，而你们恰好知道通关的办法。"

"你们是认准我们了？"孟天化冷着一张脸，将圆台上的一群人扫了一遍。

"我们现在只能认准你们，所以，你们就告诉我们实话吧，其他的通关办法是什么？"

看着众人虎狼一般的目光，孟天化真的想一个个宰了他们。

不过，寡不敌众，即便他们反抗了，最后还是一样的结局。

孟天化大致数了一下，围聚在圆台上的其他人有大约二十个。他们只有五个人，两个还是重伤垂死状态，一旦发生争斗，他们必败无疑。

心里快速思量着，孟天化终于下了狠心："好吧，既然你们认准我们，我们也会尽力找出其他的通关之法。不过，我要说上两句，寻找其他通关之法依旧需要大家的配合。只有大家齐心协力，才能一起破解出其他的通关之法。另外，许老大和马老大伤情严重，我不想大家再打扰他，所以大家离开圆台吧，派几个代表上来即可。"

众人听到孟天化松口，全都松了口气。可孟天化让他们大部分人离开圆台，众人都不乐意了。

看到这儿，孟天化再次道："如果你们不遵从我说的，一旦许老大和马老大因你们伤势出现了什么变化，我可以保证一点，我们会和你们以死相拼。到时候，你们能不能占到便宜，谁也说不准！"

王二蛮的威胁，众人虽有感觉，却不大。此时，孟天化也开口威胁，众人不得不防。

孟天化和王二蛮不一样，之前破解机关的过程中，孟天化的手段早已深入人心。如果孟天化存了以死相拼的心思，孟天化会做出什么举动，还真是让人难以预测。

毫无疑问，孟天化在众人眼中是一个能人，正因为此，众人心底还是存着些许敬畏的。

随着孟天化连续表态，其他人终于议论了起来，然后推选出了五个代表。

这五个代表占据众人的四分之一，他们和孟天化几人站在圆台上，还是显得空间压抑。

不过，这五个人总好过二十人。

于是，孟天化把许翰林和马跛子交给了算命先生雷音，他和王二蛮跟着其他人讨论了起来。

裴永根虽然通过暗门通关，但他将之前搜集的通关线索都留了下来。

孟天化将这些通关线索依次摆开，和众人分析着可能存在的通关之法。

在寻找暗门之前，孟天化就和其他人聊过会不会有其他通关之法。此时再次讨论，却显得轻车熟路。

不过，摆在他们面前的通关线索确实有些凌乱，让人不得不怀疑是不是九爷故布疑阵。

珍珠、碎头发、流星镖、蜂巢、皮鞋、外国高帽、燕尾服……这一系列的东西，孟天化知道其中几样和"美人"图有关，甚至他还有几个猜测，但他还须要权衡一下怎么处理。

除了和"美人"图有关的内容，孟天化现在最大的猜测就是布莱克。

皮鞋、外国高帽、燕尾服，这些都是和布莱克相关的东西，孟天化在庆元春见过。而在暗门和旅馆里见到布莱克的时候，布莱克身上的服饰早已换成中国长袍。

这样一来，和布莱克相关的东西是不是另外一条通关线索？

不过，布莱克的一应穿着还缺一条裤子，这条裤子在哪里，是不是留下的线索？

虽然心里有了这个猜测，孟天化却不好和众人开口，毕竟，布莱克的事情不好说。

可其他人也不是傻子，在看到这么多人穿戴的东西，他们自然会往这方面去靠。

这些人现在唯一或缺的就是一个提示，只要一个明确的提示出现，他们就会明白什么。

正当孟天化寻思着如何同布莱克联系起来的时候，布莱克本人出现了。

也是在布莱克本人出现之后，九爷设置的这趟选拔目的也越来越明确了。

布莱克出现得十分突然，没有一点预兆。

孟天化他们当时正在圆台上讨论通关线索，圆台俨然变成了他们这些通关者的小基地，他们有说有笑，也没了刚才的剑拔弩张。然后，布莱克就从后面的通道里出现了。

一开始也没人注意到布莱克的出现，直到他来到圆台上。

孟天化几人不是最先看到布莱克的，等到他们感应到了什么，把头转向后面的时候，布莱克距离他们只差两步的距离。

这两步的距离，是孟天化距离布莱克最近的一次。不过，他们还会距离得更近一些。

孟天化转头看向布莱克，布莱克正好也把目光投向了孟天化。

他们两个本不相识，也没有正式见过面，但此时四目相交倒像是有过很多次接触一样。

孟天化不知道布莱克为什么出现，自然也没有急着开口。倒是布莱克，在和孟天化对视了一眼之后，便带着和顺的笑容，注视着孟天化道："你们应该已经找齐我的衣物了吧？"

孟天化先是愣了一下，心里吃惊得很，但他没有表露出来，而是不解地问道："你什么意思？"

布莱克不紧不慢，不急着自我介绍，也不急着和众人打招呼，而是淡淡地道："裴永根跟我说了，你们已经找到我的衣物。我想，我应该站出来了。"

布莱克说话的时候，目光对着已经摆放在圆台上的衣物看去。

这时，孟天化的表情自然不用提，没有多少变化，倒是周围其他人都吃了一惊。

他们猜到衣物可能和通关线索有关，可他们不知道具体是怎么个通关法。现在突然有一个洋人说到了衣物，他们就算是傻子，也会把西洋服饰和这个洋人联系在一起。

"你应该站出来了？"孟天化反应稍慢了一分，但他却很冷静，对着衣物一指，说道，"你说这些和你有关？"

"没错，你们找到的这些衣物是我的，我现在要把它们带走！"布莱克依旧神色淡然。

"你要带走，这可不行！"孟天化急忙拒绝道。

莫说孟天化不同意，就算是其他人也不会同意布莱克把这些东西带走，他们还没有搞清这些衣物是否和通关有关。

布莱克适时地再次开口了："这些本来就是我的衣物，我带走有何不可？而且，我可以帮助你们通关！"

"帮助我们通关？"

孟天化等的就是这句话。

他自然知道衣物是布莱克的，可他搞不清衣物如何和通关有关，他需要布莱克给一些解释。

布莱克依旧不紧不慢，加上他身上穿着中国的长袍，倒也有几分中国人的儒雅之气："只要衣物齐了，我就可以告诉你们另外一个通关的法子，这也是一个彩蛋！"

布莱克的"彩蛋"二字一出口，好多人的眼睛都亮了。

关于"彩蛋"，他们一直在期待着，也一直在寻找。暗门之中存在彩蛋，裴永根他们估计已经过关，现在布莱克说他也可以提供彩蛋，那岂不是说有新的通关之法。

布莱克的话亦让孟天化几人心动，可孟天化更多的是冷静。

九爷将布莱克公然地放出来，就不怕布莱克跑了？而且，布莱克身上有秘密，九爷就不怕别人觊觎？

布莱克的出现怎么看都不寻常，这不得不让他警惕。

如果是孟天化自己找到了布莱克，他或许可以按照和林兰说好的做该做的事情，可此时布莱克主动出现，他却不敢轻易和布莱克接触了。

还有，布莱克此时似乎是心甘情愿地帮助九爷做事，这个情况也让人觉得诡异。

心中快速翻转思绪，孟天化很快有了决定。

第六十九章 新的通关之法

第七十章 无尽墟

"这位洋先生,还未请教你的姓名!"孟天化装作第一次见到布莱克一样。

布莱克倒也没什么别的反应,也像是第一次见到孟天化一样:"我叫布莱克,是个英国人。我知道你们都等急了,这样吧,你们将衣物给我,我现在就带你们通关!"

"真的?"旁边有人惊喜不已。

"那还等什么,将衣物给他,让他带我们通关!"也有人等不及了。

听着耳边不受自己控制的情况,孟天化也不反驳,指着旁边的衣物说道:"衣物就在这里,你检查一下。不过,你的这些衣物中,似乎少了一条裤子。"

布莱克听到提醒,对着摆在地上的衣物看去,果然发现其中没有裤子。

"没有裤子?"布莱克蹙着眉头,"没有裤子,我就帮不到你们了。衣物必须齐全,我才能够帮助你们。我只能告诉你们,这些衣物中本来是有裤子的,肯定是有人私藏了。"

布莱克说得很认真,显然不是作假。

可一想到有人私藏了布莱克的裤子,王二蛮忍不住嘲笑了起来:"有人私藏了你的裤子?你的裤子是金子做的,还是私藏你裤子的人是个变态?"

"布莱克先生,你说的可是真的?"即便已经相信了布莱克的话,孟天化还是多问了一句。

"我的衣物都在这里,我还能不知道?"布莱克似乎有些生气,在为裤子生气。

同一时间,周围人也议论了起来,众人议论的当然是裤子。

他们之前已经将所有通关线索都找了出来,却没有发现裤子,这说明什么?

他们觉得有人将裤子这条线索给换了,抑或是,他们真的有疏漏,没有找到裤子。

众人在议论的时候，不远处正在养伤的马跛子脸色剧烈变化了一下，却很快又消失了。

等到众人议论完，最后大家得出了一个结论，那就是继续寻找裤子。

不管裤子是没有被发现，还是被人换掉了，他们都要尝试着去找一下。

于是，众人都出发了，孟天化几个人也不例外。甚至，连布莱克都加入了寻找裤子的行列。

说到这样一幕，确实有些搞笑。众人都不缺钱，也不是乞丐，竟为了一条裤子而奔波。

不过，在孟天化临走之前，马跛子却叫住了孟天化。

孟天化不明所以，还是来到了马跛子跟前。

然后，孟天化从马跛子口中听到了一个内容，孟天化心中的疑惑一下子解开了。

孟天化没有想到，裤子真的被人换掉了，换掉裤子的人不是别人，正是马跛子。

之前，马跛子说在土岩洞发现了布莱克的踪迹，指的就是布莱克的裤子。

英国人让许翰林和马跛子寻找布莱克，给他们提供了很多信息，其中就有布莱克的穿着装扮。在进入土岩洞之后，他们找到了那条裤子，经过分析确认是布莱克的。

再然后，马跛子让人随便放了一支流星镖在裤子存在的地方，为的是做一个标记。

等到他们深入寻找布莱克的时候，就遭遇了凶险，这才导致他们要冲下山去。

马跛子说的这些，孟天化当然相信，也合情合理，但马跛子是否还有隐瞒，孟天化也不知道。

不过，裤子既然被马跛子调换了，那裤子肯定还存在。

马跛子将裤子存放的地方和孟天化说了一下，孟天化便知道怎么做了。

裤子的事情孟天化没有急着和别人说，他须要好好考虑一下大局。

他现在只想顾好王二蛮几个人，至于其他人的生死，他现在真的不想顾了，人心太凉薄。再者，他孟天化算个什么东西，又不是什么人，别人的生死他顾得了吗？

他须要利用布莱克的这个契机，摆脱这帮狼心狗肺的东西。

孟天化让雷音留下来照顾许翰林和马跛子，自己和王二蛮跟随大家寻找裤子。

这个过程中，布莱克竟一直跟着他们。

孟天化不知道布莱克为什么跟着自己，他还是开口了："布莱克先生，能说说你为什么在这里吗？"

几天之后，当九爷的人找上自己的时候，孟天化恨不得抽自己嘴巴子。因为他实在不该在此时问布莱克问题，更不该在此时一连问了好几个问题。

"实不相瞒，我会在这里，也是因为无奈。你们可能不知道，我是被九爷抓进来的！"布莱克完全没有隐瞒的意思，不仅如此，他还接着道，"你们听没听过敦煌那边存在一个叫作'无尽墟'的宝藏？"

布莱克提到"敦煌""无尽墟"的时候，孟天化就该存着警惕。

孟天化确实存了警惕，但他不知道这会成为一个用来威胁他的套儿。

"没听过，也不想听！"孟天化很是明确地拒绝道。

只是，布莱克的嘴巴不是他能堵得住的。

"我被九爷抓过来，就和敦煌的'无尽墟'有关。"布莱克表情严肃，又很苦恼的样子。

孟天化的脸色一变，笑呵呵道："布莱克先生，你说的这些和我有什么关系？"

孟天化想表达的意思很明显，你说的内容我不想听，你不要说了。可布莱克也呵呵笑着，接着道："你难道就不想知道'无尽墟'的内容？那里面可是藏着取之不尽的宝藏。而且，我还听说，里面好像还藏着龙脉。"

"布莱克先生，我还是郑重地和你说一遍吧，你说的内容我不想听，我现在只想通关。如果你有什么通关的线索可以跟我说一说，我感激不尽。若是没有，请你闭上嘴吧！"

孟天化一直贯彻的就是彭二爷跟他说的内容，那就是远离九爷，现在也是如此。

布莱克说的内容已经牵扯到九爷要做的事情，这可不是他想知道的。

"好吧，你想通关，那我就告诉你通关之法。不过，我有一个条件！"布莱克一转口，打算和孟天化做起买卖来。

"条件？你有什么条件？"孟天化不解。

"我的条件很简单，那就是你要帮我摆脱九爷！"

孟天化闻言，对着布莱克使劲地盯了两眼。那感觉，好像布莱克是一个大骗子一样。

"布莱克先生，你开什么玩笑？帮你摆脱九爷，我怎么做得到？而且，离不离开九爷身边，不在于你自己吗？"孟天化以为布莱克已经归顺九爷，布莱克话语中的意思似乎不是这样。

"孟老板，你是一个聪明人，我若是能够来去自由，还须要请你帮忙吗？"

"对不起，布莱克先生，你的这个忙我帮不了！"

孟天化反应很快，不管布莱克能不能摆脱九爷，这里面的事情可不是他能掺和的。

"如果我告诉你，我有找到'无尽墟'的关键线索，你会不会帮我？"布莱克开始抛出更大的诱饵，"只要你帮我，我就把这关键线索告诉你。到时候，你就能够找到'无尽墟'，并将'无尽墟'内取之不尽的宝藏占为己有，立国称帝都有可能。"

布莱克的诱饵实在是大，孟天化听了都觉得心惊。

而听到布莱克这些话的不只孟天化一个，还有王二蛮。

王二蛮在听说无尽墟蕴藏取之不尽的宝藏时，当时就露出了兴趣。他很想开口，硬生生给压下了。

此时，布莱克接连开口，连"立国称帝"这样惊世骇俗的事情都说了出来，他终于忍不住了。

"布莱克先生，你就不要哄骗我们这些穷苦人了。还立国称帝，你怎么不说统一全世界？"王二蛮的话充满了讥讽，却也暗藏着试探的意味。

王二蛮的讥讽奏效了，布莱克有些生气，反讥道："这位应该是王老板吧？我知道你是不相信我说的话，但我说的一切都是事实。无尽墟的确是一个史无前例的大宝藏，这无尽墟的'无尽'二字，就是取之无尽，用之不竭。如果你不相信，我可以再和你说一些内容。我有一个英国老乡叫斯坦因，前些年他就在敦煌那边……"

布莱克要说出更多的内容，王二蛮正准备聆听，孟天化却给打断了："布莱克先生，你说的这些和通关无关，还是不要说了。我们在找你的裤子，你难道不想要裤子了？"

孟天化的话着实有些让人发笑。

布莱克的裤子，在此时这种情况，除非是金子做的，否则傻子才会在意。

这些人通不通关，跟他布莱克关系不大，谁找裤子他都不会去找裤子的。

"孟老板，你如果真想通关，我建议你考虑一下我说的内容。我手里真的攥着无尽墟的关键线索，不然九爷也不会抓我过来。另外，我还可以告诉你一件事，我们英国人也在打无尽墟的主意。虽然我心向英国，但我总觉得你们中国人该为自己的东西做些事。"

布莱克的话，无疑刺激到了孟天化的某根神经。

但也正因为这某根神经，孟天化的目光死死地盯向了布莱克。

这一刻的孟天化，眸子突发的冰冷而锋锐，好似一把最锋利的剑，能够一击穿透人的心脏。

第七十一章 八个名额

布莱克在这种目光注视下,都忍不住一种寒意,倒退了两步。

不过,孟天化的这种目光并没有持续多久。

他刚才确实很愤怒,因为列强窃夺中国的东西已经够多了,若是再多一个无尽墟,确实让人痛恼。但他刚才也很冷静,他要看看布莱克为什么会突然提到英国也在打无尽墟的主意。

在琉璃厂,认识他孟天化的都知道他孟天化对外国人嫉恨非常。只要稍稍提到外国人,都能够刺激起他的怒火。布莱克刚才的话明显也是在刺激他,可布莱克怎么知道他痛恨外国人?

布莱克若是误打误撞,那还好说。可布莱克若是有心为之,这里面肯定不简单。

孟天化总共见过布莱克不到三次,前两次都是孟天化见到布莱克,并认出了布莱克,布莱克决不可能认识他。所以,布莱克不可能知道他的信息和特征,除非有人在背后指点。

莫名地,孟天化突来一种寒意,好像有一只大手在慢慢向他靠近,要把他捏在手里。

"布莱克先生,你们英国人若是有本事,那就去探寻无尽墟好了,你跟我说这些没有任何用处。你就说吧,通关的线索能不能告诉我们,不能告诉我们,请你跟着其他人吧,其他人一定会被你说的内容吸引。哦,即便你不说,他们也会找你的!"

孟天化算是下了逐客令,让布莱克远离自己。

也是在下逐客令的一刻,孟天化又想到了一个内容。

布莱克一上来不盯着其他人,就直奔自己这边,这也很蹊跷。

如果不是裴永根在布莱克耳边说了什么，布莱克也不会如此直接地找上自己。

布莱克找上自己，明显是存着明确的目的，这目的究竟是什么……孟天化现在很头疼。

不管怎么说，布莱克总算被孟天化给赶走了。

在布莱克离开之后，王二蛮和孟天化开口了："你真的不想知道无尽墟的内容？"

"他说的话，你还真信啊？什么狗屁的无尽墟，我听都没听过。如果敦煌那边真有宝藏，这则消息应该早就烂大街了，为什么我之前一点都没听说过？"孟天化直接阻断王二蛮和他讨论这个话题。

他现在越来越觉得这次选拔是一场危机，他想尽早通关，离开这里。

不等王二蛮继续开口，孟天化转移了话题："蛮子，如果我没有猜错，和'美人'图相关的那几样东西是通过水漫坡会用到的东西。布莱克提供的通关机会我们不要掺和了，我们还是离开土岩洞，走水漫坡吧？"

"你确定那几样东西和水漫坡有关？"王二蛮也正经了起来。

"我也不能确定，但我总有一种感觉，五行之关有些东西是可以相连的，这种感觉十分强烈。"

孟天化仔细回忆了一下，金木水火土五行之关看似没有什么联系，却隐隐产生了联系。

从老虎跑到土岩洞，火拳场有土岩洞所需的火把，再到《东坡戏雨》与水漫坡，孟天化感觉自己的那种想法很强烈。

按照孟天化以往的经验，这个时候，他要相信自己的感觉。

"这一趟，是我请你过来的，我相信你。"王二蛮表明了自己的态度。

孟天化对着王二蛮深深地看了一眼，接着道："在离开佛洞的时候，马跛子跟我说了一些内容，他说布莱克的裤子是他给藏起来了，我们现在要把这条裤子找出来。"

"你的意思……"

"别看布莱克信誓旦旦地说，他知道通关之法，这通关之法肯定也不是什么好办法。我之前还没有想到，但一想起那八份地图和八枚令牌，我突然想到，布莱克的衣物份数是不是也是通关之人的数量？"

王二蛮眼珠子一瞪，一刹那明白了什么，并暗自惊心道："这样一来，势必又要争斗！"

"是啊，九爷的这次选拔不简单，真是关关见血，关关要人命！"

"我听你的！"王二蛮更加坚定了什么。

不知道是不是因为许翰林和马跛子还在圆台上，抑或是因为布莱克吸引了众人的注意力，孟天化和王二蛮没走多远就没有人再盯着他们，他们便悄悄离开了土岩洞一趟。

马跛子没有把布莱克的裤子藏在土岩洞，而是藏在了土岩洞入口不远处。

孟天化和王二蛮以最快的速度将裤子找了出来，然后返回了土岩洞。

在返回土岩洞的时候，孟天化看到土岩洞门口还有零星的几个参与选拔者在徘徊。

孟天化的目光顺着火拳场的方向看了一眼，他当然什么都看不到，只能看到阻挡视线的树木。但孟天化隐隐感觉到，火拳场上恐怕已经染红了血，比土岩洞不遑多让。

孟天化和王二蛮带着布莱克的裤子回到了圆台之上。

他们两个怎么也想不到，才不过十几分钟的工夫，土岩洞里又发生了一些小插曲。

有几个通关心切的人，竟然逼着布莱克说出通关的办法，差点没要了布莱克的性命。

就在布莱克情况危急的时候，布莱克又将无尽墟的事情说了一遍。

就像孟天化和布莱克说的那样，布莱克的那套说辞说给其他人听，一定能引来不少关注。

然后，那几个逼迫布莱克的人就放过了布莱克，甚至还和布莱克待在了一起。

这段小插曲并不影响大局，但还是有人针对布莱克，想让布莱克尽早说出通关的办法。

等到孟天化他们赶到圆台上面的时候，一帮想要找布莱克麻烦的人，和待在布莱克身边的人发生了争执。

找麻烦的人自然是想让布莱克尽早说出通关办法；待在布莱克身边的人，是怕布莱克把无尽墟的事情又和别人说了。这两帮人纠缠在一起，布莱克倒彻底安全了。

看着布莱克并无压力地坐在圆台的一个角落，再看看摩拳擦掌，已经有肢体冲突的两帮人，孟天化更觉失望。

这帮人真的就是一群乌合之众，根本就没有一个坚定的立场。

孟天化也懒得理会这种争执，直接将布莱克的裤子拿了出来，让布莱克确认一下。

裤子一拿出来，争斗的双方立马安静下来。

众人都盯向孟天化和布莱克，盯着布莱克手中的那条裤子。

这个时候，已经没人愿意打听裤子是从哪里找到的，他们只想知道通关之法。

孟天化似乎知道众人的心思，很是适时地说道："布莱克先生，现在你可以说了吧？"

布莱克看着自己的裤子，又对着孟天化认真看了一眼，很是古怪地笑了起来："孟老板，能跟我说一下，这条裤子是在哪里找到的？"

"这个好像和你要做的事情没关系吧？你说缺少裤子，裤子给你找回来了，你可以说出通关之法了吧？"孟天化的语气不太好，一双眸子也透着冷意，似乎很讨厌布莱克。

孟天化的这种讨厌是真实存在的，主要还是源自他父亲的死亡。

"好，好，既然你们找到了裤子，我就告诉你们通关之法。"布莱克很激动一样，将裤子叠了两折，然后向着其他几样衣物走去。

等他不紧不慢来到那堆衣物前，他将衣物全都聚拢在手里，一件一件地数道："我的帽子、燕尾服、蝴蝶结、衬衫、腰带、裤子、鞋子、袜子，一共八样……"说到这里，布莱克停顿了一下，对着众人饶有兴趣地扫了一眼，"所以，你们想要通关，只有八个名额！"

"八个名额？"

布莱克的话如同一块陨石入海，激起了巨浪。

闹了半天，布莱克所说的通关之法还是得争斗。

不过，这一次是如何争斗，布莱克很快又陈述了起来。

"这八个名额，和暗门的八个名额不同。暗门的八个名额，只要有金色令牌便能够通关，并且还会有彩蛋。而我提供的这八个名额，须要在火拳场诞生。八场，只须要进行八场争斗，一对一的争斗。胜利者便可以获得通关资格，这可比直接在火拳场打杀强多了。"

布莱克提到火拳场的时候，好些人的脸色都变得铁青，像是被惹恼了。

他们以为布莱克提供的通关方法不须要拼命，想不到还是要拼命，他们如何不恼？

"我提供的通关之法就是这样，如果你们想要通关就尽早报名。八个通关名额，十六个参与的名额，到底该如何选择，在于你们。"布莱克又陈述了一下，居然还是笑着开口，这一下子让孟天化想到了他刚刚摆脱的裴永根。

果然，像裴永根这种搅屎棍不止一个，布莱克现在就是一根搅屎棍。可也正是这些搅屎棍的存在，使得选拔的过程推进了几分，同时也让选拔增加了一些趣味性。

就像布莱克说的那样，八个名额难得，如果不趁此机会通关，谁知道还要等到什么时候？

于是，有人在权衡之后抬手示意，像是勇士一样高声叫道："我愿意跟你去火拳场！"

有人开头，很快又有人举手示意，等到十六个名额满了，居然还有人想要去火拳场。

原本就让人生畏的火拳场，像是变成了香饽饽，甚至十六之后的人还为名额争吵，并大打出手起来。

第七十二章 水漫坡

大打出手的人不忘叫喊着:"是我先喊出来的,这第十六个的名额是我的。"

"你放屁,怎么是你的?是老子先喊的!"

"你想跟我抢,我就先弄死你!"

圆台附近这样的争斗不止一处,有三四对人在打架。

除了已经围聚在布莱克身边的人,其他没兴趣去火拳场的人个个面如死灰,似乎很绝望。

孟天化也显露出绝望的神情,不想其他人再次把希望寄托在他的身上。

可树欲静而风不止,还是有人找到了孟天化,让孟天化想想办法。

孟天化这一次显得极度冷淡,冷冷道:"所有的通关线索都在这里,你们要想通关就自己想办法吧!我累了,我真的太累了,这一趟来参加九爷设置的选拔,是我一生最错误的选择!"

孟天化唉声叹气,王二蛮也在一旁郁郁寡欢,导致众多人更加失落。

"我们要赶往火拳场,你们若是有兴趣,可以一起去观战!"布莱克又一次开口,并走向了孟天化,"孟老板,谢谢你帮我找回了裤子。这样吧,跟我们一起出去看看吧!"

孟天化本来就要去土岩洞外面,听到布莱克的话,他先是眉头一蹙,转而就道:"好,这土岩洞里面太闷了,是时候出去呼吸一下新鲜空气了。蛮子,我们带上许老大和马老大,到土岩洞外面,我们或许能够活得更长久一些。"

"好!"王二蛮答应了一声,垂着头走向算命先生雷音看守的许翰林和马跛子跟前。

与此同时,布莱克又和孟天化开口了:"孟老板,其实,通关之法不只我提供的这一条。在你们这些通关线索中还有两条通关线索，这两条通关线索和水漫坡有关，你可以试一试。"

布莱克说出这话的时候很是小声，孟天化在听到后脸色剧变了一下。

他不解地盯着布莱克，不知道布莱克为什么要和自己说这些，而且还如此小心翼翼。

布莱克倒没有什么说法，只是神秘地笑着，好像孟天化有什么地方能让他关注一样。

孟天化不知道布莱克是什么意思，但他总觉得布莱克不像是被九爷劫持。

孟天化暂时也懒得理布莱克，他现在只想离开土岩洞，去水漫坡那边试试。

布莱克说水漫坡那边还有两条通关之法，关于这一点孟天化是没有想到的。

不自主地，孟天化将目光对着剩下的通关线索盯去，想要找出另外两条通关之法。

可看来看去，孟天化能看到的只有和"美人"图相关的几样东西。

"我看，大家还是先一起离开土岩洞吧，这些通关线索也带到土岩洞外面。到了土岩洞外面，我们或许灵机一动，可以找到其他的通关之法。"孟天化适时地开口，布莱克深深地看了孟天化一眼。

在布莱克看来，孟天化是在听了他的话之后有感而发，他却不知，孟天化早已打算前往水漫坡。

有胆气的人都要跟着布莱克前往火拳场，剩下的一些人个个神色疲惫，不堪重负一样。这些人本身就没什么大主见，在听到孟天化的话之后，他们都默认同意了。

趁着这个时候，孟天化将一应通关线索收了起来。

按道理来说，通关线索属于大家的，可孟天化必须得自私一次了。

他为了大家付出了很多，可大家的行为实在令他失望，他也只能舍弃这些人。

俗话说得好，人为财死，鸟为食亡。现在是性命攸关的时候，谁管得了其他人？

孟天化将一应通关线索收好，并和王二蛮小心搀扶着许翰林和马跛子，跟着众人走出了土岩洞。

看着剩下的三四十口子人，孟天化突发感慨。

这一趟虽说是九爷设置的选拔，可也是一个缩小版的探险之旅。

这一趟探险之旅，充满了人性的拷问，也充满了利益纠纷，和他以往经历的凶险无二。

也许，九爷高瞻远瞩，想要看到的就是这样一幕人人为财而死的景象吧！

沿着早已熟悉的道路，孟天化他们很快走出了土岩洞。

到了土岩洞外面，孟天化和王二蛮几人装作很疲惫的样子，便坐在洞口附近歇息，嘴里还故意叨了几句。

其他人也没有在意，继续跟着布莱克前往火拳场。

倒是布莱克，像是发现了孟天化几个人的动向，很有深意地朝着这边看了一眼。

布莱克没有说什么，更没有什么特别的神情，然后就带着人前往不远处的火拳场。

等到布莱克等人大部分都消失之后，孟天化几个人快速动作，前往土岩洞另一侧的水漫坡。

时间紧迫，他们既然要前往水漫坡，就要趁着这个时候赶紧去，省得回头别人发现了什么，连水漫坡的通关之法都占了。

若是水漫坡的通关之法也和暗门一样有名额限制，那他们岂不是都得留在这里？

虽然留在选拔之中没什么，可孟天化隐隐有感觉，若是没有通关，很可能就会死在山上。

不管是为了自己，还是为了王二蛮等人，他都不能死掉。

很快，孟天化他们赶到了一片林子里，并利用林子的遮挡暂时停了下来。

许翰林和马跛子身受重伤，他们走不快。另外，他们须要研究一下水漫坡到底什么情况。

之前，黄一琛带着人走水漫坡，其他人都死了，只剩下黄一琛一个人走出来，可想水漫坡的凶险。

而布莱克说，剩下的通关线索能够找到两条和水漫坡通关有关的内容，他也得好好考虑一下。

布莱克说的两条通关线索，是不是都以《东坡戏雨》这本"美人"图为中心？

如果都是以"美人"图为中心，那和"美人"图有关的通关线索就不是一条了。

可如果两条通关线索并非都和"美人"图有关，那孟天化之前的猜测很有可能会实现。

"老孟，你有几成把握？别回头你猜错了，我们都得死在水漫坡上。"王二蛮似乎有些担忧。

"这种事情，我怎么可能有百分百的把握？我只能走一步看一步了。"孟天化也很郁闷的样子，"而且，和'美人'图相关的这些东西是一味药也不是我想出来的，是黄一琛提醒我的。我也说不好，黄一琛是不是瞎说的，我们只能先看看水漫坡的情况。"

"那就先看看情况吧！"王二蛮也没有什么好想法，只好顺从孟天化。

不过，孟天化倒是一点也不担心。

之前在把"美人"图相关的东西联系在一起的时候，孟天化就觉得这几样东西有问题，直到黄一琛后来看到了这些，突然跟他来了一句这是不是一个药方子，孟天化才恍然大悟。

一开始的时候，孟天化也觉得黄一琛是瞎说，可越是往药方子上想，他就越觉得药方子是对的。再者，黄一琛是从水漫坡活下来的，甚至九爷的人都要针对黄一琛，他总觉得黄一琛有通过水漫坡的法子。黄一琛的话，让他觉得更加可信了几分。

就像孟天化自己说的那样,他现在还不了解水漫坡的情况,他得先去了解一下。

如果和"美人"图相关的几样东西是一服药，那便证明水漫坡有和这服药相冲的东西。

孟天化即便不通药理，却也明白毒药还须解药除。

孟天化让王二蛮他们待在原地，他先去前面探探情况。

水漫坡的确是一个高坡，高坡之上遍布树木，更多的是藤蔓和杂草，大部分都已干枯凋敝。

过了这个高坡应该就过了这座山，也就算通过了九爷设置的选拔。

但因为这个高坡是选拔一关，孟天化不敢大意。他知道，这个高坡肯定有和谁相关的东西。

水漫坡，虽说有水漫二字，未必一定是大水冲刷。而且，大水冲刷这种事情也做不到。

想要用水冲刷，首先得有水源，这附近只有山下河流里有水。将大量的水运上来，再从山顶灌溉而下，这样太费时费力。再者，如果真有水冲刷，下面也会残留痕迹的。

所以，孟天化肯定，水漫坡的水漫二字肯定不是大水冲刷。

正因为此，孟天化极其小心，两只眼睛就像是敏锐的鹰隼，不肯放过一个细节。

孟天化自然不肯放过细节，谁知道什么时候有危及性命的危险出现？

孟天化的小心谨慎很快有了效果，他发现在前方的一些枯藤枯草之上竟然附着水珠。

此时，已经是下午，夕阳已经偏西，甚至在西面映出了红霞。孟天化他们从早上参加选拔，已经过去了一天。

当然，这些不是重点，重点是这个时候还不是晚上，不可能有水珠在枯草枯藤上出现。

孟天化第一时间警醒起来，对着枯草枯藤上的水珠看去。

等到孟天化发现前方遍布这种水珠的时候，孟天化恍然明白了。

原来，水漫坡的水漫二字指的就是这种遍布的水珠。

这水珠肯定不简单，是不是一种毒药？不然的话，黄一琛等人怎么过不去？

心里猜测着，孟天化决定试验一下。

如果水珠真有问题，只要是活物，肯定会遭遇凶险。

不过，周围死一般的寂静，根本没有什么活物出现，这让孟天化有些头疼起来。

他须要抓一些活物做试验。

第七十三章 水而无形

正当孟天化准备折返，想办法寻找活物做试验的时候，从他的身后突然出现了人声。

听到人声的一刻，孟天化立马蹲下了身子，躲在一个树后的草丛里。

孟天化将人声听得越来越清晰，脸上的表情却越来越难看。

来人不是别人，正是之前跟着布莱克前往火拳场的一些人。

这些人嘴里骂骂咧咧，竟然全都在骂孟天化几个人。

"我就知道他们有问题，他们没有跟我们去火拳场，肯定是找到了通过水漫坡的方法。"

"这群狗养的，要是找到他们，我一定剥了他们的皮！"

"剥了他们的皮太便宜他们了，像他们这种小人，就该先弄死许秃子和马跛子，然后再一点点折磨他们。"

"没错，我们还是太仁慈了，没想到他们反手来了这么一招！"

"那个洋人布莱克也不是东西，他让我们在火拳场自相残杀，现在才告诉我们孟天化几个狗杂种来了水漫坡，他明显是成心的。"

"说得没错，那个洋人也不是好东西，我们也应该杀了他们！"

孟天化就躲在角落里，听着人声越来越近。及至这些人走得近了，他看到这些人有十来个。

这十来个人怒火冲冲，昂首阔步，真的是要找孟天化几个人的晦气。

孟天化看着这些人往前走，向着水珠所在的方向走去，他很想提醒，却硬生生憋住了。

自古便有无毒不丈夫一说，孟天化此时能做的就是忍和狠。

这帮人无情无义，此时还在骂他们，甚至要杀他们，他孟天化也不是好欺负的主儿。

想想闯荡江湖的那几年，孟天化在这种人身上吃的亏太多了，他此时就该见死不救。

孟天化暗自发着狠，手掌却还是忍不住抓起了地上一块石头，对着那十来个人扔去。

他终究没有忍住，他终究没法将这十来个人当作小动物一样，看着他们死在自己眼前。

石头飞出，孟天化自然是想提醒这几个人，前方有危险，不可再行。

可惜，他想多了。

石头飞出，确实惊到了这十来个人，可他们却厉喝道："什么人？"

孟天化躲在角落里自然不敢出声，这十来个人又骂了起来："是哪里来的鼠胆狗辈，竟敢偷袭我等。有种的就现身让爷们儿瞧瞧，你究竟是哪路货色。"

孟天化依旧不答话，那几个人等了好一会儿便又骂骂咧咧往前走。

孟天化赶紧抓起一块石头，又对着这十来个人扔去，迎来的又是一阵骂声。

如此三次之后，那些人拎刀弄棒对着周围杂草一阵乱砍，差一点就找到了孟天化的位置。

孟天化当时吓得很，真是怕这帮人发现了他们。

不过，这帮人倒也不傻，竟然分析出有人在阻止他们走水漫坡。

可这种想法一出，反而更激起了他们的恼火，他们骂骂咧咧道："越是不让老子们走这边，老子们就越走。你们这些鼠胆狗辈，老子们给你们当一回领路人！"

骂完之后，这些人再不停留，直接冲上了高坡。

孟天化就躲在暗中，嘴巴都张开了，很想叫出声，却一个字也蹦不出来。

他根本不用开口了，即便他开口也晚了，那些人已经进入水珠所在的地方。

不过，这些人似乎没有遭遇什么凶险，这一点倒让孟天化有些吃惊。

他的估计应该不会错，水珠覆盖的地方肯定有猫腻，怎么此时一点动静都没有？

孟天化在心里嘀咕着，甚至他都直起身子往前看，前面终于传来了声音："怎么回事，怎么感觉身上这么痒？你们有没有感觉？我身上好些地方像是被虫子咬了一样。"

"是的，我也有这种感觉。而且，这种瘙痒感越来越强烈。"

"不行了，我受不了了，感觉浑身痒得难受。"

十来个人你一言我一语，总算发现了不对劲。

"我们好像中毒了，我们挠痒的地方，全都青紫一片。不仅如此，我感觉我的呼吸也越来越困难。糟了，我们可能要完了，我们不应该如此莽撞冲上水漫坡来。"

"水漫坡，水漫坡，是水珠，这些水珠有问题，肯定是某种毒药！"

"是了，肯定是这些水珠沾到我们身上所致。九爷，身为摸金龙头，你真是好狠的心，竟然设下如此之多凶险让我们往里钻。我们和你没仇没怨，你为何要如此！"

在这种不甘和惨叫声中，孟天化感觉浑身的汗毛都竖了起来，心脏都抽了一抽。

十来个人，十几条性命，就这样全都没了。

九爷设置的这场选拔，果然是步步杀人，完全是为了杀人而设置的。

孟天化心中对九爷亦生出了畏惧，觉得这个九爷和传闻中的形象有很多不符之处。

还是彭二爷说得对，要躲着点九爷。

心里带着很多不快，孟天化回到了王二蛮他们藏身的地点。

看到孟天化脸色不对劲，王二蛮条件反射地询问前面的情况如何。

孟天化深吸了一口气，才将刚才遭遇的一切说了一遍。

在孟天化说出这一切的时候，从山坡上突然袭来了一阵风。这阵风就像是携带着冰冷的毒药一样，让孟天化他们不寒而栗，甚至都忍不住打起了哆嗦。

"怪不得那个壮汉要质问黄一琛是如何逃出水漫坡的，这水漫坡简直比土岩洞还可怕！"王二蛮有感而发，更多的是在意他们该怎么办，"我们既然已经知道水漫坡就是一处毒坡，现在要做的就是找出防毒的办法。"

"没错，我现在正为这个事情发愁呢。即便我们知道和'美人'图有关的几样东西能够克制水漫坡的毒素，可我们并不知道怎么组合在一起，怎么去克制毒素，是口服，还是涂在身上，抑或是其他办法。"

孟天化和王二蛮都很苦恼，都觉得眼前的情况不好处理。

就在这个时候，已经很少说话的算命先生雷音开口了："两位小友，我仔细看了一下那几样和'美人'图有关的东西，似乎可以入药。但我们若是用这些东西进行试验，恐怕分量不够。我们须要找到正确的解药合成和使用方法，决不能贸然行事！"

"雷音先生说得对，我们现在要步步为营，不能走错任何一步！"

孟天化对雷音早已没了成见，他们在一起共度了生死，目前来看，都是可以信任的，都是值得尊重的。

"之前，由于我判断失误，才导致大家深陷危机。接下来，我们绝不容许任何一个错误。"

"老孟，你说什么呢？之前遭遇的事情怎么是你判断失误，是那帮孙子太可恨了。"

"是啊，孟小友，要说有责任，我们都有责任。说起来，在遭遇老虎的关键时候，还是我第一个先跑了，我实在惭愧，是我拖累了你们。"雷音此时倒谦虚了起来。

孟天化很是时候地宽慰道："雷音先生，你说得也不对。你没有拖累我们，你帮了我们太多。说实话，我在此时要真诚地感谢你，无论是你之前说的虎煞局和小人之祸，抑或是你之前用石灰粉重伤山大王，你都功不可没，比我们要强得多。"

"说得对，雷音先生，你比我们强得多。关于你说的虎煞局和小人之祸，都是确实存在的，你果真是神机妙算，称得上是一个优秀的算命先生。"王二蛮也对雷音赞扬了一番。

只是，在王二蛮这一番赞扬之后，雷音先生不说话了，两只眼睛早已泫然。

雷音沉默，孟天化和王二蛮也不知道该如何改口，他们就这般诡异地沉默了下来。

山坡上再一次出来了风，依旧透着寒意，可孟天化几个人聚在一起却是异常的温暖。甚至，连重伤状态下的许翰林和马跛子都浑身暖洋洋的，难得流露出了笑容。

接下来，他们或许会失败，或许会死，可是，能够在一起共渡难关，共度生死，他们也不枉此生。纵使到了地府里面，他们也能大声说，老子死得不窝囊，至少身边还有兄弟相陪。

沉默的时间总是短暂的，孟天化他们很快又行动了起来。

虽然他们还不知道这服药的使用方法，但他们觉得"美人"图里面应该能够找到。

"美人"图既然将水漫坡和土岩洞联系在一起，肯定有这服药的使用方法，不然给这一服药不就浪费了？

除此之外，他们将"美人"图里涉及的几条通关线索都拿了出来，蜂巢、珍珠、碎头发、柿子等等。

将这几样东西摆出来之后，他们自己也沉思着怎么处理这几样东西。

至于"美人"图《东坡戏雨》，孟天化早已拿在手里观看。

然后，里面有一个细节，就是"美人"图里的男主人翁自制壮阳药的画面。这个画面之前就给了孟天化启发，此时再次一看，孟天化启发更多了一些。

只是，在看到自制的壮阳药在后面需要口服的时候，孟天化拿不定主意了。

蜂巢、柿子，包括珍珠都还好说，吃到嘴里都没事，可碎头发怎么吃？

一想到这碎头发是布莱克那个洋人的，孟天化更觉得恶心。

孟天化将自己的想法与众人一说，王二蛮几人也是一脸嫌弃，恨不得将短头发都扔了。

第七十四章 放火烧山

"这碎头发看上去也没什么特别的，我们没必要非用那洋人的头发，我们用自己的头发也行。"算命先生雷音提出了一个建议，立马得到了众人的响应。接着，雷音又道，"我早年间学过一些中医药理，其中就有头发治疗诸窍出血的病例。一般头发都是烧成灰使用，被称作是血结炭。我想这头发应该也是烧成灰使用，我们用自己的不妨事！"

"雷音先生果然博学多闻，我想这头发也得烧成灰使用。"孟天化很是赞同地说道，"这样，我们再仔细研究一下，看看这洋人的头发是否经过什么特别的处理了。如果没有，我们就用自己的头发。至于其他几样事物，那就按照这本'美人'图上所画的内容，全部捣碎混在一起，通过加水口服。"

孟天化的提议，其他几人当然没意见。但为了小心起见，他们分别对"美人"图上的画面研究和讨论了一番，这才切的切、捏的捏、砸的砸，将一应"药材"分别处理了。

当然，在这个过程中，头发还是最难处理的，他们须要用火，并且小心地烧才行。

之前，因为缺少材料，他们没法制作火把，但这不代表他们没有生火的火镰、火刀之类的用具。甚至，王二蛮身上还有外国出产的火柴，周围又都是枯草，生火非常方便。

但困难的地方就在于每个人的头发都要烧一遍，烧完后要收取起来，然后各自使用。

这个处理过程是孟天化和王二蛮共同完成的。

看着火焰借着枯草顺利地升腾壮大，原本专心致志的孟天化却像是发现了新大陆一样。

旁边的王二蛮看到火都要烧到孟天化了，便知道孟天化突然走神了。

他便和孟天化说道："老孟，你想啥呢？火都要烧你屁股了，你都没一点反应！"

孟天化已回神，冲着王二蛮干笑了两声："我，我在想事情。我突然想到了另外一条通过水漫坡的方法！"

"什么方法？"王二蛮条件反射性地问道。

孟天化沉吟了一下，双眸之中瞬间散发精光："用火烧！"

"用火烧？"王二蛮的眼珠子大瞪，却又立马明白了什么，"没错，用火烧绝对管用。这山上到处都是枯草大树，若是放一把火，将整座山都给烧了也一点问题都没有。"

"我就是在想这个问题，所以迟迟找不到解决的办法。"

"想啥办法？解决什么问题？我们现在的情况，自保都费事，还想其他的干吗？再者说喽，我们用自己合成的药物，还不知道能不能通关呢，用火烧，最靠谱！"王二蛮跃跃欲试的样子，完全像一个破坏分子，这倒是孟天化没有想到的。

孟天化比王二蛮冷静多了，淡淡道："我们还是先看看药物管不管用吧，不管用我们再用火烧。还有就是，我还想不通布莱克跟我说过的第二条通关办法是什么。"

"想那么多干吗？我还是觉得烧山靠谱！"

"你闭嘴吧，我们先把药处理了。"

烧山的想法暂时放下，孟天化他们将处理好的"药材"聚在了一起。

然后，孟天化他们从身上取出了水，把处理好的"药材"都放入水中，又经孟天化之手好好搅拌了一番。这个时候，各人的血结炭没有放进去，等到喝的时候才会放。

在看了看混杂了好多东西的"药物"之后，孟天化他们都有点不太敢尝试。

最后，还是孟天化主动站了出来，说道："这一瓶药，我们分成五份喝，不能多，也不能少。我先带头喝下，然后带头看看前面的情况，若是我没事，那就成了！"

说完，也不等王二蛮几人反对，孟天化已经扯着水囊嘴咕噜咕噜地喝了起来。

在喝的时候，孟天化提前将自己的血结炭放到了嘴里，后续喝的时候，他恨不得将整个水囊都喝尽。

等到孟天化咕噜咕噜喝完，王二蛮等人大眼瞪小眼地看着孟天化，在等孟天化说说想法。

可孟天化蹲在原地杵了半天，脸色板着，就是一句话没有。

"怎么样？什么感觉？"王二蛮忍不住开口问道。

孟天化依旧呆板着一张脸，一句话没有。

"问你话呢，什么感觉，你倒是说啊！"王二蛮又开口道。

"难喝，太他娘的难喝了！"孟天化终于冒出了两句话，然后就站起身子向着山上走去。

孟天化的动作不是很快，却给人一种很急的感觉。更急的是王二蛮几个人紧跟在后面，生怕一不小心跟慢了一步，孟天化出事他们救不到。

为了做好安全工作，王二蛮他们手里都拿着树杈子。算命先生雷音仍然是他的算命杆，却在杆子上绑了一个弯曲的树枝。若是孟天化出事，雷音能一勾就给勾回来。

很快，孟天化赶到了有水珠覆盖的区域，直接大刀阔斧地走了进去，毫无畏惧之色。

然后，孟天化在水珠覆盖的地方来回走动，却也不敢走太远，并感觉身体有什么变化。

不过，孟天化待了好几分钟都没有什么瘙痒难耐的感觉。

这个时候，孟天化就流露出惊喜，和王二蛮等人说道："好了，应该没啥大问题！"

"真的？"王二蛮几个人也欢呼雀跃起来。

"应该管用！之前那些人进去的时候，没过几个弹指就叫喊着身体不适，我都好半天了，都没什么异样产生。"孟天化向众人证明什么，也像是在给自己一种说服力，"你们也赶紧喝吧，也不知道这药物效力会有多久，我们得赶紧过去才成！"

"是的，是的，赶紧喝！"王二蛮嘿嘿笑着，五大三粗的个头真给人一种傻子的感觉，"许老大和马老大先喝，你们行动不便，现在就是弱者。"

"你让我们先喝成，但我们不承认我们是弱者。我们就算身残志坚，也是强者！"许翰林和王二蛮强调道。

"好，好，你们是强者！"

王二蛮心情大好，也不和许翰林争论，将水囊递给许翰林都不忘透露出一种傻笑。

等到他们几个人都把药物喝完了，他们赶紧动作，快速朝着山坡顶走去。

这个过程中，他们仍然不敢放松警惕，因为他们谁也无法确定是不是只有水珠一种毒素。

走了大概二十分钟，他们走到了山顶，走出了水珠覆盖的区域，他们这才松了口气。

许翰林和马跛子因为身上有伤，此时更是冷汗涟涟，显然有些吃不消。

王二蛮是最兴奋的一个，站在山顶，直接对着山下连吼了两声。

看着王二蛮的兴奋劲儿，孟天化摇了摇头，然后对着走过来的水漫坡怔怔地看了两眼。

在看过两眼之后，孟天化眸中闪烁出了冷芒。

他有了决定，这个决定一出现，他便不后悔！

孟天化亲自动手，将最近前的枯草点燃了。

枯草一点燃，立马形成燎原之势，疯狂地向着周遭蔓延。

王二蛮等人就站在不远处，看到孟天化亲自点燃了水漫坡，他们有的吃惊，有的茫然。

王二蛮却知道孟天化的心思，来到孟天化的跟前说道："你现在不怕把整座山都烧了？"

孟天化望着越来越凶猛的火势，严肃道："野火烧不尽，春风吹又生，只要烧不死人，这座山，还是这座山！"

看着孟天化面朝大火的背影，王二蛮的眸子突然闪烁出几缕奇妙光芒。

孟天化的心思他懂，之前他不懂，但自从和孟天化一起渡过这场选拔劫波，他懂了！

王二蛮也希望这场大火使劲地烧，将整座山都烧了。

不过，他和孟天化不同，他希望这场大火将所有人都烧了。无情无义，凶残之辈，都该烧死在这场大火之中。

"是谁放的火？"

只是，一声炸雷般的震喝传来，孟天化和王二蛮的脸色都变了。

他们条件反射地转头，然后就看到在暗门内出现过的那个身高一米九的板寸男又一次出现了。

板寸男的身边仍然跟着两个小弟，他立在那里就如同一座小山，给人一种高不可攀的感觉。

他的眸子比在暗门里的时候还要冷酷逼人，更多的凶恶迫人。

他冷冷地扫过孟天化和王二蛮，似乎明白是怎么回事，紧接着他就和身边两个人喝道："你们两个还愣着干什么？赶紧想办法救火，绝不能让火把水漫坡给烧了。"

那两个小弟明白了什么，一个转身离开，一个则快速奔赴火焰蔓延的地方。

此时的火焰虽然高涨，但范围仍不大，若是板寸男想救，仍然能够救下来。

可孟天化不想看到他们救火，他条件反射地要拦下那个小弟。

"你敢！"

然而，那个板寸男一直盯着孟天化，孟天化刚一动作，那个板寸男就怒喝了一声。

不仅如此，板寸男快步来到了孟天化的跟前，蒲扇大的手掌抓着孟天化的领口就把孟天化给拎了起来。

孟天化不重，但也有一百四十多斤，板寸男一只手就轻松举起了孟天化，实在令人心惊。

第七十四章 放火烧山

一旁的王二蛮也被板寸男的动作震惊到了,可他还是要上前帮助孟天化。

就在那一刻,板寸男凶恶的眸子扫了王二蛮一眼,就像是两团滚滚的凶雷,让人震颤不已。

第七十五章 童无锋

"你们两个小瘪三,你们敢放火烧山,你们简直是找死!"板寸男气得不得了,恨不得一拳一个,将孟天化和王二蛮都给捶死。

"你现在不应该顾着我们,你应该先顾着大火,只靠你那一个小弟,是救不了火的!"孟天化即便被人拎小鸡一样拎着,仍然十分冷静,一句话就说到了板寸男的软肋。

板寸男也意识到那里才是重点,便恶狠狠地将孟天化给放下了。

"你们的账,咱们回头再算!"板寸男说着,快步走向仍然蔓延的大火,开始拯救起来。

孟天化双脚再次落地,长吐了一口气,轻松了不少。

只是,一转头看到板寸男的救火方式,孟天化的眼珠子瞪得老大。

寻常人救火,自然是哪里有火,就扑灭哪里。即便知道哪里会蔓延到,也是一点点的阻隔火势蔓延。

可板寸男一出手,是真正的大刀阔斧,霹雳手段,没有四五个人根本抵不过他的作为。

只见他快步走到火势快要蔓延到的两步之外,两只大手就好似两个巨力拔草器,将手臂能够触及的地方的枯草都给拔除了。他拔完前面拔身后,足足拔出了半米之宽的隔离带。

当然,这个隔离带还只是一部分,只是他两只手臂能够触及的地方。

在把手臂能够触及的地方拔完之后,他立马来到另一边,又来了一次巨力拔草。如此三四次之后,原本熊熊而起的火焰,竟然被他给阻隔住了。

至于零星火点通过个别枯草蔓延,用脚轻轻一踩就给踩灭了。

等到足足有七八米长的隔离带清理出来，板寸男总共花费的时间还不到一分钟，完全惊到了旁观中的孟天化和王二蛮。

他们两个是彻彻底底地震惊了，一方面震惊于板寸男大刀阔斧的动作和气势，另一方面他们也震惊于板寸男的算计。

板寸男选择在火势蔓延的两步之外动手，他完成这一切的时候，火势就停在了两步之外。

板寸男绝不是随便清理出隔离带，他是算计好的。

如此狂猛之人，又有如此算计，这绝对是个可怕的人。

这样可怕的人，孟天化还不了解此人究竟是何人。

但毫无疑问，这样一号人在九爷的身边地位也绝对不会低。

板寸男将隔离带清理出来以后，另外一个人回来了，身边还带了几个人。

在看到火势已经被控制，这个人也吃了一惊，不知道板寸男是怎么阻止火势的。

就在这个人莫名其妙，甚至有点无所适从的时候，他突然看到板寸男满含怒意地走向了孟天化。

孟天化当然也看到了板寸男走来，但他神色平静，俨然不惧板寸男。

板寸男的脾气很不好，还没走到跟前，就厉声喝道："刚才的火，是不是你们放的？"

"是我们放的，如何？"一直隐忍的孟天化，此时终于显露出一个男人应有的气概。

"你胆子不小，竟敢在山上放火。你知不知道，刚才的火势一起，整座山都让你给点了。"

"点就点了，那又怎么样？"

"那又怎么样？"板寸男因孟天化的态度气到了，"你倒是挺会充好汉。这整座山被点了，包括你在内，都会被烧成一堆炭灰！"

"怎么，你怕死？"孟天化讽刺了一句，"你们这一趟选拔害死了这么多人，你们也怕死啊？"

孟天化的这一句话终于表达了他的心思，板寸男却在这一刻愣了一愣。

看着板寸男阴沉的面目、雄壮的身形，孟天化以为板寸男会发火，甚至狠狠地教训他一顿。

他也在静等着这一点。

可板寸男这一次却闭上了嘴巴，在冷冷地看了孟天化几秒钟之后，他才冷淡地说道："你叫孟天化是吧？"

孟天化没想到板寸男突然问出这样的话，脸上却依旧布满嘲讽："没错，我叫孟天化！"

"你跟我来吧，正好，黄探长想要见见你！"出乎意料，板寸男的语气彻底平静了下来。

孟天化不知道板寸男搞什么鬼，但看板寸男的反应，似乎他放火的事情已经不再追究。

凶恶的板寸男就这样放过自己了？

孟天化不解，非常不解。但孟天化更不解的是，黄一琛为何想见自己？

之前，黄一琛跟着板寸男进了暗门之内，黄一琛是生是死都不知道。现在看来，黄一琛还活着。

孟天化对黄一琛的好多做法都充满了疑虑，这一次见到黄一琛，他是要好好问问了。

但孟天化也不确定，黄一琛是否会跟他说实话。

心里有了决断，孟天化让板寸男在前面带路。板寸男倒也反应迅速，昂首阔步走在了前面。

在前行的时候，板寸男的态度总算好了许多，却问了一些孟天化等人如何通关的问题。

孟天化一开始不想回答，但板寸男话语之中明显有恭喜孟天化几个人通过选拔的意思。孟天化因此心情好了许多，这才和板寸男说了一下自己等人是如何通关的。

在听说孟天化等人是自己配药通关，并且是把药物喝了之后，板寸男瞪了瞪浑圆牛眼。

板寸男满是怪异地说道："你们真的喝了那药？"

"喝了，怎么了？"孟天化不爽道，心里却嘀咕着，难道，那药不是用来喝的？

不等孟天化询问，板寸男已经自己开口："那药是用来涂在身上的，只要药物涂满全身，就可以安全通过水漫坡。你们居然把药口服，我只能说你们很有胆气，运气也很好。"

"你什么意思？"

"涂在外表的药物，口服之后，你觉得能有几分效果？所以说，你们的运气比较好，竟然安然地通过了水漫坡。"板寸男很是感叹的样子，"不过，这也说明你们很有机缘。能够从土岩洞找到配方，并将配方用出来，你们是一群才智不凡的人物！"

"谢谢你的夸奖，还未请教你的身份！"

"在下童无锋，是九爷的大弟子！"

听到童无锋的自我介绍，孟天化几人暗自点了点头。

他们就知道童无锋不是寻常人物，却想不到他居然是九爷的大弟子。

跟着童无锋，他们过了山顶，紧接着顺着山坡另一头的山坡而下。

这一面的山坡和另一面无差别，都是一些树木杂草，看上去荒蛮而凌乱。

可童无锋却像是轻车熟路，也不知道要把他们带往哪里。

孟天化他们本想询问，很快他们就见到了几个扎在半山腰的军用大帐篷。

这些大帐篷少说也能够容下数百人，难道，九爷身边带了这么多人过来？

九爷的人自然没有这么多，这些帐篷也不是前山那些军人用的，纯粹是用于九爷的人居住，同时用来存放一些物品。

九爷为了设置这次的选拔，耗了不少人力物力，这些帐篷是必需的。

童无锋一直走前面，正是奔着这些帐篷而去。

看着这几个大帐篷，在大帐篷之中隐隐能够看到炊烟，孟天化觉得九爷这帮人完全就是来探险的。

终于，他们来到了帐篷的近前，看到了和童无锋身边之人穿着一样衣服的人员。

这些人员像是训练有素一样，有的在站岗，有的在忙碌着，收拾东西，像是准备转移。

也是在到达一个帐篷之前，童无锋和孟天化几个人开口了："你们几个先在这里等一下，等到黄探长的事情处理完，我就让你们去见其他已经通关的那些人。"

说完话，童无锋就直奔一个帐篷而去。

孟天化几个人就守在原地，身边还有两个九爷的人，不知道是不是为了监视。

不管这两个人是不是为了监视，孟天化并不在乎，他反而对着周围更加细致地观察起来。

从周围的情况来看，九爷布置了不少人，光是能看到的就有将近二十个。

这些人有一半都在搬东西，好几个都是大箱子，也不知道箱子里面装的都是些什么。

除了这些，孟天化也观察了一下地形。

扎帐篷需要相对平坦的地方，这样才有利于居住，而眼前的半山腰正好是平坦的一片，倒是十分的巧妙。

孟天化在这些帐篷的周围看到了一些散下的白色粉末，正是用来驱赶蛇虫鼠蚁的药物。

孟天化在心里计算了一下，若是最后通关的人有二十多个，九爷的这些人能够控制得了吗？

不过，这里聚集的人并不算上遍布在其他地方的人，包括高云燕等人。若是那些人也过来，通关之后的人想要反抗九爷是肯定不可能的。

这样一来，孟天化就难免多一些担忧。

所有通关的人，虽然未必都是想跟着九爷去寻宝的人，可九爷强拉这些人入伙，这些人也没有办法。孟天化偏偏就是不想跟随九爷去寻宝的一分子，九爷会不会逼他？

想着高云燕都知道自己和彭二爷的关系，九爷怎么可能不知道。

孟天化即便极力避免和九爷接触，恐怕九爷真出现的时候，他也只能迎头去面对。

孟天化的心思很沉重，却都是出于为自己考虑。

不等他想到更多的内容，童无锋再一次出现了。

跟随童无锋一起出现的还有黄一琛，但黄一琛的情况似乎比在土岩洞里还要惨。

第七十六章 血溅当场

不知什么缘故，黄一琛此时竟有些鼻青脸肿，走起路来也摇摇晃晃，腿像是被打折了。

两个人搀扶着黄一琛，一瘸一拐地来到孟天化的三步之外，黄一琛这才抬头看向孟天化。

孟天化怔怔地望着黄一琛，不知道黄一琛经历了什么。

黄一琛原本一个硬铮铮的汉子，此时真是有点虎落平阳的意思。

可是，黄一琛究竟怎么得罪了九爷，九爷的人为什么对他下如此重的手？

"你要见的人，我给你带来了，如果你还不肯说实话，我只能再给你施以酷刑！"

童无锋冷冷的声音传来，孟天化的脸色又是一沉。

童无锋的话是对黄一琛说的，可孟天化却总觉得这声音让人心底发寒。

他想要黄一琛说什么，黄一琛堂堂北京城的探长，怎么就得罪了他们？

"好，你们让我和孟老板私聊两句！"黄一琛开口了，有气无力的，却还透着股硬气。

童无锋冷冷地扫过黄一琛，果断地转身远离了四五步。

同一时间，搀扶着黄一琛的两个人也松了手，让黄一琛自己凭着半散的骨架站立。

看着黄一琛摇摇欲坠的模样，孟天化终究不忍，快走两步来到了黄一琛身边搀住了他。

黄一琛此时竟还能笑出来，并向孟天化说了声"谢谢"。

孟天化哪还有闲工夫理会这些，直接向黄一琛询问道："到底怎么回事，你怎么被他们打了？"

"我被他们打了，自然是有原因的！"黄一琛淡淡回应了一句，对着不远处的一个高坡一指，"搀我去那边吧，我们坐下来聊！"

"好！"

孟天化搀着黄一琛，让黄一琛在一个草不过膝的地方坐了下来。

坐下的过程，黄一琛都费了好多力气。等到坐下之后，他更是大喘了一会儿粗气。

然后，黄一琛的脸色就变得严肃了起来，却没有看向孟天化，而是盯向了九爷的人。

接着，黄一琛说道："我之前和你说过一些掏心窝子的话，我现在再和你说一些掏心窝的话吧！"

孟天化此时有很多的疑问，可话到嘴边，他又咽了回去。

原本他想质问黄一琛，黄一琛之前为什么做了那么多胆怯的事情。可黄一琛已经成这般样子，他实在不忍心再质问。既然黄一琛有话要说，那就让黄一琛先说吧。

"你说！"

听到这样的回答，黄一琛脸上再次浮现出笑容。

周围都是一些落了叶子的秋木和枯草，此时随着黄一琛的笑容都变成了复苏的春天一样。

"实不相瞒，每个人都有每个人的追求和坚持，我之前做了好些错事，真的是不得已而为之。你们可能不了解我的立场，我此时必须要解释一些东西，不然，我死了以后就没机会解释了。"

"九爷要杀你？"孟天化却一针见血地指出了重点。

黄一琛震惊地看了孟天化一眼，没想到孟天化会如此直白。

"即便九爷不杀我，我也活不长了！"黄一琛流露出一些苦笑，接着道，"我的苦衷也许你们永远不会明白，但我希望你们能够记住一件事情，我们中国的东西不能让外国人掳走。大家都是中国人，应该有一种责任，所谓国家兴亡、匹夫有责！"

"你直接说重点吧！"孟天化不想听黄一琛说这些没用的絮叨。

"好吧，说重点！"黄一琛又一次苦笑，目光却变得深邃而耀眼，"你们都知道我是北京城的探长，是一个负责查案的。可你们不知道，我还有另一重身份，我是万千会的成员。"

听到"万千会"的字眼，孟天化一脸茫然，根本就没听过。

但孟天化知道，黄一琛提到的"万千会"绝对不简单，该不会是什么革命党的名称吧？

第七十六章 血溅当场

通过黄一琛的爱国口吻来看，国家兴亡，匹夫有责，这不正是那些革命党喜欢宣扬的吗？

"关于万千会，你们可能不熟悉，甚至听都没听过。但我希望你们记住一点，若是哪一天你们遇到了万千会的人，不管万千会的人做出了什么样震撼人心、令人发指的事情，你们都不要把万千会想得太坏。万千会只是有自己的准则，做自己应该做的事情，守护着自己应该守护的东西，他们本身并没有错。"

黄一琛说的大串内容，更让孟天化莫名其妙。

万千会？

他以后会遇到万千会吗？

"你觉得我会遇到万千会？"孟天化直接问道。

"会的，你会遇到的。只要你活着从这次选拔中走出来，你以后一定会遇到万千会的！而且，你已经遇到了，我说的不是我！"黄一琛十分肯定地回答着，然后从地上站了起来。

站起来的那一刻，黄一琛似乎又变成了那个威武不凡的探长。

秋风适时地吹来，黄一琛张开了双臂，目光朝着天空仰望而去，似乎拥抱了整个蓝天。

黄一琛笑了起来，他笑着拥抱蓝天，然后向着前方走去，给人一种疯癫的感觉。

突然，他停下了脚步，再一次说道："遇到万千会的时候，记得考虑一下万千会的立场。他们也是人，他们也有自己的家人，他们只是为了履行自己的职责而不择手段！"

黄一琛的话，就像是遗言，这让孟天化有一种很不好的感觉。

等到黄一琛挺直腰杆，向着童无锋的方向走去，孟天化就一直盯着他，双目中闪过些许挣扎。

他很想叫住黄一琛，很想再和黄一琛多说两句话，更想听黄一琛说更多的掏心窝子话。

可是，没机会了。

在黄一琛走到童无锋的近前之后，黄一琛突然伸手夺向一个守卫腰间的一把刀。

那把刀也确实被他夺下来了，下一刻，就是那个守卫血溅当场。

再之后，黄一琛对着童无锋杀去。

童无锋却不是守卫，他不是一个好对付的人。他体形高大，力大无穷，加上他的动作迅猛如雷，黄一琛受了重伤，他轻松地躲过了黄一琛的一刀，然后一脚将黄一琛给踹飞了。

好似风筝一样坠落在地的黄一琛，快速挣扎着从地上爬起来。

他必须得快，因为童无锋刚刚下了命令，让身边的守卫将黄一琛赶紧抓起来。

黄一琛的动作总算赶得及时，他坚强地从地上站了起来，手里的刀不再指向他人，而是落在了自己的脖子上。

看到黄一琛如此，莫说远处观看的孟天化等人吓了一跳，童无锋也惊得面露恼怒。

可是，一切都晚了，谁也阻止不了黄一琛。

黄一琛脸上洋溢出了肆意的笑容，那种高傲与威武，映在夕阳的霞光中，让人觉得璀璨夺目。

等到黄一琛高喊出一句话，挥动了手里的刀子，不远处观看的孟天化更觉得夕阳下的光芒刺眼。

那种刺眼透着红光，让孟天化想要抬手去遮挡，让他心底升腾起一种敬畏！

黄一琛就这般高傲地死了，高傲地死在夕阳之下。

他好像在宣示着什么，没有人能结束他的生命，只有他自己！

还有他临死前叫喊出的那句话，不正是他最为挑衅的话语吗？

"想要了解万千会，有种的跟随我去地府，你们会了解到的！"

是什么样的高傲、什么样的信仰，让黄一琛如此勇敢而果决？

孟天化想不通这一点，因为他从来没有过明确的信仰。

他的信仰就是他自己，他的信仰就是明哲保身，在这个无情的乱世之下苟活。

可黄一琛的死，给他带来了震撼，带来了一片新的天地。

原来，人可以为自己的信仰而奉献生命。

这种行为、这种疯狂、这种牺牲，孟天化突然又想到了革命党。

传闻中的革命党不就是这般吗？他们为了挽救大中华，愿意前赴后继地牺牲自己。

可孟天化此时无比确信，黄一琛不是革命党，他只是万千会的成员！

万千会的成员，这一重身份似乎让黄一琛觉得他比北京城的探长还要高傲。

万千会，这究竟是什么样的一个组织，它竟如此可怕！

孟天化觉得不可思议，孟天化更觉得惊奇，因为他从来就不曾听过"万千会"的名称。

还有，黄一琛刚才跟他说的话中，有一句让他十分不解。

黄一琛说他已经见过万千会，却不是黄一琛。

难道，除了黄一琛之外，孟天化还见过其他万千会的成员？

那还有谁是万千会的成员，是和黄一琛相关的人，诸如祝续铭？

抑或，是参加选拔的人中还有人是万千会的成员？

孟天化觉得自己的脑子一时间非常疼，但他更多的是傻呆呆地望着倒在血泊中的黄一琛。

他果然没有看错，黄一琛是一条好汉，即便中间发生了一些不愉快的插曲，

第七十六章　血溅当场

黄一琛总算没有辱没探长的名声,辱没好汉的名声!

可是,黄一琛死了,并不代表一切都结束了。

看着黄一琛如此死掉,童无锋有些气急败坏起来。

他先是走到黄一琛的尸首跟前,摸了摸黄一琛另一边未染血的脖子。等到确认了什么之后,他才暴跳如雷,举着拳头恨恨骂了两句,抬脚更是对着黄一琛的尸体狠踢了两脚。

再之后,童无锋突然掉转身子,直奔孟天化这边。

他怒火冲冲,就像是一头暴走的黑熊。他来到孟天化的跟前,野兽般地愤怒咆哮着:"他刚才都跟你说了什么?全部告诉我!"

第七十七章 死后不得安宁

孟天化从见到童无锋的第一面开始，就觉得童无锋是个可怕的人物。

童无锋现在近乎暴走，这更让孟天化觉得可怕。

若是童无锋动起手来，恐怕一记拳头都能把他打死吧！

可孟天化此时非常平静，整个人都透着一种超乎寻常的平静："他跟我说，他是万千会的人。他说我会在以后遇到万千会的人，我说为什么，他说只要我通过了这次选拔，我就会遇到万千会的人。"

"他就跟你说了这些？"童无锋冷冷地质问道。

"就这些！"孟天化依然淡定地回应着，目光却不离远处的黄一琛。

"他为什么跟你说这些？他一直都不承认自己是万千会的人，他为什么要跟你说这些？"

"我怎么会知道！也许，是因为我长得帅吧！"孟天化的话音看似充满了搞笑，可孟天化的表情一点搞笑的成分都没有。

即便如此，童无锋还是被孟天化的回答给惹恼了。

他恶狠狠地盯着孟天化，两只拳头都攥了起来："你长得帅？他跟你说这些，是因为你长得帅？你是不是觉得自己很了不起，是不是觉得自己很自豪？"

"我没有！"孟天化严肃道。

"不管你有没有，从今以后，你再也不会说自己帅了！"童无锋冷酷的眸子显露出杀机，右手的拳头像是奔雷一样高高举起，准确无误地落向了孟天化的脸颊。

那一刻，孟天化的瞳孔都缩成了针。

他感受到了杀机，他竟然出现了害怕。

可是，他没有躲，因为他知道躲是来不及了。

如果童无锋一拳能够打死他，那他就这样死了吧，唯一可惜的是，他还有好些事情没有去做。

关于这些事情，孟天化还没有想出一个具体的解决办法来，另一只拳头挡在了他的身前。

挡在孟天化身前的不只是一只拳头，还有一个同样雄壮的身影。

这个身影，不是别人，正是王二蛮。

王二蛮在琉璃厂的时候就是一个引人注目的人物，他出名不仅仅是因为他是一个话痨，还有他超乎寻常的宽肩和身板。正因为他的身板，甚至有人说他有点虚胖。

王二蛮究竟是不是虚胖，只有王二蛮自己知道。

但是经过九爷的这次选拔之后，王二蛮是不是虚胖，不再只有王二蛮自己知道。

一个能够挡住老虎的爷们儿，一个能够挡住雄壮如童无锋的人物，怎么可能是虚胖？

事实证明，王二蛮不是虚胖，他就是一个雄壮的人，是一个充满力量和雄性荷尔蒙的男人！

被王二蛮挡下了攻击，童无锋吃惊非常。

他知道王二蛮显得很壮，但他从未从王二蛮的身上感受到危机。

可此时此刻，他感受到了危机。

那恐怖的力量，绝不亚于自己；那恐怖的反应，也绝不是一个常人拥有的！

他竟然忽视了一个强敌就在眼前。

他忍不住重新审视起王二蛮来，这一次审视，他发现王二蛮比自己矮了一些，气势没自己足，身板也没有自己壮。王二蛮身上唯一比自己厉害的地方，就是肩膀！

王二蛮的肩膀是真的宽，真的就是宽膀爷们儿。

不知道是不是王二蛮的出现让童无锋冷静了下来，他在审视王二蛮几秒之后便收回了拳头。可他的两只铜铃牛眼，还是朝着孟天化扫荡而去，似乎要化成雷锤，狠狠地砸在孟天化的胸口。

可王二蛮又一次替孟天化接住了这一次攻击，他就挡在孟天化的前面，同童无锋对视着。

童无锋虽然很恼火，还是忍下了这股气，他冷冷道："你们不要嚣张，这件事还没有完！"

"没完就没完，你以为我们怕你啊？"王二蛮鼻子一哼，发出了很不屑的声音。

等到童无锋离去，孟天化才赶紧和王二蛮感激道："蛮子，谢谢你了，刚才要不是你，我恐怕要被这狗熊给捶死了。"

"放心吧，有我在，他捶死不了任何人！"王二蛮信誓旦旦地说着，很快又转移了话题，"不过，这黄一琛到底什么情况？他抹脖子自杀了不要紧，却把一身臊气引向了我们，我们招谁惹谁了？"

"我现在也搞不懂状况，不知道黄一琛究竟存着什么心思。"

刚才从黄一琛出现，到黄一琛死掉，都发生得太突然了，孟天化根本就没回过神来。

关于黄一琛跟他说的内容，他也没有好好细细体会。

此时，童无锋也走了，去处理黄一琛的尸体了，孟天化才重新整理黄一琛跟他说的话。

按照黄一琛说的内容，他会在以后遇到万千会的人，只要他通过这次选拔，他就会遇到。

黄一琛的意思是不是说，只要通过了这次选拔，他就一定会参加九爷的团体？一旦参加了九爷的团体，他就会遇到万千会？

而九爷想要做的事情，那个洋人布莱克和孟天化透露过，似乎是和"无尽墟"有关。

这岂不是说，只要去探索"无尽墟"就会遇到万千会的人？

孟天化的思绪之快，绝非常人可比，仅仅一眨眼的工夫，他就看透了很多本质。

但这些本质之中，其他的都不在乎，他唯一在乎就是通过了选拔，是不是一定要跟着九爷。

如果不跟着九爷，后面的一切都不会成立。

可黄一琛的意思，好像九爷会逼迫所有通关者一起去探险。

心里有了这些猜测，孟天化郁闷非常。

黄一琛的死出乎所有人的预料，但黄一琛刚死没多久，裴永根这个小人就出现了。

裴永根和其他几个通过暗门通关的人就在其中一个帐篷里。

随着黄一琛一死，裴永根立马得意非常地走了出来。

在看到孟天化几个人之后，他更是大摇大摆，完全就是在炫耀某种东西一样。

裴永根很会笼络人心，他将其他几个通过暗门通关的人都笼络到了一起，然后八个人就来到了孟天化五个人跟前。

裴永根鼻孔朝天，满是讽刺的笑容："你们几个还真是命大，居然也顺利通关了。你们是通过哪条通关路径过来的，说来听听呗！"

裴永根的话很具挑衅性，孟天化根本不想理会。

可裴永根下一段话，彻底激怒了孟天化。

"就在刚刚，黄一琛黄探长自杀了，就在那个地方，你们应该都看到了吧？说实话，我非常讨厌这个黄探长，搞得自己很厉害一样，最后还不是死了？我现

第七十七章 死后不得安宁

在要去他的尸首前好好嘲笑一番，你们要不要跟着一起去？"

孟天化气得浑身发战，眼珠子里都冒着火星。

"裴永根，做人无耻也要有个限度。你觉得，你这样真的好吗？"孟天化尽力控制着情绪。

"我这样怎么了？我这样活得很潇洒。至少，我比你们几个先通关。甚至，拿捏你们几个，对我来说一点问题都没有。"裴永根得意扬扬地说着，似乎在孟天化跟前炫耀很有成就感。

"好，很好，希望你记住你今天说的这些话！"孟天化仍然在压制着怒火。

"怎么，你在威胁我？"裴永根反倒怒了，冷冷地扫过孟天化，又看向了许翰林和马跛子。

"怎么会，像我这种人怎么威胁得了你！"

"你知道就好！"裴永根说着，再一次盯向许翰林和马跛子，"若论威胁，你们应该担心你们自己。我没工夫跟你们瞎扯，我现在要去黄一琛跟前吐两口痰，然后将我从暗门内得到的彩蛋换成大洋，好好地去八大胡同逍遥一番。"

裴永根炫耀完，就转身离开了。

王二蛮却知孟天化的心思，便问道："要不要跟过去？"

"跟过去能怎么办，我们现在斗得过他吗？"孟天化有些失落，指甲几乎嵌入了拳头里。

"你放心，只要找准一个机会，我便能将他制伏。若是现在不惩治，他以后肯定要骑在我们头上拉屎！"王二蛮认真道。

"你有把握？"

"有把握！"

"那我们就跟过去！"

说着，孟天化又将目光投向算命先生雷音三人，并说道："你们三个就不要跟过去了！"

雷音明白孟天化的意思，点了点头，没有跟上去。

然后，孟天化和王二蛮两个人紧随裴永根等人身后，来到了一个帐篷跟前。

在帐篷门口，黄一琛的尸体就平躺在那里，他的两只眼睛此时还瞪着，带着一种高傲。

这样一个让人敬佩的人，若是真让裴永根给侮辱了，这简直就是天理难容。

偏偏裴永根说得到做得到，他真的走向了黄一琛，先是对着黄一琛的死状审视了一番，然后就开始蓄痰。

正当裴永根准备把口里的痰吐在黄一琛身上的时候，孟天化和王二蛮一齐出现了。

孟天化和王二蛮出现得很突然，孟天化从后面抱住裴永根的腰，王二蛮就把裴永根的两条腿给拖了起来。

裴永根在孟天化和王二蛮合力之下脱离了地面，整个人都不受控制地往后退。

裴永根大惊失色，对着孟天化和王二蛮骂喊道："你们两个无耻的小人，你们要干什么？你们想干什么？"

"我们干什么，你自己不清楚吗？"

此时已经抓到裴永根，这便是千载难逢的机会，即便其他人跟着裴永根，想要救裴永根也不容易。更重要的是，这种情况下，其他人帮不帮裴永根还不一定。

第七十八章 死而复生

等到拖着裴永根退了十来步之后，孟天化和王二蛮直接将裴永根摁在了地上。然后孟天化和王二蛮骑在裴永根身上对着裴永根一阵暴打。

说实话，孟天化和王二蛮的动作实在有点市井小民的打架姿态，可这种姿态教训裴永根，才让他们觉得很爽。

"我叫你厉害，叫你嚣张。我叫你指挥这个，指挥那个。我今天就为民除害，打死你这个有娘生没娘养的畜生。你还要去黄一琛的跟前吐痰，你就不怕黄一琛跳起来掐死你？"

"你个王八羔子，你之前逞威风，这次我看你还怎么威风！"

孟天化嘴里骂骂咧咧，对着裴永根各种拳打。

之前跟着裴永根的人，此时都在一旁看戏，没有一个上前帮裴永根的。

不过，也正是众人的注意力都集中在孟天化三个人这边，没有人注意到，躺在地上的黄一琛竟然真的从地上重新站了起来。

等到有人看到黄一琛，并发出了一声尖叫，这才引起了众人的注意。

正在暴打裴永根的孟天化和王二蛮也很快发现了不对劲，等他们看到站起来的黄一琛，他们的眼珠子都瞪圆了。

同一时间，被孟天化骑着的裴永根脸色苍白，简直跟见到了鬼一样。

"什么情况，真的诈尸了！"王二蛮叫喊了一声。

孟天化也莫名其妙，对着一瘸一拐往前走的黄一琛看去。

虽然黄一琛直立起来在行走，但黄一琛明显有些呆滞，不像是一个活物。

可明明死掉的黄一琛，怎么会站起来走路呢？

无巧不巧，黄一琛行走的方向正是孟天化三个人这边。

一开始，孟天化也没意识到什么，直到裴永根惊惶地叫喊道："过来了，过来了，他过来，你快起来，快跑啊！"

孟天化的脸色一变，刚要起身逃跑，却突然想到了一个惩治裴永根的好办法。

"起来，我干吗要起来？你不是想对黄一琛吐痰吗？现在黄一琛走过来给你吐，我看你吐不吐。不管你吐不吐，我都要把你送到黄一琛的跟前，逼着你去吐痰！"

听到孟天化的话，裴永根几乎吓得魂都没了。

"不要，不要，我不要吐痰了，我不敢了，我不敢了，我再也不敢吐痰了。"

"瞧你吓得这个屄样儿，你刚才不是挺牛的吗？现在也不仗势欺人，也不得意扬扬了？"

"不了，不了，我不敢了。爷，孟爷，我给你叫爷了，你赶紧起来吧，他过来了！"

裴永根吓得脸色发白，双目惶惶，恨不得连滚带爬，哭爹喊娘地逃离。

孟天化此时仍然淡定，尽管突然活过来的黄一琛让他也吃惊非常。

可裴永根已经吓到了，他要的效果已经达到，这个时候不离开，黄一琛恐怕真的要扑过来了。

孟天化对着马上就要到达近前的黄一琛看了一眼，发现黄一琛脖子上的血已经干涸。

这才过了多久，黄一琛如泉涌出的血液就干了。

不仅如此，黄一琛的两只眼睛也发生了变化。

原本应该眼白和眼黑分明的两只眼睛，竟然灰蒙蒙一片，隐隐还透着绿光。

这种绿光极为妖冶，只是看上一眼便让人觉得恐怖，像是被一只怪物盯着一样。

黄一琛的身体发生了变化，黄一琛的身上肯定发生了某种暂时让人解释不了的症状。

可究竟是什么导致黄一琛如此可怕，一个死人变成活人，这太恐怖了。

虽然盗墓界有尸变和粽子的说法，但眼前的黄一琛变成粽子也太快了吧？

"他来了，他来了，孟爷，我给你叫爹了，你快饶了我吧！"

裴永根求饶的声音更加低贱起来，孟天化也感应到了危机，条件反射地从裴永根身上跑开。

就在孟天化跑开之后，黄一琛来到了裴永根的近前，四肢都摇晃了起来，像是要攻击裴永根。

裴永根吓得浑身僵硬，一时间竟动弹不得。

也是在这个时候，孟天化惊奇地发现，裴永根的裤子竟然湿了。

裴永根竟然吓尿了。

裴永根一直想要对着黄一琛吐痰，却不承想被死掉的黄一琛吓尿了。

孟天化只是吃惊地扫了一眼，更多的注意力仍旧放在活过来的黄一琛身上。

孟天化闯过江湖，盗过墓，许多稀奇古怪的事情他也经历过。可像黄一琛这般，如此之快地诈尸，他还是第一次见到。

第七十八章　死而复生

他很好奇，他很好奇究竟是什么导致黄一琛变成了这样。

正当他眯着眼睛观察的时候，裴永根已经眼泪哗啦，不知是被吓哭的，还是被自己的丑相羞哭的。但他还是尽力控制着身体往后爬，嘴里叫喊着："不要过来，不要过来……我没有对你做什么，你不要报复我，黄探长，我求求你了，我求求你了！"

"呲咔"一声，也不知道是不是裴永根的祈祷起了作用，黄一琛的身上又一次发生了变化。

黄一琛的脖子处，不知何时产生了鼓动，就好像里面有东西往外钻一样。

而且，这东西不止一个，看上去极为诡异吓人。

随着"呲咔"一声，黄一琛的脖子突然破裂，然后就见一个拇指大的黑色之物飞出，速度之快，令人咋舌。

这黑色之物闪电般飞出之后，就像是在寻找猎物一样，差一点飞到了孟天化的身上。

也幸好孟天化反应够快，急忙躲开了。

可即便如此，孟天化还是被这黑色之物吓到了。

等到黑色之物擦着他的身体而过，落在地上，孟天化才看清这究竟是什么东西。

这是一只黑色的甲虫，样子极为怪异，有点像独角大仙，偏偏生着毛发，令人作呕。

这黑色甲虫落地之后，就不停地往前蠕动，动作比飞出来时慢上了太多。

孟天化还不待细致观看，从黄一琛的身上又飞出了同样一只黑色的甲虫。

紧接着，是第三只、第四只……黑色的影子真如闪电，一不小心就有一个落在了一个男子身上。

这个男子被黑色甲虫吓得乱跳，不停地抖动身体，想要将黑色甲虫从身上抖掉下来。

但是，他旁边的人却看得清晰，那黑色甲虫竟然在他身上挖了一个洞，嗞溜溜犹如小蛇一样钻了进去。

看到这一幕的人，惊吓的同时差一点呕吐了出来。

这一幕实在太恶心了，黑色的虫子从血肉里飞出来，又钻到了另一个人的血肉里。

偏偏黑色甲虫钻进那个人身体里之后，那个人什么感觉都没有。

与此同时，落在孟天化近前的那只黑色甲虫像是没法长久待在外面一样，竟然在蠕动几下之后化成了一摊绿色脓水。

孟天化的眉头一蹙，更觉得这黑色甲虫恶心。

当然，孟天化更意识到了一种危机，自己后退的同时，对着其他人叫喊道："大家快退开，千万不要被黑色甲虫接触到。"

孟天化虽然不了解虫子之类的东西，但他知道有一些古怪的人喜欢养虫子。

就比如苗疆一带就专门有人以养虫为生，又被称作是蛊虫。

关于蛊虫和蛊术，孟天化听过不少传闻，孟天化虽然不知道眼前的情况是不是，但他觉得小心最好。

孟天化提醒众人躲开的时候，已经有好多人条件反射地躲开了。

而复活的黄一琛身上不停地飞出黑色甲虫，简直无穷无尽一样。

随着黑色甲虫不停地飞出，黄一琛的整个身体也被掏空了，身体不停地瘦削下来。

等到黄一琛的身体不稳起来，他的下半身跪在了地上，紧接着上半身也随之倒地。

这个时候，仍有黑色的甲虫飞射而出。

这个过程一直持续了三四分钟，黄一琛的身体也缩小了一半，只剩下皮包骨头的死尸。

黑色甲虫总算是停止了，可众人的心头都蒙着一层阴影，不知道这一幕究竟是怎么回事。

不等众人平静下来，更不等有人上前仔细地检查和研究，之前被黑色甲虫飞中的男子突然痛苦地号叫了起来。

听到这个人号叫，看着他伸出双手不停地挠动自己的全身，众人都纷纷地远离两步。

等到这个男人外露的脖子上也出现鼓动的迹象，其他人的脸色都变了。

他们都意识到了什么，纷纷远离这个男子，紧接着这个男子身上发生了和黄一琛身上一样的事情。

拇指大小的黑色影子闪电一样从男子的身上飞出，惊得众人四散而逃。

孟天化也快速躲开了，但眼神中的阴沉却越来越浓。

显然，眼前的诡异景象太过出人意料，这个根源必须得搞清楚才行。

这里的动静早已引起九爷的人的注意，童无锋总算带着人出现了。

在看到黑色甲虫从男人的身体乱射而出之后，童无锋的眼神也变得黑沉无比。

但他却没有被惊吓到，而是极为冷静地找人询问发生了什么。

等到他了解完情况，那个男子身上甲虫乱飞的景象消失了。

但同时，这个男子也和黄一琛一样，瘫倒在地上，整个人的体积缩小了一半。

看到这样的景象，不得不让人怀疑，男子是不是被化骨粉之类的东西化成了这样。

黑色甲虫的事情暂时停歇，但众人都心有余悸一般，看向身边人的时候都带着警惕。

刚才的黑色甲虫是不是还落在了其他人身上，这个谁也无法确定。

第七十八章　死而复生

第七十九章 通关者

若是还有黑色甲虫,他们不警惕,就会威胁到自己身上。

还是童无锋带头终结了这个事情,他让大家冷静下来,黑色甲虫应该都消失了。

不过,在场的众人都不能离去,他得好好调查这个事情,查清这一切的根源。

孟天化和王二蛮也在这些人之列,他们同样好奇,搞不懂这一切诡谲事情。

孟天化和王二蛮也想亲自了解事情的根源,但童无锋拒绝了。

童无锋把大家聚集在一个帐篷里面(包括雷音三人),便带着自己人对现场调查起来。

大家在帐篷里焦急地等待着,每个人的心情都很压抑。但是,在众多人中,心情最压抑的要数裴永根。

裴永根本想侮辱黄一琛的尸体,最后被复活的黄一琛吓得尿了裤子,这绝对是奇耻大辱。

而造成这一切的除了黄一琛之外,最主要的就是孟天化和王二蛮。

所以,待在帐篷里的时候,裴永根的目光时不时地盯向孟天化和王二蛮,透着痛恨与阴狠。

孟天化几人聚在一起,自然看到了裴永根的这种眼神,孟天化便和王二蛮公然走了过去。

看到孟天化和王二蛮靠近,裴永根的脸色大变。他很想找身边人帮忙,可根本没人帮他。

孟天化便趁势对裴永根警告了起来:"裴永根,我劝你老实一点,今天的情况是你运气好,没有被黑色甲虫击中。若是你还蹬鼻子上脸,觉得我们是软柿子,下一次你恐怕再没机会睁眼看这个世界了。"

听到这样的威胁，裴永根的眼神刹那阴沉。

刚才他是被孟天化和王二蛮偷袭，这才受制。后来，黄一琛的复活太过诡异，让他方寸大乱。此时，他已冷静下来，孟天化和王二蛮越是威胁他，他就越不能示弱。

"你们威胁我？如果你们有本事，你们就趁早杀了我。不然，我找到机会，死的会是你们！"裴永根有恃无恐一样，似乎知道孟天化和王二蛮不会杀了他。

看到裴永根死不悔改，孟天化顿觉头疼。

裴永根无疑是一个卑劣的小人，但孟天化也不得不承认，裴永根是个很聪明的小人。

裴永根会观察形势，懂得利用人的弱点。遇上裴永根，孟天化也只能自认倒霉。

"好，那我们就等着你！"

孟天化和王二蛮顶多也只能教训一下裴永根，因为他们确实不能杀了裴永根。

不过，若是裴永根真的再针对他们，他们也只能采取一些更可怕的手段针对裴永根。

在和裴永根交流完，孟天化和王二蛮就回到了刚才几人待的地方。

孟天化很快就陷入了沉思，分析着黄一琛突然复活是怎么回事。

雷音则继续守着许翰林和马跛子，随时关注他们的情况。

与此同时，王二蛮也没有闲着，他发挥出自己的人际特长，开始了解另外的一些东西。

虽然孟天化等人从水漫坡通了关，但关于暗门之内的情况他们还不甚了解。

现在，暗门之内通关的人都在，正是一个了解的好机会。

王二蛮发挥自己的交际特长，很快就了解到了一些内容。

裴永根等人当时跟着童无锋进了暗门之后，便很快得到了获得彩蛋的机会。

这所谓的彩蛋就像高云燕之前说的那样，都是一些价值连城的东西。

让人出乎意料的是，在众多彩蛋面前，裴永根等人倒是没有发生争斗。

不是他们不想争斗，而是童无锋向裴永根等人表明了，所有彩蛋只能带走一件。

于是，众多彩蛋只有少部分被裴永根等人从暗门内带了出来。

总的来说，九爷设下的这个彩蛋，确实给了选拔者一些惊喜。

但这惊喜，却也是另外一种测试。

众多彩蛋都是古墓里挖出来的明器，从一堆宝贝中挑选出最值钱的，这也是一种考验。

在帐篷里等待的过程中，布莱克带着火拳场通关的几个人出现了。

按照布莱克提供的名额，应该有八个人才对，可通关的却只有七个，且七个全都受了重伤。

原本，通关的确实有八个，但其中一个胜利后因为没熬住，死掉了。

但火拳场之前还有通关者，总体来说，五行之关最后的三关通关的差不多都有八个。

这二十多人聚在一起，算是最后的通关者了。

只是，布莱克等人出现之后，却也带来了另外一个让人震惊的消息。

在天黑之后，还没有从选拔中走出来的，他们将会被逼着送上火拳场，按照火拳场最初的规则进行搏杀。

这样一来，最后剩下的这些人，恐怕都是九死一生。

原本足足一百多人参加选拔，最后却只有二十多人，剩下的全都死了。这样一个比例，堪称疯狂。即便在乱世时期，这也算是一种蓄意谋杀，令人莫名地胆寒。

一群通关者又待了很久之后，童无锋才再次出现。

不过，童无锋不是来宣布黑色甲虫调查结果的，而是宣布了另外一个内容。

童无锋是来宣布最终的选拔结果的，并代替九爷表达了一些意思。

按照童无锋所说，九爷临时有事，先行离开了。但在其后的探险中，九爷会和大家见面。

这一次选拔，是九爷为了一次探宝而准备的。为了这次探宝，九爷准备了二十多年，这是十分郑重，也是十分严肃的一个事情。童无锋希望大家都能够重视起来。

另外，童无锋还说，为了不让探宝的一些秘密泄露，这次所有通过选拔的人都要参加探宝。而且，接下来，大家有三天的时间处理各自的私人事情，并且会有人跟随。如果有人想要放弃，或者想使用手段脱离了探宝，将会迎来军队的惩罚。

九爷组织的这次探宝是有军队在后面支持的，如果有人觉得能够和军队抗衡，九爷绝不阻拦他们。

一听到这些，大家集体不开心了。

他们来参加选拔，只是为了图财，可没想过会被限制人身自由。

再者，像孟天化这般，跟着其他人过来的也不是没有，他们可从没想过要去探什么宝。

更重要的是，九爷设置的这次选拔，蕴藏了如此多的杀机，让人根本无法生出信任。

童无锋倒是不紧不慢，接着道："我知道你们中一些人的想法，在这里，我可以向你们明确地表明，这一次的探宝将会有大收获。到时候，所有参加寻宝的人都将拥有大量的财富，不仅够你们吃一辈子，包括你们的后三代都能够沾光。为了表明我们的诚意，九爷说了，我们现在就可以预支给你们一部分钱财。这些钱财不多，每个人一千大洋，只要你们跟我们签了这份协议，就可以领取！"

童无锋抛出的诱惑，无疑让众人心动。尤其是在暗门中得了好处的，更是心潮澎湃。

这时候，裴永根第一个站了出来，说道："一千大洋，这可不是小数目。九爷既然愿意带着我们发财，我们一定会竭尽所能。我相信九爷的信誉，我愿意签协议！"

裴永根的表现无疑让童无锋等人很高兴，不知这是不是裴永根想要达到的效果。

有了裴永根带头，便有另外的人也站了出来。

他们这些人，能够从选拔中走出来，都算是历经了生死。即便没有这次选拔，他们加入九爷的团体也是要冒险的。更重要的是，通过选拔的人有不少和许翰林以及马跛子一样，他们都是在刀口上舔血过日子，九爷开出的价格足够吸引他们。

随着众人陆续去签了协议，只有孟天化几个人纹丝不动。

王二蛮就站在孟天化的跟前，脸上的表情有些不自然。

在选拔之前，孟天化就向王二蛮表示了他不会参加九爷的团体，他只是帮助王二蛮通关。

现在倒好，所有通关者都必须加入九爷的团体，其中也包括孟天化。

眼前的情况，可谓形势严峻。童无锋等人把守着，是要逼迫所有人都把协议签了。

"老孟，对不起啊，我没想到是这种局面！"王二蛮露出了一些歉意。

"这不是你的错，是我自己没考虑周全！"

孟天化不想给王二蛮压力，可眼前的情况必须得解决才行。

这个协议到底要不要签，这个协议一旦签了，是不是就把自己卖给了九爷这个团体？

孟天化在心中计较着很多东西。

而这个时候，裴永根却走了过来。

裴永根脸上露着笑，就像那种打不死的小强一样，一眨眼就变得得意扬扬起来。

"你们几个还愣着干什么？你们怎么不签啊？该不会，你们几个是怕死吧？"

裴永根的话真是让人恨得牙痒痒，完全都戳在了别人讨厌的点上。

孟天化几个人真的懒得理会裴永根，孟天化更是冷冷地回了一句："你要是不犬吠几声，是不是浑身不舒服？"

裴永根愣了好半天才明白孟天化话语中的意思，阴沉着脸道："你是在骂我像条狗吗？"

"难得你还有这种觉悟！"孟天化讥讽了一句，"我们现在的心情很不好，你最好躲远一点，不然我们随便找根木棍，都能把你当成野狗一样打死。你该不会忘了黄一琛诈尸的事情吧？你之前的那种表现，连裤子都尿了，难道，裤子现在都干了？"

第七十九章　通关者 | 347

第八十章 三天时间

"你,你……好,你有种!"

裴永根一听到尿裤子脸就黑了,他现在也找不到反驳孟天化的话,只能忍下这口气。

不过,裴永根很快就走到了童无锋的跟前,向童无锋说了一些话。

然后,童无锋将目光转向这边,带着一种冷酷的眼神。

"你们几个要考虑到什么时候?到底要不要签协议?"童无锋也催促了一句。

"我们现在还没有想好,难道,拉屎拉不出来,你还要逼着我们硬拉吗?"这句话不是孟天化回应的,是王二蛮。

王二蛮现在和孟天化的脾性越来越相合了,他们一个讽刺裴永根,一个讽刺童无锋,方式如出一辙。

"有些时候,拉不出来屎,就得硬拉!"童无锋却顺着王二蛮的话霸气地回应了一句,不仅如此,他还走了过来,"如果你们不签协议,你们会明白现实有多残酷!"

"你在威胁我们?"孟天化和王二蛮脸色都透着愠怒,他们都不喜欢被人威胁。

"威胁你们也是为了你们好,从你们参加了这次选拔开始,你们的命运就不由自己掌控了!"

听着如此高深的话,孟天化和王二蛮都闭了嘴。

不过,孟天化却在心里嘲弄着:"说的好像选拔之前我们自己的命运就由自己掌控一样!"

孟天化也知道形势不妙,便和王二蛮道:"你们先把协议签了吧,我再考虑考虑!"

"不，这个协议我们都不签！"王二蛮不想看到孟天化为难，便硬着骨头也要站在孟天化身边。

与此同时，算命先生雷音三人都没有说话。

他们此时都跟随孟天化和王二蛮的意愿，孟天化二人不签协议，他们也不会签的。

"希望你们能够尽快考虑好，不要耽搁了大家的时间！"童无锋又催促了一句。

这个时候，在帐篷之内，孟天化几个人俨然成了焦点，众多人的目光都在盯着他们。

这些人或许不明白孟天化几个人为何这般执拗，那是因为他们没有彭二爷这样的二叔。

时间一点点过去，孟天化仍然犹豫不决，甚至脑袋都觉得凌乱如麻。

如果能够一力破万法，他真的想直接杀出去。

可惜，他连杀出去的本钱都没有。

难道，真的要妥协吗？

一旦妥协了，那就加入了九爷的团体，接下来就要和九爷一起共事了。

孟天化始终没有忘记彭二爷提醒他的话，他此时仍然坚守着这些提醒。

正当童无锋等人虎视眈眈地盯着孟天化等人，似乎随时都能吃掉孟天化等人一样，一个极为清冷的女人声音插了进来。

"师兄，还是我来吧！"

这个清冷的声音一出现，帐篷内的空气都冷了几分。

众人都顺着声音来源看去，可下一刻，众人都一个激灵，想要条件反射地后退几步。

上山之前，他们还不了解高云燕。但高云燕制造了一场遍地金甲是死尸的画面，始终停留在众人的脑海。

这是一个女疯子，杀人不眨眼的女疯子，她怎么也来了？难道，选拔彻底结束了？

高云燕守着山前，童无锋守着山后，山前的人都撤了，可不代表着整个选拔结束了吗？

选拔结束了，那选拔最终的通关者都聚在了帐篷里，其他还在选拔中的人恐怕都死了吧？

高云燕的出现，细想能够让人想出很多可怕的东西。

可她就在这里，这是改变不了的事实。

还好的是，高云燕出现之后，并非要针对所有人，只是要针对孟天化几个人。

裴永根在一旁阴阴地笑着，似乎在看一场好戏。

他可是知道，高云燕最想杀了许翰林和马跛子。此时许翰林和马跛子还活着，他会不会连带着把孟天化和王二蛮也给杀了。

裴永根真希望这种事情出现，这样，他就省去了很多工夫。

只是，高云燕不是提线木偶，更不会是他的提线木偶,可能照着他所想去做吗？

高云燕和童无锋说了一声之后，便向着孟天化走了过去。

高云燕的眼里只盯着孟天化，似乎眼里就只有孟天化一样。

在冷盯了孟天化几秒之后，高云燕开口了："我师父跟我说，你是一个人才，他可以给你比别人更多的机会，也可以给你比别人更多的宽容。你不一定现在就签协议，你可以慢慢考虑，可以有三天的时间考虑。但是，我还是要给你一个忠告。你护着我想杀的人，你若是不加入我们，我有什么理由能让他们继续活着？"

高云燕的话句句冰冷，句句透着杀机。

孟天化的眉头紧锁着，心中快速权衡着什么，然后做出了回应："好，三天就三天！"

"你可以有三天的考虑时间，但他们不行！"高云燕一转头，盯向了王二蛮几个人。

王二蛮几个人的表情都很冷，那种同仇敌忾、统一战线的气势，倒也让人敬畏非常。

可他们终究抵不过高云燕和童无锋的压迫，在孟天化的劝说下乖乖签下了协议。

如此一来，帐篷之内的事情总算是结束了。

也是在这之后，童无锋和众人说道："你们有三天的时间处理你们的私事，我们会派人跟着你们，你们不要妄想摆脱我们。三天之后，九月十八，上午的时候你们就要在北京城城南的城隍庙出现，那也是我们这一次探险出发的时候。到时候，你们会知道更多探险的细节。"

童无锋一段话说完，众人总算是获得了自由。

不过，童无锋所说的派人跟踪，并非是明面上的跟踪，这让众人心头不是滋味。

接下来的三天，他们做什么事都会有一双眼睛在暗中盯着他们，这搁谁身上都不好受。

孟天化他们也跟其他人一样离开了。

他们先是沿着童无锋指的道路回到了旅馆里，在旅馆里住了一夜之后，他们才赶往北京城。

这一夜，孟天化他们自然是难以入眠。

回想着选拔的过程，他们仍然心有余悸，觉得九爷设下的选拔就是在谋害人性命。

但萦绕在孟天化心头最多的还是黄一琛。

黄一琛身上藏着太多的秘密，也藏着太多的疑点，他从出现之后就让人理解不了。

黄一琛应该是奉祝续铭的命令参加选拔的，他应该帮祝续铭做事，可黄一琛一件事也没有帮到祝续铭。相反，黄一琛自身倒是有要做的事情，那便是他的万千会成员身份。

孟天化实在搞不清万千会是什么样的组织，也搞不清黄一琛为何会看重他，并和他说了那么多掏心窝的话。

仔仔细细回忆着黄一琛说过的话，黄一琛似乎一直在提醒孟天化，提醒孟天化要做些什么。

可黄一琛的提醒又太过模糊，孟天化根本就理不出一个具体的头绪来。

"孟小友，你睡了没？"

因为要保证许翰林和马跛子的安全，孟天化几个人住在了一个屋里。

孟天化正在沉思着，算命先生雷音的声音传来了。

"还没睡，怎么了？"雷音过了好半天才回应了一句。

雷音听到回应，惊喜万分，说道："是这样的，孟小友，我回到北京城之后也没有什么好住处，我想，我想能不能先去你那里借宿三天。三天之后，跟着九爷的团体，我就可以自己应付了。"

孟天化又过了好半天才回应了一句："没问题，正好许老大和马老大的伤势还需要人照顾，你们三人就临时住一块儿好了。不过，三天之后的事情，谁说得准呢！"

孟天化本是感慨自己的一句话，没想到一语成谶。

是啊，三天之后的事情，谁说得准呢！

"孟小友，那个黄探长诈尸，你有什么想法？"雷音趁机又和孟天化聊起了别的事。

孟天化听到"黄探长"，即便在黑夜之中，一双眸中透露出的阴沉也能够看到。

黄一琛用刀抹脖子自杀，已经足够让人震惊。在黄一琛死了没多久，他就出现了诈尸，这个事情怎么想都很蹊跷。

那诡异的黑色甲虫究竟是什么，他为什么能够在人体内繁殖，却无法在人体外生存？

关于这些问题，都是孟天化现在所疑惑的。

他此时并不知有一类生物被称作寄居生物，而这种寄居生物在人体内并不少见。从人的口腔，到人的肠胃，再到人的肛门之内都有寄居生物。只不过，这些寄居生物有好有坏。

举个最简单的例外，小孩乱吃东西，容易出现蛔虫。而蛔虫就属于寄居生物，而且，蛔虫这种寄居生物只能在体内生存，一旦离开了寄主，出现在体外，便会死亡。

这一类的寄居生物大部分属于无氧生物，他们不需要氧气，一旦到了氧气环境，它们便无法适应，便会死亡。

　　至于黄一琛体内出现的黑色甲虫，那显然不是常见的寄生生物。但毫无疑问，它也的确属于寄生生物，且属于极坏的那种寄生生物，它不仅伤害身体，还吞噬身体。

　　如果孟天化知道这些内容，他一定会想到很多东西。

　　至少，他会明白黑色甲虫为什么一离开人体就会很快死亡。

　　但他可能搞不懂，这种黑色甲虫是怎么来的。为什么被黑色甲虫袭击的人很快就死掉了，而黄一琛却是在死后才爆发黑色甲虫，这一切都是未知的谜题。